ESCÂNDALO!!!

ESCÂNDALO!!!

TAMMY LUCIANO

Rio de Janeiro, 2015
1ª Edição

Copyright © 2015 *by* Tammy Luciano

CAPA
Marcela Nogueira

FOTO DE CAPA
Millann / Getty Images

FOTO DE 4ª CAPA
Konstantin Yuganov / Dollar Photo Club

FOTO DA AUTORA
Simone Mascarenhas

DIAGRAMAÇÃO
editoríârte

Impresso no Brasil
Printed in Brazil
2015

CIP-BRASIL. CATALOGAÇÃO NA PUBLICAÇÃO
SINDICATO NACIONAL DOS EDITORES DE LIVROS, RJ

L971e

Luciano, Tammy
　　Escândalo!!! / Tammy Luciano. – 1. ed. – Rio de Janeiro: Valentina, 2015.
320p.; 23 cm.

ISBN 978-85-65859-74-5

1. Romance brasileiro. I. Título.

CDD: 869.93

15-24842　　　　　　　　　　　　　　　　CDU: 821.134.3(81)-3

Todos os livros da Editora Valentina estão em conformidade com
o novo Acordo Ortográfico da Língua Portuguesa.

Todos os direitos desta edição reservados à

EDITORA VALENTINA
Rua Santa Clara 50/1107 – Copacabana
Rio de Janeiro – 22041-012
Tel/Fax: (21) 3208-8777
www.editoravalentina.com.br

Para Santiago Junior, o verdadeiro Gustavo Salles.

PARTE I

— Antes —

Para entender o depois.

"Se alguém soubesse o que tenho dentro do meu coração,
não me deixaria escapar nunca mais."

Belinda

UM

Do rio para o Rio!

Era uma vez uma garota... Hum... Melhor eu preparar você antes de começar a contar a minha história. Nem eu estava pronta para tudo que viria. Fui surpreendida por sentimentos que revolucionaram os meus dias, então avise o seu coração porque estou chegando...

Mergulhei fundo no rio Paraguai. Meu aquário particular que não me causava medo, pelo contrário, me abraçava. Adorava colocar a mão no fundo escorregadio e sentir os cabelos batendo forte nas minhas costas. A água escura parecia me fazer esquecer todo o mundo lá fora. E vamos combinar, apesar de ser uma garota feliz, meu mundo exterior não tinha muitas alegrias, pelo menos até aquele instante. E eu não fazia a mínima ideia de como a vida seria generosa comigo no futuro. Sei que teria muita história para contar...

Voltei a mergulhar, acompanhando um peixe que não consegui identificar pela cor escura do rio. Ali onde eu estava, poderia ser um pintado ou uma piranha. Muitas costumam encostar no nosso corpo e não fazem mal caso você não esteja com uma ferida aberta. Dois pescadores amigos do meu pai pararam sua canoa e a amarraram em um pequeno tronco que segurava outros barcos. Eu ainda tive tempo de olhar o sol, abrir os braços e me jogar novamente na água. Amava demais aquele lugar, e ter o pantanal inteiro como quintal me trazia muita paz interior.

Estava na hora de ir para casa, embora não quisesse, mas logo anoiteceria. Os dias ao lado do meu pai não andavam bons. Se é que em algum tempo tenham sido. Com meus 19 anos, estava sem estudar e não arrumava emprego. Fazia bico limpando as casas dos militares da base naval e meu pai falava todos os dias que daria um jeito na situação. Ele nunca foi dos mais gentis, suas palavras ácidas corroíam meu coração, e parecia que ninguém, em tempo algum, tinha ensinado a ele o que significava o tal do amor paterno. Minha mãe Mimizinha não estava mais entre nós e, talvez, tudo tivesse sido diferente se ela ainda pudesse estender a mão para cada um, como fazia, sendo um ser humano carinhoso, generoso e com um olhar adocicado por um mel celestial. Por isso, foi logo para o céu. Não fazia parte deste mundo.

No dia que ela morreu, estava caminhando quando senti um aperto no coração, uma fisgada funda, e sentei em um toco de madeira na estradinha próxima à minha rua. Achei ter sido pelo cansaço depois de um dia inteiro lavando roupa para ganhar um trocado, resolvi deitar um pouco para mandar embora aquela sensação de mal-estar.

De longe, ao chegar, vi a casa humilde rodeada de moradores. Minha mãe tinha ido descansar depois do almoço, sentada no banco de madeira, localizado sob a árvore mais bonita, com folhas que unidas formavam uma redoma verde. Morreu sorrindo, os olhos meio abertos, um jeito de alguém que não deveria ter ido. Mas foi. Morreu a mulher que plantava manjericão para presentear os vizinhos. Tudo que tinha dividia com quem nem conhecia. Rainha de temperos, boa comida e diálogos leves e poéticos. Incapaz de levantar a voz, a mão ou o olhar para quem quer que fosse. Depois que partiu, ficamos um ano comendo as sobras dos vizinhos. Nem eu, nem meu irmão e muito menos meu pai sabíamos preparar qualquer comida que fosse.

Ficou em mim a imagem daquela força e sabedoria estendendo roupa e cantando Gil: "Drão!/ O amor da gente é como um grão/ Uma semente de ilusão/ Tem que morrer pra germinar/ Plantar nalgum lugar/ Ressuscitar no chão/ Nossa semeadura/ Quem poderá fazer aquele amor morrer/ Nossa caminhadura/ Dura caminhada/ Pela noite escura." Onde teria ido morar aquela voz que tanto me acalmava? Não me pergunte como aprendi a seguir sem o amor da mulher que me colocou no mundo e me protegeu até do que eu não sabia.

Eu gostava da minha vida até aquele dia. Depois, tudo pareceu dar errado, mesmo que no fim... Para piorar, dois anos depois da morte da minha mãe Mimizinha, quando eu coloquei os pés para fora daquele rio, algo estava predestinado a acontecer, e isso me levaria até onde estou hoje. Eu não estava preparada para tudo que viveria.

Em casa, uma voz familiar ecoava do lado de fora. Pude ver as pernas do meu pai, sentado na cadeira enferrujada. Antes que minha curiosidade aumentasse, ouvi sua fala:

— Ela está vendida. Vendi e pronto. Ela chegando, você leva.

Vendida? Você leva? Pensei em dar meia-volta, mas como não sabia do que se tratava, e minha inocência nessa época ainda me fazia acreditar em alguma bondade do meu pai, dei passos lentos e entrei na cozinha, também usada como sala. O lugar onde dormiam as panelas, depois da partida da minha mãe, virara um verdadeiro caos. Por mais que eu tentasse arrumar, os homens da casa faziam questão de bagunçar, e o cheiro eternamente ruim incomodava.

Minha tia, irmã da minha mãe, estava sentada bem próxima do meu pai:

— Belinda, quanto tempo — falou desanimada, e eu respondi com um oi desconfiado.

— Ô garota, arruma tuas coisas. Você vai com a tua tia para o Rio de Janeiro. — Meu pai, o rei da falta de paciência, indicava com os dedos trêmulos, demonstrando uma urgência urgentíssima, que eu caminhasse até o local onde ficavam minhas poucas roupas e preparasse minha trouxa.

— Mas eu não quero ir. — O Rio de Janeiro parecia no mínimo outro planeta. Minha tia inspirava menos segurança ainda. Entre nós não havia olhos nos olhos há tempos. Mantínhamos desde sempre um distanciamento profundo. Mesmo sendo minha tia, eu não gostava dela.

— Xiii, ela pode decidir as coisas, Joselino?

— Pode nada, essa garota não pode nada. Sem estudar, sem trabalhar, não coloca um dinheiro nesta casa e vive mergulhada naquele rio. Vai para o Rio de Janeiro. Dei minha palavra e está acertado.

Comecei a arrumar minhas tralhas em uma bolsa velha de tecido que tinha sido da minha mãe, sem pensar no que estava acontecendo. Apesar das dificuldades, eu gostava de morar em Ladário. Por que sair dali? Como seria o mundo lá longe? Rio de Janeiro? Quem disse que eu queria morar em lugar famoso?

— Belinda, eu te conheço, tá fazendo um monte de pergunta nessa tua cabeça oca. Teu mal é querer saber demais. Te arruma e vai logo.

— Mas eu não vou poder me despedir?

— De quem?

— Ué, do meu irmão, dos vizinhos.

— Eu aviso teu irmão que você se mandou. E os vizinhos, o que que interessa? Ninguém vai sentir tua falta.

Fechei a bolsa com as poucas roupas velhas que me pertenciam e uma lágrima ficou guardada dentro dela. Quanta tristeza. Eu e meu pai nunca tínhamos nos dado bem, mas como aceitar aquele descaso? Ali, entendi que não teria tempo de me despedir nem de mim mesma. Permaneceria naquela cidade um alguém que eu fui, mas, a partir daquele minuto, eu teria que ter força sobre algo misterioso contra mim e aprender a viver de outra maneira. Estranhamente, eu era maior de idade, poderia dizer não, porém de alguma forma, meu pai tinha um poder sobre mim e eu obedecia, mesmo com a sensação de estar caminhando de olhos vendados para o abismo.

Minha tia mal me olhou. Arrogância e uma maneira fria de falar a faziam claramente muito diferente da minha mãe e suas atitudes surpreendentes e carinhosas. Não tínhamos bens materiais, mas a dona da casa nunca nos desamparou emocionalmente. Meu pai cuidava dos jardins das casas dos militares. Ladário talvez só existisse por causa de uma Base Naval enorme com direito a navios, carros de gente importante e casas grandes com belos gramados. Minha mãe cansara de faxinar a residência dos militares e costurar a roupa de suas esposas. Quando morreu, uma senhora muito chique parou o carro próximo ao arame farpado da nossa casa, colocou flores na entrada e perguntou se precisávamos de algo. Era a esposa de um comandante. Precisamos de tudo, pensei em dizer, mas calei. Ela foi embora, dando um tchauzinho com as mãos. Até hoje me pergunto como fez aquele movimento tão charmoso com os dedos.

— Por favor, só queria me despedir da Cássia.

— Nós temos hora! — Minha tia Santana não parecia emocionada com a minha voz de profunda tristeza.

— Pai, por favor.

— Santana, vou deixar essa criatura ir lá se despedir da amiga grudenta. Depois, esse povo vai achar que dei um fim nela. Melhor alguém saber que ela está indo embora, já que nunca mais vão receber notícias. — *Nunca mais vão receber notícias?* Engoli em seco.

— Joselino, você que sabe.

— Melhor. Aqui tem muito militar, podem inventar que matei a garota.

Não parecia que estava falando da própria filha. Eu me senti morta por dentro. Saí pela casa, pensando se valia a pena fugir. Nada tinha naquele lugar. De alguma forma, uma novidade trazia esperança e pousava no meu pensamento como um novo sentimento que eu poderia abraçar.

Depois que me despedi de Cássia, ela ficou sentada no pequeno degrau de sua casa, olhando para o nada ou tentando entender por que eu tinha que partir.

— Amiga, você é como uma irmã para mim. Como eu vou viver sem você aqui? Por que isso agora, assim?

— Eu não mando na minha vida desde que a minha mãe morreu. Meu pai diz tudo ao contrário do que ela dizia. Não tenho poderes, obedeço e ele se acalma. Quem sabe minha tia não me trata melhor do que ele?

— Promete um dia voltar?

— Tenho certeza que vamos nos ver de novo, Cássia. Mas, enquanto isso, será de doer. Pensa em mim todos os dias, estarei pensando em você, amiga.

Olhei ao redor. De repente, a pequena Ladário ficou estranhamente menor, e eu senti que não fazia mais parte do lugar em que morei a vida inteira. Minha mãe Mimizinha não estava mais ali, eu tinha me tornado uma garota perdida. Mas, quem sabe, aonde minha tia me levaria morassem as respostas? Algo me dizia que, apesar de ser rude na fala, seria boa para mim. Gostar de mim não parecia tão difícil.

Cássia, desconfiada, lembrou dos poucos encontros com a minha tia e como ela nunca sorriu ou pareceu se emocionar comigo e meu irmão.

— Tem algo errado nessa sua viagem, mas vai com Deus. Mesmo se for algo ruim, Ele transformará em bom.

Cássia levantou, se encostou na porta, vi uma lágrima cair no seu rosto, e depois entrou sem olhar para trás. Imaginei que talvez fosse melhor compreender que nunca mais encontraria minha amiga mais próxima.

Voltei para casa e minha pequena estranha família me esperava.

– Já demorou demais, Belinda. Vai logo com a sua tia. Não precisa se despedir do irmão. Depois falo com ele.

– Mas...

– Mas, mas, mas, ninguém aqui fala mais mas do que essa garota. Vai logo, Belinda.

Fui na direção do meu pai com o olhar de quem quer um abraço e ele me indicou a porta com os dedos. Desamor. Ali tive certeza que só minha mãe tinha me amado.

Minha tia perguntou em voz baixa se eu agia sempre lerda daquele jeito. Meu pai confessou ser pior na maioria dos dias. Me sentia observada e avaliada como um bicho. Coloquei uma calça velha, sandália e, sem olhar para trás, entrei em um táxi que veio nos buscar no horário marcado. Pela primeira vez, eu andava com motorista.

Virando a esquina, do carro, vi meu irmão Nirvano voltando para casa. Pedi que parasse, mas minha tia não permitiu e mandou seguir com a voz severa. Meu irmão caminhava de cabeça baixa, o olhar desanimado de sempre e a eterna enxada como companheira. Acenei com a mão para que, de alguma forma, ele recebesse o meu adeus.

Tia Santana pediu meus documentos, eu tinha apenas minha certidão de nascimento. Meus olhos arregalados se surpreenderam com o aeroporto de Corumbá, na cidade vizinha, praticamente desconhecido para mim. Eu tinha ido lá apenas uma vez, bate e volta, fiquei esperando na porta enquanto meu irmão buscava uma encomenda que minha tia mandara.

Fiquei assustada quando o avião decolou. Minha paz ficara na cadeira do aeroporto naquela espera de mais de duas horas antes do embarque. Estava incrédula de ter sido levada sem mais nem menos, sem preparação e explicações. O que faria no Rio de Janeiro? Não que fizesse muita diferença. Eu andava com a minha vida parada, irritando meu pai, e comecei a ver uma chance de mudar tudo com a ida para uma cidade grande. Meu irmão, quieto, na dele, não reclamava do destino, trabalhava como pedreiro e estava mesmo interessado em gastar o tempo com a namorada Laura, uma moça que mais parecia um bichinho do mato.

Imaginei que sentiria alguma saudade do meu irmão. Não sentiria a ausência do meu pai.

Não me pergunte sobre aquele voo. Quando o avião subiu, um frio veio junto e senti um mal-estar imediato. Minha tia me avisou, entre os dentes, para não dar vexame, porque ela me jogaria da janela. Fiquei olhando as casas e lojas de Ladário e Corumbá, pensei na possibilidade de nunca mais ver aquelas terras.

Minha tia permaneceu calada durante o resto do voo. Dormiu e até roncou como se estivesse na própria cama, nas mais de cinco horas em que ficamos dentro do avião. Fizemos duas paradas, uma em Campo Grande e outra em São Paulo. Fiquei impressionada com os enormes prédios espalhados por aquele formigueiro. Jamais imaginei que pudesse ser assim, com tantas casas, ruas e pessoas. Que mundo enorme existia além daquele pequeno que deixei para trás.

O Rio de Janeiro chegou com um cheiro diferente. Não sei explicar. Uma emoção tomou conta do meu corpo e minhas pernas tremeram assim que pisei na cidade.

Santana parecia ter piorado sua maneira de me tratar. Mesmo nada tendo questionado, apenas seguido seus passos, seus olhares severos na minha direção não me passavam segurança alguma e mostravam um enorme desprezo. Sentindo seu modo de agir comigo, entendi as palavras do meu pai: "Ela está vendida. Vendi e pronto. Ela chegando, você leva." Eu tinha sido vendida como um produto e me sentia uma ninguém sem dias no amanhã, sendo carregada para viver outro futuro que não o meu. E antes que conseguisse qualquer informação sobre a minha venda ilegal, a pior tia do mundo disse:

— E, por favor, não fica exibindo muito esses seus olhos azuis, eles me incomodam.

Eu não reconhecia mais minha própria vida, não tinha a menor ideia sobre o que seria de mim. Parecia amarrada, mesmo com as mãos livres. Presa por alguém sangue do meu sangue, que eu quase não tinha visto na vida e que virou minha dona sem mais nem menos. Eu queria ir embora dali, mas, ao contrário disso, fui levada a mergulhar em dias irreconhecíveis. Um furacão de reviravoltas.

E antes que pudesse pensar em escapar daquela situação, lembrei de uma vez estar caminhando pela vila militar de Ladário e escutar dois filhos de oficiais cariocas avaliarem minha cidade como o fim do mundo. Chegar ao Rio de Janeiro, estar naquela situação, me mudar para aquela cidade enorme, seria sim o fim. O fim do meu mundo.

DOIS

Meus piores primeiros dias

Eu não tinha ideia de como o mundo poderia ser tão cruel. Ninguém havia me contado que a gente podia ter um pesadelo de olhos abertos. Aquele dia eu envelheci por dentro e me descobri com medo de respirar.

No caminho, fui admirando o Rio de Janeiro, assustada. O lugar mais longe que eu tinha ido até então, Corumbá, me pareceu minúsculo. Meu coração acelerava, embalado pelo ritmo forte do motor do carro. Senti vontade de chorar, mas me segurei porque ainda não sabia como minha tia poderia reagir.

Deixamos o aeroporto em um carro amarelo com uma faixa azul que mais parecia um uniforme, porque existiam muitos da mesma cor. Minha tia avisou o motorista: "Vamos para São João de Meriti." Pegamos uma estrada, e, durante um longo tempo, fui vendo a imensidão no novo mundo onde eu passaria a viver. Entramos na rua indicada ao motorista, paramos em frente ao número informado e vi uma casa antiga, com paredes de um cinza sujo, localizada em um bairro humilde. Ali moraria até o dia em que não sabia. Desci do carro com as pernas fragilizadas. Minha força tinha fugido com a chegada do medo. Algo me dizia estar entrando em uma espécie de purgatório. Olhei a rua larga, repleta de casas simples, e reparei em um rapaz me observando do outro lado da casa da minha tia.

Aceite. Eu lembro da minha mãe, tão sábia e generosa, me dizendo várias vezes sobre o poder da aceitação. Quando sua vida estiver muito difícil, cheia de tristezas espalhadas pelo caminho, aceite. Nada poderá ser tão ruim do que revirar os próprios pensamentos, buscando o que não pode, condenando seu próprio presente. Aceite. Ela dizia isso enquanto coava o café. Aceite. Seu olhar me respondia quando eu questionava todas as nossas enormes dificuldades financeiras. Aceite. Assumo, em vários dias aquela aceitação me incomodava. No mundo da minha mãe não havia pouso para felicidades, mas nela, sim, e isso era um mistério para mim. Meu pai grosseiro, raivoso, a humilhava na frente das pessoas, e ela fazia o quê? Aceitava. Estranhamente, aquela sensação de receber a dor que fosse me fortaleceu ali, enquanto assumia a minha mais nova realidade de ser um objeto comprado por uma tia. Eu aceitaria.

Entramos na casa e um cheiro de velho dominou a minha respiração. Mesmo tendo morado a vida inteira em uma casa simples, aquele lugar tinha algo além do mofo, um cheiro de sujeira, de poeira e maldade, tudo misturado. Uma intranquilidade me dominou. Meus sentidos mergulharam cada vez mais fundo em uma história que não me pertencia. Pensei em dizer a minha tia que ela não era minha dona. Não adiantaria nada.

— Tem um quarto lá no quintal dos fundos. Hoje você fica por lá e já faz uma faxina.

— Eu queria conversar...

— Belinda, tenho nada pra conversar contigo. Entenda uma coisa. Eu e seu pai temos um acordo e eu vou cumprir com o que acertamos.

— Que acordo?

— Se interessasse, a gente tinha dito pra você, não acha?

— Meu pai e eu...

— Não me interessa a relação de vocês. Seu pai me procurou, eu concordei, você vai ficar aqui comigo e o resto não importa. Hoje dorme no quartinho e, por favor, não me incomoda. Detesto que me acordem. Já perdi dois capítulos da minha novela por ter ido atrás de você.

Peguei minha bolsa, caminhei pelo quintal imundo e olhei um resto de casa com jeito de que vai desabar a qualquer momento. O local mal tinha porta, e buracos enormes na parte inferior me deixaram amedrontada. Entrei, querendo sair, mas me parecia melhor que a companhia da minha tia.

Uma cama velha com um lençol encardido, uma mesinha de madeira minúscula cabendo apenas um copo, um vidro de perfume vazio e um pente mordido. O armário tinha em uma das portas imagens de artistas famosos, gente feliz contrastando com aquele lugar. Um banheiro nojento com piso vermelho, um ou outro azulejo branco e um espelho quebrado que me surpreendeu captando meu olhar assustado. Será que minha vida seria cinza daquele dia em diante? Com as mãos trêmulas, comecei a falar comigo, enquanto aceitava aquele local fétido.

"Belinda, você vai sair desta. Seja lá o que estiver acontecendo. Seja o que o seu Joselino inventou, você vai vencer este momento. E vai rir da vida, e conseguir chegar aonde quiser, sendo inesperado até para você mesma. E vai ter uma vida brilhante, escandalosa e que as pessoas têm inveja e querem para si."

Saí do espelho me achando meio ridícula ao falar em voz alta comigo mesma. Meio patético, mas precisava me fortalecer de alguma maneira. A única peça familiar daquele cenário para me fazer companhia era a minha própria voz. Talvez por isso, fiquei repetindo baixinho o quanto tudo daria certo, passaria muito mais rápido do que imaginei, e combinei comigo que um dia estaria sentada, livre, admirando o mar do Rio de Janeiro.

Uma piaçava surrada me distraía o pensamento enquanto eu tirava o pó de uma vida inteira daquele lugar. Encontrei um balde no quintal, o lavei e joguei dentro o lençol amargurado. Não tive dúvida que não teria roupa de cama lavada e muito menos alguma consideração. O lençol, para minha alegria, de tão fino não demorou a secar. E o colchão varri com a vassoura. A situação estava crítica. Pensei, avaliando se tirava a teia de aranha do teto, encontrava algum produto de limpeza que fosse ou sonhava com um travesseiro.

Na minha casa, não tínhamos luxo algum, mas minha mãe deixou de herança a higiene. Costumava ressaltar como precisávamos ter uma casa com asseio, como ninguém ali precisava ser porco quando tínhamos um teto, mesmo que esse não fosse dos melhores. Enquanto tentava arrumar meus objetos pessoais dentro do armário, a imagem da minha mãe se fez forte na porta do banheiro. Foi uma visão calma, ela iluminada, olhos brilhantes, a mesma ternura de todos os dias, e os lábios se movendo como se pudesse me dizer: "Aceite."

E quando pensei em falar algo mais, minha realidade fez evaporar aquela cena e voltei para a sujeira.

Assim que o lençol secou, o coloquei na cama e deitei focando o teto. Um silêncio tomou conta da casa, das redondezas e do meu interior. De longe, escutava uma TV e tinha certeza de não ser bem-vinda na sala da casa da irmã da minha mãe.

Como alguém poderia ser tão má com a própria sobrinha?

A luz ambiente estava fraquíssima, a noite já tinha caído, mas depois de um dia tenso, antes do sono chegar, ainda consegui admirar a foto daquelas atrizes lindas coladas no armário. Todas maquiadas, com largos sorrisos e uma aparência de felicidade contagiante. Que vidas teriam? Me senti bem só de pensar que, em algum lugar, mulheres tinham dias perfeitos e momentos especiais. Uma foto da Isis Valverde me chamou atenção. Ela estava com um vestido lindo, cabelos tão bem-arrumados e ao mesmo tempo parecia muito simples, doce e serena. Por um segundo, vi meu rosto no lugar do dela e me emocionei. Meus olhos foram pesando, e dormi embalada por uma generosidade celeste que me acalmou, mesmo me sentindo tão só e estando tão distante de um mundo que até então me parecia único.

Acordei com a voz da minha tia berrando meu nome sem parar na cozinha. A claridade lá fora me incomodou, e entrei na casa sobressaltada, quase cega. Eu estava com sono e meu corpo dolorido, massacrado por um estrado incompleto, por ter...

— Você é surda, garota?

Antes que pudesse absorver as palavras da Santana, olhei a pia, e havia pelo menos uns dez anos que ninguém lavava louça naquele lugar. Antes que ela pudesse me mandar, tomei a iniciativa de arrumar o local e pela primeira vez senti seu olhar de surpresa. O que não a deixou mais doce, pelo contrário.

— Ainda bem que você sabe o que fazer. Quero esta cozinha limpa e depois você vai ao fim da rua comprar pão. Compre três, pois eu sempre como dois. Eu vou dormir mais e, quando acordar, quero café forte pronto.

Sabe fazer, né? As moedas estão aqui na mesa e vou querer troco. Nem pense em ficar com ele.

Limpei aquela pia com nojo. A maioria das tigelas, pratos e panelas precisei colocar de molho. Minha tia claramente tinha devoção pelas frituras. Tudo por ali tinha crostas nojentas de gordura. Passei mais de uma hora naquele serviço, tentando manter a mente vazia para conseguir sobreviver a cada segundo daquela infelicidade.

Terminei o trabalho, olhei a pia limpa e bateu um orgulho enorme. Não quis observar muito o chão, mesmo de chinelo, podia sentir a imundice me tocando. Cuidaria depois daquele piso. Precisava tomar um ar e caminhei ao lado da casa, as moedas na mão para comprar os pães.

O portão enferrujado tinha cara de liberdade naquele momento. Fui andando, pensando como estava desarrumada e sentindo vergonha antes mesmo de ser olhada. De qualquer forma, nada me impediria de sentir um novo ar ao meu redor e a sensação de ter a minha própria vida no controle das minhas decisões.

Quando dei por mim, uma voz se fez próxima:

— Oi, qual o seu nome?

Um minuto calada, refletindo se deveria responder, mas ninguém seria pior do que a minha própria tia.

— Belinda.

— Hum. Eu sou o Carmo.

— Oi.

Continuei caminhando.

— Olha, deixa falar com você.

— Pode falar.

— Não temos muito tempo.

Parei de caminhar e olhei para ele. Ali me dei conta que aquele moço, o mesmo que me observara no dia anterior, queria me dizer algo.

— Onde é a padaria? Estou indo para lá. Vai comigo e pode dizer o que quiser.

— Por ali. Olha, você precisa se defender da Santana. Essa mulher é do mal e faz coisas horríveis na casa dela.

— A minha tia?

— Ela é sua tia? Desculpa. Não é a primeira vez que ela vem com uma garota pra cá.

Entrei na padaria, pensando no que o rapaz me dizia. A chegada de uma moça naquela casa nada tinha de novidade? Por isso o perfume velho misturado com suor e o pente mordido na mesinha ao lado da cama? Por isso as fotos?

Comprei o pão com rapidez, precisava escutar o que aquele rapaz tinha a dizer.

— Olha, sai dessa casa. Ela recebe uns homens estranhos, não acontecem coisas boas entre aquelas paredes. Você precisa fugir.

— Fugir? Olha, mal sei onde estou, sou de uma cidade pequena do Mato Grosso do Sul chamada Ladário.

— Você está em São João de Meriti. Nosso município tem muita gente de bem, famílias muito queridas. Gente humilde e trabalhadora, que acorda cedo e luta por uma vida melhor. Esse não é o caso da sua tia.

Olhei para Carmo e senti sua sincera preocupação.

— Está vendo aquela casa amarela? É minha, e moro com a minha mãe. Se precisar de qualquer coisa, pode chamar na janela do lado direito onde durmo. Se quiser ajuda, me procure. Pense em ir embora. Qualquer lugar horrível será melhor que a casa dessa sua tia.

Quando olhei, a bruxa estava no portão me observando com um olhar frio e repleto de ódio. Me senti errada e acelerei o passo, sem me despedir de Carmo. Quando entrei pelo portão, ela já estava sentada na cozinha.

— Trouxe o pão?

— Sim, está aqui — falei, esperando algum comentário que demorou a vir.

— Você puxou assunto com aquele imbecil do Carmo?

— Não, ele que veio saber quem eu era.

— E o que você disse?

— Nadinha.

— O que mais ele falou?

— Me ajudou a achar a padaria e comentou sobre as pessoas boas que moram aqui em São João de Meriti.

— Deixa explicar uma coisa para você. — Minha tia ficou de pé e percebi um cinto na mão dela. — Você veio para cá para falar apenas comigo. Eu esqueci de avisar, está proibida de falar com quem quer que seja. Mas acho que vou dizer isso e em uma hora você terá esquecido. Preciso deixar bem claro o quanto precisa se lembrar. Deita no chão.

— Tia, não faz isso.

— Deita nesse chão ou vai ser pior do que o que você merece.

Deitei no chão que minutos antes me assombrei com a sujeira. Senti a minha blusa e minhas pernas repousando em uma gosma. Fechei os olhos. Sabia que ela não pararia. Rezei e senti a primeira cintada. Santana me bateu com muita força, levantando os braços no alto e me atacando por longos minutos. Chegou a pisar em mim e bateu sem nenhuma pena nas minhas costas e pernas. Gritava, xingava e humilhava a própria sobrinha com o exagero da loucura.

Foi como se, só posteriormente, meu corpo entendesse o tamanho daquela maldade e sentisse a dor. Ela continuava batendo, me mandando parar de chorar, porque dobraria sua lição. Quando achei que interromperia aquela violência, largou o cinto no chão e sentou em cima de mim. Puxou meus cabelos com uma força capaz de deixar meu couro cabeludo ardendo.

Quando eu estava quase desfalecendo com os tapas dignos de um homem, senti meu pescoço ser levado para trás em um movimento irregular, escutei um grunhido e ela me soltou.

Levantou, lavou as mãos na pia e disse, sem nenhuma pena:

— Olha aqui, garota, eu te trouxe para você trabalhar para mim. Ou você faz como eu quero ou vou te bater todo dia e cada vez pior. Anda na linha, arruma essa porra de casa e depois vamos voltar a conversar, porque quero preparar você para trabalhar para mim em outras coisas.

Eu gelei. Estava acorrentada pela maldade e mal consegui levantar daquele chão. Antes que ela voltasse a me bater, corri para o quarto. Sentei na cama, no lençol recém-lavado e, mesmo suja, deitei assustada com o início da nova vida. Encolhida, tentei adormecer, mas, com as dores pelo corpo todo, não consegui. Apareceu na minha mente uma sincera vontade de não ter vida alguma dentro de mim.

TRÊS

Fugindo do pior

*Em alguns momentos tudo que te resta é partir e não ter mais nada.
E, nessas horas, a gente descobre que tem ainda mais
força para recomeçar a caminhada.*

Estranhamente, comecei a me acostumar com aquele inferno. A casa da minha tia estava bem diferente de quando cheguei. Limpei e arrumei cada canto, fazendo uma faxina com a certeza de que nada ajudaria o astral daquele chiqueiro, mas faria me sentir melhor.

Sete dias depois da primeira vez que apanhei, uma nova surra já estava reservada. Com muito ímpeto e fedendo a álcool, Santana me pegou, sem mais nem menos, enquanto eu lavava suas roupas. Meu corpo caiu em cima do tanque e o cinto surgiu na sua mão, sem me dar chance de defesa. Queria entender o porquê de estar apanhando. Não tinha mais falado com o tal de Carmo, fiz tudo para melhorar aquele lugar. O que eu teria feito desta vez?

— Eu tô te batendo para você entender quem manda. E depois, essa tua beleza me irrita. Se eu pudesse, jogava água fervendo na tua cara. Você saiu parecida com a minha irmã, aquela sonsa.

Meu Deus, eu mal tinha forças para levantar o corpo. Doeu demais escutar minha mãe ser chamada de sonsa. Nesse momento, meu rosto estava perto do balde, e Santana aproveitou, o empurrou para dentro daquela água imunda das suas roupas e me segurou. Fiquei batendo a mão no tanque, dando sinais de que não aguentaria, mas ela me manteve naquela posição até o momento em que achou que eu poderia desmaiar. Caí no chão, ela sentou por cima de mim e me deu muitos tapas no rosto. Enquanto me batia, fui rezando por dentro e, quando me beliscou o bico do seio com as unhas, decidi não ficar naquele lugar por nem mais um dia.

Santana me puxou pelos cabelos, me jogou na cama do quartinho e, aos berros, disse:

— Não quero mais olhar para a sua fuça hoje. E me deixa assistir minha novela em paz. Se eu escutar um gemido, uma palavra, uma reclamação, um choro, volto e te mato. Escutou?

Fiquei encolhida por pelo menos umas duas horas, chegando a dormir um pouco, e acordei percebendo que precisava agir. Não tinha mais cabimento aceitar aquela situação. Meu corpo estava mais machucado do que imaginei. O bico do meu seio tinha sangrado. Levantei da cama com dificuldade, ainda sentia uma falta de ar como se a sensação de afogamento fosse durar eternamente.

No banheiro, vi minhas costas marcadas. As cicatrizes seriam a tatuagem da humilhação. Lágrimas foram rolando e queria o colo da minha mãe Mimizinha para me acalmar. A voz de Carmo se repetiu dentro de mim: "Se precisar de qualquer coisa, pode chamar na janela do lado direito onde durmo. Se quiser ajuda, me procure." Ele estava certo, mas como ir embora sem que ela soubesse?

Entrei no chuveiro, deixei a água cair e o fluido foi descendo pelas minhas costas, ardendo em cada veio da carne machucada. Percebi, passando a mão, que linhas inchadas tinham se formado e fiquei pensando no que Santana dissera sobre sua irritação com a minha beleza. A vida inteira surpreendi as pessoas por ser uma morena de olhos azuis, longas pernas e cabelos lisos.

Não deixaria aquela mulher continuar a me tiranizar. Tinha que fugir. Fosse como fosse, eu só tinha o tal do Carmo para me ajudar. Mas como acreditar na sua boa vontade? Não havia escolha. Decidi que para isso precisava me acalmar. Depois do banho, penteei os cabelos com as mãos trêmulas, arrumei tudo que tinha na bolsa e fiquei refletindo como agir.

Ao redor de mim, somente angústia.

Depois de algumas horas, o silêncio dominou novamente a casa. Minha tia tinha assistido a sua novela e ido dormir. Ela acordava muito cedo e às cinco da manhã estaria de pé. Em pouco tempo, eu escutaria seu ronco chegando ao quartinho e entenderia ser o sinal para a fuga.

Depois de ter certeza que ela dormia, entrei na casa. Bebi um copo de água e, enquanto os goles desciam pela minha garganta, lembrei de tê-la visto guardando algum dinheiro na sala. Um frio me subiu pela espinha, com medo que ela acordasse, mas ou eu fugia agora ou correria risco de morte.

Fui caminhando vagarosamente pelo corredor. Passos leves, corpo afinado pelo medo e uma enorme tensão dominando minhas ações. Vai dar tudo certo, continue, não pense, siga, confie, não chore em hipótese alguma.

Na sala, comecei a olhar com mais detalhes cada canto. Eu mal tinha entrado naquele ambiente. Só para limpar. Uma estante, um sofá, um tapete, todos velhos, e um cheiro que mostrava abandono e desleixo. Tudo velho e triste. A estante tinha uma TV, alguns potes, obviamente velhos, com papéis, documentos e moedas. Eu não podia fazer barulho e comecei um ritual que durou uns quarenta minutos, de levar cada caixa para o meu quarto, jogar tudo em cima da cama e tentar achar o tal dinheiro que vi sendo guardado.

Em uma das vezes, entrando na cozinha, esbarrei na mesa e escutei a voz da minha tia, seca, acompanhada da melodia do sono:

— Belinda?

— Sou eu, tia.

— O que você quer?

— Vim lavar a louça e beber água.

— Não coma o frango que está na geladeira! É todo meu.

Embora com fome, comer não passava pela minha cabeça naquele momento.

Com a caixa na mão, morrendo de medo de ser descoberta e ela abrir a porta, dando de cara com o meu "crime", caminhei com toda a fé que ainda tinha. Fiquei no meu quarto até ter certeza de a bruxa não mais acordar. Voltei à casa e, quando entrei na cozinha, o ronco foi a constatação de caminho livre. Novamente na ponta dos pés, corpo um pouco mais determinado e um leve desespero que começava a dominar minhas ações. Só faltava uma caixa de sapato no alto da estante e uma caixa com o rosto de uma mulher com um semblante tão azedo como o da minha tia.

Levei as duas possibilidades comigo e virei em cima da cama. Eu estava pronta para fugir, mas precisava levar aquele dinheiro para me sustentar até encontrar um emprego. Na caixa com a mulher infeliz, tinham anotações com nomes de homens e uns números sem combinação alguma. Também tinham várias receitas de remédios, e percebi que a minha tia provavelmente sofria algum problema de saúde. Não tenho dúvida que o ódio nos faz doente. Primeiro por dentro, depois na alma, depois na pele, no rosto e no nosso olhar.

Para o meu alívio, achei a minha certidão de nascimento.

Abri a caixa de sapato desacreditada. Eu tinha olhado tudo ali. Onde estaria o dinheiro? A caixa estranhamente só guardava caixas de fósforo vazias, uma meia velha e uma dentadura. Que nojo!

Voltei para a sala, sentei no sofá e afundei meu corpo, sentindo algo duro bater nas minhas pernas. Cuidadosamente levantei a almofada e encontrei outra caixa de papelão bem dura.

Resolvi não levá-la para o quarto. Abri com cuidado e encontrei mais papéis. Fui levantando os pedaços de anotações, misturadas com contas, encontrei um retrato lindo da minha mãe, e uma cor diferente de papel se iluminou. Dinheiro. Um valor significativo para uma mulher que morava em local tão decadente. Peguei tudo e combinei comigo que um dia devolveria para aquela covarde o que estava tirando dela.

Caminhei pelo corredor, olhando a casa e desejando ser a última vez que colocaria os meus pés naquele lugar. Entrei rápido no quarto, peguei minha bolsa e saí caminhando pelo corredor com o cheiro de liberdade entrando pelas narinas.

Imediatamente lembrei que o portão fazia um leve rangido e tive certeza de que aquele demônio escutaria. Subi em um quadrado de cimento, sentei em cima do muro e pulei tentando ser o mais leve possível. Um senhor com uma bíblia na mão passou com ar de curiosidade e eu sorri, como quem pede silêncio. Ele respeitou e seguiu. Certamente conhecia minha tia, e sua fama e seus olhos me encheram de alguma força para eu não desistir.

Respirei fundo e caminhei na direção da janela de Carmo. Ninguém mais no planeta poderia me ajudar, até porque ele representava a única pessoa conhecida que me passava alguma segurança nesse novo lugar onde estava vivendo.

Abri o portão da casa do rapaz com uma certa vergonha, mal o conhecia. Não tinha alternativa e bati na janela combinada, recebendo o silêncio como resposta. Pensei em voltar para casa, colocar o dinheiro no lugar e dormir, mas, quando estava quase desistindo, escutei a voz que me prometeu ajuda. Falei rapidamente que precisava fugir daquela casa e somente ele poderia me salvar.

— Fique calma. Estou ligando para um amigo, ele tem um carro velho que pelo menos anda e vai nos ajudar. Senta embaixo da janela para que ninguém te veja. Vou ficar dentro de casa até ele chegar. Quando ele parar, não vai buzinar. Nós saímos os dois ao mesmo tempo e entramos no carro, tudo bem?

Meu coração disparou, estava no meio de uma dessas fugas de filme e me perguntei se não estava errado abandonar minha tia, porque mesmo ela sendo um monstro, tínhamos o mesmo sangue. Minha respiração acelerou e amarguei longos minutos de vazio, dor e dúvida. Retornava para o purgatório? Meu corpo voltou a doer e o ar que me invadia parecia carregar veneno.

Quando comecei a me acalmar, fechei os olhos, lembrei da minha mãe e do meu irmão, de como me sentia só e escutei um carro parando e um barulho no quarto de Carmo.

— Vamos, Belinda. Vá para o carro, meu amigo já estará com a porta lateral aberta. Vá rápido e abaixada, ele encostou o carro bem perto do portão.

Saí em disparada como um bicho que encontra a liberdade na floresta. No Pantanal, cansei de ver animais que tinham sido levados do seu habitat e, depois de alguns meses sendo cuidados em instituições de salvamento, voltavam para o seu mundo com um sentimento enorme de liberdade.

Sentei no carro, a respiração ofegante, e escutei a voz do motorista me mandando abaixar a cabeça. Encostei o corpo no banco furado do carro e aguardei a rápida chegada de Carmo.

— Toca pra longe, Antunes. Belinda, fica na sua. Já, já você poderá levantar a cabeça. Sua tia é uma safada, conhece muita gente que não presta. Se ela descobrir que te ajudei, manda me matar. Alguém te viu?

— Um senhor com uma bíblia.

— É o pastor da rua de cima. Ele não tem problema, é meu amigo e um dos maiores inimigos da Santana. Quando eu contar mais esta história…

Depois de alguns minutos, escutei o tal do Antunes avisando que estávamos na avenida Brasil.

— Pode levantar a cabeça, Belinda.

— Para onde vamos, Carmo?

— Belinda, acho melhor a gente passar a noite com você lá pela Lapa e amanhã você começa a buscar algo. Tem um comércio gigantesco e maneiro por perto, o Saara, e você tem condições de arrumar algum trabalho.

— Tudo bem, Carmo. Você já está me ajudando demais.

— Você tem telefone? — Fiquei rindo com a pergunta. Eu mal tinha roupas, imagina um telefone? Neguei e os dois se entreolharam, obviamente sentindo pena de mim. — De qualquer forma, vou deixar meu número com você e vai me ligando para me manter informado.

Vamos combinar, a minha situação não tinha nada de agradável, mas, acredite, eu estava feliz. Uma vontade de gritar de alegria, agradecer a Deus, mesmo que meu prognóstico fosse passar os dias em lugares desconhecidos, abandonada e sozinha.

— Belinda, se eu pudesse, deixava você na minha casa.

— Não, obrigada, você mora muito perto da minha tia.

— A Santana é sua tia? — perguntou Antunes, surpreso e decepcionado.

— Sim, irmã da minha mãe, a mulher mais doce, amorosa e valiosa que a vida me apresentou.

— Nossa, como a vida é maluca. Consideramos sua tia o mal encarnado em gente, ruim demais aquilo.

— Descobri isso faz poucos dias. Ela me bateu duas vezes em uma semana, e, se eu ficasse lá, acabaria me matando.

— Não pensa mais nisso.

— Estou lembrando de uma coisa. — Antunes pareceu ter uma ideia. — Conheço um camarada — engraçado o sotaque dos cariocas — e ele tem um boteco no Saara. Eu podia ver com ele, assim que amanhecer, se arrumava algo pra você.

— Pô, Antunes, sabia que, sinistrão como você é, acharia logo uma saída.

O carro seguiu e um silêncio nos dominou. Ficamos os três refletindo os acontecimentos. Aqueles dois homens estavam gentilmente salvando a minha vida, sem querer nada em troca. Apenas pela piedade por um ser humano que morava no fundo do poço, aonde jurei nunca mais voltar.

Enquanto o carro me levava daqueles dias ruins, pensei que às vezes você não está mal, só está do avesso.

QUATRO

Dormindo em uma caixinha de sapato

Meu mundo ficou ainda menor, eu tinha muitas decepções dentro de mim, mas pelo menos agora estava segura e cheia de esperanças.

Atal Lapa estava lotada, e imediatamente entendi o local como ponto de encontro de jovens buscando diversão imediata. As pessoas de Ladário se surpreenderiam com a quantidade de bares, casas abertas com luzes coloridas e pessoas sorridentes. Vi rapazes muito bem-arrumados, mulheres lindíssimas com perfumes absurdamente inebriantes, e grupos passando e falando suas histórias com sotaques diversos. Me senti pequena e indefesa diante daquele mundo que se abria, mas prometi não me arrepender de ter fugido. Nenhuma daquelas pessoas me metia mais medo do que minha própria família.

Depois de caminhar por alguns locais lotados, encontramos um bar de esquina guardando lugar para nós. Sentamos, virados para a enorme claridade de luzes, e demorei alguns minutos olhando aquela festa, com pessoas tão livres e cheias de entusiasmo.

— Aqui é sempre assim?

— Todo dia, eu diria. — Antunes parecia conhecer bem a tal da Lapa.

— Que lugar mais doido. Não tem nada parecido na minha cidade. Até tem uma rua com bares em Corumbá, o povo rico desfila com seus carros, as moças exibem suas bolsas, mas nada igual. Se o povo de lá visse o que acontece aqui...

— Como você está? — me perguntou Carmo, e pela primeira vez o olhei com atenção. Um moço bonito, desses de alma boa, que não aparece fácil na vida de ninguém.

— Bem melhor. Acho que minha tia não me deixaria em paz naquela casa.

— Sabe, existem boatos estranhos sobre a sua tia. Até de ter matado gente.

— Depois do que passei, não duvido.

— Não volta pra casa dela. Vamos tentar te ajudar, mas não volta.

— Não voltarei. Não quero nunca mais ver minha tia.

— Eu te conto como ela agiu depois da sua partida.

— Terá um ataque. Até porque eu fiz uma coisa.

— O quê? — Antunes e Carmo se olharam e eu já confiava nos dois para desabafar.

— Roubei todo o dinheiro guardado na casa.

— Você não fez isso? — Antunes deu uma gargalhada maravilhosa e ficamos imaginando a cara da Santana ao descobrir que seu tesouro fora roubado. Não era muito, mas, pelo que entendi, vieram dos absurdos que ela cometia naquele lugar. Certamente gastara dinheiro para me buscar, e agora sua escrava tinha limpado seu baú.

A noite seguiu e amanhecemos na mesma mesa. Meu corpo cansado estava aliviado. Começamos a pensar nas possibilidades. Assim que o dia raiasse, eu iria com os dois no tal boteco. Achei engraçado a maneira de falar do Antunes: boteco. Ele prometeu conversar com o dono para me arrumar um trabalho emergencial. O que seria limpar o chão de um boteco perto de apanhar de cinto, ter os cabelos puxados e quase ser afogada em um balde de água suja? Estava pronta para qualquer trabalho e limparia até latrinas para seguir o meu caminho.

Talvez minha tia, apesar de ter me arrastado para o purgatório, para onde vão as almas dos pecadores com remissão, estivesse me ajudando. Eu não tinha ideia de que precisava me purificar de tantas coisas tortas, deveria ter dado mais atenção para a minha mãe, uma pessoa tão boa. Sempre achei que ela estaria ali para o que eu precisasse. Quando faleceu, carreguei uma culpa dos momentos que fiquei até mais tarde nadando no rio, de seguir horas de papo com Cássia e não ter determinação para ser alguém na vida. Agora, depois dessa reviravolta, estava determinada a mudar radicalmente e buscaria com todas as forças uma vida melhor para mim.

— Fiz, sim. Ela fez muito pior comigo. Um dia devolvo.

— Não devolva o dinheiro, gaste com você, e aquela mulher que beba o próprio veneno. – Antunes falou de Santana com uma raiva encubada que não resisti.

— O que ela fez com você, Antunes?

— Desapareceu com a minha irmã. Ela foi trabalhar na casa da sua tia e um dia a louca inventou que ela foi embora do nada, chegou a dizer que para fora do país, e não acredito nessa versão. Minha irmã não sumiria sem se despedir.

Fiquei pensando quem seria aquela tia em forma de coisa ruim. Estava chocada com cada declaração e comportamento daquela mulher. Como eu conseguiria tirar de mim as gotas de sangue que nos aproximavam? Não queria ser carne da carne de alguém tão cruel e sem escrúpulos.

Confesso, queria esquecer Santana, mas os meus mais novos amigos não me deixaram. Contaram detalhes das grosserias com a vizinhança, dos barracos, das palavras medonhas ditas em vão, das pessoas estranhas na casa, de como o tempo colocou o local em um estado horrível de abandono. Minha tia odiava cuidar do próprio lar. Sua calçada só encontrava com uma vassoura porque a vizinha da casa ao lado não aguentava e limpava.

Depois falei como vivia em Ladário, detalhes da cidade, meus mergulhos no rio, os coqueiros de Corumbá, o clube que eu entrei poucas vezes, mas adorava, as ruas largas, os bolivianos caminhando pela cidade, minha mãe, meu irmão… Os dois me olhavam como quem desconhece o Brasil. Estamos na mesma terra, mas as vivências diferentes pareciam me colocar na frente de dois rapazes de uma nacionalidade diferente da minha.

Já eram quase seis da manhã quando Antunes perguntou se eu estava cansada. Um pouco. A sensação de liberdade tinha me curado das dores no corpo, mas estava acordada havia quase 24 horas. Meu mais novo amigo decidiu que, enquanto o bar do seu Rosário não abrisse, ficaríamos dormindo no carro na porta da delegacia da Lapa. Ali, talvez a gente tivesse alguma segurança.

Apaguei imediatamente, o cansaço me dominou. Estranho pensar que estava confiando em dois caras que mal tinha visto antes. Pela profundidade e a maneira como me entreguei ao sono, estava me sentindo aliviada. Antes, pedi para sonhar com a minha mãe, mas, quando acordei, a senti longe, com uma sensação de estar sozinha no mundo e observada por dois desconhecidos.

Os rapazes estavam acordados do lado de fora, encostados em outro carro, falando sobre trabalhar no centro da cidade.

— Está pronta para irmos ao bar do Rosário?

— Estou, sim.

Carmo quis saber como eu estava, e imaginamos que, naquele horário, Santana já teria acordado e entendido que fugi.

— Ela não te achará mais, Belinda.

— Eu sei.

Chegamos ao bar em poucos minutos. O local ficava no centro do comércio do Saara e localizado em uma esquina que, dias depois, eu descobriria ser uma das mais movimentadas da região.

Seu Rosário, um senhor baixinho e animado, falava rápido e não demorou nem cinco minutos para me contratar.

— A menina parece de bem, é educada, bonita, e estou precisando. Vamos fazer assim, você não precisa limpar o chão. Fica de atendente no balcão, a Francisca vai lhe arrumar uma roupa, lave as mãos e pode começar a trabalhar. Aqui, temos salgados, bebidas, doces, o serviço é na linha mais fácil impossível. O cliente escolhe o que deseja, paga no caixa e lhe apresenta o tíquete correspondente ao pagamento. Você entrega o que ele deseja. Cuide de usar o guardanapo e evite tocar com os dedos na comida.

Meio tímida, entendi que precisava me apresentar para aquele homem que estava abrindo a porta de uma nova vida para mim.

— Seu Rosário, eu não tenho medo de trabalho. Pode contar comigo. Na minha cidade, já lavei, passei, varri e fiz de tudo um pouco.

— Bonita desse jeito? Merecia vida de dondoca. Cuidado que aqui não faltará marmanjo querendo casar com você. No fundo do bar, tenho um canto para dormir até arrumar um quarto.

— Obrigada, conte comigo.

Antunes e Carmo se despediram. Eles prometeram ligar para o celular do seu Rosário e ficaram de aparecer alguns dias depois para me contar se tinham descoberto algo sobre a minha tia.

O primeiro dia de trabalho, confesso, foi assustador. Como os cariocas tinham pressa, falavam rápido e diziam gírias difíceis de entender. Meu Deus! Entravam no bar e, antes mesmo do pagamento, já queriam o salgado em suas mãos. Como podíamos saber o que queriam antes de nos darem a ficha? Fui respirando fundo, Francisca me recebeu muito bem e foi me ensinando com paciência o que sabia. Apesar de usar uniforme de funcionária, era filha do proprietário, e os dois em nenhum momento levantaram a voz ou usaram de qualquer agressividade. Estava precisando de algum carinho, mesmo que fosse apenas não berrar nem me jogar no chão puxando meus cabelos e me dando cintadas e beliscões.

Naquela noite, dormi em um cômodo pequeno e seguro, limpo e repleto de paz. Seu Rosário e sua filha entenderam minha fragilidade e chegaram a me convidar para ir embora com eles. O forte cansaço me fez ficar por ali mesmo. Para mim, sem problema dormir isolada do mundo, importava mais a segurança.

A madrugada correu sem maiores problemas. Escutava vozes ao longe, homens bêbados, gritos femininos, pessoas correndo, mas eu estava em paz. A cama possuía dois travesseiros, e agradeci por estar a salvo e ter conseguido um lugar para ficar com pessoas tão amáveis me ajudando, mesmo que isso significasse dormir em um cubículo sem janela e ventilação.

Uma luz fina saía de um banheiro em que a privada ficava quase embaixo da pia, e, olhando aquela imagem, me sentia feliz. Não estar no cenário anterior me deixou entregue naquela cama, pensando em como seria minha vida daquele dia em diante. Algo muito melhor viria para mim. Pensei no dia tenso que vivera, na ajuda de pessoas que nem sabiam de mim, mas ajudaram por ódios vividos com a Santana e... Em paz, no silêncio, peguei no sono, apaguei.

No dia seguinte, seu Rosário abriu a loja e eu já tinha jogado um balde gelado no corpo e me arrumado. Me apresentei pronta para pegar no batente como se estivesse nova em folha. Seu Rosário me surpreendeu com o aviso:

— Você não vai ficar no balcão, é muito bonita. Francisca trouxe um vestido, desodorante, perfume e outras coisas de mulher. Se arrume, pare aqui na porta e entregue nosso cupom de desconto para os lanches.

— E o que eu digo?

— Nada. Sorria, entregue o papel e dê uma piscadinha com os seus olhos azuis. — Sorri. Seu Rosário tinha bom humor. — E se alguém se engraçar para você, me chame imediatamente. Vou fazer o camarada correr o Saara a fora.

— Pode deixar! — Eu e Francisca fomos para o pequeno quartinho e ela me ajudou a colocar um vestido florido que caiu perfeitamente para o meu corpo. Da bolsa, a moça retirou uma flor e colocou nos meus cabelos.

— Depois vamos comprar uma sandália nova. Essa tá péssima.

— Francisca, quero agradecer a vocês.

— Imagina, menina! Olha, meu pai é um homem generoso, não erre com ele e estaremos aqui para te ajudar no que for possível.

Dei-lhe um abraço como agradecimento. Foi o primeiro momento realmente feliz que vivi desde a chegada no Rio de Janeiro.

Na porta do bar, fiquei entregando os pequenos papéis com os descontos nos lanches e, de alguma maneira, aquilo surtiu efeito. Seu Rosário a cada uma hora vinha me perguntar se estava tudo bem. Em resposta, sorria para ele, demonstrando o meu agradecimento.

No fim da tarde, o senhorzinho me procurou dizendo:

— Você não ficará aqui muito tempo. Você tem uma luz especial, a gente fica até tentando entender o que acontece quando te olham.

— Ah, seu Rosário, que isso! Por que seu nome é Rosário? — A pergunta foi para mudar o assunto.

— Nasci morto. Um bebê molinho, sem força, caído nos braços do médico e desenganado. Ao perceber isso, minha mãe começou a rezar um rosário em voz alta, e todos na sala de cirurgia acompanharam. Alguns até por pena. Com aquelas vozes em oração, abri os olhos e voltei a respirar, não tive uma sequela sequer. Minha mãe diz que prometeu, enquanto orava, que me chamaria Rosário.

Um rapaz acelerado veio na direção do meu patrão e nos interrompeu:

— Ui, seu Rosário, tá que tá, hein!

— Para com isso, rapaz.

— Hum... Faz tempo que não sou mais rapaz, o senhor sabe disso.

— Não me coloque como suspeito, Jujuba.

— Prazer. Como ele falou, sou Jujuba. Você é quem? E de onde saiu linda assim? Passou na sala de maquiagem antes?

— Olha o respeito — reclamou seu Rosário.

— Sou Belinda, estou trabalhando aqui há pouco tempo e não sou do Rio.

— Ah, o nome óbvio é pela beleza, né? Belinda!

— Minha mãe dizia que eu tinha sido uma bebê linda. De tanto repetir, meu irmão dizia: Belinda. Aí ela disse que não teve muita criatividade e colocou o nome que todos já me chamavam. Fui registrada algum tempo depois do meu nascimento.

— Compreendo. Eu sou vendedor da loja aqui em frente, sou gostoso igual uma Jujuba, adoro ser mordido e dou banho de açúcar em muita mulher. Quem já experimentou... Desculpa, mas a verdade precisa ser dita.

Gostei de cara do Jujuba do Saara. Que rapaz maluquinho e assumido no seu jeito alegre de ser. Daquele dia em diante, teríamos um contato bem próximo e iniciaríamos uma amizade de muitas confissões. Quando contei sobre a minha primeira semana em São João de Meriti, o que passei ao lado da minha tia, Jujuba me abraçou e teve uma crise de choro que durou uma semana!!!

CINCO

Escolhida para sorrir

*Ei, você que está aí! Parece que a sorte
quer te conhecer melhor. Levanta, anda logo!*

Os dias foram passando e fui me sentindo parte daquele mercado popular. Dormia no quartinho. De manhã cedo, já estava de pé, entregando os cupons da lanchonete e convidando as pessoas para um lanche. Em pouco tempo, fiz amigos, mas não tinha vida além daquela. Nos fins de semana, quando o bar fechava, acredite, ficava lendo livros emprestados por Francisca e assistia a um pouco da televisão do bar, aproveitando para sonhar com as novelas da noite. Permanecia no cubículo, praticamente sem ver a luz do sol. Seu Rosário e Francisca não acreditavam. Eu achava melhor ficar ali quietinha e, de alguma forma, sabia que a qualquer momento minha vida daria um giro e eu até sentiria saudade daqueles dias quietos, bem menos terríveis do que minha chegada à cidade de praias tão lindas que eu ainda não conhecia.

Agora eu sabia a densidade, a cor, o tamanho e o som da solidão.

Alguns dias, Jujuba passava no bar e me arrastava para olhar o comércio do Saara. Seu Rosário sempre me liberava pois achava que eu passava tempo demais em pé, tempo demais naqueles metros quadrados. Vale dizer, me cansava mais caminhando com Jujuba, entrando e saindo de lojas.

Meu novo amigo tinha uma alegria inata, um jeito engraçado de olhar a vida, e costumava chegar com uma palavra divertida para analisar qualquer situação.

Em um desses dias de passeios por lojas, começou a falar:

— Eu sou gay, você já sacou, né, Belinda?

— E daí? Você é meu amigo e para mim é isso que importa.

— Fiquei com medo de te contar e você achar que é errado, querer se afastar de mim.

— Porque você é gay? — Fiquei rindo com o olhar de expectativa do meu amigo Jujuba. — Só me afasto das pessoas quando elas me fazem mal. Minha tia iria me matar.

— Nem volte nessa história. Uma garota linda como você, aquela louca tinha inveja. Minha mãe dizia que a inveja mata. Ela te olhava querendo ser você. Batia porque não aguentava estar ao seu lado.

Quando Jujuba terminou de falar, um frio subiu pela minha espinha e algo me mandou entrar em uma loja de enfeites para casa. Jujuba me segurou pela mão, querendo saber o que estava acontecendo. Minha respiração pensou em falhar, meu coração disparou… minha tia passara por mim. Santana estava ali, praticamente do meu lado, olhando alguns potes de vidro em promoção. Eu podia vê-la bem, mas ela, por uma proteção divina, não conseguiu encontrar o meu olhar e a minha existência.

Alguns segundos depois, caminhou e eu descongelei. Coloquei a cabeça para fora da loja e pude sentir novamente todo aquele ódio no ar. Minha tia caminhava taciturna, com o mesmo jeito covarde de sempre. Antunes e Carmo me disseram não ter conseguido muitas informações. A megera teria reclamado com uma das suas comparsas de maldade que sua sobrinha teria roubado todo o seu dinheiro, mas omitiu a parte mais honesta da história, que me mataria de pancada.

Jujuba e eu fomos seguindo a criminosa, eu com muito medo que ela olhasse para trás e Jujuba, curioso, querendo saber mais de alguém capaz de me fazer tanto mal. Ela atravessou a avenida Passos, apressada para algum compromisso.

— Que mulher, horrorosa, Belinda. Como pode ser sua tia? Aquela alma ruim está exposta no seu semblante.

— Infelizmente é minha tia, mas espero nunca mais encontrar com ela.

— Não vai, pensa firme, não vai. E, se encontrar, estará com a vida muito melhor, se Deus quiser.

Na volta para o bar, sentamos a uma mesa de canto que àquela altura estava vazia. Jujuba falou:

— Queria te fazer uma proposta. Falei com o seu Rosário e com a Francisca de você morar comigo. Sabe, desde que minha mãe morreu, estou só. Minha casa não tem muito luxo, mas é direitinha. É um quarto e sala na Glória. Topas? Eu ando muito só, Belinda. Vem morar comigo. Você não merece morar nessa caixa de sapato, sem luz e ventilação.

Tive que concordar com o Jujuba, meu quartinho mais parecia uma caixa de fósforo. Tudo estava pequeno demais para continuar ali.

— Vou se aceitar que eu divida as contas – falei, me sentindo melhor podendo colaborar com os gastos da casa.

Posso garantir que, daquele dia em diante, minha vida passou a ser mais animada. Eu não tinha ideia que o mundo além de mim possuía tanta vida. Alguns dias, ficava confusa com flashes da minha trajetória, do sofrimento de poucos dias, das pessoas tão amorosas que surgiram para me estender a mão e tantas imagens novas que cortavam como raio a minha retina. Ladário, Corumbá e São João de Meriti alternados na mente, e quando achava que o Rio de Janeiro tinha acabado, conhecia um novo bairro, novas pessoas e maneiras de viver.

O apartamento do meu amigo, um pouco maior do que o cubículo que eu morava, apresentava um astral positivo. Tinha janela, ar corrente e a pia não ficava em cima do vaso sanitário, o que me pareceu um bônus. Rosário e Francisca entenderam e deram total apoio a minha decisão.

No apartamentinho da Glória, eu podia olhar o céu estrelado do Rio de Janeiro, pensar em como seria meu futuro naquela cidade e se o destino me surpreenderia ainda mais. Algo dizia que sim, mas não tinha ideia que seria tão longe, louco, intenso… o que poderia vir para mim?

— Tudo! – gritou Jujuba da pequena cozinha, parecendo adivinhar meu pensamento.

— Tudo o quê?

— Minha amiga ligou. Olha que demais. A emissora de TV virá gravar no Centro no domingo e, quando eles aparecem, ela consegue da gente fazer figuração e ganhar um troco. Quer ir?

— Figuração?

— Novela, boba!

— Novela? Uau, vocês fazem novela?

— Sim, fazemos, ai, Belinda, me sinto uma estrela. Às vezes, passo lá atrás sabe, mas me acho tanto, fico tão lindo no vídeo. Às vezes, aqui no prédio, até me reconhecem.

— Jura? Nossa, adoraria ir.

— Querida, já dei seu nome. Belinda, prepare-se! Você será a figurante mais linda de todas as novelas.

Fiquei rindo. Não tinha ideia do que ele estava dizendo, não sabia bem o que uma figurante fazia, mas estava curiosa e o dinheiro extra seria ótimo.

Domingo demorou a chegar, mesmo a semana no Saara sendo corrida, com muito vai e vem e eu com olhos atentos para ver se minha tia estava por perto. O pesadelo parecia ter ido embora de uma vez. Seu Rosário achou engraçado estarmos animados para fazer "ponta" na novela.

— Vocês vão é ficar cansados. Já escutei dizer que novela demora demais. Sabia que uma cena pode durar horas para ser feita?

— Seu Rosário, eu sou uma estrela – dizia Jujuba. – Em algum momento, vão me descobrir e enlouquecer com o meu talento. E ainda mais quando a Belinda for comigo. Linda demais, vai me abrir portas.

— Até parece. Vão olhar para minha cara e dizer: Essa aí veio do Pantanal e não sabe nem o que uma figurante faz.

— Você pega o jeito rapidinho. Eles vão mandar você andar, parar, olhar. – Jujuba começou a se movimentar como um modelo com caras e bocas. – Você faz o que mandarem e vai dar tudo certo.

Seu Rosário observou e não aguentou ficar calado:

— Isso nasceu no corpo errado!

— Para, seu Rosário. Sabe que amo o meu corpinho!

— Sei. Deixa descarregar as compras que eu não tenho a sua vida.

No domingo, Jujuba acordou cantando. Parecíamos que estávamos nos arrumando para uma festa. Meu amigo conseguiu com uma amiga roupas que eu poderia usar, e a moça, quando soube que eu não tinha calça jeans, me presenteou com uma. Não tinha o menor costume e confesso que fiquei sentindo que meu corpo tinha sido comprimido naquela calça.

— Escultural. Só falo isso. Tenho nojo de você, Belinda. Nada na cara e essa cute linda.

— Cute?

— Pele, meu bem. Gente chique não fala pele, fala cute. Assim como não falam bege, falam nude, e não falam branco, falam off-white, e esse povo importante também acredita que existem variações de branco.

Fiquei olhando, pensando no porquê de complicar algo tão simples como as cores, mas quem era eu para questionar o que quer que fosse? As pessoas importantes deveriam saber muito mais do que eu.

Chegamos à gravação eufóricos. Ercy, maquiadora amiga de Jujuba, veio nos receber e nos levou para uma área onde estavam outras pessoas.

— Aqui é onde fica a mulambada, mas sentiu a moral, né, Belinda? Chegamos com a maquiadora. Ercy manda muito!

— Nossa, não entendi bem o que você disse: mulambada?

— O povo que vai gravar junto.

Fiquei bem tímida no meio daquela gente. Nessas horas, lembrava que não era dali.

— Quando você faz essas caras, lembro da Marisa Monte cantando: "Eu não sou da sua rua/ Não sou o seu vizinho/ Eu moro muito longe, sozinho/ Estou aqui de passagem…"

Eu tinha vergonha de assumir quando ficava sem entender algumas colocações do Jujuba. Dava um sorriso e pensava que um dia correria atrás das diferenças e compreenderia melhor as falas com códigos do meu amigo. Eu precisava de um dicionário de gírias.

Uma moça veio na minha direção, passou a não nos meus cabelos, me analisou e perguntou:

— Quanto você tem de altura?

— Não faço ideia.

— Não?!? Ai, vocês figurantes deveriam vir com uma tarja com números. Levanta por favor! Hum, você deve ter um sete três. Altura ótima. Um minuto, não saia daqui.

Jujuba veio na minha direção com a boca aberta, colocou a mão na minha coxa e ficou me explicando que a moça de fala seca trabalhava no figurino e decidia o que vestiríamos. Ele disse que, pela maneira como me tratou, me colocaria em local de destaque.

— Eu odeio esses seus olhos azuis, Belinda!

— Por favor, não fala assim, a cruel da minha tia disse exatamente isso.

— Sorry... Ela falou sério e eu, não. Adoro você, modelete. Presta atenção em tudo que o diretor disser. Eles falam rápido, não olham pra gente e é até melhor que não olhem mesmo. Quando isso acontece, é pra chamar nossa atenção.

— Nossa! — Que raios era sóri?

— Eles dizem que televisão é fábrica de fantasia.

Meu amigo entendia tudo de televisão. Tentei prestar atenção a cada detalhe para não fazer feio na frente do povo. Estava em pânico. Mesmo que figuração não fosse um emprego e amanhã tudo acabasse, queria fazer o melhor. Mesmo que, obviamente, ninguém estivesse interessado em mim, eu me dedicaria.

Ao redor, tantos equipamentos, pessoas passando, gente gritando, outros carregando roupas e depois de quase duas horas sentada, escutei um burburinho entre as pessoas e um grupo passou agitado, causando um certo frisson. Logo entendi: os atores da cena que apareceram. A moça tinha um jeito naturalmente perfeito, um corpo lindo, cabelos longos, loiros e, apesar de usar um shortinho, uma camiseta e óculos que nunca imaginei daquele tamanho, parecia uma princesa com a roupa mais chique de todas.

— A Flávia Alessandra é linda, né?

— Eu *acho* que conheço das novelas. E da porta do armário da casa da minha tia.

— É famosérrima, Flávia Alessandra, pelamor de Deus, Belinda.

— Linda mesmo. — Fiquei pensando como seria a vida daquela moça. Certamente tão diferente da minha, cheia de acertos, vitórias, emoções especiais e felicidades.

— Ah, olha, não fale com os atores. Aconteça o que acontecer, só fala se puxarem papo contigo. Eles não gostam muito de serem incomodados.

Aquela atriz tinha um ar tão leve. Será que se incomodaria com uma bobagem daquelas? De alguém falar com ela? Mas agradeci o conselho. Novas informações entrando pelos quatro cantos e eu queria mesmo aprender sobre aquele mundo novo, do qual estava levemente inserida, mas não tinha a menor ideia do que fosse.

— Você! – gritou um rapaz me olhando –, a figurinista gostou do seu look e estará enquadrada na cena. Mas tem que colocar um figurino melhor e fazer uma maquiagem de leve.

Jujuba me olhou estarrecido. Eu também pareci levantar e encarar minha cara de assustada. Tinha sido escolhida entre as garotas presentes para estar em um local mais estratégico da cena. Não tinha a menor ideia do que me mandariam fazer, mas aparecer ali seria uma das maiores emoções da minha vida.

— Qual o seu nome, garota?

— Belinda.

— Belinda do quê? Sobrenome? Nome artístico?

Fiquei com medo de meu nome chegar de alguma maneira nas mãos da minha tia. Não queria usar meu sobrenome verdadeiro. Nome artístico?

— Belinda... – falei, tentando ganhar tempo.

— Do quê? – O rapaz me olhava com os olhos arregalados de uma espera eterna. Primeira lição: o povo da TV tem pressa. Olhei para a sua mão, com um anel moderno e vi a caneta bic.

— Belinda Bic. Meu nome artístico é Belinda Bic. – Falei a primeira palavra que surgiu na minha frente. Fiquei esperando a reação do cara que continuava escrevendo.

— Gostei. Nome sonoro. Belinda Bic. Bic é sobrenome de família? – Não me esperou responder e saiu, como se minha fala tivesse uma "desimportância" enorme. Ele mal sabia que estava nascendo uma nova pessoa na frente dos seus olhos: Belinda Bic.

Daquele dia em diante, eu seria Belinda Bic.

SEIS

Atenção... Gravando!

"Você desce essa escada, sorri, não olha para a câmera,
segura esses papéis, eles precisam voar na hora certa.
Você entendeu direitinho o que é para fazer?" Medo!

Eu estava nervosa. Foi tudo tão rápido. Uma mulher me pegou pela mão, me levou para um ônibus-camarim, me mandou colocar uma roupa lindíssima, me explicou que eu seria uma advogada com uns papéis na mão e me levou até uma maquiadora. Uma outra moça arrumou meus cabelos meio de má vontade, mas ficou como jamais imaginei. Elas não me deram muita atenção, pareciam robôs, treinadas de uma maneira radical, com movimentos, braços, pernas e falas em uma ordem impressionante que me fez, em poucos minutos, estar pronta. Me senti meio uma boneca, sendo vestida, arrumada, sem sequer ser consultada. Como fiquei diferente. Jujuba me fotografou com o celular, eu com um sorriso ingênuo; aquela foto ficaria um dia em um porta-retrato da minha casa, em local de destaque como a imagem de onde tudo começou.

— Belinda, ui, você está demais! Menina, como você fica ainda mais bela maquiada.

— Obrigada, Jujuba. Nem sei como dizer isso, mas não saia nunca mais da minha vida.

— Não sairei, prometo. Vou grudar em você!

Umas garotas da figuração ficaram claramente chateadas com a singela atenção que recebi e as escutava com o forte sotaque carioca me criticando e reclamando, como se eu tivesse alguma culpa. Elas mal sabiam tudo que eu tinha passado para chegar até ali. A oportunidade parecia uma cena de filme, e eu estava sorrindo por dentro para não incomodar mais aquelas pessoas.

Fiquei olhando a agitação da gravação enquanto esperava ser chamada e pensando se alguma vez na vida alguém me viu de maneira especial. É como aquela moça que namorou durante toda a vida, mas os seus relacionamentos terminaram e ela hoje se pergunta se algum dia alguém gostou realmente dela. Arrumada pela primeira vez, percebi que em alguma situação desconhecida eu gostaria de ser amada, ter uma vida melhor, me vestir bem, ter algum dinheiro e me sentir um pouco mais amparada e livre.

Um rapaz passou por mim, fez um sinal e me levou com ele. Fui caminhando, olhando para trás e vendo Jujuba agitar os dedinhos, com um sorrisinho nervoso e mexendo os lábios me dizendo:

— Vai, vai...

Chegamos a uma sombra, onde uma enorme barraca com equipamentos dava a dimensão da seriedade do trabalho, e o rapaz fez um sinal para um cara sentado de óculos escuros.

— É essa aqui, oh!

O homem se levantou, abaixou o óculos e ficou me olhando.

— Bonita você, hein, garota! Faz teatro?

— Não.

— Quer ser atriz?

— Não.

— Gostei de você. Olha só, temos uma cena aqui com a Flávia. Ela vai sair do tribunal desesperada, tentando alcançar o Pigossi. Você estará parada na escada, matando o tempo olhando alguns papéis. A Flavinha vai dar um encontrão em você, que olha assustada. Depois, preciso que jogue os papéis que estão na sua mão com toda força para o alto.

Enquanto os papéis estiverem voando em *slow motion* vai entrar uma passagem de tempo na novela, tudo bem?

— Tudo bem. — Como explicar àquele homem que não tinha entendido nada, mas, vamos lá, tudo bem. Eu tinha vivido momentos piores. Sorri e fiz uma cara que entendi, inclusive o tal do *slow motion*. Não tinha a menor ideia do que poderia ser aquilo. Minha vida nunca fora fácil mesmo. Tiraria de letra. Comparei como quando a gente lava a louça e precisa pensar uns dois segundos antes. Pega o prato, lava, passa a água e coloca no escorredor. Eu estaria olhando um papel, a Flávia Alessandra me dá um encontrão, eu olho assustada e jogo para o alto os papéis. Repeti aquelas ações na minha cabeça e fiquei sentada na escada, onde seria gravada a cena, até que tudo estivesse pronto.

— Faz bonito, garota. Você é gata e ficará bem no vídeo. Tá ganhando uma chance, hein. Tem um mundo de gente querendo. — O assistente de direção apontou para as figurantes que me olhavam desconfiadas.

Flávia Alessandra foi a última a chegar. Estava linda. Se tinham colocado uma roupa bonita em mim, ela estava literalmente parecendo uma princesa, com um vestido rodado, cabelo enrolado, um loiro iluminado, uma maquiagem feita por profissional e caminhando com uma leveza admirável.

Vi Jujuba e outros figurantes sendo trazidos também. Foram posicionados, marcados e indicados a caminharem cada um para uma direção. Jujuba fazia biquinhos e ria para mim, mas por dentro eu estava tensa e meu corpo parecia uma geleia. Já estava achando esse negócio de ser atriz muito difícil. As pessoas ali ao redor esperavam que todos fizessem certo. O diretor pedia ajustes, câmeras para todos os lados, pessoas com várias coisas penduradas na cintura e um ar de cansaço. Pelo que entendi, tudo estava marcado em horários, cenas, atores, cenários, e nada podia dar errado.

Flávia Alessandra caminhou na minha direção e me olhou sorrindo.

— Oi, você é a moça que eu vou dar um encontrão?

— Sou, sim.

— Como você é bonita, que rosto exótico. Esses olhos são seus mesmo?

— São — respondi, achando o jeito de perguntar engraçado. Desde pequena meus olhos chamavam atenção das pessoas, e nunca tive dúvida de que eles fossem meus. Achava estranho quando alguém chegava mais perto para olhar como uma garota morena tinha olhos tão azuis.

— Eu vou descer supernervosa, tá? — me disse a atriz, olhando a escada como se calculasse os passos que daria.

— Tudo bem. — Decidi não falar muito, pensando na dica que Jujuba me deu de que atores não gostam muito que puxem assunto.

— Você não é daqui, né? — Será que eu deveria explicar para a Flávia Alessandra que eu tinha vindo de outro planeta?

— Sou de Ladário, no Mato Grosso do Sul. Pantanal.

— Aquele lugar é lindo! Bonito é lindo!

Sorrimos. Até que ela parecia simpática. Algumas pessoas nos olhavam surpresas por estarmos conversando. As outras figurantes pareciam nos acompanhar como se aquilo fosse uma cena para ser assistida. Algo do mundo do inacreditável.

A atriz principal costuma ser muito bajulada. Impressionante como vinham e repetiam retoques, palavras, delicadezas como se estivessem diante de uma rainha. Enquanto isso, eu parecia transparente. Falavam com ela, mas não me dirigiam a palavra. O diretor não tinha tanta reverência, mas o restante da equipe, sim, e eu observei aquela situação como quem entra em um mundo novo que sequer imaginou existir.

O diretor veio acelerado, repassou com a gente a cena. Explicou que gravaria primeiro a saída da Flávia por uma enorme porta. Ela com cara de choro. Indicou à atriz como agir, como se posicionar, explicou um monte de detalhes que não entendi sobre câmeras, os dois falaram da luz e eu boiei, mas prestei atenção. Jujuba sorria, apaixonado por todo aquele universo, feliz por me ver em local de destaque, e a gente se olhava louco para conversar.

Quando o diretor gritou GRAVANDO com tanta vontade, fiquei aliviada de saber que nenhuma câmera estava em cima de mim. Que nervoso! Fiquei impressionada com o talento da atriz. Saiu pela porta, segurou as mãos em cada um dos lados do enorme portal, exatamente como o diretor explicara. Olhou para a frente e gritou: Claudiooooooooooo! E olhou para a escadaria estendendo a mão. Fiquei surpresa com a emoção em uma cena tão simples. Assistindo ao vivo, tudo parecia maior. Os olhos estavam iluminados, como se uma lágrima fosse pular ali a qualquer momento.

— Corta! Valeu! Ótimo, Flávia.

O diretor subiu as escadas, comentou algo no ouvido dela, os dois caíram na gargalhada e eu senti que agora seria minha vez, e uma tensão interior subiu pelo abdome, chegando à cabeça. Dependia de mim e poderia fazer como me fora orientado.

Houve uma pequena dispersão, a maquiadora Ercy veio na direção da atriz protagonista e retocou a sua maquiagem. As duas falaram do cabelo que estava fazendo o maior sucesso entre as telespectadoras e sorriram animadas, comentando como as pessoas estavam sofrendo pelo amor proibido de Laura e Claudio. Fiquei pensando como deveria ser louco ter uma carreira em que o Brasil inteiro comentava, criava expectativas, avaliava e queria saber. Ser famosa deveria ser algo bem estranho. E quando falam com você como se te conhecessem da vida inteira?

Quando chegou minha hora de gravar, fiz um exercício interno para controlar minha taquicardia. Repeti interna e aceleradamente quantas vezes consegui, lembrando do esquema de lavar a louça. Pensa antes e vai. Olhe o papel, espere o encontrão da Flávia Alessandra, olhar assustado e os papéis que estavam na mão vão para o alto. Olhe o papel, espere o encontrão da Flávia Alessandra, olhe assustada e jogue para o alto os papéis na sua mão. Olhe o papel, espere o encontrão da Flávia Alessandra, olhe assustada e jogue para o alto os papéis na sua mão. Olhe o...

O diretor repassou mais uma vez com a gente o que teríamos que fazer e, por dois segundos, me senti uma atriz. Sabia que a cena era da Flávia Alessandra, mas não tinha como não me sentir alguém. Jujuba me apoiava com um dedinho em pé, mandando levantar a coluna e o queixo e fazendo um bico que eu não entendi bem o que significava. Vindo de Jujuba seria algo para me fazer forte. Fiz como mandou, levantei levemente a coluna e o queixo.

– Gravando! – Aquele grito me assustava tanto quanto Santana com um cinto na mão. Senti um calafrio e entendi que Flávia Alessandra viria na minha direção novamente. Os figurantes começaram a andar de acordo com o combinado e a atriz gritou o Claudiooooooooooo, mesmo não tendo validade, mas só para dar uma continuidade para a cena, conforme dissera o diretor. Como eles entendiam de fazer novela, nossa, como tudo estava milimetricamente marcado, organizado, mesmo sendo tudo uma enorme bagunça ordenada.

Flávia Alessandra desceu as escadas e senti seus passos profissionalmente seguros, ela sabia exatamente o que estava fazendo. Veio com o corpo e me empurrou com as mãos, enquanto claramente freava para não sair do que o diretor chamara de "marca". Olhei assustada, como fora pedido e joguei, fingindo *não jogar*, como me fora pedido, os papéis para o alto.

— Valeuuuuu! Flavinha, ótimo! Adorei a descida, ficou bom o empurrão na garota e perfeito o seu olhar junto com os papéis voando. A passagem de tempo vai entrar aí.

Fiquei parada, os papéis no chão, sem saber se podia sair ou se ficava congelada. A maquiadora Ercy entendeu minha fragilidade e veio me socorrer.

— Já pode tirar o figurino. Naquele mesmo ônibus que vestiram você, sua roupa está lá, lindinha!

Desci as escadas e honestamente nem vi quando a Flávia Alessandra saiu. Os meus poucos minutos de TV mostravam como tudo acontecia de maneira misteriosa, parecendo literalmente que faziam mágica.

Entrei no ônibus, uma moça magrinha, com um jeito bem humilde, me entregou as minhas roupas. Depois soube que ela estava em situação semelhante à minha, com poucos dias no Rio de Janeiro. Parecia ainda mais tímida e acuada, tendo o desafio de ser assistente de camarim sem entender nada do assunto. Eu sabia o que aquela moça estava sentindo.

Quando desci com a minha roupa, Jujuba também já tinha trocado a dele.

— Olha, vou te contar. A cena era da Flávia Alessandra, mas só consegui olhar para você.

— Ah, só você, Jujuba.

— Eu? Belinda, você não tem ideia como estava linda. Eu vi no monitor!

— Obrigada, mas não posso acreditar. Você é meu amigo, um suspeito para opinar.

Enquanto ríamos do susto que passei, a maquiadora Ercy se aproximou animada.

— Você já tinha feito algo como atriz antes? — Se fiz algo como atriz?

Pensei em explicar que só consegui fazer o que me pediram porque lembrei como se lavava bem uma louça. Movimento, ordem das ações e foco no que precisa ser feito.

— Não exatamente.

— Achei você bem natural. O assistente de direção perguntou se você não gostaria de fazer mais figurações na novela. Achou você bem na cena e a novela está sempre buscando figurantes bonitas para ficarem em locais mais estratégicos.

— Ai, para, eu venho em gravações há mais de um ano. Ninguém nunca me olhou diferente e nunca achou nada de mais na Jujubinha. Sou uma magrela qualquer mesmo — se lamentou Jujuba, e mudou o tom de voz. — Amor meu, Belinda linda, é só uma figuração, mas é na maior emissora do Brasil. Vai ganhar dinheiro, encontrar gente bonita, escutar diretor berrando no seu ouvido e quem sabe conhecer pessoas que possam te ajudar.

— É, Belinda, não espere nada de mais de figuração — avisou Ercy. — Acho que, pelo que o Jujuba falou de você e da sua história, de repente consegue algo para melhorar sua condição aqui no Rio de Janeiro, mas não se iluda, é um trabalho árduo. Hoje, você ficou na cena com a estrela, mas terá dia que nem vão notar sua presença.

— Isso para mim é o de menos, quero ter um dinheiro extra. Posso ganhar bem mais do que no bar do seu Rosário. Como vou dizer isso para ele e a Francisca?

— Olha, figuração não é um trabalho certo, tem dia que você grava, outros, não. Você pode continuar trabalhando para esse moço e, quando der, grava e tira um extra — disse a maquiadora tentando ajudar.

— O seu Rosário vai querer, Belinda. Ele te adora. Parece até que gosta mais de você do que da Francisca.

— Para, bobo. Ele ama aquela filha.

— Mas adotou você.

— E sem querer nada em troca — falei, pensando nas pessoas que nos ajudam mesmo sem ser sangue do nosso sangue.

— Aproveite a pequena chance — comentou Ercy. — Normalmente figurantes não são muito olhadas, mas você chamou certa atenção. Até o diretor comentou quando seu rosto apareceu no monitor. Já que você é uma moça humilde, precisa crescer na vida, a emissora pode ser um caminho para chegar em algum lugar. Eu comecei nova como assistente de contrarregra. Fiz curso de maquiagem e devagar fui subindo. São vinte anos na casa. Abracei minhas chances, sem ficar me lamentando, e venci. Não sou rica, mas sou feliz.

Fiquei olhando Ercy e senti verdade nas suas palavras. Ela me aconselhou a tentar com cautela, viu muita gente se iludir no meio de televisão, mas também acompanhou muitas pessoas crescendo e conquistando seus espaços.

— Aprenda uma coisa, moça, a televisão é a *egoland*, a terra do ego onde vai encontrar gente de tudo que é jeito, um mundo que às vezes você ama e também sente nojo. A sua cabeça é que vai dizer como as coisas vão acontecer. Seja leve. Mas posso dizer? Você parece que deve seguir esse caminho. Minha intuição não falha. Fique com meu telefone. Me liga, vou te informar como terá que proceder. Tenho um amigo fiscal, provavelmente terá que entrar pela portaria 4 com o apoio de uma agência de figuração, mas na entrada mesmo consegue falar com ele. Vou verificar e te digo.

Saímos da gravação e Jujuba não parava de falar. Fiquei pensando nas garotas que comentaram sobre figuração ser humilhante. Mal sabiam o que eu tinha dentro de mim. Uma oportunidade? Nada de mais? Não tinha tanto valor por ser um trabalho inferior? Não para mim, porque me dedicaria, daria o meu máximo e, fosse como fosse, sentia algo movendo o meu pensamento para frente, em busca de uma vida melhor. Coisas boas aconteceriam a partir daquela surpresa do destino. Olhando o céu do Rio brilhando mais forte que o normal, me senti estranhamente forte.

SETE

Vim roubar seu coração

*Às vezes, nos piores dias, teremos acontecimentos surpreendentes.
Desses que marcarão o nosso ser como uma arma
de amor apontada para o nosso coração.*

Foi tudo muito rápido. Dias depois, me despedi de Rosário e Francisca, que compreenderam minha vontade de crescer e voar. Choramos juntos nossa amizade, a ajuda tão especial que me deram e por terem estendido a mão quando mais precisei. E como se não bastasse todo o carinho, seu Rosário me disse:

— Belinda, você vai na tal da emissora, olha, vê como é e tenta. Se não der certo lá, você volta e seu trabalho estará te esperando aqui.

— Oh, seu Rosário. Nem sei como agradecer por tudo que o senhor e a Francisca fizeram por mim, inclusive a ajuda para que eu tirasse meus documentos.

— Eu já tive a sua idade, já fui de querer mergulhar em um desafio em busca de dias melhores. Você precisa ir até lá e viver isso, mas olha, pelo que escuto dizer, televisão não é nada fácil. Os dias que você não for gravar, vem aqui para o Saara e continua ganhando para distribuir os cupons do bar.

— Perto do que eu passei, será moleza. E, claro, o senhor deixando, vou adorar continuar aqui.

Seu Rosário baixou o olhar. Estávamos um dia fechando a loja e contei a ele sobre tudo que vivi. Ele ficou chocado e emocionado com a minha situação. Acho que Antunes já tinha contado, mas, por pura bondade, fingiu escutar a história pela primeira vez e se emocionou novamente com a minha dor. Rosário e Francisca passaram a ser a família que me faltava naquele momento. Assim como Jujuba, que parecia tão feliz por mim quanto eu mesma.

Ercy me passou todos os dados, confirmando minha ida e me aconselhando, mais uma vez, a não criar expectativas. Seria muito trabalho e ralação, sem glamour. Agradeci a atenção e prometi me dedicar para fazer valer toda a ajuda.

Cheguei à emissora depois de algumas horas no ônibus. Como era longe a Glória de Jacarepaguá. No primeiro dia, decidi que aproveitaria o tempo do transporte para ler e melhorar meu vocabulário. No pequeno apartamento de Jujuba não tinham muitos livros, mas achei um que gostei. Dizia na capa: *Últimos Poemas (O Mar e os Sinos)*, Pablo Neruda. Parecia ótimo. Em um dos textos, apesar de não entender ao pé da letra, me reconheci: "Sempre ganhei, por ter sido melhor, melhor que eu, melhor do que fui, a condecoração mais taciturna: — recuperar aquela pétala perdida de minha melancolia hereditária — buscar mais uma vez a luz que canta dentro de mim, a luz inapagável." Um rapaz me avisou que eu teria que descer ali, e caminhei bastante até chegar ao meu mais novo trabalho.

Depois que resolvi minha entrada na televisão, pela portaria 4, Ercy me encontrou para me apresentar à pessoa responsável pelos figurantes. Fiquei sentada muito tempo esperando, até que alguém se lembrasse de mim. Enquanto isso, surpresa, observei aquele mundo totalmente diferente de tudo. Eu não fazia ideia que o lugar onde gravavam novelas tinha um terreno tão gigante. Tudo lindo, arrumado, um gramado enorme com árvores frondosas, um pequeno córrego e estúdios muito grandes, altos, com um painel enorme de cada novela na entrada, indicando onde são gravadas as tramas. Quanta modernidade para os meus humildes olhos.

O que achei mais fofo foram os carrinhos que passavam de um lado para outro e, para minha surpresa, vi alguns atores de longe. Pessoas que conhecia pelo nome, mas elas nada sabiam de mim. Aquelas pessoas existiam de verdade e eu me sentia tão próxima, porque as tinha visto tantas vezes na televisão toda chuvisquenta da minha mãe.

Ercy foi me explicando mais ou menos como funcionava aquela máquina, porque retratar a realidade de uma televisão em quinze minutos é simplesmente impossível. Eu estava maravilhada, chocada com cada surpreendente e nova visão. Como se uma fada madrinha me levasse a uma terra mágica, Ercy apontava os lugares me explicando:

— Ali ficam as produções, tem uma praça de alimentação daquele lado...

O sol estava forte e chegamos finalmente à chamada cidade cenográfica. Impressionante, as casas pareciam reais. Ercy falou que quase tudo ali fora feito em madeira e que as casas estavam vazias. Como podia? Aí entendi que a gravação das cenas internas aconteciam nos enormes estúdios que vira anteriormente. Não seria mais fácil gravar tudo ali mesmo? Ercy ria com os meus questionamentos.

— Nunca vi nada igual.

— Imagino. Espero que você goste da externa de hoje. E aí já acerta tudo para conseguir vir novamente.

— Externa? Se alguém me falasse que um dia estaria no Rio de Janeiro, dentro de uma emissora de TV, diria que essa pessoa é louca.

— A vida é feita de pequenas e grandes loucuras, Belinda — falou Ercy, e deu uma piscadinha. — Você tem namorado?

— Não. Na verdade, nem penso nisso agora. Quero trabalhar, segurar firme nas oportunidades. Eu namorei um tempo o Zito, irmão de uma amiga de Ladário, a Cássia. Mas ele morreu e a gente acabou ficando melhores amigas por causa disso. Depois tive uns namorinhos, mas nada sério.

— Que triste.

— Foi inesperado. Ele estava ótimo e de repente apareceu com uma doença no intestino e em poucos dias faleceu.

— Você amava o Zito?

— Eu gostava muito. Tem diferença, né? Quando minha mãe morreu, ele me apoiou e ficou do meu lado. Eu não tinha nada para reclamar, só elogios, mas acho que meus olhos nunca brilharam profundamente por ninguém.

— Bem-vinda ao Rio de Janeiro! Aqui, duvido que seu coração não bata mais forte por alguém. As possibilidades são infinitas.

Fiquei rindo do jeito da maquiadora. Ela parecia tão divertida, despojada, simpática e com um sorriso cativante. Outra que, mesmo sem ser minha parente, estava me ajudando com a intenção de me ver bem.

O dia rendeu. Assisti cenas de novelas sendo gravadas diante dos meus olhos, fui posicionada para fazer nada enquanto atores falavam diálogos enormes, e fiquei sorrindo, congelada, enquanto uma atriz desabafava seus problemas na mesa ao lado para outra atriz. Notei como tudo andava acelerado ali.

Um mês depois, já tinha aprendido que deveria fazer o que me mandassem. Olhe para lá, fique parada, sorria, caminhe, volte, fique em pé, por favor olhe para a direita, não olhe na direção da câmera, mais natural, respire, naturalidade...

Quantas informações mais teria que aprender? Ao contrário da maioria ali, que claramente entendi estarem buscando fama, eu queria aprender. Se aquelas pessoas faziam televisão, eu desejava entender bem como funcionava. Nunca quis ser atriz, e talvez, tivesse outra profissão que eu pudesse fazer mas, enquanto isso, daria tudo de mim para ser a melhor figurante de todas.

Alguns dias depois, já acostumada a chegar à emissora, fui para o estúdio onde faria figuração em uma cena que teria uma sala de espera. Mais uma vez, a personagem de Flávia Alessandra encontraria Marco Pigossi. Três figurantes foram colocadas lendo revista, enquanto a personagem de Flávia chegaria. Pigossi entraria nervoso, suado como se estivesse procurando desesperadamente alguém. Que belo ator. Eu sabia muito pouco da novela, mas, pelo que entendi, os dois estavam brigados e o personagem buscava uma chance de falar com seu amor.

— Laura!

— Claudio!

Os dois atores fizeram uma máscara perfeita de surpresa e segundos antes estavam conversando como se nada tivesse acontecido.

— Eu queria me desculpar por ontem. — Fiquei curiosa para saber o que tinha ocorrido na trama. — Eu fui um bobo. Você é uma mulher maravilhosa e agora acho que te perdi por uma insegurança idiota.

— Claudio, você não confiou em mim!

— Eu não sabia que meu irmão estava por trás disso tudo. Nem imaginaria que ele desejava atingir você. Como acreditar que alguém da sua própria família vai agir contra nós? — Quando o ator disse isso, meus olhos se encheram de lágrimas. Foi como se aquela fala tivesse sido dita para mim. Fiquei me segurando e mantive a concentração no que o diretor mandara a gente fazer, deixar de olhar a revista e começar a olhar a cena sem alarde.

— Claudio, você não confiou em mim.

— Errei, mas não sei mais viver sem você. Penso 24 horas por dia na gente e está doendo demais. Eu não vou saber me reinventar no meio disso se você não estiver comigo... Abri com a minha família, agora não tenho mais ninguém, mas preciso do seu apoio, Laura. Eu te amo tanto... Esquece que fui um imbecil, me perdoa.

Flávia Alessandra caminhou na direção de Pigossi, os dois se olharam, ela colocou a palma da mão carinhosamente no rosto dele, um silêncio absoluto dominou o estúdio.

— Nunca imaginei que pudesse amar uma mulher desta maneira, me diz que não vai embora, diz que me quer para sempre, que sente o mesmo que eu.

Pigossi beijou a mão da atriz e os dois foram chegando mais perto. Alguém colocou no estúdio uma música linda, "Memórias" ("Come Wake Me Up"), da Banda Malta: "E quando eu me perco em suas memórias/ Vejo um espelho contando histórias/ Sei que é difícil de esquecer essa dor/ E quando penso no que vivemos/ Fecho os olhos, me perco no tempo/ Pra mim não acabou." De repente, os dois começaram a se beijar, eu não aguentei e uma lágrima caiu. Nunca algo tinha me emocionado dessa forma. Acho que só senti meu peito doer mais no enterro da minha mãe Mimizinha.

— Corta! Valeuuu!

Os atores se abraçaram, ficaram comentando sobre a relação do casal e me perguntei onde tinha ido parar toda a emoção de segundos antes. Pelo que entendi, normalmente essas pessoas ficam falando de como é a relação das personagens, tentando descobrir junto o que mais podem doar para melhorar as cenas. Mas e aquele amor todo? Fiquei impressionada com o desprendimento com a cena. Um grande amor, um beijaço e acabou com um "corta, valeu". O diretor falou com os atores e o fiscal de figuração nos buscou para que saíssemos do estúdio. Novas cenas seriam gravadas.

O diretor veio caminhando para sair do estúdio enquanto também nos retirávamos.

— Oi, queria falar com você. — O diretor segurou meu braço e eu fiquei imediatamente nervosa. Ai, o que ele queria comigo?

— Oi — falei, colocando o som quase para dentro de mim.

— Pode levar as duas outras figurantes. Deixa a... como é seu nome?

— Belinda.

— Deixa a Belinda comigo. — O fiscal obedeceu e saiu com as duas outras moças que não entenderam bem o que aconteceu. Nem eu.

— Olha, quando você estava na cena, eu vi que se emocionou. É que você não estava totalmente em quadro, mas, em um dos monitores do suíte, observei seu rosto. — Que depois aprendi ser o local onde o diretor fica. — Menina, você é muito bonita. Me impressionei. Você faz teatro?

— Não exatamente. — A minha resposta foi ridícula, eu sei.

— Mas já pensou em fazer *exatamente*? — Conversar com gente inteligente dá trabalho. — Bem, nem me apresentei. Eu sou Rogério.

— Prazer. — Minha voz continuava morando dentro de mim.

— Assim, eu tenho um papel pequenininho nessa novela. Vai ser um grupo de garotas que são amigas da irmã da personagem da Flavinha. É um papel bem pequeno mesmo, mas talvez honre mais a sua imagem. Seus olhos azuis no vídeo assombram. Eu notei também que você parece interessada. E aí, topa?

Enquanto aquele homem desconhecido me fazia uma proposta absurdamente de outro mundo, eu fiquei pensando nos figurantes que conheci na emissora e que tinham a certeza que um dia seriam descobertos e chegaria sua vez.

— Isso que você está propondo não é comum acontecer, né?

— Não, não é. Poucos figurantes ganham uma oportunidade, mas, pelo que vi na tela, eu posso garantir que não estou errado e talvez um dia você vire uma protagonista.

— Eu ainda preciso dizer sim ou não? — perguntei sorrindo, ainda meio sem graça.

— Claro, quero saber.

— É que achei óbvio. Eu quero, sim.

Não me pergunte como saí daquele estúdio. Dei meus dados para um dos assistentes do Rogério, pensando se ele fazia aquilo com todo mundo, e saí cambaleando como se estivesse bêbada.

Entrei no estúdio em dia claro e agora já era noite. Um barulho forte de cigarras me fez lembrar da minha casa. Eu estava feliz. O fiscal estava sentado com as duas moças me esperando. A figuração não ficava largada, andando para onde quisesse e sempre tinha alguém de olho na gente. Essa foi a primeira lição.

Caminhamos até a portaria. O local estava vazio. Saí pela portaria e fui caminhando com as duas garotas que mal conhecia.

— O que o diretor queria contigo? – Eu não podia contar.

— Nada de mais. É que ele achava que me conhecia – respondi rápido como fazia para fugir de qualquer perigo no Pantanal.

— Seu sotaque é de onde?

— Nasci em Ladário, no Mato Grosso do Sul, uma cidade na margem do rio Paraguai.

As duas se olharam. Uma delas, com um olhar mais sério e cara de nojentinha, não perdeu tempo.

— Desculpa, mas eu preciso falar. É que assim, seja o que aquele diretor te disse é mentira. Esses caras são safados, você não é de se jogar fora. Não caia na dele. Vai te levar para cama por causa do teu olho azul e te descartar.

— Obrigada por querer me ajudar. – Vai que a garota estava mesmo preocupada, mas algo me dizia ser apenas alguém buscando além do que devia. De gente problemática sabia me defender – Mas ele não falou nada de mais. Só queria saber de onde eu era, me confundiu com alguém.

— Sorte sua – falou a outra figurante, recebendo um tapa da nojentinha. – Para a minha cara ele nem olha.

Caminhamos pela rua da emissora até chegar à conhecida estrada dos Bandeirantes. Ali me despedi das garotas, que entraram em um carro, e fui andando na direção do ponto do ônibus que só tinha um rapaz com um uniforme de lanchonete. Eu, honestamente, ainda não sabia andar em lugar nenhum com segurança, mas Jujuba tinha feito anotações e não tinha como errar:

— Não olha para o lado, Belinda. Faz cara de carioca. Abre um livro e faz cara de quem está longe.

Abri a bolsa para pegar o livro e continuei caminhando, pensando na nova vida que recebia de presente. Quando estava quase no ponto do ônibus, um cara de moto parou do meu lado e perguntou:

— Oi, pode me ajudar?

— Ih, ajudar alguém? Eu não entendo nada de Rio de Janeiro.

— E quem disse que quero informação, passa a bolsa senão morre!

Meu coração acelerou. Meu Deus, estava sendo assaltada? Isso mesmo? Nada tinha e ainda queriam me roubar. Bem que me avisaram como a cidade estava repleta de perigos. Pensei um segundo em correr, mas achei que não ficaria bom para o meu lado. Estiquei a mão para entregar minha bolsa, quando um grito forte veio de longe:

— Larga a garota! Polícia! Tô armado! — Ai, o que eu fazia? Gritava de medo, corria, chorava?

O assaltante sentiu que o negócio ficou sério e não se mexeu.

— Desliga a moto — continuou a voz.

— Não tá escutando o que ele tá falando, meu irmão? — Uma segunda voz vinha tão forte como a primeira.

O criminoso desligou a moto, colocou no chão, vi uma arma cair ao lado, e os dois homens vieram na nossa direção.

— Tudo bem com você? — Olhei para o rapaz que segurava o meu braço e dei de cara com alguém que me congelou. Como ele era bonito. Como imediatamente podia me sentir tão protegida?

O outro homem foi logo na direção do assaltante, puxando algemas, vendo o que o cara tinha no bolso da roupa e escutando um apelo choroso do marginal:

— Ô doutor, desculpa, não queria fazer mal pra garota. É que tô desempregado, passando perrengue. Só ia pegar a bolsa mermo.

— Isso não te dá o direito de andar armado, covarde, dando uma de machão pra cima de mulher indefesa. Vai pensar no que fez na cadeia.

— Fica calma. — O moço com ar de galã de novela tentava me acalmar. Reparei no seu rosto marcante, um corpo atlético, magro, os cabelos lisos, nossa, que homem bonito. E olha que, desde que estava no Rio, muita gente bonita passou na minha vista. Pensei que o conhecia de algum lugar.

— Tudo bem. Foi tão rápido que não deu para ter medo.

— Meu nome é Gustavo Salles, sou jornalista. Meu amigo é da polícia civil e vai resolver tudo por aqui.

O policial sabia o que estava fazendo. Ligou logo para pedir uma viatura, disse que os dois me acompanhariam até a delegacia e que tudo acabaria bem. Comecei a ficar com certo receio. Delegacia?

— Não se preocupe, aqui no Rio, muita gente desiste de dar parte, mas a falta de informações sobre os marginais não ajuda a polícia. Esse meliante não te fará mais mal. Até porque, se fizer, né, otário?

— Não, não, eu não vou nem olhar pra ela.

E não olhou mesmo, mas confesso, não conseguia parar de olhar para o jornalista.

OITO

Sortuda

A sorte me escolheu. Eu não esperava, mas ela me escolheu. Ela me pegou pela mão, caminhou sorridente, me trouxe esperança e me disse que a vida poderia ser bem melhor. Será?

A confusão toda demorou para se resolver. Na delegacia, para o meu alívio, não vi mais o criminoso. O delegado, amigo do policial que prendeu o ladrão, me tratou com atenção. Expliquei tudo que tinha acontecido e depois do preenchimento das fichas necessárias e do meu depoimento, o delegado decidiu pela minha liberação.

Ao sair da delegacia, o meu corpo começou a tremer. Me dei conta do que tinha acontecido. Sofrera uma tentativa de assalto, tinha ido a uma delegacia e conhecera um cara bonito, educado e atencioso. Parecia até que estava fazendo parte de uma novela. Eu não sabia nem onde estava nem para que lado ir. Uma vontade de chorar começou a tomar conta de mim. Será que minha vida...

– Oi, você vai para onde? – falou o tal Gustavo Salles atrás de mim, interrompendo meu pensamento. Um frio me dominou. Virei com naturalidade, tentando melhorar a fisionomia. Detestava chorar na frente de estranhos.

– Eu vou para a Glória.

– Nossa, seus olhos são azuis?

– São sim.

– Uau! Que lindos! – exclamou ele num tom de voz engraçado, como se um resfriado o atrapalhasse para falar. Sorri e nos olhamos, tentando fingir que não estávamos nos observando com mais atenção. – Eu te dou uma carona.

– Imagina. Estamos tão longe da minha casa.

– Bem, de carro acho que você chega mais rápido. Basta de aventuras por hoje, Belinda. Você sabe onde está?

– Para ser franca, estava pensando nisso. Não faço ideia. – Rimos. Ele já tinha entendido que, como diria Jujuba, "eu não sou da sua rua" e vinha de algum lugar muito longe.

– Estamos na delegacia da Taquara, em Jacarepaguá.

– Hum, tudo bem. Não esquecerei a Taquara jamais.

– Viveu um grande perigo hoje.

Sem que combinássemos, caminhamos lado a lado até o carro. Sentei no banco da frente meio sem jeito. O que mais a vida estava reservando para mim? Sorri, olhando para o nada, enquanto o motorista ligava o carro. Uma música começou a tocar, e ele, a cantar em voz baixa enquanto saíamos da rua da delegacia. Gostei!

"93 million miles from the sun/ People get ready, get ready/ Cause here it comes, it's a light/ A beautiful light, over the horizon/ Into our eyes." (A 93 milhões de milhas do sol /As pessoas preparam-se, preparam--se/ Porque lá vem, é uma luz/ Uma linda luz, além do horizonte/ Para dentro de nossos olhos.)

– Bonita essa música.

– "93 Million Miles", do Jason Mraz.

– Gostei! – Eu não entendia nada vezes nada de inglês, mas a música parecia passar uma mensagem emocionante. Imaginei que falasse algo sobre amor, um casal e um encontro. Me imaginei devaneando, quando a voz do moço se voltou para mim.

– Me fala de você. Por que estava aquela hora ali?

– Saí de uma gravação.

– Você é atriz?

— Mais ou menos sou, sim — falei de uma vez só.

— Mais ou menos foi ótimo. Como é esse mais ou menos? Estuda teatro?

— Aconteceu muito rápido. Fui ser figurante e agora peguei um papelzinho na novela das sete. — Fui franca.

— Então agradeça. Aqui no Rio, em cada esquina tem um ator. Conseguir trabalho é difícil, uma concorrência danada.

— Hoje, concorri com duas e elas não gostaram do diretor falar comigo no final da gravação.

— E ganhou das duas?

— Parece que sim.

— Parabéns!

Depois Gustavo quis saber sobre a minha cidade e, quando escutou parte da minha história, omiti o que dizia respeito a minha tia, ficou bastante impressionado. Imagina se soubesse que desde que cheguei ao Rio apanhei de cinto, participei de uma fuga para salvar a vida, dormi dentro de uma caixa de sapato, entreguei cupom, arrumei um amigo gay que virou meu irmão e consegui um emprego de atriz com um mês de emissora. Melhor não assustar o moço com tantas surpresas do destino.

— Você tem cara de sortuda. Eu conheço uma mulher sortuda de longe. — O jeito dele falar definitivamente tinha um quê de novo para mim.

— Ah, vou lembrar disso amanhã quando acordar.

— Hum. Vamos pensar. Você ganhou de duas atrizes, não foi assaltada porque um policial apareceu bem na hora…

Ficamos rindo enquanto ele ressaltava que mulheres sortudas poderiam ser um problema, já que elas conseguiam tudo que queriam, e davam um trabalho enorme para a humanidade porque as energias convergiam para que chegassem aonde desejassem.

— Teoria curiosa essa sua — falei meio tímida.

Não tenho como descrever a conversa no carro. Que pessoa simpática. Divertido, cheio de entusiasmo para contar histórias e um jeito doce de falar. Contou também sobre a sua profissão, repórter de TV. Bem que eu conhecia aquele rosto de algum lugar, que gafe.

— Desculpa não te reconhecer. Onde eu morava, via pouco televisão e, honestamente, a da minha mãe não tinha a melhor imagem.

— Quer dizer que você está na mesma emissora que eu?

— Bem que achei que te conhecia na primeira vez que te olhei.

— Mentirosa. Olhou para mim e não viu nada de mais. É isso que dá ter feito jornalismo, se eu fosse galã de novela, você lembraria imediatamente. — Se ele soubesse como fiquei paralisada quando chegou perto de mim...

O bairro da Glória parecia do outro lado da cidade, mas chegou muito rápido e eu teria que sair daquele carro, quando, na verdade, queria um copo de água com açúcar. A conversa tinha sido incrível, a beleza daquele homem me atraía, e só mesmo a hora não contribuía para que continuasse ali.

— Olha, obrigada. Nem sei como agradecer. Você foi um cavalheiro em me trazer aqui.

— Imagina. A conversa foi agradável e valeu a pena estar ao seu lado, mesmo por pouco tempo.

Nos despedimos com dois beijinhos, desci do carro e dei três exatos passos quando ouvi a voz dele.

— Belinda, deixe seu telefone comigo.

— Não tenho.

— Você precisa de um, urgente.

— Eu sei. — Como falar para aquele cara a minha situação de mais dura do que o assaltante? — Vou deixar o do meu amigo Jujuba, moro na casa dele.

— Anota aqui. — Ele estendeu papel e caneta, e eu escrevi o número com a mão tremendo. Minha letra ficou horrorosa.

Fui andando depois de mais dois beijinhos e entrei no apartamento. Jujuba estava na cozinha, preocupado pela demora.

— Nossa, já estava quase ligando para a polícia.

— Se ligasse, me encontraria.

— Hein!? Tá doida, Belinda beleza perfeita?

— Se eu te contar a minha noite, você não vai acreditar.

Depois de quase uma hora contando tudo, óbvio, Jujuba duvidou da maioria das minhas falas.

— Você não pode ser virada para a lua assim. Sortuda da pior qualidade. Não creiooooo! Olha hein, sua vida não é novela, mas vive cheia de novidade!

— Você é a segunda pessoa que diz que sou sortuda hoje.

— Quem foi o primeiro? Deixa adivinhar, o Guga Salles. Foi ele? Claro, só de entrar no carro dele. Gente, esse homem é uma loucura. Sabe quantas mulheres dariam a vida para estar ali, andando da Taquara até a Glória com esse boy magia? Para mim, nesse nível tem o Marcio Garcia. São uns homens lá no topo máximo da beleza, a gente até dúvida que existam de verdade. Menina, concordo com esse cara, você é a sortuda master.

— Olha, se depois de tudo que passei a sorte finalmente sorriu para mim, vou aproveitar o máximo e agarrar todas as oportunidades.

— Certamente, você merece. E, gente, não acredito ainda que o diretor da novela te deu um papel. Me promete uma coisa, quando você ficar muito famosa, vai me contratar como seu secretário particular. Vou amar abandonar o Saara e cuidar de tudo da sua vida. Nasci para ser dona de casa, sabe, daquelas que amam cuidar de flores, fazem as melhores festas e administram a casa?

— Ah, claro, um dia serei famosa e vou assinar até sua carteira de trabalho. Pode deixar, se eu ficar rica, a gente casa e o marido sou eu!

— E o Gustavo Salles? Será o que seu?

— Meu marido número 1! Agora vamos dormir, porque seu celular precisa tocar.

— Se tocar, quem será? O Rogério diretor famoso ou o Gustavo Salles, perfeito concorrente direto do Marcio Garcia?

Pergunta se consegui dormir logo? Ansiosa, louca para que aparecesse alguém na minha frente e me mantivesse calma, trazendo a tranquilidade de que o futuro seria melhor do que poderia esperar. Mas desde quando sabemos sobre o nosso amanhã? Será que seríamos mais serenos se alguém viesse no nosso ouvido e falasse: "Fique calma, todo o seu mundo está ganho, sua boba. Basta apenas continuar o que está fazendo e mergulhar com bons sentimentos." O sono estava ali do meu lado, mas não conseguia deitar a cabeça no travesseiro. Uma sensação forte de que teria muitas surpresas e que talvez não fosse predestinada a ter uma vida pacata. Alguns dias, eu pensava que precisava de um homem que me amasse, já que tinha um pai que me odiava.

Acordei com Jujuba cantando alto, numa animação surpreendente. Senti meus olhos inchados, estava cansada demais e com tantos pensamentos que relaxei da tensão, dormindo mais do que o normal.

— Belinda, bom dia! Já estava preocupado. Deixei você dormir porque esse é o papel do seu assessor.

— Só rindo, Jujuba. E como te pago?

— Quando estiver por cima, a gente conversa.

— Amo de paixão seu otimismo. Eu, uma figurante milionária?

— Sinto informar, você não é mais figurante. Uma tal de Jurema telefonou. Ela é lá da *sua* emissora, está tudo aqui anotado. Você vai amanhã com a sua documentação para assinar um contratinho e fazer parte do elenco. O que o tal diretor disse, O SONHO, se tornou realidade.

— Nossa. — Sentei na cadeira da pequena cozinha, atônita.

— O homem gostou mesmo de tu.

Tomei café com leite e comi pão com manteiga, pensativa. Meu olhar de sono parado denunciava como estava preocupada em dar conta desse novo momento.

Depois de tomar um banho, desci para comprar umas frutas e caminhar um pouco. O bairro da Glória e sua enorme agitação me dava a dimensão do que sentia por dentro. Pessoas imaginárias andavam dentro de mim, falando sem parar, me colocando cheia de emoções num eterno vai e vem.

Aproveitei que estava na rua e fui ligar para a Cássia. Minha amiga trabalhava em uma escola e, quando escutou minha voz, não acreditou. Contei tudo que tinha vivido e ela chorou emocionada por eu estar ótima.

— Bem que eu vi que algo tinha acontecido. Fui falar com o seu Joselino e ele veio com um papo de que você tinha traído a confiança. Como você partiu daquela maneira, imaginei logo alguma armação.

— Não diga que liguei.

— De jeito nenhum. Ele é seu pai, mas não presta e a gente sabe disso. Ele comentou comigo que daria um jeito de te encontrar.

— Mas, olha, estou bem e não devo nada a ele.

— E esse Gustavo Salles é lindo como na TV?

— Não, demorei a reconhecer… brincadeira amiga, ele é ainda mais lindo do que você imagina.

— Meu Deus, só um banho de rio pra acalmar.

— Vou desligar. Se um dia as coisas melhorarem aqui, eu vou aí te buscar.

— Vou adorar. A gente continua na mesma miséria, e para mim seria um sonho conhecer o Rio de Janeiro.

— Não esqueço você, assim que der, vamos nos ver.

— Vou rezar pra isso acontecer, Belinda.

Eu e Cássia não conseguíamos imaginar aonde eu poderia chegar. Minha vida até aquele dia foi uma e depois o tempo mostraria mais…

O diretor Rogério não tinha ideia de como eu abraçaria aquela oportunidade e faria uso para crescer ainda mais na minha carreira que antes sequer existia.

Não posso dizer que foi fácil ser elenco de apoio. Tive que aprender a conviver e me comportar com muita sabedoria, porque qualquer deslize jogaria tudo por terra. Mas fui forte.

Durante a novela *Doce Sabor*, aprendi como me comportar diante de uma câmera. Quase não falei, minha personagem mantinha a boca fechada praticamente o tempo todo, mas estive em várias e várias cenas. Nesse mesmo período, me matriculei em um curso de teatro e fui aconselhada a procurar um empresário. Um dos assistentes de direção da novela, Geraldo, foi quem me indicou:

— Olha, tem um cara muito bom, o Zé Paulo. Ele tem um escritório aqui na Barra, você vai curtir o cara. Ele trabalhou anos com música e agora está abrindo o casting de atores. Falei de você, mandei uma foto sua que tirei aqui no estúdio, e ele quer te conhecer. Belinda, você tem futuro. Quantas cenas a câmera corre para te olhar? Existe uma sedução da TV que não é qualquer pessoa que consegue exercitar.

Aquele dia decidi que procuraria o tal Zé Paulo e quem sabe praticaria meu lado sortuda, caso ele quisesse me receber.

Quanto a Gustavo Salles, ele nunca ligou. Todos os dias me arrependia de não ter comprado um celular.

NOVE

Reencontro com ele

Pegue a caneta e assine seu contrato com a vida. Na cláusula terceira,
você terá direito a respirar ar puro, na décima, os dias serão ensolarados
e na última consta inclusive a possibilidade de um final feliz,
caso todas as outras cláusulas sejam devidamente obedecidas.

Se existe uma segunda vida, a sua começa agora. Nada de titubear, enfrente os fatos, encare aquele olhar, observe o mar e perceba a sua força para ser e existir sem medo algum.

As coisas na minha vida aconteciam, e eu na maior pindaíba de dinheiro. Enquanto não recebia das gravações – o pagamento das participações demorava sessenta dias –, aproveitava para entregar os cupons do seu Rosário. Ele ficou assombrado pelo convite do diretor:

— Olha, não entendo de televisão, mas isso aí que aconteceu com você não é comum. Sortuda!

— Até o senhor, seu Rosário?

— O que tem eu? – estranhou.

— Está me chamando de sortuda depois de tudo que passei? Todo mundo agora deu para dizer que eu tenho sorte.

— Ah, minha filha, você vai aprender que até a dor, às vezes, é uma sorte para a gente. – Seu Rosário me entregou o celular dele. – Liga logo para esse Zé Paulo.

Liguei. Fui atendida por uma moça com voz muito doce e bastante simpática. Falei da indicação do assistente de direção, expliquei que estava com um papel pequeno na nova novela, ela falou um tudo bem com tom de tudo ótimo, acostumada com a clientela, e disse:

— Amanhã, duas da tarde. Anote o endereço. Nosso escritório é do lado do Barra Shopping. – Eu havia passado ali várias vezes, mas nunca tinha entrado.

— Está ótimo, estarei aí.

Desliguei o telefone animada, contando pro Rosário, Francisca e Jujuba que no dia seguinte seria atendida por um empresário de artistas.

— Vai dar certo! Sabe que a vida só anda assim, né? Na loucura. Sempre digo que o Rio de Janeiro é mágico, a energia desta cidade não tem igual.

— Começo a perceber isso, Jujuba. Nem sei como vou dormir esta noite. O que vou dizer para esse cara amanhã?

— Não diz nada. Ele vai te olhar e descobrir tudo que tem por trás dos seus olhos. – Francisca falou isso com um semblante tão positivo, me fazendo acreditar.

Desde que Rogério me convidara para o pequeno papel na novela, eu estava começando a gostar dessa coisa de atuar. Ser o outro. Fingir que conhece alguém há anos. Conversar. Na emissora, gravava cenas com pessoas que nunca tinha visto, dando abraços afetuosos, expressando amizade de anos. E sempre lembrava do *casal* Flávia Alessandra e Marco Pigossi se beijando e depois conversando normalmente, sem nenhuma aproximação.

Entrei no escritório do tal do Zé Paulo observando cada detalhe. Uma mesa de vidro logo na entrada, com um vaso de planta enorme e as flores parecendo em suspensão. Um sofá chumbo retangular centralizava a visão da sala. Uma moça veio andando e falou meu nome:

— Belinda?

— Olá.

— O senhor José Paulo está te esperando, me acompanhe, por favor.

Andamos por um corredor cheio de fotos. Como ele conhecia gente famosa. Até Roberto Carlos estava abraçado com ele. Xuxa, Regina Duarte, Faustão, jogadores de futebol, Claudia Raia, Titãs... Ele tinha foto com pessoas que eu adorava.

A porta abriu e Zé Paulo estava falando ao telefone. Indicou uma cadeira colorida para eu sentar e observei a sala decorada certamente por alguém que entendia muito bem do assunto. A vista da avenida das Américas mostrava o dia ensolarado, e achei curioso eu já estar mais familiarizada com aquela cidade nada minha.

Enquanto falava sobre como queria que uma notícia fosse divulgada sobre uma atriz, Zé Paulo me observava. Sorri sem graça e tentei respirar calmamente, mas o ar entrava com mais força do que saía.

— Pronto, desculpe. Os negócios não param. Que bom que veio. Prazer, Belinda. Então quer dizer que uma atriz de papel pequenininho está causando certo furor no estúdio? O Geraldinho falou maravilhas de você.

— Ele está sendo demais comigo, me dando uma força nas gravações.

— Ele comentou sua história de vida, e adoro histórias de superação. Você veio de uma cidade pequena diretamente para a boca do leão.

— Posso garantir que a boca do leão encontrei antes. Tenho visto gente reclamando porque o fiscal de figuração gritou, porque estamos no sol e até porque está demorando. Eu vivi coisa bem pior do que isso e não vou desistir do trabalho por nada.

— Então está disposta a meter as caras?

— Claro, quero muito.

— Olha, quando vi sua foto, pensei logo que a TV precisa de rostos como o seu. Não que a TV seja só para pessoas lindas, mas o seu é muito exótico, esse seu olhar marca muito no vídeo. Em televisão, produtores de elenco olham três coisas: pele, cabelos e dentes. Se você tem uma pele bonita, um cabelo impressionante, dentes lindos, e ainda nos presenteia com esses olhos azuis sendo morena, acho que podemos trabalhar você para ganhar o mundo.

— O mundo? Eu não conhecia o Brasil além de Ladário e Corumbá, e agora você fala no mundo?

— O mundo já é seu. Você sabe que passou por cima dos produtores de elenco, né?

— Me falaram. Eles é que levam os perfis, como falam, para os diretores, né?

— Isso. Uma fauna de atores corre atrás deles. A maioria faz um trabalho sério, busca realmente pessoas interessantes, movimentam o mercado, lançam talentos, mas alguns poucos usam a profissão para se exibir, se mostrar, tratam mal e se acham os picas da galáxia. Aprenda que isso na carreira artística é muito comum. Dizem que artistas são sensíveis, humanos, mas muitos habitam no mundo dos egocêntricos, metidos, e você vai precisar se defender e ter alguém para te aconselhar. Não sou de fazer muitas promessas, mas me interessei pela sua imagem e posso encurtar teu tempo de luta. Vamos trabalhar juntos. Minha secretária já pegou as cenas que você participou e vou ver o que posso negociar. O Rogério, diretor da novela, é meu amigo pessoal. Nesse meio… sabe como é.

— Estou sem palavras.

— Diga que aceita almoçar comigo. Estou faminto, vamos até o Barra Shopping. Tem um restaurante lá que eu adoro.

— Eu não tenho dinheiro para pagar a conta do restaurante, muito menos seus serviços. — Mesmo que eu entregasse cupom o mês todo para o seu Rosário, ainda assim não daria para pagar a conta.

— Belinda, só vou ganhar dinheiro se você ganhar e quando ganhar. Vamos combinar assim?

Fomos caminhando pelo shopping, modernas lojas passando pela minha menina dos olhos.

— Onde você está morando?

— Na Glória, com um amigo chamado Jujuba.

— Vou preparar um contrato e assim que a gente assinar, daremos um jeito na sua condição atual. Você precisa de alguma coisa?

— Honestamente? Uma calça jeans, só tenho essa.

— Que marca você gosta?

— Não sei bem sobre marcas.

— Vou pedir para a Olga, minha secretária, resolver isso. Ela vai mandar para a sua casa.

No caminho até o restaurante, olhei melhor Zé Paulo. Levemente acima do peso, descontraído, um sorriso simpático, cabelos lisinhos que caíam no rosto e ele insistentemente jogava para trás, e um jeito de boa gente. Algo me disse desde o primeiro dia que poderia confiar nele.

Entramos no restaurante e notei o cuidado com a beleza interna. A maior porta que já vira na vida estava aberta. As paredes de madeira combinavam com as cadeiras arredondadas e mesas enormes que senti até pena de sentar. Jujuba adoraria estar naquele lugar.

Ocupamos uma mesa com uma pequena cachoeira por perto. Notei que os garçons conheciam Zé Paulo e o receberam com certa animação.

— Minha mais nova contratada, Roberto.

— Que moça bonita, seu Zé Paulo. O de sempre?

— Isso. Belinda, você bebe o quê? Refrigerante? Suco?

— Pode ser suco de laranja.

— Senhorita, temos um suco de framboesa aprovadíssimo pelos clientes. — O moço com um terno muito chique nos atendia seguro e determinado.

— Ela fez cara de que quer, Roberto. Pode trazer. Obrigado. Belinda, me fala se você cuida do corpo, alimentação?

— Honestamente, não. Sempre fui magra assim.

— Até ficar famosa. O dia que a fama chegar, nunca mais você será livre. Vai virar uma neurótica.

— Por quê?

— Você saberá. Vocês, mulheres famosas, ficam obcecadas pela beleza.

— Obrigada pelo mulher famosa.

— Ué, já vamos treinando.

Ficamos rindo e, quando olhei para a porta, dei de cara com ele, Gustavo Salles. Ali, parado diante de mim, e meu coração teve que segurar a tensão e fingir que nada estava acontecendo.

Ele ficou parado em pé olhando o salão, não me viu e caminhou na direção de uma moça muito bonita que certamente o aguardava.

— Posso pedir o que peço sempre aqui? Primeiro uma salada especial. Você come carne?

— Eu como de tudo. Já fui de não ter nada.

— Por enquanto. As atrizes não comem nada. E tem de tudo. A vida é louca, Belinda.

Fiquei rindo enquanto tentava observar Gustavo conversando na outra mesa. O Rio de Janeiro tão grande e a gente se encontrando? Pelo menos desta vez eu não estava sendo assaltada.

— Bem, Roberto, traz para a gente aquele filé-mignon irresistível no palmito, cogumelo e espinafre.

Quase levantei da mesa e fui falar com o jornalista. Para que pediu meu telefone se não ligaria? Então quer dizer que no Rio de Janeiro a moda é essa? Voltei a mim com a voz de Zé Paulo contando como tinha começado na carreira. Iniciou trabalhando novinho em uma gravadora, foi produtor de vários famosos, até que o mercado fonográfico começou a cair, ele passou a cuidar do show dos famosos, a história deu certo e agora estava começando com atores. Alguns bem famosos e outros como eu, que ele chamava de apostas. Aí sim, concordei com todo mundo, eu era uma sortuda.

Escutei uma risada alta vindo da mesa do senhor Gustavo Salles. Pelo jeito, o papo lá estava bem animado. Mandei embora qualquer esperança com os homens cariocas. Tinham fama de safados e as histórias confirmavam. Pediam telefones, te olhando fundo nos olhos e depois sumiam como se nada tivesse acontecido.

Os pratos chegaram e fiquei receosa de mexer no que mais parecia uma arte em forma de comida. A salada estava toda arrumadinha, como faziam aquilo? Com luva? O prato seguinte de carne chegou com ótima aparência e um cheiro deslumbrante da mistura de palmito, cogumelo e espinafre.

Fiquei reparando aquele lugar, a comida tão chique, e me lembrei da casa nojenta e suja da minha tia. Realmente, a vida carrega em si o dom da surpresa. No meu caso, os dias me mostravam que momentos bons poderiam acontecer para mim, e eu merecia. Decidi não questionar mais nada nem me achar uma coitadinha.

O almoço foi muito agradável e outra pessoa no meu lugar teria uma leve desconfiança sobre Zé Paulo estar falando a verdade, mas eu, não. Os olhos daquele homem me confortavam e me mandaram seguir. Também não tinha muita alternativa. Possuía seis peças de roupa e calos no pé de tanto andar para lá e para cá, e não esmoreceria. Me jogaria inteira na história da minha vida e provaria as minhas capacidades, realizando os meus sonhos mais secretos.

Saímos do restaurante com Zé Paulo explicando como funcionava o mercado. Poucos conseguem, pouquíssimos vivem muitíssimo bem e uma meia dúzia faz uma fortuna. De repente, enquanto pensava em um dinheiro que não sabia nem a quanto poderia chegar, escutei aquela voz:

— Zé Paulo, meu camarada!

Meu quase empresário virou para olhar e respondeu animado:

— Grande Guga Salles!

Não. Por favor. Não. Eu queria me jogar no vaso gigante de planta e ter meu dia de palmeira. Pelo amor de Deus! Como agir? Lembrei da minha mãe e o seu aceite. Fiz uma cara que depois saberia ser blasé e me mantive firme. Gustavo e Zé se abraçaram animadamente. Eu e a acompanhante do jornalista ficamos nos olhando. Ela fez um bico e eu me senti mínima. Que clima! Mulher conhece mulher. Mesmo que eu tenha saído do mato, entendi logo que aquela garota sacou algo no ar e não gostou de mim.

Quando os dois se separaram do abraço prolongado, Zé Paulo me apresentou para Gustavo:

— Gustavo, essa é Belinda, minha mais nova contratada.

— Belinda, nossa, você? Que demais!

— Vocês se conhecem?

— Claro.

— Desculpa, você deve estar me confundindo com alguém. — Tudo bem, tudo bem, eu sou uma idiota. Mas, se ele não tinha me ligado, por que cargas-d'água eu teria que lembrar dele? Não. Desculpe aí.

— É você… Bê… atriz! Nem acredito que te achei. — Fiquei muda quando ele disse isso. Me achou? Cara de pau! Ainda errou meu nome.

Uns instantes de mal-estar, Zé Paulo sacou a situação e prosseguiu:

— Belinda — corrigiu. — E como é que tá lá na TV?

— Tudo velho. Soube que o Junior agora vai ser supervisor do programa? — Gustavo descaradamente me olhava nos olhos, tentando entender por que eu não o reconheci. E por acaso o conheci algum dia na vida? Pediu meu telefone e não ligou. Então, desculpa, não te conheço. — Sério. Ele tá amarradão. Vai sair de férias e quando voltar já será o cara.

— Manda meus parabéns pra ele, e qualquer hora dessas vou lá tomar um café com vocês.

— Vai, sim. — Gustavo sorriu para mim, e senti ali que não tinha muitas forças para lidar com o que ele me causava. Muito atraente, estava envolto em uma imagem de um homem que eu nem sabia lidar direito. Imagino que um cara como ele não levaria a sério uma mulher como eu. Simples, ferrada, vinda do mato, cheia de ignorâncias, simplória e começando uma vida do zero. De onde eu o imaginei querendo algo comigo? Gustavo Salles, o famoso repórter da TV, vestia a calça jeans da moda, uma camisa de listras com um símbolo desses importantes, um relógio enorme, moderno, e um tênis branco com aparência de que acabou de sair da loja.

Os dois ficaram conversando entre si e a acompanhante do moço, apresentada como amiga, continuou me olhando fixamente. Fiquei com vontade de puxar conversa, mas a falta de palavras acabou ocupando todo o espaço entre nós.

Os dois se abraçaram de novo e entendi que iríamos embora. Gustavo me deu dois beijinhos e falou baixinho:

— Por que você disse que não me conhece?

Não respondi. Saí andando com Zé Paulo, como se um incêndio tivesse tomado conta do lugar e eu precisasse fugir dali.

— De onde você conhece o Gustavo Salles?

— Deu para notar?

— Tanto eu quanto a acompanhante dele descaradamente soubemos que você sabia de quem se tratava.

— Gustavo salvou a minha vida numa tentativa de assalto logo que comecei como figurante. Isso tem uns meses.

— E você não lembrou dele?

— Lembrei, mas ele pediu meu telefone e não ligou.

Zé Paulo deu uma gargalhada e me olhou desconfiado.

— Olha, vou falar uma coisa para você, o Gustavo é uma das melhores pessoas que conheço nesse meio. Sabe um cara bom? É assim. Já vi atitudes dele admiráveis. Se não ligou, algo aconteceu, porque se tem um cara raro no meio, adorado por todo mundo, com um caráter acima de suspeitas, é esse moço. Meu amigo de anos.

— Acredito em você, ele me pareceu um cara bom mesmo.

— Esse cara arrasta multidões. Ele tem o que chamo de carisma nato com as pessoas e com as mulheres, sendo mais específico, mas, apesar disso, é na dele. Podia ser desses pegadores vulgares, mas sabe se relacionar bem com as pessoas, com a fama e com tudo que o sucesso envolve. Os famosos são as pessoas mais acompanhadas e sozinhas do mundo. E digo mais, aquela mulher na mesa com ele adoraria ter uma amizade colorida, mas nada existe. Ali o assunto envolvia negócio. Ela é advogada da emissora.

— A fama deve ser estranha... — falei, tentando mudar o assunto.

— Será ruim se não souber se relacionar, como se fosse um veneno. Para algumas pessoas, parece um perfume.

Caminhamos um tempo calados, até que Zé Paulo me disse:

— Você não tem celular?

— Não, mas vou providenciar.

— Acho que você é a única pessoa que conheço descelulada. Vamos ao shopping. Vou resolver isso. E, olha, quando eu ligar, você atende. SEMPRE.

Fiquei sem saber o que dizer. Aceitava o presente? Zé Paulo fez questão de dizer não ser um presente, mas sim um aparelho necessário para a nossa comunicação. Aceitei. Eu estava cansada de ficar usando o número do Jujuba para tudo, mesmo que ele amasse brincar de meu assessor e anotar os recados com tanto carinho.

Enquanto escolhia um celular para mim, Zé Paulo me olhou sorridente.

— Diz algo que você ainda não fez no Rio?

— Não vi o mar, acredita?

— Tá de brincadeira, Belinda? Você nunca viu o mar? Quanto tempo você está no Rio?

— Uns meses, mas nunca fui olhar as ondas.

— Vamos resolver isso.

E assim foi feito. Depois de comprar o aparelho e ficar no carro me ensinando a mexer, adicionando os números dele, do escritório e da Olga, Zé Paulo pegou o carro e em pouquíssimos minutos chegou à avenida Sernambetiba. Desci do carro com os olhos brilhando e uma emoção forte me dominou o peito. Como o mar é imenso, intenso, como nos faz sentir vivos.

— Meu Deus! — Foi tudo que eu consegui dizer.

Caminhei pela areia, surpresa com a largura da praia, gente bonita tomando sol, e eu e Zé Paulo de roupa, meus olhos fixos no mar. Sentamos. Ele parecia feliz de realizar algo especial para mim.

Ficamos calados. Eu, olhando as ondas indo e vindo, o poder daquela água e o som desconhecido de uma fúria doce que incendeia a gente por dentro.

— O mar é ainda mais lindo do que pensei. Gigante!

— Esse mar agora é seu. Aproprie-se! E estou falando sério! A praia tem poderes mágicos para fazer a gente se sentir melhor. Lembre disso.

As imagens daquele dia jamais sairiam de mim. Toda aquela água me acalmou, e agradeci as oportunidades dadas pela vida e aquela especificamente de estar com mais uma de tantas pessoas especiais que tanto me ajudava.

Minha vida mudou naquele dia. Da garota que veio de Ladário vendida pelo próprio pai para uma tia covarde e infeliz, da garota que fugiu numa lata velha com ajuda de dois anjos chamados Antunes e Carmo, da mulher sortuda que conseguiu emprego no bar da esquina no Saara e conheceu duas pessoas maravilhosas, Rosário e Francisca, que me fizeram sentir amada pela primeira vez na nova cidade e até o meu querido Jujuba, um amigo que me fez descobrir que eu podia brilhar... Também, o que esperar de uma pessoa tão purpurinada, que entende tudo de luminosidade?

Minha segunda vida começou naquele dia, depois que conheci a imensidão do mar... Aprendi nesse período que não tem jeito, a caminhada também pode ser de despedidas. A gente finge que não, que só vai perder quando quiser, mas no dia a dia também temos que dar adeus quando gostaríamos de dizer "fique".

Quanto a Gustavo Salles, não o vi mais.

PARTE II

- Depois -

Que pode ser hoje, agora, depois mesmo,
mas está carimbado na eternidade.

"Eu vi todas as pessoas irem embora da minha vida.
Vivas ou mortas, elas se foram."

Belinda Bic

DEZ

No famoso programa de TV

Sabe quando algo muito especial acontece na sua vida?
Personagem de mim, estava ali sentada na frente do
Jô Soares e ele ainda queria saber o que eu pensava da vida.

Sorria. Sorria todo dia. Sorria agora, hoje e aqui. Sorria. Muitas vezes, a gente acha que não está no momento de sorrir. Sim, fazemos isso com a gente. Temos certeza que não nos cabe a alegria, que não nos veste a magia e que sorrir está fora dos planos. De alguma forma, nos fechamos para nós mesmos, levando a vida no automático, porque a rotina nos confirma que é hora de viver sem profundidade, que sorrir deve ser apenas algo no nosso exterior e não vale alimentar os sentimentos mais doces. Caminhamos apressados pensando em ganhar mais dinheiro, arquivamos nosso lado leve, porque ser duro, superficial e sem grandes sorrisos nos defende do medo da decepção. Se dar mal e viver dias tristes faz parte da jornada.

A vida é mágica, ela nos surpreende e nos lembra de que sorrir faz bem, sorrir salva e não é crime, sorrir liberta e aproxima, apaga dias ruins e nos traz a sensação de voar. E lá do alto, olhamos as casas pequenininhas, sentimos como o mundo pode ser muito maior e será. Nenhuma realidade engessada resiste a você sorrir no meio da dificuldade e acreditar que pode mudar para melhor tudo que andou pensando. A vida pode ser muito maior do qualquer ontem, e talvez você sorria como nunca aconteceu antes e se sinta muito feliz.

Foi isso que pensei enquanto estava no carro da produção do Jô, indo gravar minha primeira participação no programa. Cheguei atrasada, depois de ter literalmente um engarrafamento no céu paulista e a aeronave ter que dar uma volta em Santos.

Mal tive tempo para fazer o cabelo, optei por uma escova rápida e tentei acalmar os ânimos na maquiagem. Jujuba me acompanhou e parecia o entrevistado do dia. Zé Paulo chegou um pouco depois de mim, tinha aproveitado a ida a São Paulo para fazer reuniões na cidade. Estava eufórico. Eu tinha sido chamada a convite do Jô, e, para nós, aquela seria uma enorme conquista para a minha carreira.

Coloquei um vestido preto clássico, fiquei no camarim que tinha meu nome na entrada e uma cesta linda de frutas que sequer toquei. Um senhor sorridente entrou para prender o microfone na minha roupa, enquanto Zé Paulo não parava de falar ao celular. Assim que desligou com Olga, me olhou animado.

— Você está linda! Tenho certeza que sua entrevista será um sucesso.

— Essa mulher vai ser o bafo no programa! – Jujuba estava claramente nervoso.

— Quem imaginaria eu, um dia, no Programa do Jô?

— Seja você. As pessoas te adoram e vai dar tudo certo.

A gravação é tão rápida que depois a gente se pergunta se foi verdade. Uma produtora busca os entrevistados daquela hora. O Jô Soares grava vários programas no mesmo dia, e a agilidade no estúdio é total. Caminhamos por um corredor, pegamos um elevador para o segundo andar e paramos atrás do cenário, aguardando nossa vez.

Aplausos, estúdio lotado, acabou a gravação de mais um programa. Respirei fundo. Eu que já era familiarizada com aquele mundo me senti nervosa. Seria entrevistada pelo melhor de todos! Uau! Nessas horas, a atriz famosa, a comentada Belinda Bic, dava lugar para a garota que há quatro anos veio de Ladário para o Rio de Janeiro sem saber nada da vida. Quantos acontecimentos!

Fomos indicados a caminhar entre o espaço onde estavam as câmeras e as poltronas. Jô estava em pé e animado, acenou na nossa direção. Assim que me viu, ele sorriu e disse de longe:

— Obrigado por ter vindo!

Mal tive tempo de processar que estava diante do consagrado Jô Soares e ele já estava apresentando os famosos da noite. Logo depois, sentou e começou as entrevistas. Antes que eu pudesse processar onde estava, escutei:

— E eu vou conversar com ela que vem arrancando suspiros com a boa mistura de beleza e talento. Uma atriz que saiu do Pantanal para brilhar no Brasil e no mundo. Vem pra cá, Belinda Bic!

Caminhei tímida, olhando meio para baixo, mas assim que encontrei o apresentador e trocamos dois beijinhos, me senti mais calma.

Sentei, preocupada em não mostrar nada além das minha coxas. Jujuba tinha dito e repetido tanto sobre o assunto que foi impossível esquecer.

— Como você é bonita! — Foi a primeira fala do apresentador.

— Obrigada, Jô. Eu estou muito feliz de estar aqui.

O apresentador segurou minha mão, agradecendo eu ter aceito o convite e elogiou minha atuação na novela. Como a "protagonista" do folhetim das seis, estava superando as expectativas dos críticos que questionaram minha escolha para o papel.

— Agora, quero saber o porquê desse nome Bic, é sobrenome mesmo?

— Que nada! Foi influência da caneta. Quando fui questionada por um assistente sobre meu nome, ainda figurante, estava tão nervosa que falei a primeira coisa que vi, a caneta Bic na mão dele. Então nasceu Belinda Bic.

A plateia riu, e Jô não resistiu:

— Sorte da caneta que está ganhando propaganda de uma moça deslumbrante. Verdade que você aprontava na sua cidade?

— Nasci em Ladário, uma cidade muito pequena, e a gente brincava na rua, com o que a natureza oferece. Uma vez, quase matamos o pai da minha amiga Isabelly Benzi do coração. É que fomos eu, Cássia, outra amiga, e a Belly andar de caiaque. Quando o seu Helinho, pai da Isabelly, foi buscá-la na beira do rio, avisaram que um caiaque tinha virado e vitimado uma menina, mas a gente já tinha ido embora bem antes. O pai da minha amiga quase teve um negócio.

Jô continuou que eu tinha mesmo cara de ter aprontado muito. Depois perguntou da carreira, mostrou uma cena minha e comentou sobre eu ter sido uma figurante que deu certo, nascendo para atuar. Fiquei feliz demais com o elogio. O tempo voa enquanto você está sendo entrevistada.

Antes que a conversa acabasse, veio a pergunta:

— Namorando?

Eu não gosto de falar da minha intimidade e honestamente não tinha vontade nenhuma de divulgar meu relacionamento com Alexandre Máximo.

— Não sei se o meu empresário vai me deixar falar de vida pessoal.

— Cadê seu empresário?

Apontei na direção de Zé Paulo, que, bastante seguro, cumprimentou o Jô e respondeu:

— Não sou eu, ela que não gosta de falar.

— O Zé Paulo está ao lado do Jujuba, que trabalha comigo e foi um grande amigo que me ajudou quando cheguei ao Rio de Janeiro. Ele é seu fã, Jô!

— Jujuba, já gostei do seu nome, eu é que já sou seu fã! Olha, gente, eu conversei aqui com essa graça, essa atriz jovem e talentosa, Belinda Bic.

A entrevista foi um sucesso. Jô e eu ficamos alguns minutos conversando de mãos dadas e ele me elogiou, ressaltando que minha garra e história de vida eram admiráveis. Saí do estúdio numa alegria…

Mas como a vida não para, me despedi de Zé Paulo e corri para o aeroporto. Na mesma noite, estava voando para o Rio, com Jujuba repetindo como eu estava linda, como tinha sido maravilhoso me ver naquele sofá etc.

No dia seguinte, acordei cedo para uma gravação importante.

A porta da igreja abriu, eu e Kadu Luís saímos de mãos dadas. Estava amando o vestido. Se me casasse de verdade, usaria algo parecido. Um vestido com renda na parte de cima e uma saia enorme de tule. E haja tule! Meus cabelos estavam presos em um coque perfeito e uma coroa de princesa que tinha tudo a ver com o clima do casamento. Caminhamos eufóricos, seguindo em frente. Paramos perto dos degraus, olhamos para o alto, sorrimos, quase gargalhando e ficamos ali, com o semblante mais feliz de todos, em um sorriso de dois minutos, até que escutamos:

— Valeu! Corta. Obrigado a todos, tenham uma ótima noite!

A gravação estava encerrada e eu me casava pela segunda vez em uma novela. Desci os degraus com ajuda de um segurança, o camareiro Ninho veio animado na minha direção e Ercy me deu o abraço carinhoso que tanto bem me fazia.

— Ai, Belinda, você estava lindérrima! Ofuscou até as flores da igreja. Mulher perfeita!

— Obrigada, Ercy, você gosta muito de mim, aí acredita no que diz.

Fomos caminhando na direção do camarim-ônibus, onde tiraria aquele figurino enorme e estava liberada por duas horas.

Colocar o figurino tinha sido bem complicado e cada detalhe da maquiagem fora pensado, desenhado e marcado para recompensar os nove meses de sofrimento da minha personagem na tela da TV. Um dos programas da casa estava fazendo o making of, mostrando detalhes da maquiagem escolhida para mim, e Ercy explicou a escolha das cores pérola e rosa com brilhinhos na sombra.

Enquanto Ninho e uma assistente soltavam meus cabelos, vi no celular que Zé Paulo tinha me ligado cinco vezes. Troquei de roupa apressada e corri para a área de restaurantes. Eu teria tempo para comer algo e voltar para entrar a madrugada adentro gravando o que seria a tentativa de matarem minha personagem. Tudo levava a crer que teríamos uma longa gravação e eu ficaria chorando pelo menos umas cinco horas seguidas. Reta final de novela tinha muita ação e resoluções. Como atriz, nesse período, vinha uma força maior interior para segurar as tensões finais da trama. Respirava fundo, pegava bastante fôlego e seguia firme até o último take.

Jantei sozinha uma massa ao pesto, minha preferida, junto com uma salada verde. Um rapaz tímido parou na minha frente e pediu uma foto. Tony Ramos se aproximou me dando parabéns pela minha atuação e agradeci com o olhar emocionado. Ele, sem dúvida, estava entre meus atores preferidos. Um grande estímulo escutar aquela declaração. Antes de ir, sorrindo, falou:

— Vamos nos encontrar em breve.

Não entendi bem, mas, envergonhada, fingindo conhecer o assunto, concordei. Confesso, eu ainda tinha bastante receio de ter sido escolhida para caminhar no meio artístico. Apesar de já ter certa experiência e ser uma das atrizes jovens mais comentadas, com apenas 23 anos, quatro anos tinham passado desde a minha chegada ao Rio de Janeiro, me sentia estranha por ter um passado tão cheio de acontecimentos ruins, tristezas, contudo um futuro repleto de promessas absurdas que envolviam até filme em Hollywood. Como eu tinha chegado até ali? Talvez por nunca ter sonhado com isso. O destino fora tão surpreendente que, ao abrir os olhos, meu nome estava inserido em um mercado que jamais me imaginei. De repente uma atriz famosa, quando nunca me achei em condições de chegar nem perto de alguém importante.

Terminei de jantar e o celular tocou. Olhei a tela e vi o nome do meu namorado Alexandre piscando sem parar. Tínhamos brigado dois dias antes, sem nenhuma novidade, agindo como sempre fazíamos.

Várias vezes na semana, eu me perguntava por que levava adiante um namoro com tantas discussões, questionamentos, dúvidas e acusações. Ainda mais porque tinha certeza de não gostar dele. Estava cansada de tantas frases ofensivas. Muitos se perguntariam o porquê de Belinda Bic, uma atriz tão querida, aceitar um relacionamento de um ano e meio com um homem que acha ser seu dono, impõe condições, critica e até mesmo… humilha. Não sabia a resposta. Levava o namoro talvez por carência. Tinha vergonha por me sentir tão frágil. E Alexandre me dobrava com declarações de amor emocionadas, pedidos de desculpas extensos e demonstrações de arrependimento que não deixavam dúvida do seu amor por mim. Às vezes, você fica tentando entender a trama, mas seu problema significa ser uma das personagens. Será que as protagonistas interpretadas por mim tinham se tornado mais importantes do que eu mesma e a Belinda seria apenas uma coadjuvante da trama de Belinda Bic? Meio absurdo…

Enquanto caminhava pensando na relação mal resolvida porém sólida, peguei o telefone e liguei para Cássia. Há alguns anos tentava em vão trazê-la para o Rio de Janeiro, mas ela dizia que não podia deixar a mãe sozinha. Aceitou um celular de presente para que pudéssemos falar a qualquer hora:

— Oi, Cássia, querida.

— Oi. — Minha amiga estava com uma voz de choro.

— O que foi?

— Minha mãe morreu hoje cedo.

— Como assim? E você não me disse nada?

— Sabia que você estaria gravando, não quis incomodar.

— Você precisa de alguma coisa?

— Ficarei bem.

— Cássia, escuta. Vou ligar para a Olga te ajudar no que for preciso.

— Belinda, está doendo…

— Amiga, a gente sabe como você amava a sua mãe, mas agora que ela se foi não tem mais sentido você ficar em Ladário. Vou ligar para o meu empresário, ele vai acertar sua vinda para cá. O Jujuba vai com o Reinaldo buscar você no aeroporto.

— É, amiga, você venceu. Hoje, quando voltei do enterro, fiquei olhando esta cidade e tudo perdeu o sentido. Vou para aí sim. Alugarei minha casa, deixarei tudo resolvido, farei minha mala e irei para o Rio, pronta para te ver e mandar embora a saudade.

Desliguei o telefone, expliquei toda a situação para a secretária do Zé Paulo e, enquanto corria para a madrugada de gravação, fiquei pensando em como seria ter minha melhor amiga por perto. Eu estava acostumada a ser um furacão, a ser uma das pessoas que mais transformaram a própria vida em tão pouco tempo, tentava não pensar muito. Alguns dias, me sentia estranha por saber que meu pai tivera coragem de me vender para uma tia, mas tentava esquecer esse assunto. Nunca mais tive contato com ele ou com Santana. Zé Paulo cuidava de todos os detalhes burocráticos da minha carreira e, de alguma forma, mesmo sem que falasse nada, afastava essas pessoas da minha vida, me dando a segurança para seguir, ser feliz ou tentar ser.

Cheguei ao estúdio, aproveitei para tomar um banho e me arrumar para entrar novamente no mundo da minha personagem. Últimos dias de gravação e metade de mim estava cansada e a outra metade sentia um misto de alegria e saudade.

— Hoje está puxado — comentei com minha colega de trabalho, a atriz Dani Juvem.

— É verdade. Vamos amanhecer gravando, né?

— Ainda bem que a novela está na reta final. Preciso recarregar as energias.

— Hum, mas soube que você já está confirmada para a novela do João Emanuel Carneiro.

— Será? Espero que sim.

— Admiro muito a sua carreira, Belinda. Você me passa muita força.

— Talvez eu tenha mais do que você imagina. Mas que ninguém escreva a minha biografia, vão saber como sofri na vida. Como diz uma frase da internet: "Sou Frida, mas não me Kahlo."

— Ah, mas agora é uma das maiores estrelas do Brasil.

— Obrigada, ainda tenho tanto que aprender, minha amiga…

E tinha mesmo. Uma curiosidade a respeito da minha vida é que, depois da minha contratação por Zé Paulo, ele foi conseguindo vários testes para mim e, após diversas tentativas, peguei meu primeiro papel decente. Vivi uma mocinha na novela das seis que deixou o público apaixonado. Eu não fazia a protagonista, mas acabei ganhando espaço porque minha personagem estava sendo enganada pelo vilão e começou a ter a compaixão dos telespectadores. No fim da novela, as pessoas estavam tão preocupadas em saber o seu final quanto o do casal principal, vivido por Nathalia Dill e Rodrigo Simas.

Aquele dia, depois de gravar, tive que chorar muito, senti meu coração disparar e minha vida pessoal se tornou latente dentro de mim. Um processo diferente me tocou e não parei de me emocionar, mesmo depois de o diretor avisar que a cena tinha terminado. Chorei, chorei, chorei, e algumas pessoas da produção vieram me acalmar. Ercy, a maquiadora que tinha virado BFF, me abraçou e eu tentei explicar em vão o que estava acontecendo.

— Suas emoções – disse ela apenas. – Se entregue e chore. Chorar nos renova.

ONZE

A noturna

O beijo que sempre quis te dar, na noite especial em que a gente se encontrou. Eu tento fugir, mas não posso. Com os grandes sentimentos ninguém briga.

O telefone tocou, atendi, e Alexandre desandou a falar dos problemas com um de seus clientes, um desacordo profissional que não deixaria barato e custaria alguns milhares de dólares para seus negócios. Parecia falar sozinho, como se estivesse em um psicanalista. Tentei argumentar, mas ele continuava falando. Contou o problema, comentou fatos, ponderou circunstâncias, concluiu pontos e praticamente desligou o telefone sem se despedir, tendo conversado o tempo todo "sozinho".

Fiquei olhando o teto do camarim móvel. Gravaria durante toda a noite de segunda-feira uma cena cheia de emoção em uma externa no meio de uma rua de Jacarepaguá. Rita Flor, minha personagem, encontraria Carlos Augusto, personagem do Kadu Luís, saindo do restaurante, acompanhado de uma desconhecida. A personagem assistiria de longe todo o climinha romântico com a outra mulher do homem que amava. Além de vários takes meus chorando pelas ruas, eu gravaria uma cena de discussão com Magna Laura, que interpretava minha mãe. Para piorar e aumentar o clima de emoção, depois da briga, eu seria quase atropelada pelo carro do personagem Carlos Augusto. Final de novela é para os fortes. A cabeça fica zonza já que gravamos as cenas fora de ordem, e precisamos acompanhar a loucura.

Encontrei Kadu Luís no camarim móvel no fim da tarde. Ambos estávamos animados com a gravação. Funcionários da emissora caminhavam de um lado para outro, organizando a parafernália. A produção não parava, em busca de um resultado perfeito. Marca registrada da casa.

Fiquei deitada relendo o capítulo. Marcara com canetas coloridas minhas falas e tentava dinamizar na cabeça como falaria pela personagem. Também decorava as falas que seriam ditas por Kadu Luís, pois um ator nunca decora só sua parte e não entende apenas suas emoções. É um conjunto de detalhes e sentimentos que o artista precisa interpretar.

Desci para a gravação acompanhada do assistente de direção que já adiantava algumas ideias do diretor com a nossa cena. Com passos mais lentos, me descobri pensando que o contato dos figurantes com os atores tinha algo de estranho. Ali, existiam dois mundos com um muro enorme: atores fingiam não ver os figurantes e faziam suas cenas sem falar quase nada com eles. Os que apenas ilustravam as cenas olhavam os atores com respeito e admiração. Muitos da figuração queriam ser grandes atores no futuro. Se seriam, ninguém sabia, mas tinham o direito de sonhar. Eu me tornara uma espécie de exemplo. As sonhadoras à vaga de atriz me observavam, tentando captar alguma receita. Nem eu mesma sabia como tinha chegado ali.

Eu conhecia aquele segundo mundo, olhava os figurantes de longe, escutava os gritos dos fiscais, dando ordens ou fingindo dar. Sempre que podia, tirava o véu que cobria a carreira artística. Para mim, a TV funcionava como qualquer outro trabalho, sem o glamour doentio e o poder desenfreado. Não era possível ser alienada em um universo em que o tal egoísmo favorecia o deslumbre dentro da minha própria rotina.

A gravação daquele dia não tinha hora para acabar. Invadiria a madrugada de céu límpido e claro, com lindas estrelas colorindo o azul-escuro. Curiosamente no roteiro, o autor ressaltava um céu límpido e claro. A dramaturgia sempre se aproveitou abertamente da natureza real, principalmente quando o destino ajudava; a vida imitava a arte e vice-versa.

Finalmente gravaria a primeira cena da noite. Dois seguranças e uma produtora caminharam comigo até a locação. O pequeno cordão de isolamento dava aos atores certa liberdade, e o trânsito na rua fora direcionado para a paralela. Um pequeno grupo de fãs gritou meu nome. Sorri, acenei e segui, conversando com um dos seguranças sobre o grande número de pessoas que esperavam para assistir às cenas.

Enquanto caminhava, sentia a presença de alguns flashes. Alguém pediu ao longe um olhar e, quando mirei a pessoa, vi aquela luz disparando em cima de mim com um elogio de "seus olhos são lindos". Outro alguém gritou eufórico por um aceno. Fui tentando corresponder enquanto continuava caminhando, sorrindo, sem olhar para trás.

Refletores enormes indicavam que tudo estava preparado para o trabalho. Kadu Luís veio na minha direção. Havia trocado de roupa, estava maquiado e com o perfume que sempre usava quando interpretava Carlos Augusto.

— E aí, Belinda? Pronta para chorar?

— Nem me fale. Hoje vai ser um dia e tanto para nossos personagens.

— Verdade. Final de novela é assim mesmo, e um pequeno detalhe pode mudar tudo. Reta final do nosso show.

A gravação correu sem maiores problemas. Quando Reinaldo me pegou na locação, eu estava cansada demais e fui deitada atrás do banco, dormindo. No dia seguinte, teria aula com Zubin.

Desde o começo do meu contrato com Zé Paulo, meu empresário tomou uma decisão e contratou um filósofo para me dar aulas. Ele não queria me ver pagar mico por aí, e passei a receber aulas para ter conhecimentos gerais sobre assuntos diversos, tipo: John Lennon tinha um marco nos seus dias, a morte da mãe Julia, atropelada ao sair da casa da filha Mimi. John escreveria "Julia" em 1968 e "Mother" em 1970. Eu me identifiquei quando soube dessa história, afinal, a falta da minha mãe Mimizinha, a semelhança dos nomes me surpreendeu, foi um vazio que nada nem ninguém preencheu. Aliás, saber essa história já era um avanço para mim, pois quando conheci Zubin, meu professor de assuntos de mundo, mal sabia sobre os Beatles, muito menos que tinham sido revolucionários.

Alguns dias, o filósofo conversava e eu mal sentia que estava aprendendo. Quanto conhecimento tinha aquele homem. Do nada, me entregava um pedaço de papel e começava a falar de Jean-Paul Sartre como quem entrega um saquinho de sementes. Como eu era ignorante.

— Leia esse papel, Belinda.

— "O que acabo de escrever é falso. Verdadeiro. Nem verdadeiro nem falso, como tudo o que se escreve sobre os loucos, sobre os homens. Relatei os fatos com a exatidão que a minha memória permitiu. Jean-Paul Sartre."

— O que entende, atriz?

Eu caminhei até a janela do apartamento do filósofo, na Barra da Tijuca, e fiquei pensando no que aquilo significava. Normalmente, podíamos conversar horas apenas com uma frase na mão, para eu aprender a pensar e falar melhor. Tomávamos chá com torrada e, enfim, a profecia de Zé Paulo tinha se concretizado. Eu estava obcecada por peso como qualquer outra jovem atriz. Não podia engordar para não ficar com barriga e papada no pescoço ao aparecer no vídeo.

— Hoje, vou falar de uma autora contemporânea. — Sorriu.

— Estou curiosa. Você me apresenta tantas pessoas mortas há tantos anos.

— Adriana Falcão. — Meu professor me entregou um livro com o título *Pequeno Dicionário de Palavras ao Vento*. Abri, um dicionário lúdico.

— Leia qualquer página.

Abri e meu olho parou em "loucura".

— Loucura… — comecei, tentando pronunciar com clareza. — Coisa que quem não tem só pode ser completamente louco. Rainha, a mulher do marido da rainha. Nada-consta, um "essa pessoa é bacana" registrado em documento. Nossa, Zubin, que texto lindo!

— Continue.

— Tempo, onde moram os quandos. Desculpa, palavra que pretende ser um beijo.

Fiquei quase uma hora lendo aquela maravilha, falando em voz alta.

— Eu tinha escutado falar da Adriana Falcão como roteirista da emissora, mas este livro tem algo de mágico!

— Você percebe como a palavra combinada pode estimular seu pensamento? Entende como a novidade de um vocabulário já conhecido te envolve a repensar fatos interiores? Vamos! Me fale algo novo. Algo que ainda não me contou — pediu-me com intensidade..

— Novo?!? Como assim? Já te contei tudo. Você sabe até da minha primeira semana secreta no Rio de Janeiro.

— Um homem que você lembre.

— Um homem? Não sei. — Fiquei novamente olhando a janela, quando me veio o nome do Gustavo Salles. Ai, o certo seria pensar no Alexandre Máximo, meu namorado, mas quem disse que conseguia focar na imagem? Gustavo Salles não saía da minha frente. — Tá, pensei.

— Diga em voz alta.

— Para você? Por que você sai do lugar de filósofo, professor de conhecimentos gerais, e vira meu analista?

— Talvez porque eu seja caridoso. Vamos! O nome do homem.

— Gustavo Salles.

— É o rapaz da TV? — Fiz cara de sim. — Ah, claro, você também é uma moça da TV. Continue.

— Para onde? Já falei o nome. Vamos para o próximo exercício do dia.

— Não, vamos ficar neste mesmo exercício. O que te lembra Gustavo Salles?

Resolvi me desarmar. Sentei no sofá, atenta à minha postura, fechei os olhos, coloquei a mão nos joelhos e lembrei do jornalista. Bonito, em todos os sentidos, alto, magro, educado, simpático. Andei de carro com ele uma única vez e nunca mais esqueci a melodia da sua voz e seu jeito de contar histórias. Lembro a maneira de pegar no volante do carro, o olhar no restaurante me reencontrando, a voz no meu ouvido quando fingi não reconhecê-lo, a pausa dentro do meu coração...

Um silêncio ficou na sala. Eu tinha entregue um sentimento que nem eu mesma sabia tão entranhado na minha memória. Abri os olhos e Zubin me observava.

— Não tenha medo das coisas que sente dentro de si. É isso aí que é você. Releia o papel com o texto de Sartre.

— "O que acabo de escrever é falso. Verdadeiro. Nem verdadeiro nem falso, como tudo o que se escreve sobre os loucos, sobre os homens. Relatei os fatos com a exatidão que a minha memória permitiu. Jean-Paul Sartre."

— Você falou de Gustavo Salles até o limite da sua memória. Verdadeiro ou falso? Além do depois não existe mais história, minha cara Belinda, porque o resto que envolve esse homem você não sabe ou, eu diria, você *ainda* não sabe.

Cheguei em casa pensando na conversa com Zubin. Passei a semana refletindo sobre a "análise" com o filósofo. Só consegui me distrair um pouco quando chegou a sexta-feira. Em quatro horas, seria o último capítulo da novela e eu teria que estar bela, linda, com o cabelão escovado e pronta para encontrar os atores no Porcão da Barra. A novela tinha sido um sucesso enorme e eu agradecia todo santo dia pelas chances profissionais recebidas.

Jujuba estava tenso, andando de um lado para outro.

— Onde você se meteu?

— Fui ao shopping.

— Ai, tava aqui atacado, aonde foi essa mulher?

— Adoro quando você finge que está morrendo porque sumi.

— Faria isso de graça, mas você ainda me paga.

— Você quer ir comigo para a festa do elenco?

— Eu vou, mas passarei correndo pela imprensa, para você brilhar sozinha — disse isso e deu uma gargalhada de deboche.

— Jujuba… você é uma figura!

— Deixei quatro roupas em cima da cama para você escolher. Está vendo como valeu a pena pagar o curso de moda pra mim? Virei seu personal stylist!

— Vou aumentar seu salário.

Enquanto caminhei até o quarto, Jujuba foi atrás de mim. Queria saber se Alexandre tinha ligado.

— Ah, a gente está falando mais ou menos.

— Também, depois da grosseria que ele fez com você. Esse cara é louco. Olha, não entendo esse ciúme. Tudo ele acha que tem alguma coisa por trás. Ele me odeiaaaa, né, bafônica? Me odeiaaaaa no grau máximo! Alexandre Mínimo odeia Jujuba no grau máximo! — exclamou com caras e bocas.

— Ele tem ciúme de você! — falei rindo, esperando a reação de Jujuba.

— Tem ciúme de tudo, Belinda! Aliás, um dos vestidos que escolhi, ele vai reclamar do decote.

— Isso é um saco, viu?

— Posso ser sincero? Nunca achei o Alexandre bonito. Ele me lembra uma frase que escutei: o cara é tão feio que parece que jogaram o bebê fora e criaram a placenta.

— Você não disse isso?

— Disse, sim. Eu, hein! Pleno século moderno das mulheres livres, esse cara quer se meter com a sua roupa? Não deixa. Diz que foi a produção da novela que mandou. Acho que vocês estão gastando a vida lado a lado. A gente sabe que não vão construir nada além disso.

— Tá na cara que essa história não vai dar em nada, mas terminar parece mais difícil do que seguir. Não sou uma mulher morna! Não sou uma mulher morna!

Alguns dias, eu pensava que desejava intensamente que alguém me amasse por mim, no sentido integral que isso envolvia. Um homem que não me colocasse defeitos, imposições e chegasse a gostar dos meus defeitos, me olhasse com desejo mesmo nos dias em que eu estivesse desarrumada, insatisfeita e com a voz rouca depois de muitas horas de gravação e doação para uma personagem. Será tão difícil alguém me amar pelo branco dos meus olhos e não pelo azul que contagiava a todos? Que gostasse de mim quando eu estivesse desajeitada, andando pela casa com a camisa velha que trouxe de Ladário e, principalmente, quando não estivesse com a roupa mais cara do estilista da moda e com o perfume francês mais comentado da temporada?

— Vou amar tanto quando vocês terminarem.

— Que horror!

— Esse cara não me inspira coisa boa! Belinda, você achar que o Alexandre vai mudar é o mesmo que imaginar que a Nutella um dia será brócolis. Brasil, aconselha, explica pra ela! Nunca, jamais, never!

Em cima da cama, as roupas brilhavam. Escolhi imediatamente um colorido, bem cinturado com umas flores enormes em violeta. E qual foi dos vestidos? O decotado. Um decote abusado, eu diria.

Não demorei a me arrumar. Só lavei e sequei os cabelos. Eu tinha uma mania estranha de ir me maquiando no carro. Sei, não é algo muito normal, mas adorava, me sentia poupando tempo. Reinaldo, o motorista amado que me acompanhava com carinho, foi dirigindo, Jujuba na frente contando sobre um novo gatinho que tinha conhecido. Reinaldo ria das histórias do fã número 1 da Ivete Sangalo e eu, claro, me divertia com cada fala.

— Ah, Reinaldo, eu estava de coração partido. Desde que o Guinho, aquela bicha perdida, me enganou, eu não queria mais amar. A Belinda sabe como recusei amores esse ano, mas tá difícil não me derreter como banana na churrasqueira para o Bombom que apareceu nos meus dias.

— Ai, Jujuba, como seria minha vida sem você?

— Não quero divulgar, mas, se não fosse eu, você não tinha feito aquela figuração, o Rogerinho não teria te amado e você ainda estaria no Saara.

— Joga na cara!

— Desculpa, foi mais forte que eu. Meu lado venenosa também te ama, Bebê Linda!

Quem escutasse isso talvez pensasse que Jujuba era falso, mas como me protegia aquele amigo. Tinha por mim muita gratidão. Um dia, choramos juntos quando a minha vida começou a andar e ele achou que eu o abandonaria. Nunca. E eu via como aquele rapaz soube continuar do meu lado, me deixando virar estrela, me respeitando, sem querer nunca puxar meu tapete, me ver infeliz ou atrapalhar o meu caminho. Aliás, jamais esqueceria o apartamentinho na Glória onde tantas noites olhei o céu estrelado e alimentei minha alma de esperança.

A porta da churrascaria estava abarrotada de fotógrafos. Desci do carro e imediatamente vi todas as câmeras viradas na minha direção. Jujuba passou rápido como um foguete, e Reinaldo se posicionou, como sempre fazia, para qualquer problema.

— Belinda, Belinda, como está sendo hoje para você?

— Ah, uma noite linda, coroando o término de um trabalho maravilhoso. Meu agradecimento por ter sido escolhida para um papel tão marcante como a Rita Flor, contracenar com o Kadu Luís e ser dirigida pelo Rogério. Minha segunda novela do Lauro Pereira, eu amei essa nova linguagem.

— Você vai sair de férias?

— Vou, mas por pouco tempo.

— Verdade que está confirmada para a próx…

— É sim, mas hoje eu quero falar do sucesso dessa trama linda, dos atores que eu tive a honra de contracenar. Foi muito especial. Essa novela recebeu um cuidado de cinema. Algumas cenas demoravam horas para serem gravadas, recebiam lentes especiais. Isso não é muito comum no ritmo louco de uma novela. Foi maravilhoso demais. Não vou esquecer o colorido de suas imagens e imagino como ficou lindo nas televisões de cada lar.

E, como sempre, um repórter fofoqueiro surgia com a pergunta bomba:

— É fato que você e o Cássio Nóbrega estão se conhecendo melhor? Belinda Bic e o empresário Alexandre Máximo ainda namoram?

— Que eu saiba, sim. Essas notícias envolvendo o meu nome fico sabendo por vocês. São furos até para mim. O Cássio Nóbrega é um dos meus melhores amigos. Um beijo para vocês, ótima cobertura hoje.

Assim que entrei na churrascaria, vários atores me aplaudiram. A crítica dissera no dia anterior que eu fui a grande revelação da novela e que meu esforço sincero ao longo dos anos estava descaradamente estampado na minha evolução.

— Você está linda — disse Zé Paulo no meu ouvido.

— Obrigada! Tudo isso aqui foi você que construiu!

— Ah, me senti seu pai agora.

— Você sabe que é muito melhor do que ele. Um me deu apenas um espermatozoide, e você, a vida toda. — Nos abraçamos e quando ameacei cumprimentar os atores, Zé me segurou pelo braço.

— Antes de falar com seus amigos, deixa te avisar uma coisa.

— Que foi? Que cara é essa?

— O Gustavo Salles veio.

Engoli em seco. Gustavo na festa de encerramento da novela? O que ele estava fazendo ali? Bem, olhei séria para Zé Paulo e falei um "deixa comigo", e ele riu. Sabia como eu agia e que aprendi como ninguém a lidar nesse meio de famosos.

Fui falando com os meus amigos, como faz bem a gente comemorar o êxito de um trabalho tão exaustivo. Beth Faria me elogiou, que exemplo de mulher, com uma carreira de muitos anos, merecia todo o meu respeito. Não é fácil sobreviver no meio de tanta concorrência. Essa foi uma das minhas primeiras lições. Beth não teve receio de me ensinar o que sabia, e tinha o costume de me incentivar.

O capítulo começou e meu rosto foi o primeiro a aparecer em close, assustada. Estavam tentando me matar, e fiquei reparando se meu olhar passava mesmo o desespero de quem imagina ter poucos minutos de vida.

Antes da novela, eu tivera algumas aulas com a atriz Camila Amado, criadora de um verdadeiro método para ajudar atores a descobrirem mais sobre si mesmos e seus limites, ou a extensão desses limites. Se pudesse, teria dedicado meu trabalho nessa novela a melhor preparadora de elenco do mundo.

Fui me emocionando em cada passagem. Em uma das cenas em que fiquei em um local escuro, foi impossível não lembrar dos maus-tratos da minha tia naquele chão imundo, daquela casa infelizmente inesquecível.

A cena em que uma arma vai parar na minha cabeça também mexeu demais comigo, e a plateia lotada aplaudiu meu choro sincero. Desabei de verdade, me entreguei sem medo à cena e não tive receio se ficaria feia ou desajeitada. Porque fazer mocinha ainda tinha isso, chorar no salto. A gente acabava fazendo as cenas muito preocupada com beleza, porque, afinal, quem está em casa quer ver a boazinha bonita, bem-tratada, que não chore e fique com uma cara de gafanhoto.

Assim que terminou a exibição, aplaudimos muito. Trabalho encerrado! Eu estava feliz demais, realizada e, pela primeira vez desde que começara minha carreira, me sentindo uma atriz de verdade. Ainda tendo muito que aprender, mas uma atriz.

Aproveitei assim que deu uma acalmada para ir ao banheiro. Ercy estava lavando as mãos e elogiou minha atuação:

— E eu não esqueço de agradecer à melhor maquiadora de todas!

— Amo trabalhar com você, Belinda!

— Digo o mesmo, Ercy! Só você faz a pele que me agrada.

Quando saí do banheiro, ainda com as mãos úmidas, escutei uma voz. Aquela voz.

— Belinda? — chamou ele calmamente, acho que com algum receio de me assustar.

— Gustavo. — Ele estava ainda mais lindo do que nas outras vezes que nos encontramos.

— Tudo bem? Parabéns pelo capítulo, você arrebentou, dominou a cena.

— Obrigada. — Ameacei andar e ele me segurou.

— Olha, você desculpa perguntar, mas o que que eu fiz de errado?

— Nada.

— O seu jeito comigo. Sei lá, me sinto um criminoso… só gostaria de saber qual o meu erro. Você é a mesma garota daquele assalto que eu levei de Jacarepaguá até a Glória?

— Sou, sim. Continuarei grata por ter me dado aquela importante carona.

— E é assim que trata as pessoas a quem você se diz agradecida? Imagine como faz quando odeia alguém.

— Olha, desculpe, nada tenho contra você.

— Ah, mas alguma coisa eu fiz e não estou sabendo.

— Você pediu meu telefone — falei, já tremendamente arrependida.

— Peraí, fiz mal em pedir seu telefone?

— Não, Gustavo Salles, se você bem se lembra, eu não tinha celular e te passei o do meu amigo, o Jujuba.

— Tá, mas o que eu fiz?

— Você não ligou. — Mais uma vez falei e, se pensasse, não teria dito.

— Liguei, sim, Belinda Bic, várias vezes, mas só dava engano, e eu não sabia onde você morava. Lembra que quis descer na esquina da rua e você me disse "tudo bem, daqui vou andando, obrigada"? Pois fique sabendo que estive duas vezes naquela rua, perguntei, procurei, mas ninguém te conhecia. E agora descubro que você me odeia porque não te liguei. Não te achei, essa foi a verdade. Até na emissora perguntei, mas ninguém sabia de você.

Fiquei observando a maneira como ele tentava se explicar. Um sentimento de vergonha tomou conta de mim, mas não podia negar como fiquei dias e mais dias esperando o telefonema que nunca veio.

— Você deve ter anotado um número errado. Mas olha, tudo bem, não era para ser.

— Não era para ser? É assim que você age com as situações? — Ele me pegou pelo braço e me levou para uma sala lateral, nos protegendo da visão alheia.

— Que situação? Pessoas que só se encontraram duas vezes e nunca tiveram nada — falei meio azeda, confesso.

— Olha, você não está agindo com coerência.

— Esse talvez não seja o meu forte, Gustavo Salles — disse meio aborrecida.

— É isso mesmo? A gente está brigando?

— Eu, brigando com você? Não.

— Olha aqui, Belinda, nós nos vimos três vezes, mas pode ter certeza que lembro de você constantemente. Isso tem quatro anos, sabia? Pode parar um pouco de ser tão durona?

— Por quê? O que vai mudar?

Quando disse isso, ele me segurou pelo braço e me beijou, de um modo forte e intenso que me fez ter uma imediata taquicardia, com minha pele sentindo aquela presença de maneira envolvente. Eu não queria que parasse de me beijar, ao mesmo tempo meu braço tentou empurrá-lo. Um medo enorme que alguém nos visse e a confirmação idiota de que eu me tornara escrava de uma imagem. Ao contrário, ele me beijou mais, me dominou, passou a mão nos meus cabelos e senti sua língua me desejando e seu cheiro me abraçando. Desisti de me fazer de durona, ele percebeu e me apertou ainda mais. Meu corpo estava entregue como ainda não tinha sentido nem próximo na minha vida. Algo que nas cenas de amor das novelas eu idealizava como inatingível. O beijo parecia a eternidade e eu queria o mundo parado, só para ter certeza de que estava ali mesmo e não apenas vivia uma cena. Protagonista de mim mesma no beijo delicioso de um cara que até desejei detestar, mas simplesmente me derretia por completo.

Enquanto estava ali com ele, tive a sensação de escutar "Demons" do Imagine Dragons: "I want to hide the truth/ I want to shelter you/ But with the beast inside/ There's nowhere we can hide." (Quero esconder a verdade/ Quero abrigar você/ Mas com a fera dentro/ Não há onde nos escondermos.)

Por trás daquela minha imagem perfeita de musa, vencedora, tinha espaço para uma entrega profunda e desejada. Tinha sofrido tanto, sendo tratada com crueldade por pessoas que deveriam me amar, que um medo subiu pelas minhas pernas e fiquei lutando dentro de mim com aquela paradoxal sensação de prazer e receio.

Quando o beijo terminou, baixei a cabeça e ele me fez olhar para cima.

— Não faz isso. Gostei de você desde aquele dia.

— Gustavo…

— Não diga nada, fique em silêncio, Belinda. Não vamos falar nada. Eu só queria te pedir uma coisa.

— O quê?

— Por favor, me dá seu telefone?

Fiquei rindo. Quanto charme tinha aquele moço. Quem seria capaz de dizer não para aquele olhar e aquela voz doce que imediatamente me acalmou.

— Eu tenho namorado — revelei, sendo bem franca.

— Belinda, você esqueceu que sei da sua vida? Você é pública e acompanho a mídia. Em cima da mesa do meu escritório, tem uma revista contando tudo sobre a sua vida. A minha empregada, a Rita, que ama a sua personagem Rita Flor, veio me mostrar, comentando sobre a sua beleza. A revista ficou por lá. Te olho todos os dias. Sei do seu namorado, Alexandre. Você é feliz com ele?

— Não, mas isso não me dá o direito de beijar outro homem.

— Você não me beijou, a iniciativa foi minha.

— É, mas agora eu te beijaria.

Ele me puxou mais uma vez e me deu outro beijo.

— Olha, não posso ir embora sem o seu telefone. Você mexe muito comigo.

— Gustavo...

— Não farei nada de mais, só preciso do seu telefone.

Pensei e decidi não pensar. Comecei a falar os números e ele puxou o celular do bolso com uma rapidez de quem não quer perder a primeira vez, caso eu desistisse de informar.

— Anotado. Podemos tomar um café qualquer dia desses?

— Podemos — respondi, me desmontando. — Agora, preciso ir.

— Adorei estar aqui com você — falou ele, fazendo um leve carinho com a mão no meu rosto. — Agora vai ou vou beijar você a noite toda.

Saí sem olhar para trás, chocada e acho que instantaneamente apaixonada.

Gustavo demorou a voltar para a festa. Fiquei olhando para um corredor e o vi caminhando pensativo na direção do Marcelo Novaes. Os dois, amigos de longa data, se abraçaram e fiquei olhando a cena, lembrando dos elogios do Zé para o rapaz que eu tinha acabado de beijar.

Fui beber um pouco, estava seca por dentro, quando meu amado empresário se aproximou.

— Quando você foi ao banheiro, o Gustavo te seguiu, vocês conversaram?

— Sim.

— Sim estranho. Sim de simmm ou sim de não?

— Sim de sim, conversamos, me parece um cara legal.

— Cara legal é como chamar Belinda Bic de bonitinha. O cara é bacana demais, se desarma.

— Vou tentar. Você não gosta do Alexandre, né?

— Do Mínimo? Não. Muito dinheiro para pouco homem. Vive de comprar pessoas. Até agora não entendi o que você viu nele. O cara não tem amizades sinceras, só pensa em vencer no trabalho, e olha que nós dois somos workaholics, mas acho que precisa repensar essa sua relação. Esse cara não é do bem e você já teve provas concretas disso.

— Com licença, posso dar um abraço nessa moça? — Um dos diretores da novela, o Emílio Baggiore, chegou fazendo uma festa para mim. — Você esteve demais nesse capítulo. Quando a novela começou, não tínhamos ideia que chegaria a esse sucesso.

— Estou muito feliz!

— E você será ainda mais, Belinda. Estaremos juntos na próxima novela. *Cândalo* vai parar este país!

Eu estava cada dia mais empolgada com a nova produção da emissora. Ser chamada para viver a minha primeira protagonista da novela das nove me colocava nas nuvens. *Cândalo* seria uma novela com muito investimento, muitas apostas e um desafio que eu viveria profundamente.

Ao final, me despedi dos amigos da novela com o coração emocionado. Depois de quase um ano de trabalho, deixaria de encontrar aquelas pessoas de segunda a sábado, e uma nova etapa da minha vida em breve começaria.

No carro, com Jujuba sentado do meu lado, fiquei olhando a Barra da Tijuca, que agora parecia tão minha casa.

— Tudo bem? Não mente que eu te conheço.

— Não.

— Como assim? Depois de uma noite dessas, você foi aplaudida pela TV inteira, todos te elogiando, eu chorei te vendo naquelas cenas, e não está tudo bem. Qual o problema?

Reinaldo dirigia sem nos dar muita atenção e tinha a discrição como base do seu trabalho.

— Encontrei o Gustavo Salles.

— Ai, aquele lindo, me derreto. Quando vi o bofe, desmoronei por você. — Jujuba abanou o rosto com os dedos. — Que homemmmm. Lindo! Saio de mim, dou um beijo virtual e caio duro. Como foi, conta tudo?

— Ele me beijou.

— Glorifica igreja! Chocado! Te beijou beijou?

— Beijou, beijou, beijou. Tem noção? E quando vi, também estava beijando.

— Nossa, vou te contar, nunca vi mulher para beijar tanto homem bom. Como se não bastasse na novela, na vida real pegar o Gustavo Salles, isso é para constar no currículo. Belinda Bic arrasou na novela. E foi aplaudida de pé pelo elenco, pegou o Gustavo Salles e confirmou sua atuação na nova novela *Cândalo*, das nove, como protagonista!

— Não brinca. Antes fosse um beijo de novela. Nada sinto quando beijo alguém no meu trabalho. Primeiro porque não existe sentimento verdadeiro, depois porque todos estão olhando, tem técnica, equipamento, luzes fortes em cima da gente, diretor falando para virar a cabeça, para lá, para cá... podemos dizer que parece mais um show.

— Com o Gustavo foi diferente?

— Foi. Eu não estava preparada para aquele momento. E talvez nunca senti o que meu coração disse hoje.

— E agora, o que você vai fazer?

— Nada. O que posso fazer, Jujuba?

— Pelo amor, Bebê Linda, manda embora da sua vida esse Alexandre Mínimo. A hora é agora. Você beijou o divo do Gustavo Salles, aproveita e faz uma limpa no armário do coração e manda o placenta embora.

— O problema é esse. Não preciso tirar o Alexandre do meu coração, acho que ele nunca esteve lá dentro.

Ficamos em silêncio. Por uma dessas coincidências inacreditáveis, que Zubin dizia se chamar sincronicidade, começou a tocar "Demons" do Imagine Dragons: "Look into my eyes/ When you feel my heat" (Olhe nos meu olhos / Quando você sentir o meu calor). Gustavo estava em mim mais uma vez, de braços abertos dentro do meu corpo e eu tinha certeza que não frearia isso, mesmo que quisesse.

Voltando para casa, me dei conta do tédio que eu vivia. Já sabia a ordem das coisas e os fatos que viriam em sequência. As cenas que gravaria, os dias seguidos dentro do estúdio e os eventos em que ganhava muito dinheiro para sorrir. A lei do business, dos negócios que Zé Paulo fechava e me proporcionava uma vida resolvida financeiramente. O que me fazia mais rica, por vezes, incomodava. Meu corpo valia para aparecer, para andar por espaços, para falar meia dúzia de palavras, sorrir e ainda ganhar para viver um conto de fadas.

DOZE

Sorriso dois segundos

Você não quer ninguém te olhando? Não se preocupe,
o país todo está de olho no que você faz.

O quarto inteiro foi invadido pela luz do sol. De repente, eu estava sentada na cama. Minha face sem a maquiagem da noite passada, a alça da camisola caindo pelo ombro, a roupa tirada sem charme, as sandálias jogadas no chão e nenhum glamour imaginado pelas pessoas.

O barulho do mundo lá fora ainda soava na cabeça. Na madrugada, tirei a maquiagem sem paciência, me joguei no banho com pouca vontade e em minutos me tornava alguém dormindo em uma cama, de corpo cansado. A conversa com Zubin tinha sido um descortinar de pensamentos. Zé Paulo estava coberto de razão, estudar com aquele homem me trazia uma imensidão de informações, e o beijo em Gustavo Salles foi algo que ficou latente em mim, mesmo enquanto dormia. Acordei diferente da Belinda Bic de antes, estava sofrendo mais uma transformação e com medo de sentir meu coração bater, chegando a doer.

Pensei no que fazer aquele dia. Alguns planos para as minhas curtas férias estavam na cabeça, mas não teria tempo. Mergulhar na praia mais de uma vez por dia, sair para passear no shopping, viajar para Fernando de Noronha, visitar algum país e passar uns dias na Índia. Quem me dera...

Para mim, ter uma ótima conta no banco só servia para ser feliz por aí e viver dias curtindo encontros, risadas, comemorações e conquistas. Uma das promessas que fiz foi, caso um dia vencesse, jamais seria escrava do dinheiro. Não era.

Eu já sabia que em algum momento diria: como pode alguém de folga viver dias tão corridos e cansativos? Estou de férias, alguém pode avisar para a minha vida? A novela acabou, mas os contratos, as fotos, as festas e os compromissos exaustivos, não.

O telefone tocou sábado de manhã. Quem ligaria tão cedo? Quem? Ele, Zé Paulo. Queria saber como eu estava. Tudo bem, respondi, e combinei jantar com o meu empresário aquele dia. Iríamos ao restaurante da moda em Ipanema. Eu prometera ao dono, amigo meu, passar por lá para jantar e tirar uma foto para ficar imortalizada na parede do lugar.

Nos últimos tempos, fotos mais pareciam uma espécie de prisão, mas eu convivia bem com o assunto, mesmo sendo em exagero. Confesso, ensaiara um sorriso para fotos, que chamava de sorriso dois segundos, passando uma felicidade total e intensa nesse pequeno tempo, demonstrando a gratidão por ter chegado aonde queria. Em exatos dois segundos, o rosto inteiro passava a alegria para ser eternizada. Sabia que faria o tal sorriso aquela noite. Fiquei na cama pensando se não andava fazendo demais aquele sorriso na vida.

O relógio avisou ser hora de levantar, uma da tarde. Meu Deus, uma da tarde! Caminhei pela casa. Depois do sucesso, consegui comprar uma casa em Vargem Grande, e isso me parecia louco. Por quase todas as janelas via a mata. Alguns dias, achava engraçado morar em uma casa tão cara com tão pouca idade. Os móveis mostravam puro luxo, e foram escolhidos por uma decoradora que cobrava os olhos da cara, mas não tive pena de pagar. Escolhera meu recanto e queria tudo do melhor. Naquele espaço, estava o meu eu mais secreto, não queria economizar onde me sentia eu mesma, sem a fama conquistada com a profissão de atriz.

Sentei no sofá da varanda, olhei o céu. O sol estava lindo. O sol carioca. Pensei em dar um pulo na praia, adorava o mar e lembrar a primeira vez, depois de tudo que passei, que vislumbrara tantas ondas de uma só vez. Quanta imensidão me invadira. De repente, abri os olhos e me descobri uma protagonista da novela das nove, um dos programas de maior audiência da TV brasileira. Quando fechava os olhos ainda não sabia ao certo que pessoa usava aquele meu corpo. Existe um vazio que a fama não mostra, uma solidão que alguns dias parece pior e em outros nos protege.

Cansei de ver na emissora mulheres tidas como deusas da segurança serem mais frágeis que um cristal quando lavam louça. Passam crises, mas basta o holofote estar ligado para brilharem com atitude de mulher dominadora, cheia de poder, falas com segurança e aparência de vida resolvida. Eu não queria isso para mim e precisava mudar meus dias antes que virasse uma dessas atrizes. Sentia que uma dor me incomodava, mas não tinha certeza de onde vinha.

O café foi trazido por Jujuba, que notou logo o meu baixo astral. Depois de tudo que passamos tínhamos muita cumplicidade e aprendemos juntos que aquele luxo não alimentava a nossa alma, que é o que temos de mais importante.

Oficialmente, Jujuba cumpria a função de meu empregado, mas na realidade o considerava um irmão que a vida me deu a sorte de encontrar. Se não o tivesse conhecido no Saara, nada na minha vida teria acontecido e eu estaria até hoje entregando os cupons do amado seu Rosário, que volta e meia eu visitava para agradecer e fazer festa.

— Belinda, amiga, posso te lembrar uma coisa?

— Pode, Jujuba, claro!

— Meu amor, minha Diva, a sua felicidade. Lembra, aquela estrelinha que te faz sorrir rasgado?

— Jujuba…

— Não fale nada. Está na cara que anda triste e você sabe o nome dessa tristeza.

— Alexandre.

— Claro, né? Alexandre Máximo que para muitos é Mínimo. Belinda, pelo amor de Deus, o que é esse homem nos seus dias? Você não precisa, se livra desse encosto que sua vida vai dar um up!

— Eu sei, mas a gente é idiota, aceita ficar presa em uma história, achando que vai melhorar.

— Você está prisioneira dessa porcaria. Belinda, pelo amor de Deus, lembra de onde você veio, o que você passou até aqui. Eu te vi sem ter onde morar, te levei para minha casa e você hoje é minha patroa, me paga um salário bacanérrimo, que nunca imaginei, tem grana, poder, beleza, saúde. Saúdeeeee! Esse cara está tirando o seu bem maior, te colocando para baixo.

— Eu sei. Acho que comecei a namorar por carência.

— Tenho certeza, my darling! Sabe como amo você e posso dizer que não vai pensar que quero o seu lugar, até porque nem poderia, mas, se eu fosse famosa, rica e poderosa, dificilmente aceitaria ser diminuída. Nenhuma mulher merece humilhação. Você sabe que surgiu agora uma chance de ser feliz. Vai jogar isso para o alto?

— Não quero deixar passar esse momento...

— Você pensou no beijo de ontem?

— Pensei. — Sorri. — Foi perfeito.

— E você quer mais?

— Acho que sim.

Jujuba jogou uma almofada em cima de mim.

— Bicha nojenta. Linda desse jeito e ainda vai casar com o Gustavo Salles.

— Casar???

— Meu bem, eu penso lá na frente. Lá na frente!

Jujuba saiu como sempre fazia, na ação que eu chamava de "saída triunfal". Fiquei tomando o café trazido por ele, olhando a piscina e pensando que precisava acertar minha vida com Alexandre, ou desacertar, de uma vez por todas.

Depois do café, rapidamente me arrumei. Antes de jantar com o Zé, queria dar um pulo no shopping. Meu empresário também sabia que a minha fome só chegava bem mais tarde do que o horário normal. Alguns dias, só de madrugada. Então nosso jantar não seria tão cedo.

Uma loucura, eu sabia. Sábado, shopping cheio e Belinda Bic no meio da multidão, mas iria mesmo assim, porque me sentia no direito de não me tratar como estrela inatingível. Coloquei um shortinho jeans bem claro, uma camisetinha básica branca, um saltinho bege, minha bolsa rosa-choque e fui.

No shopping, entreguei o carro para o manobrista e coloquei um óculos enorme Prada, presente do Alexandre. Fiquei pensando que não queria chamar atenção, mas não teria jeito. Eu, a mocinha da TV por quem Carlos

Augusto, interpretado pelo famoso Kadu Luís, lutara para conquistar. Boa parte do Brasil acompanhara a novela no dia anterior. O Ibope fora nas alturas, e ser olhada, conhecida, observada constava do preço pago em troca do sucesso. Rapidamente aprendi a lidar com essa moeda de troca. Alguns amigos surtavam, faziam grosseria, mas eu pensava que, se tivessem vindo de onde vim, respeitariam demais quem lhes dá amor.

Fui andando pelo shopping e pessoas olhavam com um misto de curiosidade, susto e deslumbre. Cochichavam "meu Deus, olha quem está aqui". O pior de todos os olhares, aquele de rabo de olho, eu não gostava. Engraçado quando a pessoa fingia não reconhecer, mas observava cada parte do seu corpo para depois comentar com quem quisesse sobre a pessoa Belinda Bic ao vivo.

Encantada com uma sandália, resolvi entrar na loja. Logo senti a frieza de um silêncio instantâneo tocar minha pele. O absurdo poder sem fronteiras da TV. Mesmo conhecida por todas aquelas pessoas, eu simplesmente não conhecia ninguém naquele ambiente.

Uma vendedora sorridente veio me receber, parecia a mais desencanada, e logo se prontificou a buscar a sandália desejada. Enquanto isso, fui na direção das araras. Fiquei encantada com uma saia estampada e uma blusa mais colorida ainda. Não comprava nesta loja, principalmente porque nos últimos tempos costumava receber roupas das grifes mais famosas do país, e Jujuba organizava o que eu vestiria ou não. Mas queria me distrair depois da noite avassaladora. Eu não conseguia parar de pensar. Levaria a sandália, a saia, a blusa e iria embora o mais rápido possível. Estava passando o tempo com pensamentos banais, quando uma moça puxou conversa:

— Olha, gosto muito do seu trabalho. Você foi maravilhosa ontem!

A loja ficou novamente silenciosa.

— Obrigada, é bom saber disso.

— Estava torcendo muito para sua personagem terminar a novela com o Carlos Augusto, até porque amo o Kadu Luís.

— Também acho que eles fazem um lindo casal.

A vendedora chegou com a sandália. A loja inteira me acompanhou experimentar. Gostei, pensei. A sandália ficou linda, me disse a vendedora. A sandália ficou linda, repetiram algumas clientes que esqueceram suas compras para me olhar. A vendedora concluiu baixinho:

— Não vai sobrar nenhuma. Aposto que cada uma das nossas clientes vai levar para ter os pés iguais aos da Belinda Bic.

Sorri meio sem graça. Paguei as peças e uma das clientes me pediu um abraço e comentou sobre eu ser bem mais bonita ao vivo.

— Você daria um autógrafo para a minha filha? Ela adora você. Vai ficar triste quando souber que encontrei Belinda Bic no shopping e ela não estava comigo.

— Claro. Qual o nome dela?

— Beta.

— Vou escrever aqui que a mãe é muito simpática.

— Ai, obrigada. Ontem até cheguei cedo do trabalho para te assistir.

No papel, coloquei: "Para Beta, um beijo enorme e obrigada por curtir meu trabalho. Jamais esqueça da importância de ser feliz. Belinda Bic." Ninguém reparou, também seria impossível saber, mas, para mim, aquele autógrafo foi estranho. Foi como se eu estivesse autografando para mim mesma. De repente, estava ali a Belinda do passado e a Belinda do presente. Uma sonhando com o futuro e a outra no futuro dizendo para a do passado que jamais esquecesse a importância de ser feliz.

Entreguei o pedaço de papel, agradeci o carinho, fiz o sorriso dois segundos, peguei a sacola com a vendedora e saí da loja. Caminhei, mas não vi nada mais que me agradasse. Peguei meu carro e voltei para casa, imaginando que, ao sair da loja, o silêncio teria sido substituído por comentários em voz alta das diferenças ao vivo da moça da TV.

TREZE

Não tem como fugir

Nem sempre a gente é capaz de fazer por nós. Precisamos de um empurrão.
Seja de um amigo, de quem nos ama e de quem mais nos observa: o destino.

O pensamento não saía de Gustavo. Estava conectada diretamente com um cara que tinha encontrado três vezes. Raiva de mim. Nosso beijo novamente vivo, enquanto eu dirigia. Seu sorriso, seu braço que segurei enquanto o beijava, a maneira como me desejou, a vontade estampada no rosto do jornalista mais interessante da TV brasileira.

Olhei o celular, ele podia ter ligado. Por que voltamos sempre para checar se chegou alguma mensagem? Fiquei relembrando a maneira como pegou nos meus cabelos, me fez ser importante e interessante só com seu jeito de me observar. Meu coração acelerou, e um misto de bom e ruim me invadiu. Não estava gostando de estar gostando da situação.

Jujuba notou logo onde estava meu pensamento.

— Marcou, hein!?

— Ai, para, meu malvado favorito!

— Ué, só falo a verdade. Deixa ver o que você comprou? Hum... amei, bom gosto com moda você tem.

— Aprendi rápido!

— Olha, deixa me meter na sua vida?

— E adianta dizer não para você? Fala, Jujuba!

— Belinda, quando Alexandre voltar da viagem que ele foi fazer para a Terra do Nunca...

— Para Madri.

— Tá, Madri, Terra do Nunca, acho que ele combina com um lugar bem longe de você.

— Tá, continua...

— Então, quando você encontrar com ele, termina essa roubada. Esse homem está assaltando a sua felicidade. Quem é Alexandre Mínimo na fila do pão? Ninguém!

— Tem razão. Não dá mais. Estou meio cansada da nossa relação. Não é amor, é posse, não é carinho, mas dominação. Ele não me quer porque gosta de mim, quer porque faz bem ao trabalho dele, para mostrar aos amigos, para me ter em uma cristaleira e me tirar de lá quando bem precisar.

— Jesus, o que aconteceu nesse shopping? Você tomou alguma erva libertadora? Foi o beijo do deuso que fez isso?

— Acho que foi.

— Ai, ficarei em oração para esse namoro acabar no ano passado!

— Espero que isso aconteça de maneira calma, que o Alexandre aceite. Se ele não aceitar, tem quem me proteja. Você, o Zé...

— A emissora que você trabalha, né, meu bem? Quem mexe com uma atriz famosa da maior de todas? E ainda tem o Gustavo Salles, o super-homem!

— Bem, vou me arrumar para encontrar o Zé!

Marcamos na porta do restaurante. Coloquei uma blusa de costas nuas, um casaquinho nude, uma calça jeans e uma sandália de salto fino com uma bolsa estampada que fazia um contraponto com a blusa. Gosto desse estilo clean, despojado e leve.

Zé Paulo estava parado me aguardando com seu costumeiro jeito divertido. Nem imaginaria minha vida sem ele. Quando voltava ao passado, lembrava minha inocência ao descobrir o Rio de Janeiro ou ele me levando para ver o mar pela primeira vez.

Uma mesa discreta estava nos aguardando, e comentamos a emoção de eu ter sido escalada para viver a protagonista de *Cândalo*.

— Você lembra a primeira novela com um bom papel que você fez? — Zé Paulo começou a falar de supetão, como se tivesse algo importante a dizer. — Lembra que, seis meses depois da fama, não estava sabendo lidar com isso? Parecia não estar engolindo ser famosa.

— Não foi isso...

— Escute — seguiu ele. — Isso foi uma crise profissional-pessoal. Você estava ganhando dinheiro, poder, sucesso, mas dentro de você ainda morava a menina que sofreu nas mãos daquela sua família cafajeste.

Meus olhos começaram a brilhar de uma tristeza conhecida e Zé Paulo colocou a mão no meu braço.

— Eu não quero ser duro com você, mas preciso dizer. Lembro que, no final da novela, você estava na capa de três revistas aquele mês, foi entrevistada pela Ana Maria Braga, a novela estava pegando fogo, envolvendo os telespectadores que morriam de pena do sofrimento vivido pela sua personagem. Não ser famosa naquele momento seria impossível e você me disse um dia que queria ser desconhecida novamente. Lembra disso? Você estava em crise com tantas informações.

— Depois emendei uma novela na outra.

— E aí você estourou e esses olhos azuis viraram sonho de consumo nacional.

— Nunca imaginei chegar até aqui, mas a minha vida pessoal continua um lixo.

— Belinda, é por isso que quero que me escute. Você é uma mulher bonita e sabe disso. Rica e sabe disso. Tem poder e sabe disso. Só precisa saber como misturar tudo, se transformando em um ser humano intensamente feliz. Existem pessoas no mundo intensamente felizes, sabia? Muitas vezes não têm absolutamente nada. A vida da gente se move muito pelo que a gente pensa e tem dentro do coração. Esqueça o seu medo de terminar infeliz. Já chegou até aqui.

— Por que está dizendo isso tudo?

— Serei bem direto. Convidei o Gustavo Salles para jantar com a gente.

— Você o quê?!? — Engasguei no sentido figurado e literal. Me faltaram o som, o ar e até minha visão pareceu turvar.

No meio daquele susto, me lembrei de uma conversa com Zubin depois de confessar o meu medo de morrer sozinha. Desde que começamos as aulas, meu professor filósofo me indicou muitas biografias de atrizes, e a gente conversava sobre o lado real de suas vidas. Costumava terminar de ler com certa melancolia. Os livros tinham finais trágicos, tristes, solitários, vagos, enfim, finais infelizes para muitas dessas mulheres da arte. Eu não queria morrer na solidão. Contrastando com o medo do abandono no fim da vida, refleti sobre meus dias atuais, as possibilidades de futuro e desejos.

— Por que você convidou?

— Ué, porque já entendi lá na frente, e você precisa dos meus empurrões, esqueceu?

— Se o Jujuba estivesse aqui, diria que isso não é um empurrão, isso é jogar ladeira abaixo.

— Ele não diria isso… ele concordaria comigo.

Ficamos rindo de Jujuba, nossa figura preferida, quando Gustavo chegou. Gelei imediatamente. Por alguns segundos, tinha me esquecido do convidado especial.

— Gustavo, meu camarada pontual! Acabamos de chegar.

— Espero que tenha tido tempo de refazer a Belinda do susto de que eu viria.

— Ela ainda não conseguiu processar.

— Será que ela vai te perdoar? – falou Gustavo, rindo, e eu tive tempo de observar como ele estava vestido, com os cabelos cortados.

— É isso mesmo, vocês vão ficar falando de mim como se eu não estivesse aqui?

— Ué, você ainda se preocupa quando falam de você? Achei que, a essa altura, já estivesse acostumada – disse Zé, e caiu na gargalhada.

— Bem, vamos começar de novo. Boa noite, Belinda. Prazer, sou o Gustavo Salles.

Eu estava com a sensação de que, em todos os nossos encontros, ele queria recomeçar de alguma forma, como se desejasse me dizer o quanto estava dando importância para nós dois.

— Já é a terceira vez que nos apresentamos – falei, rindo.

— Você vale a pena – disse quase sério, me olhando com profundidade.

— Vou à cozinha falar com o chef. — Quando nos demos conta, Zé Paulo tinha realmente saído pela direita e estávamos sozinhos na mesa com uma timidez instantânea.

— Fico com a sensação que estou de alguma forma incomodando.

— Não, imagina. Posso garantir que não está. — Meu coração começou a acelerar. Uma vibração de imensidão me invadiu.

— Você me olha de um jeito estranho. — Vontade de dizer o quanto ele mexia comigo.

— Eu? Não, nada, juro. — Mentira descarada.

— Quero pedir desculpa pela maneira como falei com você no encerramento da novela. Não quero atrapalhar a sua vida, mas também não posso fingir.

— Então, não vamos fingir. — Olhei para ele, realmente querendo dizer isso.

— Sabe aquele dia que nos encontramos pela primeira vez, naquele assalto maluco que você sofreu? Fiquei pensando que desejava um novo encontro. Não te achei. Queria que entendesse que não estou aqui porque você é a Belinda Bic, famosa, capa de revista…

— Gustavo, você também é famoso, esqueceu?

— É diferente. Eu trabalho com jornalismo, outra história. Você tem esse glamour, as pessoas ficam envolvidas, e existe o lado do interesse nesse meio.

— Gustavo, não estou pensando nada disso de…

— Você é linda — falou ele, me interrompendo. — Eu fico perdido nesse seu jeito. E tem o seu sorriso, a maneira como fala…

— Assim vou ficar vermelha.

— Desculpa, mas é que hoje me arrumei pensando que encontraria você e seu olhar veio na minha direção. Eu até cortei o cabelo.

— Reparei.

— O que eu faço? — perguntou ele com um olhar sincero.

— Com o quê?

— Com você. Você tem namorado, pergunto como agir com você? — Ele parecia estar se questionando insistentemente.

Desta vez, quem o surpreendeu fui eu. Eu o beijei, foi instintivo. Pulei em cima do moço, fechei os olhos e nos beijamos. Eu sei, eu sei, tinha namorado, estava fazendo algo horrível e não queria nem pensar como ficaria depois, refletindo sobre o assunto. Eu e Alexandre mantínhamos um péssimo relacionamento e havia quase um mês que não nos víamos. Não sei ao certo se em algum momento fomos felizes. Tantas vezes escutei sobre suas traições. A última vez que nos vimos, antes dessa viagem, tivemos uma briga tão feia que me sentia levemente menos culpada.

Nem eu mesma acreditei na minha audácia. Nem o Gustavo. O mesmo beijo de antes, a mesma velocidade, a saudade misturada no nosso sentimento.

— Você me beijou? — Ele estava imediatamente feliz.

— Desculpa, fiz. — Estava completamente envergonhada, mas nada arrependida.

— Não, por favor. Faça isso sempre, todo dia e toda hora.

— Para. — Dei um leve tapa no ombro dele, já morrendo de vergonha. — Foi mais forte do que eu.

— Você às vezes apresenta essas surpresas?

— Às vezes, sim. — E dei uma piscadinha.

— Estou me sentindo um garoto de 15 anos.

— Quantos anos você tem?

— Sou mais velho que você.

— Idade não me importa, é só um número.

— Só um número — repetiu e ficou rindo.

— Por que você está rindo?

— Estou me analisando aqui com você e tô travado, como se estivesse me estudando antes de agir. Vou fazer 30.

— Nós, atores, é que fazemos isso.

— Você me deixa fora do compasso.

— Isso é bom ou ruim? — não resisti e perguntei. Ele chegou bem perto, colocou a boca na minha orelha, respirou, pondo a mão na minha perna e me paralisou.

— Não me faz pergunta complicada que não respondo por mim.

— Respondo por você. Eu acho que Belinda Bic e Gustavo Salles acabaram de mergulhar profundamente em uma história especial.

— Não tenho dúvida disso.

— E ela não sabe como vai resolver a própria vida.

— Ficando comigo. — Ele me olhou e falou, sério: — Fica comigo. Eu garanto que a gente não vai se arrepender.

— Vamos fazer assim. Me dá uns dias para arrumar a minha vida.

— Todos que você precisar...

Zé Paulo voltou como se soubesse que a conversa chegou ao seu ponto conclusivo, acompanhado de Evandro, o chef de cozinha.

Ficamos rindo por Zé Paulo ter pedido por conta própria nossos pratos e estranhamente ter acertado. Pediu uma salada de salmão para mim com alface-americana, acompanhada de palmito, broto de alfafa, tomate-cereja e um molho obviamente secreto que você tenta descobrir, mas o chef não conta. Zé Paulo e Gustavo comeram pratos de carne também com um molho especial e acompanhados de um arroz exótico colorido.

A agradável noite não conseguiu esconder o desejo descarado que eu e Gustavo estávamos sentindo um pelo outro. Zé Paulo, que não guardava segredos, mandou:

— É impressão minha ou vocês se beijaram enquanto eu inocentemente estava olhando para um fogão?

— Zé!

— Belinda, está estampado. Vocês dois não estão conseguindo esconder muito bem o clima no ar.

— Ela me agarrou. — Gustavo levantou as mãos, gargalhando.

— Eu?

— Belinda, não se defenda, ou eu diminuo dez por cento do seu próximo contrato. — Meu empresário não prestava.

A noite terminou com Gustavo dizendo no meu ouvido que me esperaria resolver a vida. Zé Paulo ficou de papo com um dos funcionários do restaurante e fingiu não escutar. Eu sabia que ele estava ligado em tudo.

Quatorze

Não mais sozinha no mundo

*Nosso desenho, nosso contorno com os sorrisos
que nos aproximam. Minha vida se entrelaçando
na sua e eu querendo esquecer que um dia não tive você.*

Quando contei o desfecho da noite para Jujuba, advinha?, ele berrou:

— Não vou dormir por uma semana. Meu Deus, que babado foi esse! Apaga que estou pegando fogo. Belinda, também não estou parado, adivinha quem encontrei hoje? O Bombom tava lindo e ainda me trouxe em casa.

— Hum… sinto que esse moço está gostando de você.

— Também estou achando. Depois do Guinho, achei que nunca mais amaria de novo.

— Quer um conselho? – disse o que realmente acreditava. – Não faz jogo, seja você mesmo, ele vai gostar. Não existe pessoa errada ou certa. Existe pessoa errada e certa *para* você.

— Deixa comigo. Vou ser esse cara livre, feliz e animado, e que ele me ame assim. Belinda, hoje, no restaurante com Gustavo, não tinha ninguém da imprensa lá?

— Não, com certeza não. Sabe que sou ligada nisso. Nenhum jornalista de celebridade na área.

— Capa da revista: Belinda Bic está namorando dois ao mesmo tempo!

— Nem brinca com isso, que dentro do meu coração já terminei com o Alexandre.

— Eu vou adorar o dia que aquele arrogante chegar aqui e você der um passa fora nele. Vou fechar a porta dessa casa na cara do traste com vontade.

— Daqui a dois dias… ele volta de Madri.

— E algo me diz que aí é que sua vida vai ferver. Finalmente protagonista da própria vida. Imagino que seus dias dariam uma novela, um filme, um livro.

— Não, muito obrigada, já pensou o Brasil conhecendo minha história? — Fiquei um tempo olhando para a água brilhante e cristalina na piscina, com sua luz azul devidamente colocada pela paisagista para dar essa sensação mágica de água iluminada. Surtia efeito. — Estou me sentindo meio culpada, eu traí o Alexandre.

— Ai, para, sabia que você chegaria nessa parte. Raiva, sabia? Esse cara nunca te deu valor, um grosso, arrogante e te exibia para fazer negócios. E você sabe! Te tratava bem? Era carinhoso? Se importava com você? Eu, sim, me importo. E ele é fiel a você? Nunca, né, Bebê Linda. — Jujuba deu uma risada meio sarcástica como quem diz "eu sempre soube". — Quantas histórias você escutou de outras mulheres?

— Eu sei, mas… nunca vi nada. Ele tem muitos inimigos.

— Pudera. E isso não é um sinal? Belinda, o cara não tem amigos. Diga um que você tenha conhecido nesse tempo de namoro? Acho estranho demais. Sem mais, sem mais. O Mínimo vai chegar e escutar: não-te-que-ro-mais! Desculpaê, foi ruim, não foi bom nem ótimo!

— Não foi mesmo!

— Então, amiga. — Jujuba se ajoelhou e veio próximo de mim, colocando as mãos nos meus joelhos. — Se dê o direito de tentar outra maneira. Todos nós amamos você. Acha que o Zé chamaria o Gustavo se não tivesse visto no seu olhar o que você queria?

— Sei disso, e também sei que quero o Gustavo. — Acabei de falar e, como um suspiro, meu telefone tocou. Vi que era o Gustavo.

— Atende esse "homi", Belinda! O Brasil tá vendo, o Brasil tá vendo! Já tô até imaginando. Nossa, do nada fiquei com vontade de casar. No meu caso, meu desejo verdadeiro é outro. Me bateu uma vontade de ser rico, de ser adorado... Triste estou porque ninguém me conhece... Vou comer, porque engorda, mas deixa a gente feliz.

Atendi o telefone rindo.

— Alô.

— Belinda, Gustavo. Tudo bem? Está ocupada?

— Oi, pode falar. Tudo bem com você?

— Tudo ótimo. Eu queria te ver, podemos?

— Quer vir aqui na minha casa? Podemos conversar melhor.

— Sei que você não quer ser vista ao meu lado por aí.

— É, pelo menos até resolver a minha vida e poder ser vista sem ser julgada.

— Você está coberta de razão. Não quero exposição ruim para nós.

— Vou te passar meu endereço, quer almoçar aqui?

— Vou adorar.

Quando desliguei o telefone, Jujuba começou a dançar "Love on Top" da Beyoncé: "Baby it's you, you're the one I love/ You're the one I need/ You're the only one I see/ Come on baby it's you/ You're the one that gives your all/ You're the one I can always call/ When I need you, you make everything stop/ Finally you put my love on top." (Baby, é você, é você que eu amo/ É de você que eu preciso/ Você é o único que eu vejo/ Vamos lá, baby, é você/ Você dá o melhor de si/ É para você que eu sempre posso ligar/ Quando eu preciso de você, você faz tudo parar/ Finalmente você colocou meu amor em primeiro lugar.)

Acabei me lembrando de um vídeo recente que vi da cantora no seu canal do Youtube: *Yours and Mine*. Uma declaração sobre a convivência com o estrelato, a fama, o poder e a insegurança. Beyoncé, se não me falha a memória, dizia algo como: "Em alguns momentos, gostaria de ser uma anônima, andando na rua como qualquer outra pessoa. Antes da fama, quando ainda garota, eu tinha uma linda visão da praia, e hoje, famosa, é difícil fazer essas pequenas coisas. Minha mãe dizia para ser forte e nunca me fazer de vítima, não ficar dando desculpas, não esperar o que quer que seja... eu tenho sonhos e acho que tenho poder para agir nesses sonhos e fazer com que virem realidade. Quando você fica famosa, ninguém mais te olha como se você fosse uma pessoa. Vira uma propriedade a ser publicada. Não tem nada de real nisso. Você não sabe quem sou. Eu não sei quem sou. Eu sou complicada, com bastante conflitos e dramas... como qualquer outra pessoa. Minha válvula de escape é a música. Sou sortuda de ter o meu trabalho, mas existem questões complicadas nisso que não tenho com quem dividir... preciso de algo real... para sempre. Ser invisível."

Esse vídeo me tocou demais, ela parecia comigo, ali estampada em cada fala. Escrevi essa mensagem na minha agenda e alguns dias olhava, refletindo como o mundo ao redor tinha se transformado e me transformado com uma velocidade enorme. Se não fosse Jujuba e Zé Paulo, eu não teria conseguido ser forte o bastante para não desistir do meu futuro.

Jujuba e a empregada nova, dona Mirtes, estavam arrumando a casa. Meu amado cuidador tinha comprado flores para a mesa de jantar que ficava separada da piscina apenas por uma enorme porta de vidro. Estava com uma toalha linda de renda, os novos pratos que comprei davam o charme, e o almoço seria uma salada de alface com camarão e um risoto de beterraba e frango grelhado sem óleo.

A casa estava com um cheiro gostoso no ar. Jujuba dizia amar ser dona de casa e fazia isso melhor do que qualquer pessoa. Desde que nos mudamos para Vargem Grande, passei a ter um lar. Em uma das paredes da sala fiz um quadro gigante com a foto ampliada da minha mãe que encontrei no dia da fuga da casa da minha tia. Colocava junto mudinhas de manjericão que ela amava plantar. Quase um lugar sagrado, um altar. Uma imagem de um anjo que comprei em uma loja de decoração no Rio Design abençoava minha mãe. Ela certamente amaria.

Corri para me arrumar e pensei que a melhor maneira seria não me embonecar demais. Não queria muita maquiagem, afinal desejava ser vista com tudo que sou no meu interior. Tomei um banho, fiquei embaixo da água fria, me lembrando dos meus mergulhos no rio Paraguai, e pensei nos novos dias que docemente chegavam. Saudade do meu passado bom.

Saí do chuveiro, cabelos molhados e coloquei um vestido curtinho verde-água com um shortinho jeans. Penteei os cabelos, passei um corretivo nos olhos, um blush, rímel, um batom e mais nada.

Pontual, Gustavo chegou na minha casa carregando uma caixa linda, dourada. Eu olhei com vontade de fazer muito mais e o puxei pela mão para sentarmos no sofá da sala.

— Abre. Só um presente por você me deixar entrar na sua vida.

Abri curiosa e ao mesmo tempo com uma emoção nova, o olhar de Gustavo em mim. Um quase sorriso, um sorriso, eu abrindo o pacote e pensando como estava feliz com a sua presença na minha casa.

O presente, inusitado, apresentava um quadro com uma caricatura dos nossos rostos sorridentes, como se estivéssemos abraçados.

— Nossa, que lindo!

— O Robson Gundim é um amigo meu, cartunista e escritor. Desenha demais. Encontrei com ele hoje de manhã, falei de nós e em minutos ele preparou essa surpresa. Corri na vidraçaria para colocar a moldura.

— Adorei! Que demais! Tenho uma amiga que escreve e desenha muito também, a Fernanda Nia. Ela tem uma personagem fofa, a Niazinha.

— A beleza da arte. Será que o Robson conhece a Nia? — Gustavo segurou a minha mão. — Você fica linda até desenhada!

— Estou com um sorriso radiante. — Aquela ilustração me trouxe uma sensação boa, dessas que vale a pena viver, porque a vida acontece para quem acredita.

— Vamos almoçar? Queria te apresentar uma pessoa. Jujuba, vem aqui!

Meu amigo veio para a sala meio tímido e eu achava engraçado como comigo ele se soltava e falava tanta bobagem, mas na frente de algumas pessoas se fechava.

— Oi, Belinda, estou aqui.

— Quero te apresentar o Gustavo.

— Prazer, Jujuba, tudo bem com você? Por que esse nome?

Jujuba sorriu e não falou seu slogan pessoal "adoro ser mordido e dou banho de açúcar em muita mulher". Fiquei rindo por dentro, pensando em denunciar, mas meu amigo estava com um ar de sem graça que preferi poupá-lo.

— Ah, um apelido.

— Divertido. — Gustavo sorriu e estendeu a mão. — Você que cuida da Belinda?

— Sim, faço tudo por essa Diva, ela merece.

— Concordo com você.

— Preparei um almoço ótimo para gente, comidinha caseira. Posso servir?

— Claro — respondi levantando do sofá com o quadro na mão e pensando que seria melhor esconder até resolver minha vida com Alexandre.

— Olha, Gustavo, não leve a mal o que vou dizer. — Jujuba começou a se soltar. — Mas você é bonito, meu filho. Eu já achava que você aparecia muito bem na TV, mas nossa, desculpa, hashtag pronto falei, me prenda depois, você é ainda mais bonito ao vivo.

Gustavo deu uma gargalhada enorme.

— Esse é o verdadeiro Jujuba, Gustavo.

— Gostei do cara!

O almoço estava delicioso e conseguimos descontrair um pouco sem ficarmos falando de nós. Gustavo contou da profissão, ele ama o jornalismo, compartilhou histórias de como começou na área esportiva, adorava surf e kitesurf, e acabou fazendo as conhecidas matérias que o tornaram famoso. Ele também tinha se tornado muito conhecido depois de fazer entrevistas no carnaval e matérias populares.

— Posso fazer uma pergunta indecente?

— Você pode tudo, Belinda. Me desarme!

— Verdade que você já ficou com a Lara Lobato?

— Aaaah, Belinda Bic também gosta de fofoca sobre celebridades?

— Confesso, li em uma revista que vocês teriam tido um rolo que começou num carnaval.

— Afinal, a imprensa aumenta, mas não inventa.

— Ah, inventa, sim, Gustavo. Não defenda seus amigos jornalistas. Já disseram que me operei toda e eu sequer tomei pontos na vida. Já namorei com pessoas que nem conheço e falei frases que jamais foram minhas.

— Então, com a Larinha foi mais ou menos isso. A gente ficou num carnaval e não nos falamos mais. Eu até achei que rolaria, mas não foi nem uma parte do que rola aqui. Demos um beijo e não passou disso. Essas coisas de folia, apenas naqueles dias de pula e sai do chão.

— Estou brincando com você. Não tenho problema com o seu passado. O que fez é seu. Penso sobre hoje e amanhã. Você sabe, lógico, que já fiz uma novela com a Lara.

— Uma vez assisti a uma cena de vocês duas e não resisti a ficar rindo da situação. Não fiquei com nenhuma outra atriz. Apesar de eu e você não termos ficado no dia do assalto, pensava no nosso encontro maluco e que talvez gostasse de ter tido algo com você.

— Está se declarando? Quantas moças brasileiras não gostariam de estar no meu lugar?

— Quantas moças brasileiras não gostariam de ser você, Belinda?

Enquanto Jujuba foi buscar a sobremesa, ele levantou da mesa, caminhou na minha direção, me puxou para perto e me beijou. Nos abraçamos. Naquele momento o desejo não estava ali, mas uma vontade de uma aproximação doce. Levantou o meu rosto, ficamos nos olhando e, apesar dos poucos encontros, tínhamos a certeza de um tempo representado em forma de sentimento.

— Eu não deveria ter deixado você escapar no dia daquele assalto. Tínhamos que estar juntos desde aquela época.

— Tem quatro anos que aconteceu. Preciso te contar... é... o Alexandre chega esta semana de viagem.

— Você está preparada para encontrar com ele?

— Eu nunca estive tão certa do que quero.

Gustavo me beijou devagar e o silêncio da minha casa foi a nossa música. Ele conseguia me dizer com seu beijo como eu deveria me entregar, segui-lo, e que daria tudo certo no final. Não imaginei poder viver algo nem perto disso. Aquele sentimento leve, açucarado, que me emocionava por completo.

Terminamos a sobremesa e ficamos sentados na sala, falando de nós. De alguma forma, eu já confiava em Gustavo o bastante para contar a minha história. Decidi compartilhar com ele cada passo do meu passado. De onde vim, a minha vida calma, a morte da minha mãe, minha amiga Cássia, a boa relação com o meu irmão, que saudade eu sentia dele, meu pai, a maneira como me vendeu, minha tia, meus sofrimentos, a maneira como apanhava, o meu eterno agradecimento a Carmo e Antunes, a fuga para a Lapa, seu Rosário e Francisca, Jujuba, Zé Paulo e tudo que girou ao meu redor para me tornar a pessoa que estava ali ao seu lado.

Quando eu terminei de falar, Gustavo demonstrou estar visivelmente mexido. Parecia não poder guardar tanta história dentro de si.

— Que história de vida, Belinda. Estou até meio desconcertado.

— Imagino. Isso tudo eu guardo comigo e poucos sabem.

— Quem está aqui contigo não é o jornalista. É o homem que te observa de longe e quer chegar mais perto.

Eu estava quase chorando. Falar do meu passado se igualava a mexer em uma ferida aberta. Nos beijamos. Ele colocou a mão na minha boca e eu a beijei.

— Me responde algumas coisas? Que fim levaram essas pessoas? Você tem contato com algum familiar ou amigo de Ladário? E o seu irmão?

— Eu sou o que se pode dizer "sozinha no mundo". Meus amigos, o Zé, o Jujuba, a Cássia são a minha família hoje. A Cássia está vindo morar no Rio, vou cuidar da minha amiga.

— E os outros?

— Bem, com o meu irmão de vez em quando eu falo por telefone, mesmo longe somos próximos. Eu tento ajudar para ele ter uma vida melhor, mando dinheiro regularmente, quero ver bem. Quando soube da história verdadeira, se afastou do meu pai e hoje mora em outra casa. Comprei uma loja para ele em Corumbá, dei um carro, e ele vende objetos decorativos com imagem de natureza, como o pássaro tuiuiú, canecas e blusas. No início, banquei a loja uns meses, mas meu irmão é trabalhador e já conseguiu se estabilizar. Ele tinha namorada e casaram. Acabaram de ter uma filhinha, a Luana. Meu pai, nunca mais vi. Diz meu irmão que ele não mudou nada. Minha tia tentou me procurar na emissora, mas o Zé cuida pessoalmente de manter a cobra afastada.

— Quem mais sabe dessa história toda?

— Ah, o Zé, Jujuba, Rosário, Francisca, Alexandre e você.

— Você é uma vitoriosa. Não tinha ideia no dia do assalto que estava encontrando uma mulher tão determinada, vencedora e humana.

Gustavo chegou perto de mim e ficamos sentindo nossas respirações.

— Vou cuidar de você. Vou fazê-la a mulher mais feliz do mundo. Não estou brincando. Nunca quis ninguém assim e, escutando você falar, entendo como te desejo além do seu corpo lindo, desse olhar, cabelo… Admiro você, acredito na gente juntos, mesmo tendo te encontrado tão poucas vezes. Se alguém me contasse ser possível nascer uma paixão dessa maneira, ficar anos pensando na mesma pessoa, reencontrar, sentir isso tudo, eu duvidaria.

— Histórias de amor acontecem todos os dias, jornalista Gustavo Salles!

— Sabe, eu estava sozinho porque andava cheio de patricinhas superficiais e sem nada na cabeça. Patricinhas óbvias e sem valor. Deus parece ter me escutado em alto e bom som. Você é diferente de todas! Esse seu perfume que fica em mim horas depois, a pele macia, seu jeito de mulher decidida, a maneira como fala, se comporta. Tive medo de não ter você novamente nos braços.

— Estou me sentindo culpada, sei lá, porque ainda não desmanchei com o Alexandre.

— Depois dele trair você tantas vezes? Belinda, o Zé Paulo disse que esse Alexandre não te respeitava. Você não deve nada a ele, e terminar é só uma mera formalidade.

— Eu sei. Acho que ele está em Madri com alguém.

— Que culpa existe aqui, se só temos verdades?

Puxei Gustavo para mim. Não precisei dizer nada. Nosso desejo fluía além de nós dois e pairava pela sala. Como estava feliz, me sentindo plena e encontrando um cara responsável por me trazer uma felicidade real em tão pouco tempo.

Deitamos no sofá da minha sala e ficamos calados. Sorrimos. Ele elogiou o meu jeito, a minha maneira de agir, e comentou que realmente não seria qualquer mulher para fazê-lo ficar apaixonado.

— Você disse apaixonado?

— Eu disse apaixonado, Belinda. Amarradão! Apaixonadasso!

Caímos na gargalhada. Aquele dia, dormi nos braços de Gustavo e descobri que queria viver daquele jeito enquanto respirasse.

QUINZE

O fim do que nunca foi

Encare a verdade dos fatos. Nunca existiu amor!
Foi tudo uma farsa de sentimentos, desses muito comuns nos dias de hoje.
Um amor de interesse. Um desejo sem vontade.

No dia seguinte, levantei da cama me sentindo um coração ambulante. Não podia mais controlar meus sentimentos. Enquanto tudo parecia dar certo na carreira, a vida pessoal parecia estar vivendo sua segunda maior fase de mudanças. Ficava difícil até me olhar no espelho e encarar as próprias verdades. Eu me senti uma mentirosa, dessas que atende o telefone, escuta o namorado falar, mas não tem coragem de contar que o traiu com outro homem. O que me consolava envolvia a certeza de não continuar com a mentira. Inverdades dos dois lados, porque até a maquiadora Ercy, uma amiga que a TV me apresentou, tinha visto Alexandre com outra mulher, saindo de um apart-hotel na Barra da Tijuca.

A outra metade de mim sentia algo inexplicável. A lembrança de ter dormido nos braços de Gustavo, de me sentir tão protegida por aquele homem.

Uma paixão enorme, muito mais forte do que imaginei ser possível. Enquanto lavava o rosto, lembrei do nosso beijo. Todo o resto estava esquecido novamente. Apenas aquele beijo. Eu só conseguia lembrar que, depois de tanto carinho e daquela declaração emocionante dita por ele, nos despedimos de manhã bem cedo, prometendo nos encontrar logo, o mais rápido possível, novamente, mais uma vez… para sempre!

Depois do beijo. Depois do beijo. Depois. Eu não sabia o que seria depois do depois. Como uma das milhares de vezes, pensei em ligar para Alexandre e dizer que, definitivamente, o que a gente batizara de namoro chegara ao fim. Acabou dentro de mim o que nunca existiu.

E, enquanto pensava em como declarar o fim, Alexandre estava parado na porta do meu quarto com a mala na mão, demonstrando cansaço da viagem. Eu não consegui esconder o susto.

— Você não tem ideia. Acho que essa foi a pior viagem de todas. A gente reclama do Brasil, mas desorganização é uma coisa que atinge o mundo todo. Incompetência é um vírus!

— Por isso não penso em morar fora daqui — respondi, tentando demonstrar alguma calma e interesse na conversa. Minha cabeça estava acelerada.

Alexandre caminhou na minha direção, me puxou e me beijou descaradamente desanimado, como se tivesse me visto exaustivamente nos últimos cem anos. Um beijo chato e sem graça. Enquanto senti meu lábio sendo tocado pelo lábio de uma pessoa que não amava mais, pensei que queria logo vê-lo viajando para bem longe, indo embora para qualquer país que ele costumava visitar, ou como dissera Jujuba, para a Terra do Nunca.

— Passei a madrugada de anteontem tentando resolver minha passagem. Os caras erram e a gente paga. Eu precisava estar no Brasil hoje para uma reunião importante.

— Mas você não chegaria amanhã? — Eu já estava achando que tinha pirado com o dia da chegada dele. O cheiro de Gustavo ainda estava em mim.

— Meu nome sumiu da lista de passageiros. Acredita nisso? — Ele deixou a mala na frente da minha cama e caminhou para o banheiro. Pensei em dizer que tal situação deveria acontecer, assim como corações desaparecem de corações alheios. Você não mora mais no meu, sacou, Alexandre? Mínimo não sacava as coisas. Pensava muito em si mesmo e mal me reparava. Pela primeira vez, seu jeito de não observar a própria namorada jogava contra ele. Falava,

falava, falava, reclamava, reclamava e reclamava das próprias falas. Dentro de mim, eu também falava, falava e falava.

— Eu tenho me sentido estranha... — comecei para chegar ao fim.

— Já falei para você não ligar para essa gente da TV. Essa novela está acabando com a sua saúde. — Ele mal sabia que a novela tinha terminado. — Quantas vezes mais vou dizer para você não ligar para esses babacas da televisão? Não sei como você aguenta aquele povinho que vive para a fama. Você precisa ser diferente daquelas pessoas, Belinda. Pensar em ser melhor que eles. — Eu detestava quando ele dizia "essa gente da TV". Eu fazia parte dessa gente da TV.

— O último capítulo já foi ao ar.

— A novela acabou? — Alexandre colocou a cabeça para fora do banheiro, reparou a gafe e voltou a lavar o rosto.

— Não estou falando da TV! Não envolve o meu trabalho.

— Não? Então qual o problema?

— A gente.

— A gente? Como a gente? Estamos ótimos, Belinda!

— A gente como casal. A gente como duas pessoas que não se afinam. — Sinceramente, se eu tivesse que interpretar a minha vida, a pior parte seria o lado pessoal, a intimidade de Belinda Bic.

— Que conversa é essa, Belinda? Eu chego de viagem e é assim que você me recebe? Obrigado pela recepção calorosa.

— Desculpe, Alexandre, eu não estou feliz.

— A gente está cansado; eu, da viagem, e você, da novela.

— A novela já acabou tem uns dias — repeti para ver se ele acordava. — Chega, Alexandre. Toda vez que digo que a gente não está bem, você culpa o meu trabalho. Quer saber? Meu trabalho me faz feliz e me sinto realizada como atriz, enquanto com a gente...

— Entendo suas cobranças. Você precisa entender, namora um empresário de sucesso. Tem ideia quantas mulheres gostariam de estar no seu lugar?

— Eu não acredito que você está dizendo isso. Não me interessam as outras mulheres. Sabia que uma maquiadora da emissora viu você saindo de um apart-hotel na Barra da Tijuca?

— De novo esse papo que me viram com outra mulher? Você vai voltar mesmo para esse assunto? Só pode estar estressada.

— Alexandre, eu não te amo. Não amo e não posso mentir, não posso mais passar um dia com isso me machucando, ofendendo a nossa história que há algum tempo está sem sentido. Você também não me ama. Desculpa se não estou sendo quem você precisa do seu lado. Eu quero ter o direito de recomeçar. Lutei muito profissionalmente, conquistei uma carreira que amo demais e agora quero viver ou, sei lá, começar a viver.

— Você tem ideia de quanta coisa ridícula falou agora em apenas um parágrafo? Às vezes acho que não pensa, que a garotinha de Ladário está mais viva ai dentro do que imaginamos. Nós juntos somos maiores. Você quer jogar para o alto o que construímos? Alexandre Máximo e Belinda Bic vivem nas revistas, são adorados, as pessoas nos querem juntos — disse ele e eu ainda pude me ver no chão do quarto na capa da revista, falando sobre alimentação. — Quem andou colocando essas idiotices na sua cabeça? Eu viajo e os ratos fazem a festa? Sabe que, se eu sair do seu lado, você desaba. Lembra de onde veio? — Eu não sabia bem o que o Alexandre pensava, o que achava que o mundo deveria fazer comigo. Eu já não teria sofrimento demais nas costas?

Comecei a chorar. Você já se sentiu oco? É pior do que vazio. Vazio, você ainda escuta um eco, sei lá, mas oco é como se tudo ao redor estivesse nas paredes do fim do mundo. Estava me perguntando se sofria pelo fim ou por nada ao lado daquele homem tão frio. Alexandre ficou calado e depois ameaçou falar alguma coisa.

— Por favor, não me diga mais que estou estressada e cansada. Não estou fora de mim. Pelo contrário, essa é uma decisão que pensei muito.

— Você vai chorar de novo?

— Deixa eu chorar em paz, Alexandre. Pode ter certeza que este momento é muito difícil...

— Acho patético esse seu choro. Toda vez acho que você chora para me convencer de alguma coisa, vejo como um teatro, Belinda! — A grosseria daquele homem me deixava sem chão, e eu sentia minha autoestima indo ao pé.

— Alexandre, é isso que não funciona, as suas grosserias. Você é o homem mais grosso que eu já conheci. Odeio chorar na sua frente.

— Odeia, mas está aí com lágrimas escorrendo. Para quê? Teatro! Típico de uma atriz. Você me tira do sério, Belinda! Eu faço isso porque *você* me faz fazer isso. Tudo que quero é te ensinar a ser alguém melhor. Para você mudar.

— Mas você já me perguntou se quero mudar? Talvez queira ser a mesma Belinda de sempre.

— O que eu digo é para o seu bem, para transformar você em uma mulher maravilhosa, moldada para mim. Eu queria que uma fada-madrinha transformasse você para ser quem preciso.

— Mas será que, se eu mudar, serei a mesma Belinda? Será que quero?

— Você sabe o que eu penso. — Ele me olhou da maneira fria de sempre, quando parecia um Alexandre desconhecido. — Até esta sua casa. Muito bonita, mas essa decoração... Se eu viesse morar aqui, mudaria tudo. Acho colorido demais, muita mistura. Você sabe que, se um dia eu vier morar aqui, quero mexer em cada canto.

Ele não estava dizendo isso. Eu amava a minha casa. Com a ajuda de uma amiga decoradora, cenógrafa da emissora, uma pessoa muito conceituada no mercado, coloquei meu canto com a minha cara. Toda vez que Alexandre falava em mudar, aquilo me deixava para baixo. Ele se incomodava com os detalhes, com a comida saudável que eu gostava, com as minhas roupas. Se eu exigisse menos daquele relacionamento, viraria uma planta, podendo ser regada por Alexandre três vezes por semana e aceitando até morar no sol. Tínhamos discussões de horas quando eu colocava algo mais ousado, e também me criticava demais pelo meu jeito animado com as pessoas. Reclamava quando eu dava mais confiança para alguém. Dizia que os homens interpretavam errado, que eu precisava ser menos divertida com quem mal conhecia. Me sentia prisioneira de um machista que tinha certeza não mais amar.

Na minha cabeça começou a tocar "Pompeii", do Bastille: "But if you close your eyes/ Does it almost feel like/ Nothing changed at all?/ And if you close your eyes/ Does it almost feel like/ You've been here before?/ How am I gonna be an optimist about this?/ How am I gonna be an optimist about this?" (Mas se você fechar os olhos/ É quase como se/ Absolutamente nada mudasse?/ E se você fechar os olhos/ É quase como se você tivesse estado aqui antes?/ Como posso ser otimista quanto a isso?/ Como posso ser otimista quanto a isso?) Lembrei de Zubin dizendo que Alexandre fazia comigo violência psicológica. Até então eu desconhecia o termo. Amor passa longe de algo do tipo, dizia meu filósofo preferido. Quando alguém quer que você mude, na verdade não tem o mínimo interesse na sua real pessoa. É apenas posse.

O quarto ficou num enorme silêncio triste. Os segundos, sem nenhuma palavra, disseram mais ainda sobre o final, o esgotar de um término adiado. Ele parecia pensar sobre suas atitudes, mas não sei se chegaria à conclusão alguma. Os defeitos pareciam morar apenas em mim, apenas eu precisava mudar. Enquanto andava pelo quarto, Alexandre deu uma pausa repentina e questionou:

— Tem alguém além de nós envolvido nisso?

— Estou pensando sobre isso há algum tempo. — Essa deveria ser a maior verdade.

— Mas ninguém te influenciou nisso? Ninguém se meteu? Você conheceu alguém?

— Nós não estávamos felizes, Alexandre. — Fiquei me perguntando por que não assumia sobre Gustavo. Estava fazendo o que mais odiava, mentir.

— Você vai avisar a imprensa que nós terminamos? — Alexandre sendo Alexandre, sempre preocupado com as futilidades.

— Faz parte do meu trabalho. Infelizmente tenho que passar o boletim bruto dos meus dias para os amigos jornalistas. Amanhã a assessoria coloca uma nota discreta. — Estava surpresa com aquela aceitação quase imediata do meu ex-namorado.

— Espero que você saiba conduzir seu showzinho com a mesma categoria com que dirijo os meus negócios.

— Pode deixar — respondi, levemente aliviada do término ser agora uma realidade. Tive dúvida se, por dentro, Alexandre estaria tão calmo. Meu ex-namorado tinha como característica principal detestar perder. O prestígio, até internacionalmente nas novelas exibidas lá fora, o ajudava de alguma maneira. Fui a festas importantes com Alexandre e sei as portas que abri. O meu sucesso foi aproveitado para melhorar as condições de alguns negócios. Será que teria sido amada de verdade? Ou fui apenas um meio para exibir algum luxo? Quantas vezes não somos seduzidas por algo que está ao redor da pessoa e não por ela mesma? Faziam isso comigo. Muitas pessoas queriam ser minhas amigas por alguma fama que eu tinha, confundindo como se eu fosse alguém melhor do que sou. Minha pessoa estava acima da novela que fazia, do dinheiro que ganhava e dos vestidos exclusivos usados em festas deslumbrantes.

Imaginei que estávamos fingindo um tudo resolvido. Muito ainda precisava ser ingerido, acertado e superado. Desconversamos os sentimentos.

Alexandre voltou a falar dos dias corridos de trabalho. Falei da gravação do final do capítulo, relatei as dificuldades da noturna, alimentando uma casualidade na conversa que só demonstrava nossa covardia.

Alexandre parecia sentir o cheiro de uma terceira pessoa, mas não conseguia decifrar ao certo o que acontecia. Sabia que algo estava errado, mas não encontrava a saída do labirinto. Eu podia já ter alguém, mas o término estava diretamente ligado ao desgaste natural do relacionamento. Duro relembrar das vezes que Alexandre me puxara pelo braço aos berros porque não gostara de algo em alguma festa ou quando me empurrara em cima da cama irritado. Alexandre me fazia cotidianamente lembrar da minha tia Santana, me acusando da família medíocre da qual integrava. Por que deixei chegar até aquele ponto? Por que achava que em algum momento ele mudaria? Por que me sentia inferior diante de um homem repleto de crueldade comigo?

Por um instante, tive a sensação de estar fazendo uma novela. Lembrei que brigamos desde o primeiro mês de relacionamento. E agora, com Alexandre caminhando pelo quarto, falando das reuniões em Madri, eu tinha todas as certezas de não passar nem perto de amá-lo. A percepção aumentou quando Alexandre chegou perto de mim e ficou sentado, com olhar desconfiado, como se esperasse que eu falasse algo.

— Você está certa do que quer?

Esperei que ele entendesse, pelo meu semblante, não termos mais chance de seguirmos juntos.

— Está querendo me dizer que não quer mesmo?

— Alexandre, me desculpe. Não vou esquecer o que vivemos, mas a gente não combina. Não estou feliz. Acredito que teria que mudar muito para satisfazer você.

— Eu estava te fazendo um favor, Belinda. Mudar para melhor, já escutou falar? Não vou insistir. Não fico forçando barra nem para fechar negócio de milhões, por que faria isso por uma mulher que está me mandando embora? Espero que essa sua decisão não tenha nenhuma surpresa envolvendo nada além desta conversa aqui. Belinda, não serei chacota de jornal nenhum, está me entendendo? Quer terminar? Não vou insistir. Não tenho dúvida que está errada e em breve vai se arrepender. Espero que tenha sido sincera ou não sei como vou reagir.

— Alexandre, melhor você ir.

— Você escutou o que eu disse?

— Ouvi, sim – falei, pensando como reagiria quando soubesse da minha relação com Gustavo.

Alexandre pegou sua mala, ficou parado na porta, tentando descobrir algum detalhe, uma verdade, e saiu. Eu me afundei na cama, chorando. Mesmo tendo sido uma relação ruim, aquele término me fazia mal. Talvez por ter ficado tempo demais com quem não me fazia feliz. Talvez porque achei que ele fosse mudar. Ao vê-lo partir, entendi, Alexandre continuaria o mesmo, não mudaria seu jeito de ser. Como eu tinha perdido tanto tempo com aquele homem? Meu ex-namorado não me defendeu do mundo, mas sim me ofendeu como qualquer outra pessoa.

Triste pensar que muitas vezes lutamos para chegar a algum lugar e depois descobrimos que chegamos sozinhos.

DEZESSEIS

Escândalo no jornal

Existem pessoas que vivem o amor calmo. Outras, o amor repleto de acontecimentos, mas, se for verdadeiro, esse amor superará os dias, sejam eles quais forem. O amor verdadeiro ainda existe e pode ser seu, mas precisa acreditar para ser merecedor do sentimento mais puro e forte.

Acordei com Jujuba entrando no meu quarto esbaforido. Ele estava com os olhos arregalados, um jeito estranho, e me fez pensar no pior. Sentou na minha cama, ficou me olhando e não fez rodeio:
— Bebê Linda, amor, acorda.
— Já acordei, o que foi?
— Amiga, uma bomba! Um paparazzo tirou uma foto sua com o Gustavo no restaurante. Tem imagens de vocês abraçados, ele falando no seu ouvido... No texto, saiu alguém do restaurante dizendo: "Eles estiveram no restaurante sim, mas não podemos confirmar nada além disso. Estavam alegres, jantaram como qualquer cliente."

Jujuba não precisava me contar mais nada, porque já conhecia bem o final daquela história. Aquela foto seria multiplicada na internet, replicada em sites, redes sociais. Sempre procurei ser bastante reservada para evitar me tornar a fofoca de plantão. Sabia que certamente ninguém do restaurante dissera nada.

Fotos perdidas em revistas são como as poses para ninguém no mundo raso das selfies. E enquanto a gente tira a foto com qualquer roupa, cabelos desgrenhados, sem maquiagem, o ego se exercita na academia do espelho. Por dentro, cada um sabe o que guarda no coração, e tudo que mora no nosso interior vale mais do que qualquer imagem.

— Putz... O Zé ligou?

— Disse que já está emitindo uma nota, vai confirmar o final do seu relacionamento com o Alexandre e comentar o seu direito de encontrar amigos.

A nota saiu exatamente assim, mas com um detalhe que Zé colocou dizendo que a própria assessoria estava presente, tendo sido cortada da cena, e que aquele fora apenas um jantar de amigos. Sempre que acontecia algum controle de incêndio da minha vida, eu me lembrava de uma frase de Virginia Woolf, apresentada por Zubin em uma das nossas aulas sobre fama: "Se você não contar a verdade sobre si mesmo, não pode contar a verdade sobre as outras pessoas."

Pelas imagens estampadas na fofoca, estava na cara não ter sido um encontro entre amigos. Por outro lado, algo forte batia dentro de mim. O que a gente menos deve para as pessoas é satisfação. Minha vida me pertencia e eu não deixaria ninguém me controlar ou exigir comportamento exemplar. Como todo ser humano, tinha defeitos, qualidades, dias bons, ruins, tristes e felizes.

Engoli em seco. Só conseguia me lembrar de Alexandre perguntando se tinha algo a mais. Neguei, e agora algum fotógrafo descaradamente me desmentia. Não tinha ideia de como seria a reação do meu ex-namorado.

— O Gustavo também ligou, mas de manhã catei seu celular para ninguém te incomodar.

— Vou ligar para ele. Preciso me preparar para a reação do ex. Não vai aceitar essa história. Vai entender tudo errado, vai achar que estava sendo traído... Não quero nem ver.

— Ele não fará nada contra você, Belinda. Esqueceu que estamos aqui?

Um frio me subiu pelo corpo. Conhecia aquele medo de um tempo longínquo, mas que jamais sairia da minha memória. Uma sensação de que algo ruim poderia acontecer a qualquer momento. Minha alma ficou imediatamente desamparada.

Liguei para o Gustavo e, ao escutar a voz dele, senti uma energia forte tomando conta de mim.

— Belinda, como você está? Acabei de saber da foto. Recebi o aviso aqui na redação.

— Pois é. Desculpa colocar você nisso.

— Me colocar nisso? Como assim? Estamos juntos.

— Eu sei, mas é que você não tem ideia de como são essas fofocas com atores.

— Belinda, lembra de tudo que eu te disse? Não vou voltar atrás. Quero saber se está bem.

— Sim, estou. Um pouco preocupada, mas é bom falar com você. — Fiquei alguns segundos em silêncio. — Terminei com o Alexandre.

— Como foi?

— Ruim. Acho que a foto pode piorar as coisas.

— Não fica preocupada. — Gustavo também se calou e senti sua respiração mais forte. — Quero ver você. — Gustavo tinha uma voz masculina atraente, um jeito só dele de dizer meu nome e um magnetismo que me atingia com a força de um raio. — Um amigo meu tem uma pousada em Arraial do Cabo, aqui no Rio de Janeiro. Vamos para lá?

Pensei por um minuto. Eu não conseguia dizer não para aquele homem. Mesmo minha vida certamente entrando em um furacão, queria fugir mais uma vez.

— Que horas?

— Em duas horas passo aí, tudo bem?

— Combinado. — Desliguei feliz por encontrar Gustavo. Como podia no meio do primeiro grande escândalo estar me sentindo leve? Seu beijo veio novamente em mim como uma lembrança boa no hiato da fofoca que eu começava a viver. Uma angústia me dominava só de pensar que ter Alexandre como namorado não tinha sido fácil, como inimigo seria pior ainda. Mas não queria ficar pensando nisso. Torcia para ele ter compreendido o que falamos, não ter visto a foto ou ter visto e não dado a mínima. Será?

— Menina, você atrai bafos! Todos eles de uma vez só! — falava Jujuba enquanto arrumava minha mala. — Mas nem pense em não fazer essa viagem.

— Eu nem teria como, meu corpo diria sim por mim.

— Vai tomar banho que termino a mala. Vou colocar aquele biquíni novo, quando você aparecer vestida de azul e branco, o Gustavo vai suspirar.

O horário que combinamos não demorou a chegar. Meu corpo começou a sentir um frio e um calor ao mesmo tempo. Meu coração estava em festa. Encontraria mais uma vez o cara que andava mexendo comigo e tinha literalmente revirado minha vida, me fazendo lembrar uma frase linda do escritor Caio Fernando Abreu: "E de repente a vida te vira do avesso e você descobre que o avesso é o seu lado certo."

Por covardia, não tive coragem de terminar com Alexandre quando ele mereceu, fui fraca. Agora não queria mais levar adiante algo que me colocava pra baixo e queria dar essa volta por cima porque finalmente senti que merecia.

Gustavo estava na sala pela primeira vez usando uma bermuda. Ficava bem de qualquer jeito. Sorrimos. Caminhei até ele e não consegui me segurar. Um abraço desses apertados.

— Que saudade de você! – falou ele, claramente emocionado. – Parece que não te vejo há um mês. Como pode isso?

— Também estou com a mesma sensação.

— Como está se sentindo? Fiquei preocupado. Queria te ver.

— Ah, é chato essa coisa de fotógrafo, de exposição, mas está dentro do pacote que vem junto com a minha profissão.

— Tudo vai se acertar. Sou um cara positivo e acredito que em breve vem um novo escândalo e esquecem de nós.

— Eu sei. Aliás, não sei, mas vamos torcer. – Fiquei um tempo pensando no que disse. – Que horror, torcer para alguém virar um escândalo no meu lugar!

— Faz parte da sobrevivência. Alguém tem que segurar a sua roubada.

Gustavo tinha um bom humor natural que me fazia bem. Tinha um jeito engraçado de comentar a vida, um olhar até então novo para mim. Eu o observava e queria saber mais.

— Vamos?

— Claro que ela vai. – Jujuba entrou na sala com a minha mala, bolsa e mais solto do que no encontro anterior com o jornalista. – Cuida bem da minha amiga, viu, apresentador de TV!

— Pronto, a Jujuba já se soltou.

— Ah, não vou ficar fazendo tipo, né? Este sou eu, prazer, Gustavo Salles!

— Tudo bem com você? Pode deixar que vou cuidar muito bem da Belinda. A gente vai ao paraíso, mas prometo que vou trazê-la de volta ainda mais feliz.

— Hum… Homem de palavra! Vão logo antes que eu queira ir junto. E digo mais: Se me viu, mentiu! — Meu amigo caminhou rebolativo, e Gustavo deu uma gargalhada cristalina e admirável. — Ah, Belinda, posso convidar o Bombom para a piscina?

— Claro que pode, né? Esta casa também é sua. Juízo, hein, mocinho! O Reinaldo vai tomar conta da casa, porque você estará perdidamente apaixonado. — Pisquei o olho para o meu melhor amigo, puxei Gustavo pela mão e saímos pela porta como dois adolescentes de 14 anos, loucos para ficarmos sozinhos.

— Estava com tanta vontade de te ver assim de novo no meu carro.

— Ah, é? — Fui tentar colocar o cinto, mas ele segurou minha mão.

— Posso te beijar? — Ele chegou bem perto e ficou com o rosto próximo, mas sem me beijar. Foi um momento tão intenso e diferente. Nenhum de nós queria se distanciar. Com um ato tão singelo, consegui me ver plena, de uma maneira tão voraz que, por alguns instantes, esqueci onde estava. Só não saía da minha cabeça que Gustavo estava comigo naquele carro. E depois da nossa respiração se misturar, a gente perder parte da razão, ele finalmente me beijou.

— Você veio para a minha vida para bagunçar tudo.

— Baguncei? — perguntou Gustavo, achando graça do meu jeito de falar.

— Não, arrumou — respondi francamente.

— Então não estou cumprindo com o meu dever?

— Você não sabe o quanto. — Já não conseguia esconder meus sentimentos.

— Você que não sabe o quanto ainda vou mudar a sua vida.

— Para melhor? — perguntei, louca para beijá-lo mais uma vez.

— Só tenho pensamentos perfeitos com você. Toda vez que te olho, lembro de uma frase ótima do Domênico Massareto: "Não paro de relembrar o nosso futuro."

— Que frase linda!

— Sei lá, desde que nos encontramos, fiquei com essa declaração na cabeça. Me diz muita coisa. — Gustavo colocou a mão na minha coxa. — Eu mal te conheço e já fico pensando lá na frente.

— Ah, não fala assim. Você deve dizer isso para todas.

— Todas? — Realmente pensei na possibilidade de ter várias mulheres atrás dele. Um galã do jornalismo? Nessas horas, a garota de Ladário, insegura, tomava conta de mim. Eu não conseguia imaginar por que aquele cara tão atraente estava ali do meu lado. – Não tem todas. E estou falando sério quando digo isso.

– Vou levar essa frase do Domênico Massareto para falar com o meu filósofo.

– Você tem um filósofo? Um filósofo particular?

Caímos na gargalhada.

– Tenho. O Zubin. É uma história meio louca.

– Adoro escutar suas histórias – Gustavo ligou o carro e finalmente conseguimos sair da porta da minha casa. Fui falando sobre Zé ter me colocado para ter aulas com Zubin, eu sabia pouco da vida, do mundo, e meu professor abriu meus olhos, meu coração, minhas emoções e sentimentos para um mundo muito maior do que podia imaginar.

– O Zé Paulo é demais. Meu camarada. Sabia que a gente morou na mesma rua quando criança?

– Sério? Ele não me falou nada.

– Já reparou como fala pouco dele? – Aquela era uma verdade. Zé carregava a discrição em sua vida pessoal. Eu conhecia sua mãe, ele também tinha um péssimo pai, às vezes me apresentava umas namoradas, mas nunca falava muito se estava chateado ou com algum problema. Tipo de pessoa que não dá atenção quando a fase não é das melhores. Aprendi com meu empresário a viver um dia de cada vez, a ser feliz agora e a não esperar muito das pessoas, o que, no meu caso, depois do que vivi, seria óbvio. Zé estendeu a mão e me levou pessoalmente para um local seguro. Também me ensinou que as decepções foram feitas para confiarmos nas pessoas certas.

– O Zé é um irmão.

– É demais saber da sua história e na estrela em que se transformou. Apesar do luxo, algo em você não mudou.

– O quê?

– Seu olhar. O mesmo jeito assustado de quando te vi na estrada dos Bandeirantes.

– Acho que não é bem um olhar assustado, mas de surpresa. Minha vida não passa nem perto do que imaginei.

– Como você achava que seria sua vida?

– Viveria em Ladário até morrer.

— Você sabe que o que não aconteceu não existiu. Jamais teria a possibilidade de estar lá, tudo seguiu o curso do destino.

— Várias vezes me perguntei o porquê de ser assim e por que comigo. Tudo na intensidade máxima.

— Quando meu pai foi para a Holanda, eu pensava nos meus amigos, que os pais estão sempre perto. Porque eu não tinha um pai presente, tive uma mãe maravilhosa, isso hoje é o bastante.

— É estranho estar com você — falei, enquanto admirava a maneira calma com que ele falava da própria vida. — Tudo com a gente está indo tão rápido. Parece que te conheço há tanto tempo. Parece que você é alguém tão próximo a mim.

— Sinto o mesmo, Belinda. É um pouco assustador...

— Com certeza — respondi, pensando que o desejava na minha vida. — Como pode ser assim em tão pouco tempo?

— Belinda, tempo não existe. Conheço casais há dez anos juntos e sem a menor intimidade. Outros começam e carregam uma certeza que vai além do encontro físico e do tempo real. Quanto tempo temos juntos? Não interessa. Parece que estivemos juntos um tempo infinito e nos conhecemos pouquíssimo.

Coloquei a mão no meu coração. Assim eu me sentia. E vamos confessar que, no meio de um mundo em que o sentimento andava tão banalizado, estávamos sendo premiados. Prova viva de que sentimentos puros ainda existem, mesmo entre pessoas modernas, integrantes da sociedade avançada, onde muitas duvidam sentir algo realmente verdadeiro.

Gustavo acelerou e me levou para ser feliz.

DEZESSETE

Diretamente do paraíso

O paraíso fica ainda mais mágico se a companhia for especial. O mar fica mais cristalino, a noite, mais estrelada e os batimentos do coração ficam tão intensos que podem ser escutados pelos mais sensíveis.

Aquele, sem medo de errar, foi o primeiro dos muitos fins de semana mais lindos da minha vida. Gustavo e eu chegamos a Arraial do Cabo no horário do almoço. Estávamos morrendo de fome e caminhamos pela pousada do Peter. Sua esposa, Meg, quase caiu no chão da varanda do local.

Que casal simpático! Peter estava com um balde de bebidas na mão e entregou para um funcionário, com a intenção de dar um forte abraço em Gustavo.

— Finalmente veio se esconder na nossa toca, Gustavão!

— Estava devendo, mas, cara, trabalho demais! A TV me consome.

Peter me olhou e deu uma gargalhada.

— Vejo que a TV te consome. Até a protagonista da novela você capturou.

— Belinda, esse é o Peter, não liga, não. O cara é doido assim mesmo e, com certeza, vai acabar com a minha reputação.

– Você vai embora sem reputação, mas descansado e feliz. Bela troca! Meg, olha quem chegou!

– Gustavoooooooo! – Uma voz animadérrima veio lá de dentro. – O galã da TV. – E parou quando me viu. – Com a mocinha da TV. Nossa, Belinda Bic na nossa pousada! – Meg caminhou até mim, deu um daqueles abraços que deixa a gente sem graça, digno de uma amizade de anos. – Como você está, menina? Sofri tanto no final da novela. Ainda bem, você deu a volta por cima e terminou casando com o Carlos Augusto. Eu sou muito fã do Kadu Luís.

– Como assim você ficou feliz porque ela casou com outro? – Gustavo fingiu um ciuminho e me deu a mão. – Pode parando, Meg, a mocinha da novela está comigo.

– Ah, desculpa, não sabia dessa novidade, mas está aprovadíssima no grau maior. E vamos ao almoço. – Meg me pegou pelo braço e Peter veio com Gustavo atrás da gente. – Posso fazer uma pergunta, como é ter um olho tão lindo? É chato todo mundo comentando esse seu olhar que mais parece uma luz saindo do corpo? Que azul mais deslumbrante! Eu queria tanto ter olho claro que uma época usei lente, mas ficou ridículo. Um dia, um hóspede perguntou se eu era cega. Desisti.

– Imagina, você já é linda sem olhos claros. E, acredite, eu preferia ter um cabelo cacheado igual o seu. No meu caso, nasci assim, estou acostumada. Fui uma garota pobre, sempre escutei muitos comentários sobre o meu olhar.

– Garota pobre? Nossa, menina, você parece ter saído de palácio.

– Obrigada. Tudo isso é porque tive uma mãe que mais parecia uma rainha.

– Ah, que linda!

Sentamos a uma mesa, Peter e Meg ainda não tinham almoçado e nos acompanharam. Como rimos em tão poucos minutos que pareceram as melhores horas de todas. O casal tinha tudo de bom, é um daqueles que desejaríamos ter como amigos íntimos. Peter, um piadista da melhor qualidade, me fez chorar de tanto rir, contando de uma hóspede que queria andar pelada pela pousada:

– Minha filha, não pode! Ô, sueca, veste uma roupa! No dia seguinte, a mulher acordava nua na varanda e assim ia dar um mergulho. Eu já estava tendo problemas com os funcionários. Tinha hóspede se oferecendo para limpar o quarto dela. Aí expliquei que a polícia apareceria e ela prometeu colocar uma roupa. Alívio, quem disse? Um biquíni que parecia ter sido emprestado da Barbie. Imagina o biquíni da Barbie no corpo de uma mulher de um metro e oitenta? Estava tudo de fora. E a parte de cima? Não tinha. Não tinha, Gustavão! A moça desfilava com uma blusinha transparente, safada, que deixava os peitos...

— Aí eu fui tentar falar com ela. A resposta da moça? — Meg deu uma gargalhada lembrando. — "Eu vir de um país muita fria. Não estou aceitando a calor, eu precisa andar com pouca roupa ou passa mal."

— Eu quase cantei para ela aquele funk: "Bota uma roupa, bota uma roupa!" A sueca caberia definitivamente em alguma história, uma ótima personagem, dessas que trazem risadas imediatas — disse Peter, e rimos ainda mais.

O almoço terminou e há muito eu não me sentia tão leve. Peter nos acompanhou até o quarto onde dormiríamos e confesso que fiquei levemente sem graça por estar no mesmo aposento que Gustavo.

A porta fechou, meu acompanhante colocou as malas em cima de um largo banco, enquanto caminhava avaliando o lindo lugar.

— Olha... — Gustavo chegou perto de mim e segurou a minha mão.

— Gustavo, tudo bem. Eu quis viajar com você e agora estou aqui.

— Eu falei com o Peter que estava vindo. Normalmente, fico neste quarto. Se você quiser, pedimos outro ou durmo no chão ou, se preferir, fico amarrado na cama.

— Gostei desta última opção. Assim poderei fazer com você o que eu quiser.

— Ah, é assim?

— Claro, sou uma moça de família, mas não sou boba.

— É por isso que sou louco por você. — Gustavo me puxou e me deu um beijo intenso, e juro que senti um doce vento entrar pela janela fechada.

Decidimos dar um mergulho no mar em frente à pousada. O lugar tinha a natureza ao redor. Um verde com árvores enormes entrava por um lado, e o mar de água cristalina invadia por outro lado. A sensação de estar dentro de um quadro de uma bonita sala piscava na frente dos meus olhos.

Gustavo me contou como adorava aquele canto. Seu refúgio. Tinha conhecido Peter e Meg durante um voo atrasado. Ficaram sentados próximos e passaram as cinco horas de espera conversando. Recebeu um convite para conhecer a pousada, aceitou e ganhou dois familiares amigos. Depois descobriu que seu pai e o de Peter estudaram na mesma escola durante anos e foram grandes amigos. Uma dessas coincidências loucas que a gente fica besta ao imaginar a quantidade de pessoas no mundo.

— Um amigo ator, Paulinho Aguiar, também um grande músico, costuma dizer que o mundo tem duzentas pessoas e todas se conhecem. – Essa frase volta e meia caía no meu colo.

— Seu amigo está coberto de razão. Sabia que existe uma teoria, de 1960, dos seis graus de separação? Seis pessoas separam você de qualquer indivíduo no mundo.

— No nosso caso, Zé Paulo estava entre nós. Quem diria que a garota do assalto um dia estaria aqui comigo nesta pousada em Arraial do Cabo?

— Quem diria que eu estaria com o cara que aparece na TV e as meninas suspiram. Como você reage a isso?

— Ah, normal. Acho que é normal. Minha mãe trabalhou com teatro, estar no meio da arte foi natural na minha casa. Meu avô compunha música, meu irmão trabalha como editor na emissora.

— Como é para você quando uma moça chega perto, interessada no seu lado bonitão?

— Você é engraçada, Belinda. Como é para você quando um homem se aproxima, interessado no seu lado maravilhoso?

— Finjo que não reparo.

— No meu caso – ele fez uma cara charmosa –, tenho dito que "mio cuore è occupato da una ragazza bellissima".

— Ah, é? Adorei saber que sou belíssima. E o bonitão entraria no mar comigo?

— Lógico, não dispenso companhia de sereia.

Fomos correndo para a água e nos jogamos em um mar que parecia nos abraçar com muita energia. Por um instante, tive a sensação de estar nadando novamente no rio Paraguai. Meus cabelos nas costas, meu corpo indo além de mim, a água passando acelerada pelos meus poros.

Emergi rindo e Gustavo estava parado, me olhando.

— Adoro te ver sorrindo.

De repente, sem me dar conta, comecei a cantar para o Gustavo, apontando o dedo para ele e dando uma reboladinha, lembrando o ritmo da música.

— "Mesmo que não venha mais ninguém. Ficamos só eu e você. Fazemos a festa, somos do mundo, sempre fomos bons de conversar. Eu só espero que não venha mais ninguém, aí eu tenho você só para mim. Roubo o teu sono, quero o teu tudo, se mais alguém vier não vou notar. Preciso de você para me fazer feliz, não quero mais ficar aqui. Preciso viver só para me fazer maior. Mas quando você vem eu fico melhor".

— Meu Deus, um show particular só para mim?

— Banda do Mar. "Mais ninguém"!

— Com certeza. Mais ninguém e, se alguém aparecer, afogo neste mar.

Gustavo me abraçou, me rodou naquela imensidão de natureza e depois me parou na frente dele.

— Olha, tenho que aproveitar enquanto você não conhece os meus defeitos. Aí não terei mais esse gostinho de você me olhar com tanto entusiasmo.

— Quais são os seus defeitos?

— Tenho muitos, mas tenho muito mais qualidades.

— Olha, se você não for grosseiro comigo, não levantar a voz e não me segurar pelo braço...

— Ou, como assim? Estou falando de defeitos como bagunceiro, mas tenho a Rita para organizar tudo para mim. Aliás, deixa te contar. — Gustavo caiu na gargalhada. — Lembra da Rita, né? Falei que viajaria com você e ela quase desmaiou. Disse que, se eu não te levar lá em casa para ela te conhecer, se demite. Por favor, você precisa conhecer a Rita ou meu apartamento vai virar um caos.

— Vou adorar! Pode confirmar minha presença.

Mergulhei e, quando voltei, Gustavo estava pensativo.

— Por que você falou essas coisas de ser grosseiro e pegar pelo braço?

— Porque isso para mim seria um defeito.

— Não, Belinda, aí é desvio de caráter. Homem não grita com mulher nem quando ela está errada. Penso que, se a pessoa fez algo insuportável, se manda e está tudo certo. Se foi algo que ainda se possa reverter, tenha uma boa conversa.

— Nunca gritou com mulher nenhuma? — Quase surpreendente escutar aquilo. A vida inteira ouvi meu pai berrando com a minha mãe. Alexandre fazia o mesmo comigo. Ninguém me dissera que um homem não gritava com uma mulher quando tinha um relacionamento com ela.

— Claro que nunca gritei. Belinda, o que você andou vivendo?

— Eu cresci com a minha mãe escutando gritos e até apanhando.

— Mas isso é totalmente fora do normal.

— Depois, o Alexandre não tinha muito tato, tratava mal as pessoas, grosseiro demais, machista. No começo, achei que podia mudá-lo, mas isso é da pessoa.

— Não quero nem imaginar um negócio desses. Um cara assim perde meu respeito.

— Por favor, o Zé Paulo não sabe de nada. Ele acabaria com o Alexandre.

— Estou com vontade de fazer o mesmo.

— Não queria contar isso, não aqui, mas também não quero mentira entre a gente. Estou feliz ao seu lado, parece até que estou no meio de uma novela.

— Sua vida pode ser muito melhor do que uma novela. Não quero mais que você pense bobagem. Estou com você, não vou mudar de ideia e farei de você a mulher mais feliz deste mundo. É simples assim. Não tem saída pela direita, mentira ou grosseria.

— O que eu podia esperar de quem me salvou de um assalto?

— Espero não precisar te salvar de mais nada, mas adorei ser seu super-herói.

— E foi mesmo. Nem sei o que seria de mim sem a sua ajuda com o seu amigo policial.

Fiquei me perguntando se os autores de novela tinham realmente vivido o grande amor para escreverem com tanta verdade aqueles encontros únicos. Impossível que fossem solitários e abandonados para colocar no papel tanto sentimento. Seria o mundo dividido em dois: os que nunca sentiram nada profundo por alguém e outros conhecedores do poder do grande amor?

Sentia vontade de correr o mundo todo, declarar para os desavisados e pessimistas que tivessem coragem de viver o grande amor. Olhando Gustavo querendo saber por que eu o observava tão emocionada, tive a certeza de que não mais duvidaria de uma cena de amor, questionando aquilo como algo impossível. Existe, sim! Como existe a felicidade, a paz, o sorriso… e um encontro perfeito! E quando o amar ou amor vem, é tão mágico que o mundo passa a ter outra cor para você.

— Posso fazer um comentário indiscreto? — Ele estava com um jeito divertido e imaginei que falaria algo para quebrar o assunto mais sério que não combinava em nada com aquele lugar.

— Claro — respondi, imediatamente curiosa.

— Você é ainda mais bonita que aquela capa de revista.

— Ah, obrigada. Quem manda eu comer salada?

— Não tem nem para Photoshop!

— Eu sei, eu sei. — Me joguei na água com os braços abertos.

— Ah, é assim? Vai tirar onda?

— Só um pouquinho, mas sabe que eu estava aqui pensando em algo bem engordativo.

— Fala e realizo o seu desejo.

— Vontade de tomar um sorvete.

— Ah, sorvete não engorda, Belinda!

— Claro que engorda. — Desse assunto, eu entendia. — Uma taça de banana split pode ter 843 calorias, sabia?

— Uau, isso é uma bomba calórica!

— Tudo bem — falei, rindo. — Um picolé de chocolate tem em média 115.

— Está vendo? Já melhora para o seu lado, mas posso garantir que você pode devorar umas três bananas splits e nada vai acontecer.

— Não conte para ninguém, mas faço isso às vezes. Mas só conto quando como alface, palmito, azeitona e tomate.

— Uma atriz em busca da imagem perfeita. — Gustavo ficou pensativo. — O que vão pensar quando a gente falar que nós estamos namorando?

— Que sou uma moça muito sortuda, e várias garotas por aí vão chorar.

Ele me beijou com vontade e denunciou como estava feliz também. Nosso fim de semana não poderia começar de maneira melhor.

DEZOITO

Perdidamente, irremediavelmente, loucamente apaixonada!

Uma nova vida que você não programou começa a surgir na frente dos seus olhos. E ela é diferente do que você pediu um dia. Mas é ainda melhor...

Ele não fez isso. Ele não colocou sorvete na ponta do meu nariz. Sim, sim, ele fez e saiu correndo pela rua da sorveteria gargalhando. Fiquei olhando aquele homem alto, com aquele olhar intenso, um sorriso especial, correndo de mim como um menino.

— Sabe que vou me vingar de você, né?

— Se for com beijo, estou de braços abertos para receber. — Enquanto ele andava de costas, algumas pessoas nos olhavam com a boca meio aberta. Pareciam não querer atrapalhar nosso momento, mas, ao mesmo tempo, pareciam dizer: Epa, vocês não são a gente da TV?

Voltamos para a pousada rindo de alguma história que Gustavo contou. Quanto bom humor em uma só pessoa.

Peter estava sentado em uma escada olhando o mar. Nem parecia o mesmo homem divertido de antes.

— Tudo bem? — perguntou Gustavo, esperando algo ruim.

— Cara, estou aqui pensando em como a vida é louca.

— A sua ou a de todo mundo? — perguntou o jornalista, tentando chegar ao ponto certo da conversa.

— Então, estou aqui olhando esse marzão e pensando que é assim que me sinto por dentro. Me sinto do tamanho desse marzão.

— Cara, o que aconteceu? Está tudo bem com você?

Eu não sabia se saía de perto e deixava os dois conversando sozinhos ou ficava ali. Tentei não fazer alarde com a minha presença.

— A Meg está grávida — falou Peter quando pensei em sair pela esquerda.

— Sério? Que demais, cara! Parabéns! — Gustavo deu um grito de uhuuu e abraçou o amigo, que começou a chorar como uma criança.

— Cara, você sabe como a gente queria esse filho. São cinco anos tentando, e ela está grávida de quatro meses. Achei ela gordinha, mas amo tanto essa mulher que para mim ela é perfeita como for. — Uma declaração de amor ali, ao vivo e a cores, que lindo! — Ela já sabia, mas esperou passar o período de risco de três meses.

— Parabéns! — Meus olhos estavam com lágrimas. Não consegui me conter. A novela da minha vida estava cheia de emoções.

Meg veio cantarolando com a mão na barriga.

— Tem um bebê aqui dentro e o pai não está se aguentando.

— Vocês merecem demais isso. Sei como queriam. — Gustavo estava tão feliz que eu percebi ali como a felicidade de outras pessoas também se torna imediatamente a felicidade do meu namorado.

— Temos muito o que comemorar!

— Esse garotão já vai nascer vencedor. — O mais novo pai do pedaço não escondia a felicidade.

— Ele fala assim, mas, se nascer uma menina, vai ficar babão, jogado no chão com ela.

Gostoso presenciar uma comemoração tão verdadeira. Ninguém ali parecia fazer tipo e, no meio que eu frequentava, as pessoas, como defesa, tentavam aparentar algo diferente do próprio ser, passando longe de suas verdadeiras personalidades e se reinventando na mentira. Talvez eu tivesse seguido o mesmo caminho se Zubin e Zé Paulo, meus dois Zs preferidos, não fossem insistentes em suas conversas, declarações, avaliações, reflexões...

Seguimos o restante do dia numa alegria só. Liguei no fim da noite para confirmar com Jujuba se estava tudo bem e escutei o provável:

— O Mínimo esteve aqui. Óbvio, está com raiva da foto, quer falar com você, fez um pequeno escândalo na sala te chamando de infiel, exigindo respostas e me questionando se eu sabia. Falei para o Placenta que a foto não tinha nada de mais, vocês eram apenas amigos, mas você sabe como ele age, o que pensa, está enfurecido e disse que terá consequências para você.

— Hum... E você, amigo? O moço foi aí?

— Veio. Vai retornar amanhã. Belinda, você sabe como eu mesmo já tive preconceito comigo. Tanta gente trata a maneira como sou como doença, mas estou feliz pela primeira vez e me sentindo bem com alguém que parece viver na mesma sintonia. Ele é animado, você vai adorar o gato.

— Que bom escutar isso, Jujuba. Você sabe e já te disse que não tem nenhuma doença.

— Eu sei. Também nunca me vi tão feliz ao lado de alguém.

— Não podia ser diferente. Jujuba e Bombom ficam lindos na mesa de doces.

— Verdade! Nunca tinha pensado nisso. Ai, amiga, que delícia estarmos felizes na mesma época.

— E será assim daqui para o futuro, Juju! Te adoro.

Desliguei o telefone, querendo fugir para ainda mais longe. Gustavo sentiu minha insatisfação e chegou perto para saber. Quando falei, ele foi taxativo.

— Cão que ladra, não morde. Estamos juntos agora.

— Algo me diz que ele não vai desistir.

— Não fica preocupada. Vamos curtir o nosso fim de semana e, quando chegarmos ao Rio, pensamos na melhor maneira de afastar o sujeito de uma vez por todas. Você precisa me avisar se ele te incomodar.

Ele estava com a razão. Não queria estragar aqueles momentos de maneira alguma.

O jantar foi delicioso, com camarões enormes e saladas perfeitas. Velas foram acesas e, por um instante, parecíamos estar no México. Uma música de longe embalava as gargalhadas. A pousada com outros casais tão divertidos como Peter e Meg dava um tom ainda mais animado na nossa passagem pelo local, e eu fiz questão de demonstrar a Gustavo como estava me sentindo bem ali.

— Fico feliz demais de te trazer para estar com meus amigos e você gostar.

Ele me beijou enquanto uma música doce de fundo me confirmava ser real todas aquelas cenas da minha vida.

Quase meia-noite, fomos para o quarto. Meu coração acelerou e fiquei pensando que me sentia novamente a mesma garota de Ladário, cheia de pensamentos perdidos, dúvidas, medos e sem ter noção que o mundo mudaria tanto. Aquela garota nunca sairia de mim, nem eu queria isso.

Gustavo fechou a porta do quarto e reparou como eu estava sem graça.

— Olha, vamos fazer assim, tem essa quase cama aqui. Como jornalista, posso garantir, já dormi em locais bem piores. Eu fico aqui.

Caminhei até ele, passei a mão nos seus cabelos, senti um arrepio subindo pelo corpo e tentei explicar que não me arrependia de nada.

— Se você me perguntar onde eu queria estar, vou dizer aqui. Não me imagino fora deste quarto. Estou amando nossa viagem, você já é especial para mim e está me mostrando como posso ser bem-tratada.

— Não só pode, como deve. Merece!

— É isso que você quer?

— Lógico, Belinda. Você acha que depois desta viagem vou mudar de ideia? Depois daqui, estarei ainda mais perdido no seu mundo. Costumo falar que ninguém se apaixona perdidamente, irremediavelmente, loucamente, em um primeiro encontro – falava ele animado –, mas isso aconteceu comigo.

— Com a gente... – fiz questão de corrigir.

— Vi você pela primeira vez naquele dia louco e, na delegacia, foi como se te conhecesse desde a infância. Depois não te achei e, em consequência disso, pensei que estava tudo certo, o mundo tem outras mulheres, e segui. Não fiquei sem lembrar da garota da Glória. Quando te reencontrei no encerramento da novela, não queria mais largar. Belinda, estou sozinho há um ano e não quero ficar dois.

Eu sentia o mesmo. Lembro até hoje como fiquei surpresa quando escutei a voz dele no assalto, o carinho sem sequer me conhecer, a atenção em me acompanhar até a delegacia e depois me levar à Glória. No reencontro na festa da novela, me faltou o ar!

— O que me seduz na gente é não ser banalidade.

— Jamais será, Belinda!

Um calor estava ali ao redor de nós e resolvi não falar mais nada. Gustavo me sentou na cama, segurou a minha mão, a beijou e depois o meu pescoço.

Deitamos na cama e ficamos silenciosamente nos olhando, querendo lembrar mais algum momento vivido por nós.

— Essa noite pode durar o tempo que ela quiser — garantiu Gustavo com a voz baixa. — Você quer que eu me apaixone por você?

— Você já está apaixonado!

— Estou? Você também está, Belinda!

Fiz uma cara de ofendida, como se ele contasse inapropriadamente um segredo meu. E, em vez de falar algo mais, me beijou como quem rouba uma fruta da árvore do vizinho e não tem mais como devolver.

Depois disso, me pegou pela cintura, elogiou o meu corpo, beijou mais uma vez o meu pescoço e de longe consegui ouvir a música "Mais Ninguém", da Banda do Mar.

— Nossa música! — reconheceu ele. — Você estava linda cantando na praia hoje.

— "Mesmo que não venha mais ninguém. Ficamos só eu e você. Fazemos a festa, somos do mundo, sempre fomos bons de conversar." — Em vez de cantar, desta vez recitei como um poema.

Ele me beijou novamente e a noite seguiu da maneira mais doce e especial que poderia ser. Aquela não seria qualquer noite. Enquanto tinha sido um dia comum para outras pessoas, para mim era um encontro de almas, uma certeza que veio morar e se negou a partir. Eu e Gustavo tínhamos agora amor um pelo outro, um sentimento inabalável e raro.

Acordamos com um sorriso enorme, animados e cheios de fome.

Chegamos ao restaurante da pousada e Peter já estava de pé, levando e trazendo pratos com queijos, frutas, pães e opções deliciosas para um café da manhã mais do que aprovado.

— Prova esse sonho. — Mordi, sem pensar muito.

— Dieta, eu respeito, mas não deu.

— Por que vocês mulheres querem sempre emagrecer?

— No meu caso, não posso engordar. A TV deixa a gente redonda na tela. — A conversa me fez lembrar a música "Pretty Hurts" da Beyoncé. Fala sobre como somos doentes nessa questão da beleza perfeita: "Pretty hurts/ We shine the light on whatever's worse/ Perfection is the disease of a nation/ Pretty hurts/ We shine the light on whatever's worse/ Tryna fix something/ But you can't fix what you can't see/ It's the soul that needs the surgery." (A beleza machuca/

Evidenciamos o que temos de pior/ A perfeição é a doença da nação/ A beleza machuca/ Evidenciamos o que temos de pior/ Tente reparar algo/ Mas você não pode reparar o que não consegue ver/ É a alma que precisa de cirurgia.)

— Essas cobranças são surreais. Você está ótima!

Quando Gustavo falou isso, uma enorme borboleta azul entrou pela sala e virou a estrela da cena.

— Essa borboleta tem o azul do seu olho.

— Meu olho deve ser lindo.

— Quem tinha olho azul?

— Minha mãe e mais ninguém da família.

— Você amava muito a sua mãe, né? Fala dela com tanto carinho.

— Minha mãe foi a mulher mais doce que conheci. Morreu como um anjo. Ela estava ótima, não sofria nem com espirro, morreu como um passarinho e sorrindo. Foi bastante doloroso e difícil ter que retomar a vida depois disso. Até porque, naquela época, eu não tinha uma vida, não sabia o que decidir e muito menos para onde ir. Se não fosse a crueldade da minha tia, não teria descoberto o meu destino.

— Sua história é bem tocante — falou Gustavo, e a borboleta parou na sua xícara. Congelamos para não assustar o pequeno ser. Depois, o bichinho pousou no seu ombro e saiu pelo corredor de ar, ganhando o mundo lá fora, inteiro para ela.

— Você sabe que os bichinhos nunca erram e só se aproximam de gente de bem — falou Meg, colocando a mão no ombro do meu acompanhante.

— Como está a mamãe do ano?

— Se sentindo a mamãe do ano. Vocês já viram a praia lá fora? O tempo está lindo. Vão nadar, que a natureza está chamando os dois.

Fizemos o que Meg falou e a cada mergulho me sentia perdendo tudo de ruim que estava grudado em mim. Purificação. Uma vida nova chegando. Talvez ali fosse o momento em que a autora deveria escrever "Parte III – Belinda finalmente começa a viver". Será? Não vou esconder que dentro de mim sentia o coração num batimento estranho, como se algo sinistro estivesse vindo na minha direção. Quando Gustavo me dava a mão, aquela dor aliviava, mas bastava meu pensamento mergulhar no profundo que voltava a sentir o mesmo incômodo. O que viria pela frente, eu não tinha ideia.

DEZENOVE

Uma dor na alma

Em alguns momentos, somos castigados sem culpa, apenas porque a crueldade humana não tem piedade e carrega um desejo enorme de vingança.

Aquela tarde não foi diferente da anterior. Passamos horas no mar, onde gentilmente um garçom vinha nos trazer os melhores drinques. Uma sensação estranha me dominou, como se um tsunami fosse tomar conta daquela praia a qualquer momento.

— Hoje, eu que vou cantar para você! — Gustavo não percebeu minha inquietação.

— Ah, é? — Mergulhei a cabeça para trás para molhar um pouco os cabelos e prestar bastante atenção em qual seria a música escolhida. Gustavo fingiu segurar um microfone, deu uma gargalhada genuína e, afinado, cantou para mim "Melhor do que ontem", do Capital Inicial.

— "Eu ainda sinto o gosto/ Da noite passada/ Que parecia não ter fim/ Espero que hoje/ Seja melhor do que ontem/ Com o sol no meu rosto/ Eu vejo você/ De longe olhando pra mim/ Espero que hoje/ Seja melhor do que ontem."

— Adoro Capital! Uma música deles foi trilha sonora da personagem Maria Ana que fiz numa novela das seis. Eu fui a um show da banda com o Zé. Você canta muito bem, sabia?

— E o que eu ganho em troca depois dessa apresentação particular?

— Muitos beijos.

— Muitos é pouco. Todos. Afinal, demorei muito para te encontrar e agora eu quero só você. E eu vivia pensando, por onde anda aquela gata de olhos azuis que salvei a vida?

— Até parece. Você me esqueceu no dia seguinte.

— Você não acredita que estive lá naquela rua te procurando?

— Não.

— Como assim? — Gustavo tentava me dizer que estava falando a verdade. — Eu estive naquela rua.

— Mesmo? — Juro que queria acreditar.

— Belinda, claro que é verdade. Por que eu mentiria pra você?

Ele sentou na minha frente, dentro da água e segurou a minha mão.

— Sei que aí fora o mundo tá corrompido, as pessoas estão loucas, todo mundo quer curtir um dia e nada mais, mas eu também sei como essas pessoas perdem, porque uma história de verdade com alguém é demais. Curiosamente, aprendi muito isso nesse nosso meio de TV. As pessoas mais felizes me parecem aquelas com relacionamentos mais estáveis. Digo jornalistas, atores... Eu sei que posso estar sendo sonhador e idealizar algo que não existe, mas o tempo me fez entender o homem que eu podia ser para uma mulher. Tenho casais de amigos que se amam, vivem superfelizes e acho que a galera da futilidade está completamente errada.

— A vida tem sido generosa comigo me tornando famosa mesmo tendo entrado no meio artístico de maneira tão despretensiosa. Por isso, não me sentia com merecimento para viver uma história de amor. Deus já tinha me dado algo especial, isso parecia coisa para os outros. — Meu coração estava ali aberto, com todas as suas palavras sendo ditas. Se eu concordava com isso? Talvez minha alma tivesse decidindo o que dizer.

— Belinda, quando a gente se conheceu, eu não sei quais são as lembranças que você tem, nem sei se isso é importante, mas sinto que você tinha que viver. Isso parece o principal motivo da gente não se encontrar naquela época. O que mais ficou em mim daquele período e da outra vez que nos encontramos foi o seu olhar. Esse olhar aí! O mesmo que via nas fotos das capas das revistas e me batia uma saudade enorme. Não quero frear isso.

Nós nos beijamos e tentei afastar do pensamento qualquer receio. Medo bobo de quem já sofreu na vida, com as pessoas que amava. Mesmo que nesse caso o destino tenha sido especial depois. Sofri demais até chegar ao que as pessoas consideram uma vida boa.

Aquela conversa com Gustavo foi linda e certamente ficaria marcada no meu coração. Não tinha como explicar como ele me tratava bem, com uma delicadeza genuína. Andava comigo de mãos dadas de maneira leve, ficava preocupado quando eu subia uma escada, me perguntava várias vezes se estava com sede, se queria ir para a sombra, se estava gostando, se queria alguma música especial no carro, um doce, ouvir uma história, e pedia que me alimentasse bem. Eu queria tudo com Gustavo Salles e aquele fim de semana seria certamente repetido depois.

Quando nos despedimos de Meg e Peter, os dois estavam emocionados. O proprietário da pousada deixou escapar que há alguns anos não via Gustavo tão feliz. Sorri, agradecendo a informação.

Meg foi mais direta, me puxou no canto e disse:

— Belinda, serei bem franca. Não faça o Gustavo sofrer. Esse moço lindo, que tantas mulheres querem, é uma das pessoas mais generosas, sensíveis, carinhosas e humanas que conhecemos. Você não tem ideia das coisas que ele não disse, mas faz. Como lotar o carro de cobertores no inverno e deixar para necessitados de rua no centro da cidade do Rio de Janeiro. Isso é só uma das 19 coisas que esse moço de aparência deslumbrante faz. Pessoalmente, nos ajudou com a reforma da pousada. Acho que teríamos falido se não fosse ele. Garanto, ele não merece nada de ruim. Cuide dele como quem protege um tesouro. Ele merece.

Meus olhos ficaram iluminados. Eu estava feliz e ao mesmo tempo comovida com as palavras de Meg e com a chance de conhecer ainda mais aquele cara.

— Prometo que estou disposta a fazê-lo plenamente realizado.

— Demonstre isso e fale para ele o quanto está feliz. Ele ama fazer bem para as pessoas. Não faça jogo.

— Jamais.

Meg e eu nos abraçamos. Desejei tudo de lindo para a sua gravidez e voltamos sorridentes na direção dos meninos.

Na estrada, tentamos não lembrar que iríamos nos despedir, mesmo que fosse por horas. Ele contou do seu trabalho, de como amava fazer TV e depois tentamos refletir sobre como seria quando as pessoas soubessem de nós.

— Vão me tirar de sortudo. Muito homem virá me parabenizar.

— Sei que nossos amigos vão nos apoiar, mas a imprensa...

— Vão tirar muita foto nossa! — Ficou rindo, e eu tensa só de pensar.

Todo jornalista tinha um jeito desencanado de ver a vida que eu queria que me contaminasse.

Entrei no quintal de casa e o carro de Alexandre estava estacionado no gramado em frente à varanda. Gelei. Coloquei a mala embaixo da mesa de madeira de demolição para não ter que explicar de onde estava vindo. Nenhuma dúvida de que, mesmo assim, eu teria que responder onde estivera. Lá estava meu mais novo opositor. Hora de enfrentar meu ex-namorado. Como seria nosso encontro? Não tinha ideia.

Abri a porta e um frio gelado me dominou. Por que não deixei Gustavo entrar um pouco? Um misto de já imaginar o teor da conversa e não ter a menor ideia do que viria. Achei estranho Jujuba não ter me ligado para avisar, mas imaginei que Alexandre, no auge de sua grosseria, não tivesse deixado. Queria me fazer surpresa. Presente de inimigo.

Entrei em passos leves dentro da minha própria casa, com a sensação de lar alheio.

— Achei que fosse demorar mais. — A conhecida ironia estava imediatamente entre nós. Quantas vezes fomos a festas e ele passava o tempo todo debochando de mim, comentando como eu me supervalorizava, achando que ser atriz fosse algo realmente sério. Em vários eventos, estava mal--humorado, louco para ir embora, e eu tinha que mostrar animação quando estava sendo emocionalmente pisada. Quantas vezes o sorriso da gente parece enorme e a dor dentro tem uma imensa dimensão? — Posso saber onde a madame estava?

— Por que tenho que falar onde eu estava, Alexandre? Mas, se te interessa saber, com amigos.

— Belinda, você já sabe por que estou aqui.

— Não tenho a menor ideia.

— Aquela foto, Belinda! — Alexandre deu um grito tão alto que as paredes pareceram estremecer.

— Alexandre, por favor. Nossa história acabou. Quantas vezes alguém veio com provas de que você me traiu, saiu com outras mulheres, e eu sorrindo para fotos do seu lado?

— Ah, ficou com o palhaço por vingança? Você acredita nessas pessoas?

— Igualzinho você que quer que eu pague por uma foto.

— Quero mesmo e não vou ficar de otário na situação. Você ainda me deve uma satisfação. Deve para os seus fãs e para os jornais.

— Com certeza as pessoas já estão preocupadas com *outras* fofocas.

— Mas eu, não. — Alexandre deu mais um grito e depois a minha casa foi tomada por um silêncio. — Você vai ter que ficar do meu lado e mostrar que está tudo bem entre nós.

— Como é que é?

— Você sabe como é essa carreira ridícula que você escolheu. Do mesmo jeito que você tem que parecer uma princesa de castelo, coisa que não é, porque quem sabe de onde você veio tem noção que tem lama daquele rio fedorento aí na sua pele.

— Alexandre, você é ridículo! Sabe quando vou voltar para você? Nunca.

Ele caminhou na minha direção, segurou os meus cabelos e ficou me olhando, quase cuspindo na minha cara.

— Você acha realmente que pode me dizer não?

Jujuba entrou na sala gritando meu nome e pediu que Alexandre me soltasse.

— Sai daqui, sua bicha! Sai! Eu detesto você. Você e a sua laia são o lixo do planeta!

— Não fala assim com o Jujuba. Ele é infinitamente melhor do que você.

— Sai. — Alexandre empurrou meu amigo, que caiu no chão e saiu desesperado. Continuei sendo segurada por Alexandre.

— Você pode me bater, seu covarde, mas não volto.

— De apanhar você entende, né, Belinda!? A sua tia, pelo jeito, não te deu uma lição de verdade ou não seria tão respondona. — Alexandre colocou as mãos no meu pescoço e movido por um ódio apertou seus dedos por alguns segundos, até me jogar contra a parede. — Levanta!

— Eu não quero. — Comecei a chorar. Estava mais uma vez apanhando de um covarde.

— Levantaaaa! — O berro do meu ex-namorado me fez ficar de pé com as pernas trêmulas. — Vagabunda! — E me deu um tapa na cara sem nenhuma piedade. Caí novamente no chão, perto do sofá, onde dias antes estava com Gustavo. A culpa invadiu meu corpo e o tapa pareceu necessário.

— Eu tinha que ter entendido logo quando te conheci. Mulher que veio do mato, morava numa casa de pobre, acompanhada de uma família que não vale nada. Mas eu caí nessa sua imagem de boa moça, nesses seus olhos azuis, mas hoje você vai apanhar para aprender que não se mexe com um homem como eu. Vou fazer o que eu faço quando um empresário me passa a perna ou uma empresa apronta comigo. Eu castigo, do meu jeito, com vontade e determinação. Como acionar advogados contra você não me bastaria, vou te meter a porrada, sua qualquer. E me olhe nos olhos. Quero bater em você sabendo que está entendendo bem o recado.

Alexandre me bateu no rosto mais uma vez, caí no chão meio zonza. Ele, maior do que eu, não estava dosando força. Incrédula, o vi sentar em cima da minha barriga e me agredir. Isso não podia estar acontecendo. Não, eu não merecia. Não podia acreditar que aquele cara tinha algum direito sobre mim e que podia me bater por eu estar tomando um café com Gustavo em uma foto.

Não sei quanto tempo fiquei ali, apanhando daquele homem insano. Não tinha ideia de como meu rosto estava ficando, só sentia meus olhos inchando gradativamente e meu nariz sangrando.

Depois de cansar a própria mão, Alexandre me empurrou mais uma vez contra o chão, como quem encerra um serviço.

Tentei levantar e correr, mas foi impossível. Ele ficou de pé, me olhando com um semblante ainda pior do que quando o encontrei aquela tarde. Tirou o cinto da calça e eu só consegui dizer com a voz embargada:

— Por favor, não faz isso comigo.

— Não foi assim que sua tia fez? Vou lembrar a você como é se sentir um verme.

Alexandre começou a me bater pelo corpo. O que acabou sendo um alívio, já que meu rosto estava pedindo clemência.

Jujuba entrou na sala, pegou o vaso na mesa de jantar e, com toda a força, jogou contra Alexandre. Meu ex-namorado caiu no chão, xingando que sua cabeça estava sangrando, tirando do bolso o celular do meu melhor amigo, jogando no chão e espatifando o aparelho. Por isso, eu não tinha sido avisada daquela presença cruel. Depois saberia que Alexandre cortou os telefones e fez cárcere privado com o meu doce amigo. Escutei os passos do meu ex-namorado, totalmente fora de controle, pegando a chave do seu carro em cima da mesa e saindo porta afora, afirmando que o corretivo já tinha sido dado.

Mais uma vez, perdi a noção do tempo e fiquei ali, sentindo dores que chegavam até a alma. Escutei um grito e desmaiei.

VINTE

Voltando do pesadelo

Quantas vezes você se perguntou o porquê de algo tão ruim acontecer? A vida nem sempre é justa, mas é possível recomeçar. Não tenha medo de levantar a cabeça, encarar suas verdades mais difíceis e acreditar. Em algum momento, você abrirá os olhos e seu mundo calmo estará novamente disponível.

Quando acordei, estava na minha cama. Não fazia ideia do que acontecera. E no meu quarto, Gustavo estava jogado na poltrona próxima à janela, dormindo. Sentei na cama, notei meus olhos mais fechados que o normal. Algo estava bem errado comigo. Meu corpo dolorido, minha alma incomodada e minha voz gemendo sem que me desse conta.

Escutei passos vindo na minha direção.

— Amor da minha vida, você acordou. Como eu estava preocupado. Meu Deus! — Gustavo veio para perto de mim.

— Estou no meu quarto?

— Está, sim.

— O que aconteceu?

— Depois falamos disso. O que importa agora é que você está bem e ficará ótima.

— O que aconteceu comigo? Sofremos um acidente de carro? Eu lembro da gente na estrada. Você está bem? Também se machucou?

— Estou bem, sim. Preocupado demais com você.

Sentei na cama. O vento frio do ar-condicionado me acalmava. Tentei abrir um pouco mais os olhos e, quando vi a luz, tive uma visão de Alexandre me batendo.

— Ele me bateu, me espancou. Foi isso?

— A gente vai ter todo o tempo do mundo para conversar depois.

— A minha cabeça… — Coloquei a mão nos cabelos e foi como se uma mola estivesse solta no meu cérebro. Senti vontade de chorar e percebi que minha mão estava machucada.

— Você está com fome? — A voz de Gustavo parecia em câmera lenta.

— Preciso lavar o rosto, me leva ao banheiro.

Gustavo segurou a minha mão e caminhamos até o meu banheiro. Ele me acompanhava com toda a atenção possível. Meus pés sentiram com ainda mais sensibilidade o piso frio.

Fiquei parada em frente à pia e me olhei. Eu estava com o rosto bem machucado e o corpo tinha marcas pelos braços e pernas. Gustavo ficou atrás de mim, esperando para me ajudar no que fosse necessário.

— Eu disse pra ele que não queria mais o nosso namoro. Conversamos por telefone. Um dos fotógrafos que faz aquelas imagens em shoppings me deu um envelope. — Minha fala não parecia fazer sentido. — Ele disse o quanto era admirador do meu trabalho e que eu não podia passar por aquilo sem saber. Nunca divulgou a imagem retratada. Cheguei em casa e vi que Alexandre estava com outra mulher numa casa com piscina, em um lugar desconhecido. Seria um escândalo na minha carreira! Desde aquele dia, eu soube que ele me traía, mas nunca disse a ninguém. Fingi que estava tudo bem e continuei levando adiante o namoro, na verdade, uma doença.

— Não relembra essas coisas…

— Preciso entender, Gustavo. Quero saber por que as pessoas acham que podem fazer comigo o que querem, me bater, me fazer sentir como se eu não importasse, como se eu merecesse algo muito ruim. Será que de alguma forma essas pessoas têm razão?

— Belinda, você só merece o bem. Não pode acreditar que alguém bate porque você merece. Pessoas são maltratadas em relacionamentos e aceitam, achando que não vão encontrar algo melhor e a vida está dando o máximo de si. O que você viveu não é parâmetro de felicidade. Esse cara não sabe o que é ser gente. Mulher não tem que escutar nem voz alta. Quando um homem é grosseiro, merece ser esquecido. Quando bate em mulher então, merece ser preso.

— Eu falo de algo maior. Talvez o planeta esteja me cobrando os bons momentos vividos todos os dias.

— Você não pode acreditar que exista algum tipo de pedágio do sofrimento. — Gustavo veio para perto de mim e ficou me olhando através do espelho. — Não existe isso, Belinda. A gente foi feito para ser feliz, para estar perto de pessoas que nos fazem bem. Frida Kahlo…

— A pintora mexicana! O Zubin é apaixonado por ela. Tem um quadro enorme na sala onde conversamos.

— Ela tem uma frase que adoro e passei a usar na minha vida: "Onde não puderes amar, não te demores."

— Linda frase — falei desanimada.

— Percebe o que ela diz? Você ficou tempo demais com esse cara que só te diminuía, fazia mal e nada te acrescentava. Não sou um cara bonzinho, tenho meus problemas, sou meio cabeça dura às vezes, mas quero te pedir para me olhar e ter uma certeza. — Me virei meio sem graça por estar horrorosa. — Eu amo você, Belinda, e quero te trazer a felicidade que acredito existir. Quero tratar desse seu coração medroso e construir uma história. Quer namorar comigo?

Virei meu corpo humilhado e abracei Gustavo. Acreditava nele e sentia um amor imenso tomando conta do meu corpo novamente.

— Por alguma razão, acredito na sua honestidade. Desde que me envolvi com o Alexandre, desacreditei nos sentimentos verdadeiros, mas quero acreditar que era uma experiência isolada e que tudo vai mudar.

— Claro que vai — falou ele, seguro de si.

Caminhamos até a cama, sentei, olhei ao redor do meu quarto e as memórias do encontro com o meu ex surgiram com intensidade.

— Me abraça? — Gustavo chegou perto com cuidado para não me machucar e me envolveu. Ficamos calados com a força de uma união única. Minha fragilidade não me impedia de sentir a grandiosidade daquele encontro, e como eu queria abraçar todas as possibilidades de amor para voltar a ter fé na vida.

— Preciso trazer aqui uma pessoa para te ver. – Gustavo segurou os meus braços, pedindo calma.

— Eu não estou em condições de encontrar ninguém. Olha o meu rosto, estou deformada.

— Pode ter certeza, você não vai reclamar. – Resolvi não questionar.

Gustavo saiu do quarto, e eu imediatamente fiquei constrangida ao lembrar que amei Alexandre muitas vezes sem amar. Amei por estar em algum lugar especial. Amei por receber olhares interessantes, carinhos superficiais que imaginava especiais, presentes, cheiros e palavras. Mesmo que Alexandre também tivesse mentido sobre seu amor e não houvesse no seu interior um sentimento que valesse a pena, aquele amor de mentira fez bem a nós dois por um período, e depois também fez mal por meses, mas isso só compreendi com o passar do tempo e das grosserias. E agora eu estava no fundo de mim, com meus sentimentos em frangalhos e com um passado medíocre alimentado por mim.

Lembrei as vezes que disse "eu te amo" só para acalmá-lo e o quanto isso me incomodava. Assim como muitas outras pessoas, tinha banalizado a palavra amor, dizia por falar e largava as culpas no travesseiro.

Ninguém mais do que eu tentou amar Alexandre. Tentei achar graça no jeito que ele penteava os cabelos, na maneira como observava o mundo, mesmo a gente sendo tão diferente. Procurei de todas as formas me envolver com suas histórias, mesmo quando algo me incomodava, achando graça nas manias mais bizarras. Ao contrário, passei a achar cansativo ouvir as conversas sobre clientes, a maneira como mandava no mercado e aquela arrogância constante. Eu me sentia cada dia mais só, essa era a mais pura verdade.

Por outro lado, a ficção crescia ainda mais em mim. Por uma coincidência, sabe se lá a razão, várias vezes ligava a TV e dava de cara com a minha imagem. Alguns dias, era tão estranho estar dentro daquela caixa mágica onde tudo parecia invenção. Lá estava eu no comercial do xampu, da tintura, do celular, da joalheria... E, por falar em joalheria, fiquei lembrando daqueles brincos e daquela tiara de diamantes da Van Graff & Co. – o que era aquilo, meu povo? –, e pensando como minha vida era uma verdadeira montanha russa de emoções. Um dia, puro glamour, posando para campanhas milionárias, fotografias que sairiam nas melhores revistas do Brasil, quiçá do mundo! No outro, sofrendo e achando que eu não merecia nada disso, sendo humilhada e apanhando de um covarde. Nunca vou me esquecer do texto que acompanhava a minha foto: "Só o amor é mais precioso." Será? Como se na época eu soubesse o que é o amor. Espero que um dia eu descubra. E espero que seja com o Gustavo.

Quando vi que seria impossível um relacionamento com Alexandre, jurei terminar cem vezes, queria sentir todo o meu corpo acordando, o sangue acelerando e a alma tremendo, mas fui covarde.

Voltei a mim naquela reflexão ao ouvir vozes no corredor. Fiquei olhando firme para a porta e de repente vi Cássia, minha amiga de infância e adolescência, parada na porta com os olhos marejados de lágrimas.

— Cássia! — Dei um grito, estiquei os braços e minha amiga veio caminhando na minha direção. A grande amiga de tantos encontros estava ali na minha frente, segurando a minha mão, me trazendo de volta para a cidade que nasci e nunca mais voltei.

— Amiga, que bom te ver.

— Com a cara destruída, vale dizer, né? — falei, rindo e chorando.

— Daqui a pouco volta ao normal.

Entre nós não parecia de fato importante. Uma amizade sincera, um carinho tão grande separado pelo tempo, mas jamais encerrado.

— Como você está? — Cássia me olhava timidamente.

— Apanhei do meu ex-namorado.

— Eu soube, um covarde. Bateu em você, mas não tirou o seu brilho, a sua luz. Lembra de onde você saiu, tudo que passou, as dificuldades, a morte do meu irmão, a partida da sua mãe? Vamos mais uma vez juntas superar isso. Quer rir de mim? Eu nem acredito que você é dona de uma casa tão linda.

Caímos na gargalhada. Cássia sempre me fazia rir nos momentos mais difíceis. Quando seu irmão morreu, no auge daquela dor, eu perdendo o meu namorado da época, ela me olhou séria e disse: "Como meu irmão fará no céu quando estiver com vontade de te beijar?" Ela falou isso séria e depois emendou: "Será que, quando a gente morre, os beijos na boca acabam?"

— Eu nem acredito que você está aqui, amiga. Como está a minha família?

— Seu pai eu não vejo muito, sabe como ele é, mas às vezes o encontro indo trabalhar em alguma casa na Base Naval. Seu irmão está bem com a loja, o carro, a casa, a esposa e a filha.

— Ele está feliz? — Parecia uma estranha por ter perdido um contato maior com o meu irmão.

— Um ótimo marido e escolheu muito bem a esposa. Vez por outra ele fala de você, Belinda. Te ama, entende que está longe, compreende tudo de errado que seu pai fez. Comprou uma casinha linda com o dinheiro que você mandou.

— Não quero meu irmão trabalhando no sol. Quero que a loja seja um sucesso e ele consiga viver melhor. Ainda mais agora com a filhinha. Eles precisam ter uma vida digna.

— Belinda, quero agradecer o que fez por mim todo esse tempo.

— Cássia, meu dinheiro busca bons caminhos e você é um deles. Tão bom te ver, minha amiga.

Nós nos abraçamos e, ao encontrar seu ombro, desabei de chorar. Minha quase irmã escutou meus soluços parecendo traduzir cada som daquela dor. Me sentia um lixo e não sabia como me trazer de volta das profundezas onde estava.

— Vou ajudar. Não vou sair do seu lado. Eu não deixei nada em Ladário. Todo mundo morreu e minha família agora é você, Belinda.

— Vamos levantar desta cama e sorrir. — Zé Paulo entrou acelerado e, claro, estava brincando, porque sabia como eu tinha apanhado. Só então, soube o que acontecera. Depois de bater em mim e sair da minha casa, Alexandre fugiu como um covarde. Jujuba correu para buscar ajuda, ligou para Zé Paulo, Gustavo e os dois chamaram a polícia. Alexandre, claro, negou as acusações e gastaria um bom dinheiro até que o processo ficasse esquecido como muitos em uma prateleira judicial. Meu corpo machucado denunciava seu crime.

Zé me obrigou a colocar um biquíni, uma saída de praia, me deu o maior óculos que eu tinha na gaveta e fomos todos para a piscina. Como um pacto não dito em voz alta, ficamos fingindo que estava tudo bem e minha vida, livre de problemas. Uma pausa na guerra, eu diria.

Fiquei na sombra olhando Zé Paulo e Jujuba conversarem animados. Cássia parecia bem tímida, mas colocou um maiô e ficou como se estivesse aprendendo a ser outra Cássia, longe do Mato Grosso do Sul.

Fiquei rindo quando Jujuba começou a contar mais uma de suas histórias:

— Belinda Bic, esta é pra você. Fui ao shopping. Calor louco, eu querendo uma viseira, entrei na loja para perguntar. Então, vi um rapaz sentado.

— Lá vem ele! — Eu já conhecia bem os amores platônicos de Jujuba.

— Aí a vendedora disse não ter viseira, fui saindo, e o rapaz me olhou.

— Apaixonou? — comentou Zé Paulo.

— Ele por mim, com certeza, Zé! Fiz uma mãozinha de "me liga?" e ele pediu para eu dar meu telefone. Nesse momento, já estava fora da loja. Voltei, ditei meu número fazendo biquinho e saí. Conclusão do fato: meu celular está apitando direto, o moço gamou! Mas não quero nada. Meu coração já tem dono. Tudo pelo meu Bombom.

— Nossa, que história mais louca. — Cássia olhava Jujuba meio atônita.

— Cássia, depois que você me conhecer melhor, vai entender que sou um ser indefeso, um carente ambulante que precisa de muito amor.

— Como você está? — Gustavo não parecia no clima de sorrir.

— Ficarei ótima. Com vocês por perto, minha vida faz todo o sentido.

— Você sabe quanto tempo dormiu?

— Não tenho ideia — falei, imaginando que ele pudesse dizer um dia ou um mês.

— Três dias. Eu me mudei para a sua casa. Vim com uma mala para um dos seus quartos.

— Nossa, quanta coisa aconteceu enquanto eu dormia.

— Um médico veio te ver aquele dia e te medicou com relaxantes e calmantes. Zé Paulo chamou a polícia. Jujuba depôs contra Alexandre, enquanto eu fiquei com você numa tensão horrorosa. A Cássia chegou no dia seguinte do ocorrido e tomou um susto ao te ver desacordada. O médico avisou que seria melhor você dormir. Acordou algumas vezes, mas foi bom mesmo você desligar disso tudo.

— Com certeza meu corpo deve ter doído demais enquanto eu dormia.

— Você apagou como um anjo. Dormiu pesado. Ah, e é linda dormindo.

— Mesmo sem um olho?

— Nem vem, Belinda Bic, seus dois olhos azuis estão aí.

— Azuis com uma sombra roxa!

— Sou louco por você, sabia? Como dizem por aí: com os quatro pneus arriados.

Gustavo chegou perto de mim e me beijou. Por mais duro que fosse viver aquela loucura toda, com ele do meu lado, ironicamente, o mundo estava mais doce, mais fácil de encarar e menos cruel.

VINTE E UM

Primeiro inferno

Sabe quem nunca mais você quer encontrar? Voltou.
Com o mesmo ódio, as mesmas maldades, mas uma surpresa:
você é que não é mais a mesma pessoa.

Vários dias se passaram e meu rosto voltou a ser meu rosto. Minha agenda tinha sido, claro, alterada e a desculpa para o meu "sumiço" foi um pequeno período de férias com o término da novela. Confesso que aproveitei aqueles dias para descansar, ler, ouvir boa música, namorar e curtir meus amigos. Há muito tempo minha casa não ficava tão animada. Cássia estava mais familiarizada com o jeito divertido de Jujuba, e os dois se tornaram mais próximos do que eu poderia supor. Ainda bem que eu tinha os dois, porque ultimamente andava com a ideia que alguém tinha me guiado pela Disney, e, quando abri os olhos, estava no meio do deserto do Saara, sozinha e obviamente sem água.

Eu já estava bem quando Zé Paulo me deu uma notícia boa. Eu gravaria um comercial das sandálias mais famosas do Brasil. Um excelente contrato, um texto divertido, e a minha imagem colocada no topo.

A gravação estava marcada para a praia da Barra da Tijuca, tendo que chegar ao local às oito da manhã. Cássia ficou curiosa para saber como seria e a convidei para ir comigo. Jujuba achou engraçado quando minha amiga falou não ter noção de como funcionava gravar um comercial. Para nós, esse mundo tinha se tornado algo comum. Reinaldo nos deixou em frente ao ônibus camarim e Cássia caminhava do meu lado um pouco tímida.

— Amiga, relaxa. Finge que isso tudo é uma brincadeira.

— Tudo isso aqui é só para gravar aqueles comerciais de segundos?

— Isso aí! Um mundo de equipamentos por causa de meio minuto.

Enquanto fazia meu cabelo, a animação no camarim começou. Para Cássia, uma moça do interior, aquelas pessoas do mundo da TV tinham algo de muito diferente. Modernas além do que imaginara. Eu me lembrei das minhas surpresas quando fui fazer minha primeira figuração e a maquiadora Ercy me parecia alguém tão além do meu tempo.

Avisei que Cássia estava me acompanhando, sendo praticamente minha irmã, e uma das meninas quis fazer uma escova na minha melhor amiga. Ela ficou dura na cadeira, não estava acostumada a ninguém mexer nos seus cabelos, mas depois relaxou e adorou.

Enquanto cuidavam de mim, naveguei na internet. Visitei um site de celebridades e vi uma notícia sobre um mal-estar meu por causa do calor. Quando isso? Alguns fãs comentavam uma possível gravidez. O escritório de Zé Paulo negava. Um filho seria a última coisa que desejava no meio de uma vida tão bagunçada. Não adiantava discutir com os jornalistas. Se eles queriam publicar uma gravidez, que publicassem. O tempo iria mostrar o contrário. Escândalos diários enfeitavam minha rotina ultimamente, e mais do que nunca aprendi a conviver com eles. Enquanto me matava de pedalar em casa, outro site afirmava que eu tinha feito uma lipoaspiração, dando até o nome do médico. Ótimo, estava grávida e fizera uma lipo.

— Belinda Bic, minha diva! Animada para gravar? — Nelson Clarck entrou agitado para me ver. Diretor do filme, tinha me escolhido pessoalmente para estrelar a campanha daquela temporada.

— Com certeza, amei o texto! — A história realmente ótima me fez dar umas boas gargalhadas. O cara, interpretado pelo jovem ator Pedro Nercessian, estava sentado com amigos em um quiosque e começaria a dizer que se encontrasse Belinda Bic não ficaria calado. Diria a ela tudo que viesse à cabeça:

linda, ele a pegaria de jeito, nunca mais ia querer saber de outro homem porque ele é mais ele, cheio de atitude, mulher com ele não se sente carente... Nisso, eu aparecia sorrindo. Os amigos fariam sinal, mas ele continuaria falando, falando, no maior estilo garanhão, até que de repente olharia para trás. Eu colocaria a mão no seu ombro e perguntaria se ele estava falando de mim. O cara ficaria vermelho, me olharia, eu retribuiria com um oi e a minha imagem de repente ficaria ainda mais sexy, ele me imaginando sensualizando para cima dele. De repente caia na real de novo e eu estaria parada, esperando a sua reação. O cara ficaria gago e só conseguiria dizer: "Vo... vo... você é ainda mais bo... bo... bonita ao vi... vi... vivo!"

— Vai ser no mínimo uma gravação divertida, e você vai adorar o Pedrinho. Nercessian é ótimo ator, vocês vão trocar uma bola ótima!

— Nelson, obrigada por me convidar.

— Quando liguei para falar com o Zé, ele me disse que você queria trabalhar comigo tem um tempinho. Fiquei feliz!

— Com certeza! Aliás, deixa te apresentar. Essa é Cássia, minha amiga da vida toda. Veio da minha cidade, Ladário, onde nasci.

— Cássia, prazer. Essa moça fazia muito sucesso na sua cidade?

— Muito. Mas ela nem ligava, só queria saber de mergulhar no rio Paraguai.

— Uau! Tenho muita vontade de conhecer o Pantanal.

— É lindo — respondi meio nostálgica. Comumente meu pensamento se voltava para onde tudo começou. Algumas vezes me perguntava o porquê da minha vida ter dado tantas voltas. Nem nas minhas mais positivas reflexões eu me imaginaria com a vida atual, sendo estrela de uma megacampanha, sendo parada na rua para ouvir como pessoas me adoravam e torciam pelo meu sucesso. Eu me lembrei dos meus problemas com o ex e pensei que ninguém poderia imaginar que tinha apanhado na vida, literalmente e no sentido figurado, e que a emissora dera um jeito de ninguém saber da surra recente e a denúncia contra Alexandre corria em segredo de justiça.

— Bem, em uma hora começamos a gravar, ok? Vou lá agitar as coisas para a gente ter um filme vencedor. — O diretor saiu animado.

Assim que terminei a maquiagem, olhei o celular e tinha uma mensagem do Gustavo: "Felicidade é uma coisa misteriosa. Você é meu mistério favorito e para quem eu quero dedicar meu tempo mais sincero. Ótima gravação!

Já estou com uma saudade imensa, dessas que a gente para de dar atenção para não se sentir amargurado." Respondi com um "Adoro tanto você, meu amor. Volto logo e cheia de saudade também. Ah, desculpa, não sou tão boa nas palavras como você, jornalista".

Guardei o celular com um sorriso nos lábios e fiquei pensando sobre Gustavo me achar misteriosa. Mal sabia ele que, se entrasse no meu interior, daria de cara com ele sentado no meu coração. Desci a escada do camarim móvel e encontrei Pedro Nercessian conversando com um dos produtores do comercial.

— Oi, Pedro, prazer!

— Belinda Bic, prazer é meu. Maior honra gravar contigo.

— Imagina. Vamos nos divertir hoje!

— Com certeza. O texto é ótimo, ri muito quando li. — Ficamos bolando possibilidades e combinamos algumas ideias para passar para o Nelson. Apresentei Cássia para o Pedro, ela comentou que estava desconcertada com nossos olhos azuis na sua direção, e segui para dar uma avaliada no cenário, acompanhada da minha amiga. Como atriz, gosto muito de observar onde farei a cena. Aprendi com a Camila Amado a observar o terreno, me avaliar dentro do contexto, me conhecer naquele universo e pensar no melhor que eu poderia oferecer como atriz.

A gravação foi bastante divertida. A ideia de que eu fosse uma mulher perfeita estava estampada em toda a cena, e me lembrei de uma famosa frase que diziam ser da Cindy Crawford: "Até eu gostaria de ser a Cindy Crawford." Alguns dias, queria muito ser Belinda Bic. Tudo por causa da ideia que fazem da gente, como se a fama, o sucesso e o dinheiro nos fizessem viver em um patamar melhor do que as outras pessoas. Meu mundo não tinha nada além do que o de todo mundo, com algum glamour, confesso, algumas bajulações, uma condição financeira favorável, mas certamente muita ilusão de que a gente não sofre de amor como qualquer outra pessoa, como se fôssemos poupados de uma dor maior e não perdêssemos pessoas que amávamos. Alguns dias, a saudade da minha mãe Mimizinha fazia meu coração arder, e tudo perdia a graça. Estar no mundo, respirar, andar, existir, parecia completamente desnecessário, porque a falta que a minha mãe fazia me deixava, algumas vezes, sem rumo e sem chão. Gustavo estava me fazendo ter esperança no futuro.

No *gravando*, Pedro Nercessian começou a falar sem parar. Ótimo ator, seguro de si, com olhos azuis mais bonitos que os meus, dominou a cena e tirou onda de que pegaria Belinda Bic e a dominaria imediatamente. Quando apareci atrás dele com o biquíni da moda, um vestido levemente transparente, enormes argolas brancas e uma maquiagem brilhante, me fazendo ficar com cara de estrela, Pedro travou. Mudou radicalmente as feições. Seu semblante me fez contracenar com ele, fazendo uma cara de poderosa que posteriormente o diretor elogiaria. A cena em que tive que sensualizar foi engraçada. Uma multidão observava cada passo dado na gravação. Nelson Clarck tinha muita inteligência no set e deu várias ideias enriquecedoras para a cena, trabalhando bem demais cada segundo do comercial.

A gravação terminou e saímos satisfeitos, caminhando e conversando sobre o resultado.

Três meninas gritavam meu nome, e os seguranças que estavam ali acharam que eu passaria direto. O fã sempre foi uma parte importante do meu trabalho. Nunca virei as costas ou fingi que não vi alguém me chamando pelo nome. Um grupo querido de pessoas me elogiou, disse como estava linda, comentou que riram na gravação com minhas ótimas caras. Tem algo melhor do que esse carinho? Um dos meninos mandou beijo para o Jujuba. Meu amigo carismático já tinha lá sua fama no meu fã-clube. Tirei fotos, fiz poses, rimos, e, de longe, Cássia admirava aquele calor humano, aquelas pessoas com suas declarações chegando em boa hora.

— Fico besta de perceber que você não se incomoda com isso.

— Cássia, esqueceu da minha vida de antes? Essas pessoas me ajudaram a ser quem eu sou agora. Olha aonde cheguei e tudo que tenho hoje? Essas pessoas são parte da minha felicidade.

— Que lindo você pensar assim. Todos os artistas têm isso na cabeça?

— Não. Alguns odeiam, mas não vou deixar de atender quem quer que seja.

— Deus ainda vai te dar muito mais.

— Vou cuidar com carinho do que Ele me enviar.

Na entrada do camarim móvel, jornalistas me esperavam. A produtora perguntou se eu os atenderia. Claro. Minha vida andava sendo comentada demais nos últimos dias pela foto com Gustavo, mas eu mesma ainda não tinha tocado no assunto.

— Belinda, fala com a gente.

— Como vão vocês? — Elogiavam minha simplicidade para lidar com a fama e, ainda bem, achavam que eu não tinha estrelismo. Cuidava todos os dias para que o tal sucesso não subisse à cabeça.

— Belinda, responde algumas perguntas — falou um jornalista mais afoito.

— Pode perguntar. — Não sei explicar, mas sempre ficava muito calma quando encontrava a imprensa. Ao mesmo tempo, não queria contar detalhes da minha vida, mas estava pronta para placidamente responder a tudo.

— Como foi a gravação? — As perguntas mais tranquilas no começo para eu não sair correndo.

— Tudo ótimo. Amei a parceria com o Nelson Clarck e o Pedro Nercessian. Queria trabalhar com o Clarck tem um tempo e o Pedrinho foi uma surpresa maravilhosa, ele está ótimo no comercial.

— Você já começou a trabalhar na próxima novela?

— Já recebi um material para ler, estou bastante empolgada. *Cândalo* será uma novela linda.

— Como será sua personagem?

— Ela sofreu demais, perdeu a família, mas precisa recomeçar em Cândalo, uma cidade do interior do Brasil, e será disputada por dois homens importantes. É uma história muito gostosa, escrita pelo Beto Manguaribe.

— Você e Gustavo Salles estão namorando? Os fãs podem torcer por um casamento?

— Apressadinhos vocês, hein! O Gustavo é uma pessoa maravilhosa, um homem lindo e quero tratar esse assunto com o carinho enorme que ele merece. Conheço o Gustavo antes da fama e só tenho elogios.

— Estão ou não estão? — gritou lá de trás uma repórter do programa de fofoca.

— Pergunte para ele.

Saí andando, agradecendo a atenção de todos, com Cássia na minha cola, levemente surpresa com aquele mundo. Dei uma parada para que tirassem fotos minhas, sorri o sorriso dois segundos e fui embora.

A equipe foi jantar em um restaurante em frente à praia. Eu precisava comer uma saladinha. Reinaldo nos pegaria em uma hora. Ficamos, claro, avaliando o dia de trabalho e depois entramos no papo de carreira. Pedro Nercessian disse algo para guardar comigo:

— Uma vez perguntei para um diretor se a cena ficou boa e ele me respondeu que não importa. Ator não tem que saber se a cena ficou boa ou não, isso é problema do diretor. Aprendi: vou lá e faço. — Boa dica para alguém, como eu, que vivia se importando com resultados.

Levantei para ir ao banheiro e deixei Cássia rindo de Nelson, que contava as maiores dificuldades que passou em gravações.

Caminhei pelo restaurante, procurando o banheiro e finalmente vi o desenho de uma dama. Abri a porta, entrei e depois que lavei a mão escutei aquela voz conhecida. Poderia passar cem anos que eu a reconheceria mesmo no escuro.

— Belinda, demorou, mas eu te encontrei.

— Santana?!? — Sim, a bruxa da minha tia estava ali na minha frente, horrorosa como sempre. — O que você quer? — Falei com a voz bem séria e sem medo nenhum daquela coisa ruim.

— Você não acha que me deve algo?

— Não te devo nada.

— Saiu da minha casa sem se despedir e roubou meu dinheiro.

— Pagamento por você ter me batido. Porque do jeito que eu era boba, estaria até hoje dormindo naquele quarto fétido.

— Fétido? Nossa, aprendeu palavras bonitas.

— A senhora não faz ideia como aprendi coisas.

— Não sei o que você fez, Belinda, para chegar aonde chegou. Honestamente, você desde menina me pareceu uma garota qualquer, umazinha dessas que não surpreendem. Vi você desde aquela primeira cena com a Flávia Alessandra. Hoje, ter que ligar a televisão da minha casa e dar de cara com você realmente me mostra como a vida pode ser surpreendente para pior. Uma qualquer vira estrela da maior emissora de TV, queridinha do Brasil, mora numa casa luxuosa, já vi aquela sua mansão na revista. Aí acha que vai esquecer da sua família assim?

— Você deixou de ser minha família no dia que me bateu na cara.

— Você mereceu.

— Mereci?!? Você é uma víbora, sua canalha que consegue destruir o sonho das pessoas. Sofri demais no Rio, mas tive algo que a vida nunca lhe deu, sorte. Lutei para chegar onde estou, e, do meu dinheiro, você não vai ver sequer a cor.

— Tem certeza?

— Absoluta. Nem você, nem o meu pai são da minha família. Eu escolho os meus familiares e as pessoas que quero por perto. E, aliás, adeus. Não tenho nada para falar com você.

— Não saia desse banheiro. Não tenho nada a perder, já você... Valoriza essa coisa de imagem, de preservar seu nome? O que achariam se uma fã saísse do banheiro chorando, dizendo que você a tratou mal?

— O que você quer, sua louca?

— Dinheiro, claro.

— Eu não vou te dar dinheiro.

— Então não reclame do que vamos fazer.

— Vamos? Que vamos é esse? Você e meu pai? Quem vai acreditar em dois loucos?

— Querida, você não tem noção de como eu posso me fazer de coitada e contagiar as pessoas. O seu talento de atriz é de família.

— Infeliz. Eu nunca conheci ninguém que fosse tão infeliz. Faz como quiser. Não vou pagar nada e não vou me vender para calar alguém que para mim não presta. Quer falar de mim? Fale. Quer sair desse banheiro gritando como fã maltratada? Faça isso.

— Igual a sua mãe. Falsa boazinha.

— Olha aqui, sua criminosa, não coloca a minha mãe na sua boca. Aquela mulher santa que me ensinou tudo de bom que tenho dentro de mim. Se eu dependesse do meu pai, seria sim uma qualquer, mas eu tive uma mulher maravilhosa como referência. Uma pessoa que exalava amor, fazia pelos outros, acreditava no bem, nas boas energias, só deixava sair da sua boca ótimas palavras. Eu não chego nem aos pés dela. Minha mãe tinha cheiro de flor e hoje virou uma estrela no céu. Se tem alguém na Terra que vai defender e preservar a sua memória sou eu. Lave essa boca para falar da minha mãe.

— Uma mulherzinha acabada. Só faltava acreditar em fadas. Vivia com aquele sorrisinho. Boa moça demais, sentimentos bons demais. Isso não existe no mundo real. Ninguém pode ser assim. Para mim, fazia cena quando no fundo não valia nada. — Santana me lembrou do Alexandre dizendo que eu encenava meus choros.

Quando disse isso, ah, perdi o controle e mandei ver um tapa na cara daquela bruxa sem nenhuma piedade.

— Veja bem como fala da minha mãe, sua vaca. Nunca mais diga nada sobre a mulher que eu amo.

Santana ficou com as duas mãos no local onde bati, os olhos arregalados, surpresa com a minha atitude.

— E sai desse banheiro agora, porque quem vai começar a gritar sou eu. Vou dizer que você é fã louca. E digo mais, não apareça de novo ou eu vou mandar acabar com a sua raça.

Santana ficou com os olhos besuntados das lágrimas de ódio.

— Você vai ver o que faremos com você, sua infeliz. Nos aguarde.

Aquela mulher que, para mim, eu nunca mais encontraria na vida, saiu do banheiro se sentindo ofendida. Cássia entrou logo depois e entendeu tudo: aquela mulher que acabara de sair do banheiro se chamava Santana e tinha feito o primeiro inferno da minha vida.

VINTE E DOIS

Mais um encontro perfeito

A vida não é mais a mesma. Você tem certeza.
Um novo aroma, novos dias e um beijo que te faz renascer.
E o céu estrelado confirma.
Isso não é cena de novela, mas sim mundo real.

Cássia me abraçou e imediatamente chorei. Estava tudo, tudo ali de volta, a crueldade de Santana, os meus tempos de sofrimento, a dor de ser vendida e abandonada pelo próprio pai.

Minha amiga não me deixou ficar para baixo, segurou meus braços e me lembrou da minha força.

— Lembra como a gente chorou quando o meu irmão e sua mãe morreram? Eles sim mereceram nossas lágrimas. Essa mulher que saiu do banheiro não presta e não merece que você fique triste. Lava esse rosto e vamos voltar para a mesa com os seus amigos como se nada tivesse acontecido.

Minha quase irmã estava certa. Olhei minha aparência no espelho, mandei embora qualquer melancolia, respirei fundo e voltamos para a mesa.

Segui rindo com aquelas pessoas que tinham um jeito animado de conversar. Um apontando o dedo para o outro, pareciam agora detonar os vacilos cometidos na gravação.

— Aí eu falei, oh, Cardoso, olha o áudio! E escuto de volta: pô, Nelson, áudio não dá pra olhar.

Gargalhada geral. Ninguém notou que demorei ou chorei no banheiro. Comi a salada, pensando em como foi reencontrar aquela infeliz e perceber como continuava a mesma. Por mais que tentasse esquecer o que passei, aquelas imagens voltavam em mim e agora eu tinha Alexandre para contribuir para minha loucura de refletir sobre o que não importava.

Um grupo de meninas surgiu na minha frente e pediu para tirar foto. Comentaram que já estavam com saudade e que eu voltasse o mais rápido possível para a telinha. Avisei sobre a próxima novela das nove e elas ficaram dando pulinhos. Eu gostava desse carinho das pessoas, a maneira como me recebiam em suas casas.

— Acho tão louco as pessoas te conhecerem. Como você convive com isso?

— A gente se acostuma, Cássia. Um dia, você olha e a vida que tinha não existe mais. Passa a ser notada quando sai para caminhar, vai ao posto de gasolina e reconhecem seu rosto, chega à emergência de um hospital e pessoas se cutucam, olham de rabo de olho, viram a cabeça quando você passa por elas. Algumas falam como amigos de longa data, comentam sua vida no salão, juram que sabem um dos seus segredos, e você vai tendo que aprender a ser, de certa forma, um bem público da vida das pessoas.

— Odiaria ser famosa — disse minha amiga, fazendo uma careta.

— Mas isso tem o lado bom. Gente que abraça você com tanto amor, pessoas que afirmam rezar por sua proteção, aqueles que defendem suas atitudes, olham você como inspiração, e tantas palavras lindas que escuta, e me pergunto se mereço tudo isso.

— Imagino que sim. Você não sabe, mas, lá em Ladário mesmo, quando você pegou seu primeiro grande papel, a cidade ficava em silêncio na hora da novela.

Meu coração emocionado lembrou como minha mãe Mimizinha amava assistir novelas. Certamente jamais me imaginaria sendo protagonista de uma das tramas que adoraria acompanhar. Ou talvez só ela tivesse imaginado.

Reinaldo chegou, eu e Cássia entramos no carro rindo de como minha amiga ficou nervosa para se despedir da equipe do comercial.

— Cariocas falam rápido demais. Nossa. E depois eles ficam dando umas gargalhadas de coisas que só eles entendem. Alguns falam tantas gírias que fiquei zonza. Você viu o que aquele rapaz falou: Ih, esqueci o lance lá na parada. Pô, vou dar uma chegada lá na parada e já volto. E depois quando você perguntou onde era a casa do Nelson, ele esticou a mão e disse: Cê pega pá e depois pá e chegou. Pá e pá? Você entendeu onde ele mora?

— Entendi — gargalhamos —, mas anos atrás ficava como você. A melodia dos cariocas é assim mesmo, acelerada. Eles vivem com pressa, detestam parar no sinal fechado, aplaudem o pôr do sol no Arpoador, detestam a semana de inverno que passam e vivem combinando encontros que nunca vão.

— Povo doido mesmo.

— Reinaldo, faz um favor? Vai pela orla para a Cássia conhecer melhor a praia.

O motorista seguiu e fomos olhando a praia. Anoitecia e o calçadão iluminado mostrava as pessoas caminhando, tomando água de coco, sentadas na areia, correndo, andando de skate, de bicicleta...

— O povo carioca parece tão feliz... — Cássia olhava aquela gente passando de um lado para outro, as gargalhadas congeladas no ar, e ficava impressionada com tanta animação.

— É sempre assim por aqui?

— Quase sempre.

— Que coisa! A gente é feliz em Ladário, mas esse povo parece sentir algo que a gente nem sabe direito o que é.

— Pode ter certeza que naqueles apartamentos tem gente que tem tudo, mas sente como se não tivesse nada. Nessas horas, penso quando vivíamos na beira do rio sem nada, mas nunca reclamávamos.

Chegamos em casa e Gustavo estava pronto, arrumado, sentado me esperando.

— Belinda Bic, ainda bem que você chegou!

— Gustavo Salles, jornalista que as meninas adoram, que bom te ver.

— Você tem um encontro comigo.

— Tenho?

— Com certeza. — Gustavo me levou até a mesa da sala onde, com ajuda do Jujuba, tinha feito uma linda mesa com petiscos, vinho e uma decoração com flores do campo.

Cássia alegou cansaço para nos acompanhar. Não tinha tanta energia como eu e não imaginou que uma gravação demorasse tanto. Jujuba iria se encontrar com seu namorado Bombom.

— Tão feliz que não estou mais no meu "estado civil vela". — Meu amigo saiu brilhante para encontrar o amor.

Me arrumei mais rápido do que o normal. Gustavo não merecia me esperar na sala por muito tempo. Estava com saudade de conversar, trocar ideias e namorar. Cássia foi mesmo dormir e entendi que não brincou quando disse estar cansada.

Escolhemos o CD da Corinne Bailey, e, quando começou a tocar "Like a Star", nossos corações começaram a bater no mesmo ritmo: "Just like a star across my sky/ Just like an angel off the page/ You have appeared to my life/ Feel like I'll never be the same/ Just like a song in my heart/ Just like oil on my hands/ Honor to love you." (Como uma estrela atravessando o meu céu/ Como um anjo fora da página/ Você apareceu em minha vida/ Sinto que eu nunca mais serei a mesma/ Como uma música no meu coração/ Como óleo nas minhas mãos/ É uma honra amar você.)

Assim como a letra dizia no resto da canção, eu me sentia viva ao lado de Gustavo. Como se minha pele inteira me avisasse que eu estava totalmente sem controle e irremediavelmente apaixonada. Tarde demais para qualquer pé no freio, para conseguir o caminho de volta. E ao contrário, quem pensaria que eu gostaria de sair dali? Quem acharia que queria dizer não quando meu sim batia forte pela corrente sanguínea?

Seguimos conversando com uma animação, que o pesadelo do Alexandre parecia ter ido embora das nossas vidas.

— Tenho uma coisa para te contar — disse com um risinho nos lábios.

— O que você aprontou?

— Os jornalistas vieram perguntar se estamos namorando e mandei perguntarem a você.

— Ah, é? Não quis assumir a bomba?

— Bem, ganhamos um dia. Amanhã, não seremos uma grande manchete!

— Quem diria que eu um dia estaria envolvido em um escândalo com Belinda Bic?

— Escândalo? — perguntei, fingindo estar ofendida.

— Claro! Estou com uma das mulheres mais gatas e desejadas do Brasil. Quando, na verdade, eu me apaixonei mesmo por aquela moça indefesa que quase foi roubada. Sei que isso vai render muita falação nos jornais, mas não estou nem aí, porque o que me importa somos eu e você.

— Saber lidar com a imprensa é uma arte.

— Pelo que noto, você domina bem. Peraí, mas por que você não disse que estamos namorando?

— Estamos?

— Já pedi você em namoro, esqueceu?

— Não, não esqueci, mas, como diz o Jujuba, "não explana que a inveja é uma invejosa safada".

— Esse Jujuba! Eu queria te dizer tantas coisas. — Gustavo me pegou pela cintura e me rodopiou pela sala. — Encontrar você é tão mágico. Parece que a gente combina demais, não sei explicar.

— Posso fazer uma pergunta? Pelo que você viu aqui na minha casa, se pudesse, o que você mudaria? — perguntei, lembrando da lista de itens que Alexandre me pedia diariamente para mudar.

— Como assim, mudaria?

— O que você gostaria que fosse diferente na casa?

— Como assim, Belinda. Óbvio que nada.

— Nadinha?

— Mas quem disse que eu mandaria você mudar alguma coisa?

— Olhe ao redor. Olha bem. O que você não gosta?

— Isso é um teste?

— Não, estou falando sério. Você se incomoda com o quê? O quadro da minha mãe, as flores, tudo bem para você?

Gustavo me abraçou forte e me beijou no pescoço, rindo. Tudo bem, eu parecia mesmo uma idiota.

— Gata, adoro você toda, tudo em você. Sua casa é confortável e aconchegante. Eu me sinto bem demais aqui. Não tem isso de mudar. De onde você tirou essa ideia?

Meu olhar certamente ficou triste. Acabei pensando nas exaustivas conversas com Alexandre. Ele dizendo que eu precisava colocar minha casa mais moderna, clean, que contratasse uma decoradora de nível, mudasse o tom, o sofá e os quadros. Naqueles momentos me sentia culpada por não ter o mesmo gosto dele, não entender bem o que estava querendo me dizer.

— Foi o seu ex-namorado que pediu isso? Ele reclamava dessa sua casa linda?

— Dizia muito sobre a falta de senso. Também pedia para eu mudar como pessoa. Reclamava do meu comportamento e de algumas falas minhas. Às vezes brinco, sorrio demais, ele odiava.

— Belinda, isso não existe. Esse cara e você não tinham nada a ver. A gente não tem que mudar nossa maneira de ser por ninguém. Temos que ser quem somos, agir como a gente quer. Quando alguém começa a falar que você precisa mudar e que isso é uma condição para vocês ficarem juntos, essa pessoa não é para você. E, depois, o que ele fez prova como sofre de ausência de caráter, de respeito…

— O Zubin já tinha me falado sobre ser ridícula essa exigência de mudar. Tenho medo do que ele possa fazer com a gente.

— Cão que ladra não morde.

— Espero.

— Por que você está assim? Aconteceu alguma coisa na gravação?

— Minha tia apareceu, aquela bruxa. Anos passaram e ela não mudou.

— O que ela disse?

— Entrou no banheiro onde fomos jantar e me fez ameaças. Disse que, se não desse dinheiro, veria o que eles fariam comigo.

— Eles? Ela e seu pai?

— Acho que sim. Como pode gente que tem meu sangue agir assim comigo? Só querem meu dinheiro. Eu não tenho uma família, tenho uma quadrilha.

— Não pensa nisso. Vamos deixar as coisas acontecerem. Eu vou conversar com o Zé sobre o assunto.

— Eu não sou uma fortaleza, choro como todo mundo. Só não me deixo no meio do caminho. Vivo me pegando pela mão e me levando adiante. Não sei como me livrei dessas pessoas que um dia me puxaram tão para baixo.

Gustavo chegou perto de mim e me beijou com vontade. Nossos beijos estavam cada dia melhores e mais íntimos. Enquanto isso, gostava de passar meus dedos pela sua nuca e sentir como se ele fosse mais meu a cada minuto que passava.

— Posso cantar para você uma música do Skank que veio na minha cabeça?

— Claro. Eu adoro te ouvir cantar.

Gustavo chegou bem perto de mim e cantarolou:

— "E quando eu estiver triste, simplesmente me abrace/ E quando eu estiver louco, subitamente se afaste/ E quando eu estiver bobo, sutilmente disfarce/ Mas quando eu estiver morto suplico que não me mate, não, dentro de ti/ Dentro de ti."

— Sua voz é bonita, assim eu não vou controlar a minha paixonite.

— Espero que ela se torne aguda.

Meu namorado colocou os dedos nos meus cabelos e senti sua respiração ofegante se misturando à minha falta de ar. Estava emocionalmente desmaiada nos seus braços. Queria ele inteiro em mim, me entregar para aquele homem que só me fazia acreditar nas possibilidades do amor e de como podemos ser felizes a dois. Algo que durante tanto tempo foi tão impossível como reencontrar minha mãe.

VINTE E TRÊS

Amor orgânico

Vamos comemorar nosso amor? E a gente comemora todo dia, de manhã, de tarde e de noite. Porque não sei como ficar longe de você e preciso inventar doces desculpas para estar ao seu lado.

Acordei no meio da noite e Gustavo estava bonito, dormindo ao meu lado. Tudo parecia um grande sonho e ele repousando com um rosto de anjo. Pela primeira vez aquela noite, me falou da ajuda social que gostava de dar às pessoas e dos projetos que se envolvia por um mundo melhor. Eu definitivamente queria tudo com aquele homem. Não imaginava que pudesse existir um sentimento assim, me fazendo ter vontade de ser alguém melhor, mais humana, olhando menos o meu umbigo, a minha fama e o poder que a carreira me dava. Tão pouco tempo e minha nova companhia já não me deixava ser a mesma.

Levantei da cama, precisava beber uma água, estava me sentindo repleta de emoções. Caminhei pelo corredor, pensando no filme *Sob o sol da Toscana*, com Diane Lane, que assisti aquela noite com Gustavo, por indicação de Zubin. O filme, imperdível, me fez meditar e trouxe algumas respostas. Terminei o longa chorando e com questionamentos sobre a minha própria vida.

A história é sobre uma tal escritora Frances Mayes de San Francisco, que, depois de um divórcio decepcionante, decide mudar completamente a vida e compra uma chácara na Toscana para se refazer da decepção e terminar um novo livro. Com a casa destruída, ela começa uma reforma, faz novos amigos e descobre que um novo amor pode chegar, mas não como ela planejou.

O filme me surpreendeu. Ao mesmo tempo que me trouxe alguma tristeza, me fez pensar que, no futuro, o meu mundo seria melhor.

Na cozinha, Jujuba estava sentado com um copo de leite na mão.

— Acordado?

— Pois é. Insônia.

— O que você tem? — Ali, reparei que meu amigo estava com algo incomodando.

— Acho que me apaixonei pelo Bombom. Ai, como dói gostar de alguém. Que garantias eu tenho?

— Ué, mas vocês não saíram hoje? Você não lutou tanto para isso dar certo?

— Estamos saindo, mas já sofro pela possibilidade de ser abandonado. Sabe quando você acha que está gostando, se envolvendo além da conta, e pode cair do alto de um prédio de dez andares?

— E quem tem segurança em um relacionamento, Jujuba? Ninguém. As relações existem, mas a gente nunca sabe o que o outro está realmente pensando, querendo e muito menos o que o destino está reservando para nós.

— Queria que ele se jogasse aos meus pés de joelhos e nunca mais me abandonasse.

— Nem parece o Jujuba que eu conheço. Amigo, como assim, você está querendo certezas quando foi com você que aprendi a viver o hoje?

— Eu mudei, acho que envelheci. São 26 anos na cara!

— Olha, se o Bombom e você estão vivendo uma história, viva isso. É o que importa agora. Ele falou algo que você não gostou?

— Não, mas tô apaixonado demais e fico inseguro. Ele é tão perfeito, tão maravilhoso, atraente, humano, um sorriso tão dele, que eu estou deitado na BR com soro no braço.

— Ai, Jujuba, como posso te ajudar?

— Me dá um dos seus abraços curativos e depois me diz que você e o Gustavo Salles estão namorando. Isso já deixará meus neurônios no estado festa rave.

— Estamos, sim. E você acha que também não sinto essas suas inseguranças? Mas estou me dando o direito de ser feliz no amor pela primeira vez. Sabe, gostei muito do irmão da Cássia, um bom rapaz, mas não foi nesse nível alto de sentimento. Quando ele morreu, sofri mais pelo carinho, por saber que uma pessoa tão cheia de vida tinha morrido, do que pelo namoro em si. Até me senti culpada por isso.

— Várias vezes me culpei porque acho que, quando a minha mãe morreu, não chorei o bastante por ela, mas porque ficaria sozinho. Um egoísmo horroroso. Será que, nos nossos momentos mais difíceis, a gente consegue pensar só na gente? Minha mãe foi a mulher mais maravilhosa do mundo, trabalhava em casa de família para me dar de tudo, e a gente não tinha nada. Aí, quando ela morreu, eu lá, igual um idiota, pensando o que será de mim agora? E ainda me deixou o apartamento na Glória. Foi presente de uma patroa da vida toda.

— Sei como você amava a sua mãe. Não tem um dia que não fale dela.

— Ah, dona Isolda era demais. Trabalhava de segunda a sexta, sábado corria para a Tijuca e se jogava no Salgueiro. Sambava até de manhã. Agora eu fiquei meio deprimido com as lembranças.

— Vai dormir, amanhã acorda melhor. Também vou me jogar na cama depois de beber uma água.

— Ai, até porque, minha filha, com aquele homem lindo te esperando, te bato se você ficar pensando duas vezes antes de deitar. Acho seu bofe tão nível Marcio Garcia...

— Jujuba, como seria minha vida sem você?

— E o Marcio Garcia, vamos combinar, né, autorizo a se jogar em cima de mim. Pena que já é casado... e hétero!

Saí da cozinha rindo, entrei no quarto e Gustavo estava acordado.

— Tava pensando aqui...

— Acordou?

— Acordei, não te vi, já estava saindo da cama para confirmar se você foi apenas um sonho bom – disse ele, rindo de si mesmo.

— Posso garantir que não sou um sonho.

— Epa, conheço essa camisa. — Sim, eu tinha ido à cozinha com a camiseta do meu namorado. — Vamos combinar que, em você, fica ainda mais linda.

— Tá com fome?

— De beijo — respondeu ele, estendendo a mão na minha direção. Subi em cima da cama e deitei ao seu lado. Ficamos nos olhando, e um sentimento puro nos uniu.

— Sabe, é um pouco estranho sentir que você me olha diferente das outras pessoas.

— Como as outras pessoas te observam?

— Por fora. Você parece me olhar de outro jeito, Gustavo. Você já amou alguém na vida? Já viveu alguma história que valesse a pena?

— Eu tive uma namorada quando tinha uns 18 anos. Ficamos juntos uns três anos, e ela me enlouqueceu a cabeça. Quando terminamos, achei que morreria. — Gustavo deu uma gargalhada. — Acho que quase morri mesmo, muito moleque. Depois a vida seguiu, virei jornalista, tive uns namoros, mas nada que fosse profundo.

— E que fim levou essa sua ex-namorada?

— Acredite, a Bia casou com o meu primo e tem dois filhos com ele. Esquecemos o nosso passado em comum. Eles são felizes, e meu primo é como um irmão. A gente nem lembra mais que teve alguma coisa. Acho que a gente convivia mal, muito ciúme e disse me disse, um relacionamento bem adolescente. Hoje, ela vive o maior casamentão com o meu primo. Eu teria sido um péssimo marido, sou outro cara hoje.

— Não consigo imaginar você ciumento.

— Não tenho ciúme de nada, mas na época tinha pouca idade, parecia um moleque bobão. Você pode usar as roupas que quiser, ter os amigos por perto, se um dia você me amar, vou adorar estar com você e a gente ser feliz. Ah, antes que pense que não tenho defeito, eu me acho meio emburrado e sou bem cabeça-dura. Se estiver com razão, se entregue, porque eu estarei com a razão. — Ele fez uma cara engraçada e me joguei em cima dele, enchendo o gato de beijos. Nossa sintonia tinha uma força impressionante, e eu não sabia mais se pediria algo para o céu. Tudo que tinha naquele minuto me fazia completa de uma maneira perfeita.

— Se um dia eu te amar? — Fiquei séria e essa fala saiu sem que tivesse controle.

— Sei o que você está pensando e também sinto o mesmo. Será que é possível amar alguém com tão pouco tempo? O que estou sentindo por você, Belinda, não é brincadeira.

— Melhor a gente não falar disso. Podemos dizer algo que amanhã não seja verdade.

— Não fala assim. Parece até que vou acordar e mudar de ideia. Olha, não ando com vontade nem de voltar mais ao meu apartamento. Minha empregada ama cozinhar para mim e anda reclamando que não estou aparecendo em casa para comer.

— O Jujuba é um verdadeiro chef, pode contar!

— Concordo. Aliás, amanhã quero te levar a um lugar para almoçar comigo, pode ser? Depois damos uma passada no meu apartamento.

— Claro. Aproveite enquanto não começo a gravar *Cândalo*. Aí estarei na emissora de segunda a sábado, acordando cedo e indo dormir bem tarde.

— Cuidarei de você nesses meses de novela. Acredite, eu não estou brincando quando falo isso.

— Vou adorar. No período de novela, a vida fica muito puxada. As pessoas não têm ideia. A gente fica tempo demais no estúdio. Amo aquilo tudo, mas o pique de trabalho não é para os fracos.

Gustavo e eu ficamos mais uma vez em silêncio. Alternávamos entre deliciosas gargalhadas, declarações, silêncios e entusiasmos com a nossa respiração.

— Estamos parecendo dois bobos apaixonados.

— Quantas pessoas querem para si um amor de verdade? — falei enquanto deitava minha cabeça no seu peito. Ele me abraçou, colocando a mão na minha cintura e eu gostei.

— Eu te acho uma mulher muito interessante. Fico morrendo de vontade de descobrir seus mistérios, seus desejos, e o que pensa quando me olha.

— Gustavo Salles, não queira saber. — Eu adorava falar o sobrenome dele.

— Eu quero, quero, me fala.

Eu o beijei com tanta vontade que ele foi pego de surpresa.

— Não faz assim, Belinda, ou não respondo por mim.

— Não responda por você. — Nem eu estava me reconhecendo. Ficamos abraçados e um calor incontrolável ali entre nós. Senti seu peito próximo ao meu coração e meus batimentos ficaram tão acelerados que comecei a rir. Ele me puxou para perto com mais força e me senti a mulher mais feliz do mundo por saber como estávamos realizados e isso ninguém mais conseguiria destruir.

Não tem nada melhor do que dormir nos braços de quem se quer bem para sempre.

Acordei com um café da manhã na cama. Gustavo tinha simplesmente revirado a cozinha e preparado uma bandeja linda com direito até a flores. Cada detalhe daquele carinho me emocionou.

— Quase deixei o Jujuba doido.

— O que você fez? — perguntei, já imaginando.

— Coloquei tudo que estava na geladeira para fora. Fiz ele me falar o que você gosta, o que detesta e saí para comprar algumas coisas que você ama.

— Assim vou engordar.

— Não se comer essas frutas. Uva verde sem caroço, maçã e melão orange.

— O que tem nessa bebida?

— Minha especialidade! Um cappuccino maravilhoso. A Starbucks me contrataria para saber a minha receita.

— Hummm. — Provei e realmente amei. O moço levava mesmo jeito para preparar um majestoso café da manhã.

— A gente pode ficar um pouco na piscina, e depois que der fome, quero te levar a um lugar.

— Onde?

— Segredo. Um local bacana demais para a gente almoçar.

— Tudo bem, confio em você.

Levantei da cama, coloquei biquíni e curti a ideia do Gustavo de pegar um sol antes de almoçarmos.

Cássia estava na cozinha com Jujuba, rindo da crise existencial do meu amigo, apaixonado e não dando conta dos seus próprios sentimentos.

— Não entendi ainda, se vocês estão namorando, qual a crise?

— Minha filha, sou um gay dramático, não aguento conviver com os meus próprios sentimentos. Vivo tudo até o talo, intensamente e comigo não tem meio-termo. Ou piso em mim mesmo até sem querer, ou fico jogado no chão e, se o cachorro pisar em cima, viro tapete. Só posso estar na TPM!

— Ih, Juju, isso é uma crise — falei, surgindo de biquíni, óculos e Havaianas.

– Ai, sai com essa barriga zero. Detesto você quando vem esfregar na minha cara essa saúde. Eu tenho uma barriga que não sai, sou um magro com um calinho irritante.

– Mas eu malho todo dia, esqueceu?

– Nojo.

– Eu e Gustavo vamos na piscina, vocês querem?

– Eu vou, quero me afogar.

– Esse rapaz está sofrendo de paixão – disse Cássia, levando Jujuba a sério.

– Não anota, amiga. Deu pra isso, daqui a pouco piora.

– Piora? – Cássia tinha uma ingenuidade linda de vivenciar.

– Pioro nada, eu sou como vinho, só me-lho-ro!

– Ai, que moço doido! – Cássia pareceu desistir de Jujuba por enquanto.

Na piscina, ficamos falando besteiras. Gustavo também tinha o dom de dialogar bobagens, e rimos muito com ele contando de um vizinho, um senhorzinho de uns 90 anos, que o procurava questionando:

– 'Você não lembra de alguma moça bonita para me apresentar?' Quando ele conhecer a Belinda, vai se apaixonar. Estou correndo sérios riscos.

– A Bebê Linda é bafo mesmo, o povo ama essa mulher! – disse Jujuba, e se jogou na piscina com os joelhos dobrados e as mãos para o alto. Caímos na gargalhada.

Saí da piscina quando a fome apertou. Mesmo curiosa para saber aonde iríamos, fiquei na minha, porque o suspense fazia bem.

Gustavo escolheu um restaurante que há algum tempo eu estava louca para conhecer, o Pomar Orgânico, dos atores Giovanna Antonelli e Reynaldo Gianecchini. Tinha escutado falar bem demais do lugar e, como boa interessada em comida saudável, adorei a novidade, afinal ainda não conhecia o espaço que surpreendia em cada detalhe. Desde o nome fofo, passando pela arte do restaurante, até os vidros de conserva usados como copos, as enormes mesas de madeiras e as almofadas coloridas.

A ideia do meu namorado não poderia ser melhor e me senti muito à vontade naquele ambiente. Uma moça muito simpática veio nos receber.

– Belinda e Gustavo, a Giovanna acabou de sair. Ela amaria encontrar vocês. – Ser famoso tinha essa coisa meio louca de todo mundo saber seu nome como se fosse íntimo e achar que todos os famosos eram amigos. Achava a Giovanna o máximo, mas ainda não tinha feito uma novela com ela.

Pegamos o cardápio e me surpreendi com pratos tão saudáveis reunidos em um só lugar.

Pedimos primeiro um carpaccio de pera com gorgonzola, macadâmia e broto de alfafa. Nem sei explicar direito o gosto. Delicioso, com uma delicadeza atraente. Gustavo pediu suco de maracujá, melão e alecrim. Eu fui de limonada feita com limão orgânico, que adocei com agave.

— Adorei as opções de suco!

— Achei que conhecesse o restaurante, Belinda.

— Nada. Escutei falar, mas ainda não conhecia. A Giovanna e o Reynaldo estão de parabéns. Eu também gosto muito do Enxurrada Delícia no Recreio.

— Hoje acordei lembrando de um dia em que estava em casa e você apareceu na TV. Um sábado de noite, e eu estava meio na solidão. Eu reconhecia você como a garota do assalto, mas ainda não tinha assistido a uma cena sua.

— E como foi me ver?

— Foi como se estivesse te vendo em slow motion. Não soube bem o que pensar, mas a câmera flagrou seus olhos azuis e fiquei parado neles. Você voltou seu olhar para o ator e parecia que estava me observando. Me senti envergonhado e chateado de não ter insistido mais para a gente se encontrar. Você estava ali tão perto e ao mesmo tempo tão longe. De alguma forma, aquele dia achei que teríamos algo futuramente.

— Sério?

— Bem sério.

O prato principal chegou enquanto conversávamos sobre como viemos de mundos distantes e agora estávamos em mundos tão próximos. Gustavo escolheu gnocchi de batata-baroa com sálvia e amêndoas e eu fui de fettuccine de pupunha com molho branco e azeite trufado. Assim que os pratos ficaram vazios, falei com uma voz debochada:

— Preciso contar uma coisa.

— Hum... O que foi? — Gustavo fez uma cara de safado.

— Uma vez, também fiquei namorando você na TV.

Gargalhamos tão alto que o grupo sentado duas mesas depois nos olhou.

— Você estava fazendo uma matéria sobre, ah, não lembro, só lembro de você. Começou andando todo bonitão, estava de calça jeans, camisa social dobrada no cotovelo. Lembro que se tratava de uma externa e você lá, todo seguro de si. Caminhei até a TV e fiquei passando a mão na tela, acompanhando a sua imagem.

– Você fez isso? Que safadinha.

– Quando imaginaria que um dia passaria a mão ao vivo e a cores? Já achei aquela oportunidade rara.

– Ao vivo é melhor do que na cena da TV?

– Muito melhor. – Cheguei bem perto e nos beijamos.

– Menina, você está me fazendo adorar cada minuto do seu lado. Acho até que vou pedir um doce dos deuses para comemorar.

– Ah, é? Qual?

– Um brownie de cacau orgânico com sorbet de coco e calda de cacau. O que acha?

Quando a sobremesa chegou, achei melhor beijá-lo para deixar claro que tinha amado a ideia. Tudo tão saudável e inacreditavelmente perfeito. Comer um doce sem prejudicar a saúde? Eu estava muito grata de ter sido levada para um paraíso de delícias, não engordar e ainda me sentir amada na mesma dose. Gustavo parecia entender meu mundo nas bobagens, nos assuntos sérios e demonstrar não ter medo nenhum de me fazer feliz.

VINTE E QUATRO

Dois homens tão diferentes

Não se deixe envolver por dinheiro, beleza e poder. O que fica de uma história são os sentimentos, as palavras, o olhar e o que se tem no coração. Ódio nada tem a ver com amor e somente a docilidade de um afeto manda embora uma dor profunda.

Gustavo e eu andávamos como duas crianças despreocupadas que só pensam em brincar. Entrei em casa, um bilhete de Jujuba e Cássia avisava que saíram com Reinaldo. Depois do almoço perfeito no Pomar Orgânico, fui direto para o banho. Gustavo e eu tínhamos combinado de passar no apartamento do moço aquela noite.

Eu queria ficar linda para ele e, enquanto passava xampu nos cabelos, escutei um barulho no quarto, mas não dei atenção. Estava animada demais e curiosa para conhecer o apartamento do meu namorado. Queria olhar os detalhes da vida, conhecer tudo que ainda não sabia, para quem sabe me reconhecer ali e descobrir mais um pouco sobre o homem que entendia de fazer alguém feliz.

Terminei o banho, passei creme no corpo e reparei nas marcas ainda presentes da surra de Alexandre. Me enrolei na toalha, esquecendo no tempo aquilo que a gente não consegue mais resolver.

Coloquei o pé no quarto e entendi imediatamente que havia algo muito errado ali, parado na porta.

— Enrolada na toalha! — Alexandre Máximo estava parado na minha frente, com um olhar perdido e claramente bêbado.

— Alexandre??? O que você está fazendo aqui? Como entrou aqui em casa?

— Ainda tenho a chave, esqueceu? — Era para eu ter pedido de volta, trocado a fechadura. Como eu tinha esquecido?

Sentei na minha cama e fiquei pensando em pegar o abajur e quebrar na cabeça dele, caso se aproximasse, mas ele parecia ter estacionado, para meu alívio, nos limites da porta.

— Queria te pedir desculpas pelo que eu fiz — falou no tom de quem deu um beliscão.

— Você tem noção do que fez comigo? De como me deixou?

— Fiquei nervoso, mas sei que passei do ponto.

— Sabia que a Justiça mandou você ficar afastado de mim?

— Desde quando a Justiça deste país funciona para os ricos, Belinda? Eu não vou me demorar, só queria mesmo falar…

— Já falou, pode ir.

Ele ficou ainda mais sério e eu pensei em gritar, mas ninguém escutaria. Fiquei pensando como tinha me relacionado mais de um ano e meio com um cara que eu simplesmente desconhecia.

— Estou com saudade de você, mas não é disso que quero falar, não agora. Vai entender com os próximos acontecimentos que a sua única chance é voltar para mim. Ou vai querer seu nome metido em mais um escândalo? Para quem não tinha uma vírgula falando de madame Bic, nas próximas semanas a senhorita estará bem badalada.

— Por causa da foto com o Gustavo? As pessoas esquecem as fofocas rapidamente, Alexandre. Isso já passou. — Tentei fingir alguma calma.

— Quem te transformou no que é hoje fui eu. Estar com Alexandre Máximo, Alexandre Máximo querer Belinda Bic, representou você não ser mais uma qualquer.

Quanta infantilidade. Eu tinha nojo dessa confusão de imagens que a mente de Alexandre criava. Olha, sou bem importante, estou te dando meu nome. Andar comigo vai te ajudar na carreira. Certamente, namorar Belinda Bic também o ajudou de alguma forma, mas não perderia meu tempo jogando na cara e falando algo tão idiota.

— Alexandre, por que quer insistir em um relacionamento infeliz? Não é mais fácil desistir?

— Quantas vergonhas você me fez passar?

— Bater em mim não foi o bastante?

— Eu passei dias pensando… — Quando ele disse isso, ficou bem fácil entender sua bebedeira.

— Você bebeu?

— Um pouco. Um pouco que deveria ser muito, mas foi só um pouco mesmo.

— Vai para a sua casa, descansa, esta nossa conversa não vai trazer nada de bom para nós. — Tentando manter a calma, parte dois.

— Nãoooooo! — Ele levantou o tom de voz. — Quero falar com você e vou.

— Tudo bem. Pode falar, vou escutar.

— Por que me traiu? Por quê?

— Alexandre, brigamos, você viajou, discutimos ao telefone, falei que não dava mais, esqueceu?

— Quem, Belinda, quem termina por telefone?

— Se são duas pessoas que nunca se encontram. Você não estava ali no seu apartamento na Lagoa, você estava em Madri. E o mais louco, você mesmo de longe conseguia ter ataques de ciúme, procurando me jogar na cara a necessidade de mudanças.

— Mas mudar seria para o seu bem.

— Já disse a você que não quero mudar, não pretendo me transformar em outra pessoa. Não quero mergulhar no que não existe mais. Não voltarei a falar nesse assunto, ele me cansa.

— Não, não, não. — Alexandre deu uma gargalhada. — Quantos nãos! Volta pra mim.

— Alexandre, pelo amor! Voltar? Está de brincadeira. O mínimo de respeito que temos um pelo outro acabou naquela sua atitude ridícula de me bater. Você esqueceu? Pois é, eu, não.

— Não vem com esse papo de que quem bate esquece, quem apanha nunca. Claro que lembro o que aconteceu. Já pedi desculpa, me arrependi, perdi a cabeça. Você me enlouqueceu. A culpa foi sua!

— Essa nossa conversa não faz sentido. Por favor, vai embora.

— Vim aqui dizer que não vou aceitar você posando de feliz com outro cara. Ainda mais sendo aquele idiota com cara de animadinho da TV.

— Vai embora, por favor?

— Ainda te amo, Belinda, mas, se continuar com essa palhaçada, vou te odiar e fazer da sua vida um inferno, literalmente um escândalo. Você apanhou, ficou escondida em casa, mas, da próxima vez, vou fazer de um jeito que todo mundo saiba qual é de verdade sua essência, porque isto aqui tudo — ele levantou a mão e ficou apontando para as paredes, móveis e depois mirou o dedo indicador na minha direção —, nada disso é verdade. Luxo no meio do lixo! A pessoa pode ser chique, parecer rica, mas quando ela veio da lama é na lama que sempre vai viver.

— Alexandre, nada tenho para esconder do meu passado. Tenho o maior orgulho de onde vim. Podia ter seguido pessoas erradas, ter me desviado, mas fui estudar, conquistando meu espaço, e não me envergonho das coisas que fiz. Se nasci num mundo pobre, nasci, mas e daí? Ser pobre é crime para você? Você nasceu herdeiro de um dos maiores nomes do comércio exterior, mas isso não faz de você alguém melhor do que eu.

Alexandre ficou me aplaudindo com cara de deboche. Reparei detalhes medonhos no seu rosto. Um homem bonito, mas tremendamente maquiavélico.

— Tenho o que muita gente chama de sangue azul.

— Um cara que teve tudo, nunca lavou um banheiro nem passou qualquer aperto... recebeu tudo nas mãos... ter a cabeça deturpada dessa maneira e se achar melhor... vergonha alheia!

— Deturpada? Hum... Falando bonito. Quando uma qualquer fala assim? Que outras palavras imponentes aprendeu? Finitude? Magnânimo? Incólume? Perdulário? Pernóstico?

— Está parecendo escritor que acha que escrever difícil é o que conta. Continue assim para eu perder completamente o interesse de falar com você.

— No fundo ainda me ama, gosta que te instigue, que faça você repensar suas próprias inseguranças, sacuda e te tire do sério para você ser alguém melhor.

Fiquei em silêncio. Alexandre conseguia me esgotar e eu ficava pensando nas pessoas que acompanhavam o meu trabalho e não tinham ideia de que vivera uma relação tão ridícula com um cara tão egocêntrico.

— Belinda, estou avisando, aproveita que estou calmo e bebi só um pouco. — Colocou o dedo na boca e pediu silêncio, fazendo um chiado forte. — Volta para mim ou vai sentir saudade do tempo que morava com a titia Santana.

— Vai embora! — Finalmente peguei o abajur e segurei com as duas mãos. Parecia ridícula, mas fui firme, e ele sentiu que eu não estava brincando. — Vamos colocar um ponto final nessa nossa relação que já acabou.

Meu ex-namorado foi caminhando de costas pelo corredor.

— Você sabe que vai se arrepender. Faço questão que se arrependa.

— Embora, vai descendo. Estou cheia de você, do seu egoísmo, do seu ego do tamanho do mundo e da mania de se achar importante demais. Não te amo mais, Alexandre. Chega! Entendeu?

Ele virou de frente para a escada e desceu pulando vários degraus de uma só vez. Na sala, fiquei esperando ele sair, ao mesmo tempo que Cássia, Jujuba e Reinaldo entravam pela porta da frente. Um climão generalizado. Olhares da pior qualidade trocados.

— Minha nossa, Alexandre. — Jujuba estava com a voz em pânico.

— Alexandre? — disse Cássia em voz baixa, mas pude escutar.

— Seu Alexandre, vou acompanhar o senhor até lá fora. — A voz de Reinaldo foi forte, decidida, e, como o meu motorista era grande, Alexandre se rendeu e foi embora me olhando firme nos olhos, demorando a acertar a chave na porta do carro, parado no jardim.

— Como você está? — Jujuba veio correndo na minha direção.

— Bem, mas liga urgente para um chaveiro. Quero trocar todas as chaves da casa. Esquecemos que esse monstro tinha as cópias.

— Ai, sempre tão atento, deixei passar esse detalhe. Me diz que ele não tocou em você?

— Esse é o Alexandre? — Cássia parecia tentar entender como um homem bonito agia de maneira tão feia.

— Namorei um ano e meio esse cara e juro não ter ideia de quem ele é.

— O Gustavo parece muito melhor.

— Hashtag Pronto Cássia Falou Tudo! Como eu mesmo disse uma vez, quanto mais eu conheço os homens, mais gosto das tartarugas do projeto

Tamar. Esse cara teve tudo para acertar a vida com você antes. Bastava tratar você bem, mas vivia colocando zica, doido da pá virada.

— Zica? – perguntou Cássia, tentando decifrar as falas de Jujuba.

— Minha filha, esse homem não tinha respeito, vivia reclamando, criticava a roupa da Belinda, depois a casa, o jeito que ela tratava as pessoas. Este lugar é perfeito, mas ele dizia que faltava classe na decoração, depois reclamava até dos sorrisos, se um fã tirava uma foto segurando a cintura... Não sei como aguentou tanto tempo.

— Por falar em fã, Jujuba, no dia do comercial, um perguntou por você.

— Demorou, mas a fama chegou. – Ele não escondeu a felicidade de ser amado.

— Achava que Alexandre podia mudar.

— Ele também achava que você podia mudar. Olha no que deu...

— Erramos os dois. Agora acabou.

— E se só acabou para você e não terminou para ele? – Fomos subindo a escada e voltando para o meu quarto.

— Só o tempo vai dizer. Jujuba, conversa com o Reinaldo. Ele me disse uma vez que gostaria de dormir aqui, já que separou da mulher. Acho que a hora é agora. A gente aumenta o salário e ele assume um cargo de segurança. O que acha?

— Ótimo. Vou descer para acertar isso e ligar para o chaveiro.

— Amiga, como você está? – Cássia sentou na minha cama, enquanto eu pegava água no frigobar.

— Estou bem. Hoje, pelo menos, consegui manter o controle da situação. Em parte, porque, desde que vi o traste dentro do meu quarto, permaneci com o abajur nas mãos para me defender. Alexandre estará agora destinado ao passado. Mudando de assunto, vou encontrar o Gustavo e conhecer o apê onde ele mora.

— O problema é que seu passado tem mania de voltar.

Fiquei pensando no que escutei. Cássia tinha razão. Ter encontrado com a minha tia mexera comigo, como se essas pessoas que me detestavam pudessem ter mais controle sobre a minha vida do que eu. Esperava que meu pai também não surgisse das entranhas do meu passado ruim.

— Cássia, amiga, quero fazer um convite.

— Faça, sou toda ouvidos.

— Quero que você passe a morar aqui em casa. Sabe, a minha família são os amigos que amo. Você ainda não conhece o Antunes, o Carmo, o

Rosário e a Francisca. Foram pessoas que me ajudaram demais quando cheguei ao Rio e eles são minha família hoje, assim como o Jujuba, Zé Paulo e até o Reinaldo, que é meu motorista, mas já me deu provas de atenção e carinho. Me sinto com o mesmo sangue dessas pessoas, e você é a irmã que não tive. Uma pessoa que amo demais e quero bem. Não faz sentido voltar para Ladário. Sua família de lá se foi, e aqui no Rio vou poder te proporcionar oportunidades de estudar mais, conseguir um trabalho digno e refazer sua vida.

Cássia claramente ficou emocionada com minhas palavras, me abraçou e agradeceu primeiro com o olhar.

— Confesso que não estava pensando mesmo em voltar, mas talvez eu não seja útil para você.

— Não estou pedindo para você trabalhar para mim. O Jujuba trabalha porque ama cuidar das roupas que vou usar, se sente bem organizando minha agenda. Cuidar da casa foi algo natural, ele foi assumindo com o tempo. Você vai morar aqui como minha irmã que é, embora não tenha o meu sangue. Nada de pensar que vai me pagar com o seu trabalho. Apenas morar, e o que eu puder fazer para te dar uma vida melhor, vou...

— Belinda, o que *eu* puder fazer para te deixar feliz, vou fazer.

— Preciso da sua ajuda para decorar os capítulos da novela. Essa é a parte mais dura de ser atriz.

— Ah, sério? Vou amar. Sabia que morro de curiosidade para ver como vocês conseguem decorar aquilo tudo e como vem escrito?

— O que acha de ficar com o quarto que você está dormindo?

— Com aquele varandão lindo, aquela cama perfeita e um banheiro que mais parece uma sala? Hum... não, acho que não gostei. — Cássia riu tão alto que na mesma hora me lembrei de tempos mais difíceis, mas não menos alegres.

Minha amiga carinhosamente me ajudou a puxar um pouco dos meus cabelos para trás, fazendo um penteado simples, mas que deu um toque fofo ao visual. Coloquei um vestido branco que simplesmente amo, uma sandália uva e uma carteira da mesma cor, com um acabamento em cobre.

Reinaldo me deixou na porta do prédio do Gustavo. Eu estava levemente nervosa. O elevador subiu e um friozinho dominou meu estômago. Não sabia bem como agir, me comportar, e o encontro com Alexandre preenchia minha cabeça.

O prédio ficava na Barra da Tijuca e tinha enormes varandões. Sabia que alguns atores amigos meus moravam por ali e tentei me distrair para não declarar a mim mesma que estava tensa. Que dia!

Gustavo abriu a porta usando uma camisa social branca, dobrada no cotovelo, calça jeans e sapatênis. Estava muito arrumado para quem estava em casa.

— Boa noite, atriz mais linda de todas!

— Me atrasei?

— Nada. Eu estava na cozinha com a Rita. Tenho a melhor empregada do mundo e faz cada comida… Vai amar. Mandei, claro, preparar o que você gosta, co-mi-da sau-dá-vel!

— Obrigada, fico honrada com a atenção.

— Chegou! — Gustavo me puxou pela mão e gritou para a famosa dona Rita. — Ela é doidinha para te conhecer.

Rita veio andando sorridente, secando as mãos no avental.

— Boa noite, dona Belinda.

— Dona? Não me chame de dona, Rita Flor, prazer. — Brinquei com o nome da minha última personagem em novela.

— Desculpe, é que sou sua fã.

— Foi ela que me mostrou você na capa da revista, lembra?

— Claro. Você que cuida desse moço?

— Sou sim, mas aviso, ele não me dá trabalho. É um homem organizado, estranhamente organizado.

— Ele me disse que é bagunceiro, Rita. Não conte nada para ele, mas estou tentando descobrir qual o defeito do Gustavo.

— Ih, sou suspeita, amo trabalhar nesta casa, acho que ele não tem.

— Grande Rita, recebeu um dindin bonito pra falar isso.

— Vocês estão namorando? — perguntou a empregada, já claramente arrependida.

— Estamos, sim — respondi, segurando a mão de Gustavo.

— Ela me quis, acredita?

— Ela e a torcida do Flamengo, né, seu Gustavo? Ele tem mel!

— Gustavo, ela não disse isso?

— Disse, sim. Espera até ela pegar intimidade com você. Vai falar pelos cotovelos igual o Jujuba.

— É, eu já falei demais. Melhor voltar para a cozinha.

— Gostei da Rita de cara. Curiosamente autêntica. — Acompanhei Gustavo, observando seu apartamento pela primeira vez.

— Ela é meio doidinha, mas muito querida. Fala o que vem na cabeça, mas cuida muito bem de mim. Na verdade, eu roubei a Rita da minha mãe. Ela gostou de você, quando não gosta, faz um bico e fala pouco.

— Parecida com o Jujuba.

— Que é outra figura.

— Sua casa é bonita.

Os móveis modernos, retos, um enorme quadro com vários riscos coloridos e três grandes potes de vidro em cima do rack chamavam atenção. Um sofá cinza, uma poltrona de girar com pés de alumínio, na cor azul-marinho, um tapete cinza e uma mesa de vidro retangular.

— Um amigo meu jornalista, lá da emissora, tem uma irmã decoradora; falei mais ou menos o que queria e ela conseguiu colocar a sala desse jeito.

— Muito bom gosto.

— Senta aqui comigo.

Gustavo me levou até o sofá e segurou a minha mão.

— Passei o dia hoje pensando na gente, Belinda. Sei que você acabou de sair de uma história e não quero pressionar, mas também não quero que pareça que procuro qualquer coisa. Estou disposto a realmente fazer dar certo e...

— Desculpe dizer assim, sem maiores introduções — falei de supetão. — O Alexandre esteve na minha casa hoje.

O semblante de Gustavo mudou, não que tivesse alguma dúvida dos meus sentimentos por ele, nossa intensa conexão já dispensava algumas confirmações em palavras, mas imaginou que algo ruim tivesse acontecido.

— Como já te conheço, quando você entrou aqui, percebi uma tristeza no canto do seu olhar. Mas imaginei que fosse contar quando estivesse confortável.

— Alexandre. Ele é a tristeza no canto da minha alma. Queria poder esquecer que me envolvi com uma pessoa tão arrogante e apaixonado por si próprio.

Expliquei o susto de ter saído do banheiro e ele estar ali parado.

— Ele parece fantasmagórico. Revoltante! Olha, sou calmo, mas estou começando a pensar que ele merece uma surra.

Gustavo levantou, escutou atentamente o resto da história e ficou aliviado de nada mais grave ter acontecido. Concordou na contratação do Reinaldo para ficar na casa e me fez ligar para o Jujuba para saber se o chaveiro estava trocando todas as fechaduras.

— Sou uma mulher calma, na minha vida já aceitei muitas coisas, mas, se o Alexandre fizer algo contra mim, não vou deixar barato.

— Hoje, você dorme aqui, Belinda. Você é uma princesa e não consigo imaginar alguém lhe fazendo mal. Isso me sobe o sangue.

— Olha, passei dificuldades demais na vida. Gente que jamais imaginei me passou a perna, mas outras pessoas lindas me tocaram profundamente o coração por me ensinarem o sentido do amor, sem que pedissem nada em troca.

— Fico feliz de você me deixar entrar na sua história. Às vezes, por fraqueza, a gente perde um grande amor e, por receio, adiamos a felicidade. Eu não sei ao certo o que te fez me dar essa chance.

— Seu jeito, essa energia aqui, esse calor...

— Desse jeito... vou acabar te beijando.

— Vou adorar, bem devagar!

Assim ele fez. Se ajoelhou na minha frente no sofá, colocou as duas mãos envolvendo o meu pescoço e me beijou suavemente, me trazendo uma sensação nova, que, caso alguém me pedisse para explicar, ficaria muda. Um beijo longo, repleto paradoxalmente de calmaria e euforia.

— Quero você, quero você, eu quero você.

— Também — disse, abaixando a cabeça.

— Você está chorando, Belinda?

— Desculpe.

— Por que está pedindo desculpa? Por que está chorando?

— Acho que é felicidade. A gente vive um mundo tão superficial hoje em dia, está tão na moda não ter coração, usar as pessoas, não dar satisfação, fugir dos próprios sentimentos, e aí, de repente, me vejo aqui, parece que uma melodia só nossa vai tocar para sempre e nunca mais me sentirei sozinha. Já me senti solitária tantas vezes... e, posso falar, dói demais.

— Só temos o que comemorar. Você acha que também não estou sentindo tudo isso? Você não tem ideia como meus amigos e familiares viviam querendo me apresentar mulheres. Mulheres até atraentes, cheias de charme, algumas lindas, mas não me senti completo com nenhuma.

Já tive corpo, já tive afinidade, já tive inspiração, já me entusiasmei, mas tudo separado. Nunca aconteceu de uma vez. Achar a mulher linda, atraente, ficar louco para reencontrá-la, ter vontade de escutar sua voz, o que tem a dizer, torcer pela sua felicidade e querê-la do meu lado pela eternidade, até agora, somente com você. Não duvide nem por um segundo do quanto estou envolvido.

VINTE E CINCO

Nada de beijo técnico!

Quando te beijo, sinto algo estranho. O mundo me domina, me diz que eu perdi ganhando, e me sinto revirada, com vontade de parar as pessoas na rua e exclamar: Você não tem ideia do que eu estou vivendo!

Depois daquela declaração de Gustavo, jantamos. Rita foi embora, e seu jeito de falar que não lavaria a louça, de jeito nenhum, me fez rir. Depois descobrimos que não deixara nenhum prato na pia e saiu com tudo limpíssimo. Entendi imediatamente que a senhora, ótima profissional, adorava se fingir de azeda. Meu namorado confirmou.

— Não anote o que a Rita disser. Ela é louca, mas faz tudo. Durante o dia diz que detesta trabalhar aqui, que prepara a comida de qualquer jeito, mas tudo que faz é perfeito e maravilhoso. Quando a gente casar, vou levá-la comigo.

— Casar? — Quase engasguei com o delicioso canelone de ricota e ervas. Adoro massa e Gustavo se deu ao trabalho de telefonar para Jujuba para saber qual prato me agradaria em cheio no jantar.

— Ué, casar. Você não pensa em casar e ter filhos?

— Penso, claro, lógico, sim, sim, com certeza.

Gustavo deu uma gargalhada.

— Ficou nervosa?

— Acho que sim…

— Não me diga que você é uma moça com medo de casar?

— Não, acho lindo.

— Casaria comigo?

Fiquei vermelha.

— Acho que casaria.

— Acho? Quanto acho? Está na dúvida?

— Casaria — falei, desesperada.

Gustavo me deu um beijaço.

— Você é linda! Quer ouvir uma música?

— Você vai cantar para mim?

— Não, desta vez vou colocar o som. Não acordei afinado hoje.

Caminhou até o equipamento e colocou "Rude", da banda Magic!. A letra curiosamente contava a história de um cara que acorda cedo, vai pedir a mão da garota para o pai e ganha um não: "Marry that girl/ Marry her anyway/ Marry that girl/ Yeah, no matter what you say/ Marry that girl/ And we'll be a family/ Why you gotta be so rude?/ I hate to do this, you leave no choice, can't live without her/ Love me or hate me we will be boys standing at that altar/ Or we will run away to another galaxy, you know/ You know she's in love with me, she will go anywhere I go." (Casar com aquela menina/ Casar com ela de qualquer jeito/ Casar com aquela menina/ É, não importa o que você diga/ Casar com aquela menina/ E nós seremos uma família/ Por que você tem que ser tão rude?/ Eu odeio fazer isso, você não deu escolha, não vivo sem ela/ Me ame ou me odeie, seremos os garotos naquele altar/ Ou fugiremos para outra galáxia/ Você sabe que ela me ama, aonde eu vou, ela vai.)

O que mais adorava no nosso encontro dizia respeito aos detalhes. A maneira como tocava a minha mão, o jeito muito peculiar de me encarar, a fluência dos nossos diálogos e a gentileza como se nada atrapalhasse a nossa história, mesmo tendo um escândalo, um ex-namorado, familiares cruéis e uma insegurança tão próximos a nós.

Fomos à varanda do apartamento onde o mar se tornava papel de parede. Gustavo contou a história da sua casa. Comprou de um amigo que foi morar no Japão quando não pensava em viver sozinho.

— Você moraria em Vargem Grande?

— Ué, não queria casar, agora já quer me levar para morar com você?

Dei um tapa em seu braço, que me pegou pela cintura e afirmou não me largar mais.

— Quero muitos beijos esta noite.

— Sua voz me faz bem, me acalma. É engraçado isso. É bom ouvir você. Parece que, em algum lugar, eu já conhecia o seu som. Reconheço seu jeito de falar, está conseguindo algo que é difícil, me dobrar. Sou capaz de mandar a pessoa embora facilmente por receio.

— Bom — ele estava ofegante com aquela voz rouca que eu simplesmente adorava —, porque sua voz também fala dentro de mim. Estranho isso, mas é bom. — Ele fez uma pausa pensativa. — Parece que te conheço. Talvez seja por todas as vezes que você apareceu na minha televisão.

Depois dessas declarações, muitos beijos e uma vontade enorme de não voltar para o mundo real. Ficar ali com ele me levava para longe e me deixava voar. A noite foi mais uma para morar no nosso pensamento por anos.

Acordei com um café colocado em uma pequena mesinha com duas cadeiras localizadas no canto esquerdo do quarto. Mais um carinho em formato de bom-dia. Fui comendo as uvas verdes sem caroço, reparando no sol entrando pela lateral do banheiro e notando Gustavo com um jeito estranho.

— Tudo bem?

— Mais ou menos.

— O que aconteceu?

— Algo que vai incomodar um pouco.

— Nossa... O que foi que aconteceu enquanto eu dormia?

— Sua tia.

— O que tem aquela bruxa?

— Deu uma entrevista para o jornal. — Meu namorado me entregou a notícia, querendo não fazer isso. Na manchete, minha tia com cara de coitada vinha acompanhada uma chamada polêmica: "Belinda Bic não só me abandonou, como roubou todo o meu dinheiro."

— Ela não fez isso. – Meus olhos ficaram imediatamente marejados. – Ela contou os motivos?

— Ela se fez de coitada até não poder mais. Alegou que te ajudou a vir para o Rio de Janeiro, te levou para a casa dela, e você, ingrata, não só foi embora, como levou todas as economias de anos.

Ainda sem intimidade com a casa de Gustavo, me senti um pássaro fora do ninho e sem asas. Desde que minha tia me encontrara e eu lhe dera aquele tapa no rosto, tive muito medo deste dia, e agora estava girando no furacão da realidade. Meu passado vindo cobrar juros e custas de processo, sem que eu tivesse nada com isso.

— Ela não está mentindo. – Ri por um segundo da fala oportunista. Irônica, mas dizia a verdade; eu a abandonei e a roubei por motivos óbvios de salvação da própria vida. – Ela só esqueceu de dizer aí que me mataria.

— Amor, eu sei das suas verdades e nem por um segundo passou pela minha cabeça que isso fosse a realidade. Só fico preocupado com a sua imagem e seu trabalho. Sou jornalista, sei como os oportunistas vão usar isso.

— Eu também sei. Se já usam até um detalhe em um evento, se chego atrasada, uma foto nossa, imagina a minha tia de sangue dizendo ter sido roubada por mim? Sinto um frio na espinha horrível e uma dor no peito só de pensar.

Caminhei até a minha bolsa e tinham dez chamadas não atendidas: Zé Paulo, Jujuba, jornalistas... Todos estavam atrás de mim enquanto estava ocupada com a minha própria vida e passando momentos da mais pura felicidade.

— O que você vai fazer? – Gustavo se mostrou prestativo.

— Bonitão, não se preocupe comigo. Não estou bem, mas vou ficar.

— Não vou deixar você sozinha nisso, Belinda.

— Essa mulher já me venceu uma vez, me enganando, me trazendo de Ladário sem nenhuma culpa, e jurei que nunca mais me atrapalharia em nada.

— Você vai precisar ser forte.

— Esperei todo esse tempo pelo dia de reencontrar o meu passado. Agora é encarar isso. Hoje, vou à emissora, terei que fazer uma prova de figurino e vou tentar conhecer Cândalo, a cidade cenográfica da novela. Vai comigo?

— Não vou te atrapalhar?

— Nunca. Vou me sentir mais segura com você por perto. Quando quiser, posso pedir um abraço?

— Lógico. Farei o que for para te deixar forte. Queria te contar uma coisa. Entrei de férias no programa. Antes de nós, estava planejando uma viagem para Nova York, mas, desde que a gente se encontrou, desmarquei tudo.

— Desmarcou? — Olhei para ele, e aqueles olhos brilhantes imediatamente me acalmaram.

— Amo Nova York, mas você ganha disparado. Posso mesmo te acompanhar hoje?

— Vou adorar.

— Acho que não quero lidar com a sua ausência.

— Nem precisa. — Segurei o rosto dele com as duas mãos e comecei a beijá-lo. Ele simplesmente adorou.

Me arrumei rápido, ainda queria passar em casa para trocar de roupa e convidar Cássia para nos acompanhar. Minha amiga tinha o sonho de conhecer a TV. O Rio de Janeiro parecia outro mundo, a televisão, para ela, outra dimensão.

Gustavo e eu descemos no elevador virados na direção do espelho. Ele me abraçou e comentamos como ficávamos bonitos juntos e elogiamos nossa combinação. A gente estava meio metidinho por termos nos encontrado e estamos tão felizes.

Na minha casa, todos muito preocupados. Jujuba pediu que eu ligasse urgentemente para Zé Paulo.

— Sai uma notícia dessas e, socorro, você some. Gustavo, não deixa mais ela fazer isso. Por favor, com louvor, coloca a cabeça dessa mulher no lugar. Ela tem que lembrar de atender o telefone!

— Pode deixar, vai lembrar. Vamos tentar!

— Do seu lado? Vocês dois juntos? Duvido. — Jujuba deu uma risadinha e um "ui" que só ele sabia fazer.

Troquei de roupa mais rápido que o normal. Estranhamente, me impressionei com a minha calma diante de informações tão drásticas. Não tinha muito tempo livre para ser dramática. Precisava tentar me erguer. Me sentia amparada por Gustavo, pelos amigos, e, mesmo sabendo que o trator chamado Santana não tinha piedade e caráter algum, seguiria e faria o que fosse para superar a situação.

Quando cheguei à sala, Zé Paulo estava conversando com o meu namorado. Os dois em sincronia apenas no olhar, buscando alguma serenidade no discurso. Fingiram estar tudo bem quando eu sabia que não.

— Oh, minha protagonista preferida, como você está?

— Você que vai me dizer. Como a imprensa está reagindo com mais essa fofoca?

— Bem, muitas perguntas, muito assédio, muitos comentários, muito disse me disse. Vamos superar. Já expliquei que é uma questão familiar, que sua tia nunca se interessou por ser sua tia antes da fama e que infelizmente o dinheiro está falando mais alto nessa situação.

— Zé, o editor do programa me mandou uma mensagem e comentou se a Belinda falaria no domingo. Não sei se seria bom ela dar a sua versão. Sei que sou apresentador, mas estou pensando nela. Não quero influenciar.

— O que acha, Belinda?

— Diga ao seu editor, Gustavo, que eu falo, mas só se *você* me entrevistar.

— Jesus, isso vai dar mais ibope do que debate presidencial.

— Jujuba, se é para montar um circo, então vamos montar o melhor de todos. Brasil, vocês querem falar de mim? Então, podem vir. Em algum momento vão enjoar da minha vida pessoal e gostar apenas da minha vida profissional.

— Isso é o sonho de todo famoso — comentou Zé Paulo de maneira bem realista.

Estava bem nítido como Zé se encontrava mergulhado no assunto, aparando várias arestas, tentando me preservar e não me deixando vivenciar a fofoca de maneira tão intensa.

No carro para a emissora, Reinaldo foi dirigindo com Cássia sentada na frente. Ela comentou carinhosamente que o motorista tinha virado seu amigo, e fiquei pensando quantas pessoas, metidas no glamour do qual eu fazia parte, assumiriam a amizade com um motorista. Como gostava desse jeito verdadeiro da minha amiga, desinteressada se a pessoa tinha algo ou não. Eu trabalhava isso todos os dias dentro de mim. Estar com quem gostava e me aproximar ainda mais das pessoas que tivessem o diferencial de carregar um coração dentro do corpo.

— E se a gente fizesse uma festa? — sugeri, recebendo um olhar surpreso de todos. — Quero comemorar, ter vocês por perto e agradecer o início de mais uma novela na minha vida.

— Vou adorar. Você sabe como eu estava sempre querendo que tivesse uma boa festa estilo Ladário pra gente ir.

Todos ficamos um minuto em silêncio. Quando deveria estar pensando em me esconder, decidia por uma festa.

— Você quer um festão ou um encontro para poucas pessoas?

— Quero algo íntimo. — Segurei a mão de Gustavo. — Quero apresentar meus amigos para você. Vou chamar pessoas que gosto muito. Antunes, Carmo, seu Rosário e Francisca, que me ajudaram tanto quando cheguei ao Rio.

— Antunes e Carmo salvaram você da sua tia?

— Exatamente. Eles não têm noção que salvaram minha vida. Algumas vezes nos encontramos ao longo desses anos. Dizem que já sabiam que eu seria uma atriz famosa e a gente ri, porque me estenderam a mão quando não era ninguém e quando mais necessitei.

Gustavo beijou meu rosto. Ele se sentia mal quando pensava nos momentos que vivi. Tinha um leve quê de super-homem, de querer ajudar as pessoas, e saber que estive presa por uma louca que me mataria o deixava incomodado.

Peguei o celular e liguei para casa.

— Jujuba, meu amor, escuta. Decidimos aqui no carro fazer uma reuniãozinha aí em casa.

— Adorooooooooooooooooo! Quando, quando?

— Que tal no próximo fim de semana?

— Vai ser bafo!

— Quero que convide os amigos de sempre e também o seu Rosário, Francisca, Carmo e o Antunes.

— Claroooo! E comida?

— Pensei de chamarmos o nosso garçom preferido para servir uns canapés, salgados e também aquele sushiman, porque amamos japonês. — Gustavo fez uma cara que o cardápio estava aprovadíssimo.

Desliguei o telefone mais animada. Se bem conhecia Jujuba, ficaria imediatamente andando pela casa, com papel e caneta na mão, fazendo anotações e preparando a reunião que ele gostaria que desse a melhor repercussão.

Do carro, liguei também para a produção de *Cândalo* para que alguém fosse nos buscar na portaria 3 da emissora. Como estava acompanhada de Gustavo e Cássia, precisava de alguém para liberar a entrada comigo, apesar de Gustavo também ser funcionário da empresa.

Raramente levava alguém comigo em gravações. No começo, Jujuba queria estar em todas, mas normalmente ninguém vai trabalhar acompanhado. Aquele dia, eu estava querendo a companhia das pessoas que me faziam bem.

Reinaldo nos deixou na entrada da portaria 3 e saiu para trocar dois vestidos que recebi e ficaram enormes. Entramos e a produtora estava esperando próximo onde os atores passam os crachás. Um carrinho de golfe nos levaria primeiro ao Figurino, onde o trabalho de imagem das personagens estava sendo feito a todo o vapor.

Eu, Cássia e Gustavo ficamos em um camarim. A figurinista da novela veio me ver e disse que traria algumas roupas para que eu vestisse e a gente conversasse. Gustavo, sentado no sofá, me observou em cada detalhe. Fingi não reparar, mas Cássia prestou atenção e, quando fui ao banheiro, ela alegou precisar lavar as mãos e entrou comigo.

— Amiga, entrei aqui para te dizer que esse moço está perdidamente apaixonado.

— Tenho até medo disso.

— Por quê? Não está pensando em terminar e fugir para Ladário, né?

— Claro que não, mas é tudo tão intenso, a gente fica junto e não quer largar. — Enquanto falava com Cássia, fiquei pensando no meu namorado, sua pele na minha, a maneira como me apertava nos braços, como passava a mão nos meus cabelos, como me queria inteira, sem pausa, sem medo e sem covardia.

— Então, por que esse medo?

— Tudo é forte demais, algumas vezes parece mentira. Ou parece que, em algum momento, não estará aqui.

— Ai, credo, para. Desde pequena você é assim, Belinda. Muito reflexiva, pensa demais, fica somando e diminuindo acontecimentos. Vive isso como fez na carreira. Você ficou se questionando? Não. Continue dizendo sim e dará certo. As oportunidades estão vindo, vai viver!

— Quem sou eu para questionar esse furacão que veio para mim? Nem saberia tirar Gustavo da minha vida.

O papo no banheiro acabou e as roupas para que experimentasse chegaram. *Cândalo* seria uma novela com uma cidadezinha como cenário principal. Os moradores da região estavam envolvidos com a produção de um produto raro chamado cândalo, que substituía o famoso sândalo. Muita cobiça, luta, revoluções e crises envolveriam a trama. Minha personagem trabalhava como funcionária de uma das maiores empresas de Cândalo, detestava injustiça, saía em busca da defesa dos humilhados e, em uma dessas batalhas, conhece os filhos do dono da fábrica. Os dois se apaixonarão por ela. Um não vale nada e o outro é o que podemos chamar do cara que todas gostariam de ter na vida. Uma disputa entre irmãos começa, e a protagonista vira motivo de briga e luta de poder entre os dois.

O meu figurino seria algo quase hippie. Zubin me deu uma aula sobre o mundo alternativo e as longas saias coloridas seriam o forte da personagem. Para meu alívio, meu cabelo continuaria longo, mas seria necessário tingir de preto. Sentia um calafrio só de pensar que um dia teria que passar a tesoura nos meus fios.

Quando coloquei a primeira roupa, uma saia longa, com retalhos em amarelo-ovo e outras nuances, todos amaram.

— Estou me sentindo um ovinho! — exclamei e a risada foi geral.

— O saião voltou e com a novela estará ainda mais em alta. Vamos fazer fotos lindas e divulgar na imprensa. Em breve, as jornalistas e blogueiras de moda estarão ressaltando o charme do saião.

— Nossa, é tudo pensado — falou Cássia, impressionada com os comentários da figurinista Nana Buarque. — Você vai arrasar de cabelo preto!

Gustavo elogiou quando coloquei um vestido longo verde-musgo e definimos várias peças que seriam a base do armário do figurino. Com o passar dos dias na novela, novas roupas chegariam, marcas nos encaminhariam peças e algumas modas pegariam, algumas até nos surpreendendo, porque de repente algo que a gente não espera toma conta das ruas e garotas amam ter o gostinho de andar como a personagem.

Antes de eu sair, Nana não resistiu e comentou:

— Menina, como esse Gustavo Salles tem estampa. Escuto falar tão bem dele. A Claudia fez produção de figurino no jornalismo e disse que é um cara diferente, especial.

— Já notei.

— E gato. Não dá vontade de parar de olhar.

— Ele é lindo, sim. Uma beleza verdadeira, né? — disse, olhando para ele, mas fingindo avaliar os figurinos nas araras.

— Vai viver. Sei como você merece ser feliz. É uma das atrizes mais gentis da emissora.

— Obrigada — respondi, pensando que Nana não tinha ideia de como eu tinha batalhado para chegar até ali.

Eu me despedi da equipe do figurino e seguimos com a produtora Wanda para a cidade cenográfica. Eu queria muito conhecer o espaço onde gravaríamos as cenas e começar a preparar dentro da minha cabeça as possibilidades de interpretação. Recebi um material ótimo com sinopse, personagens, informações fundamentais, e logo começaria um trabalho com workshops, para que os atores mergulhassem na trama e pudessem viver aquela história da maneira mais intensa possível.

Me sentia empolgada e a cada novela mais preparada para exercer meu trabalho. Estava feliz de poder mostrar para Cássia aquele mundo tão distante para ela. Foi emocionante ver a boca aberta da minha amiga ao encontrar Claudia Raia, Angélica e Alexandre Nero, a gente da TV, como dizia Alexandre, que nunca imaginara estar tão perto. Para ela, eu não era exatamente uma pessoa de novela. Cássia tinha tudo de minha irmã e eu nunca seria a Belinda Bic da TV.

— É louco, essas pessoas existem. — Sentada na frente do carrinho, olhava para os lados, enquanto seguíamos para a cidade cenográfica. — Gustavo, sabe que eu também acho você bem famoso?

— Ele é muito famoso, Cássia.

— Sou nada. Ninguém me liga.

— Não, imagina — fiquei rindo —, as mulheres quase não te notam, Gustavo Salles.

Meu namorado, sentado comigo no banco de trás, segurou a minha mão e deu uma piscadinha charmosa. Aquele sorriso encantador tinha me fisgado.

Chegamos à entrada da cidade cenográfica e um arco no alto mostrava o nome do meu mais novo lugar: *Cândalo*! Emocionante saber que eu começaria uma longa história ali.

Wanda caminhou comigo e Gustavo veio com Cássia. Uma igreja antiga centralizava o local. Uma vila de casas bem-arrumada seria o cenário dos personagens cômicos. A casa da minha personagem tinha uma humildade que eu conhecia bem. Uma escadinha que não levava a lugar nenhum, mas tinha degraus com flores, e árvores caracterizavam uma espécie de pracinha vertical.

— Aqui será onde você vai conhecer o irmão bom da novela, seu grande amor. — Wanda estava por dentro da trama.

Gustavo riu e não resistiu a dizer:

— O grande amor sou eu! — De mãos dadas com Gustavo, me sentia plena.

— Desculpa. — Ficamos sem entender se Wanda estava mesmo pedindo desculpa ou brincando.

— Imagina, não vou poder sentir ciúme, mas será duro ver esta mulher beijando outro.

— Beijo técnico. Abrimos a boca, não tem língua e o diretor fica dizendo: mais para a direita, vira o rosto, mão no cabelo, segura, agora solta. Não tem nada do romantismo que as pessoas imaginam.

— Estou aliviado. — Gustavo me abraçou, segurando minha cintura com carinho.

Wanda saiu com Cássia para mostrar que por dentro das casas nada existia. Ficou impressionada, tentando entender por que tudo não podia ser gravado na própria cidade cenográfica. A produtora pacientemente explicou sobre os estúdios e a necessidade de uma qualidade técnica nas imagens e áudios. Minha amiga ficou ainda mais horrorizada ao saber que as casas de madeira tinham pinturas que imitavam cimento e que algumas marcas de envelhecimento em paredes na verdade tinham sido feitas naquela semana.

— A Cássia está tão feliz.

— Minha irmã merece. A gente tinha uma vida pobre e, mesmo assim, ela estudou, se tornou professora. Quero agradecer esses anos de amizade lhe proporcionando uma vida melhor, com cursos e um emprego aqui no Rio.

— Muito bacana da sua parte. Por isso gosto cada dia mais de você. Estou feliz de vê-la forte, seguindo a vida, mesmo com a sua tia criminosa fazendo o que fez.

— Ela não tem a menor importância para mim.

Ao contrário da louca da minha tia, ele me interessava, e jamais senti a presença de um homem tão intensa no meu interior.

— Você me importa.

Gustavo disse um "que bom" com aquela voz que me estremecia por dentro e nos beijamos. O primeiro beijo que dei em Cândalo foi no meu grande amor. E não foi técnico.

VINTE E SEIS

Duelo

O passado encontra o presente e os dois querem sair no tapa.
O coração está quase escapando pela boca. Você não quer mais viver
grandes escândalos, mas parece que a vida está apenas colocando
os primeiros ingredientes da receita explosiva.

Saímos da emissora e Cássia não parava de fazer comentários sobre tudo que viu. A beleza das atrizes, tudo tão limpo e arrumado, parecia um país perfeito. E a ponte entre os estúdios, as plantas e os módulos coloridos das produções? Segundo disse, moraria lá, adorou cada canto e ficou surpresa como a televisão funcionava industrialmente. Isso também me surpreendeu demais no começo.

Chegamos em casa ao anoitecer. Gustavo e Jujuba se davam tão bem que não entendi como Alexandre Máximo deixava sua homofobia detestar o amigo que tão bem cuidava de mim. Meu namorado fez logo questão de entender as qualidades da minha Jujuba preferida e ser seu amigo. Não precisei pedir nem fazer esforço, o que me deu um grande alívio. Os dois naturalmente se afinaram. Jujuba, depois do que passou com Alexandre, ficava mais na dele e Gustavo fez questão de quebrar gelos, deixando claro que o importante dizia respeito ao meu bem-estar.

A organização da reuniãozinha na minha casa estava a todo o vapor. Decidimos vários detalhes e a empolgação de Jujuba com a decoração e as surpresas me deixava feliz.

— Posso te roubar hoje?

— Claro que pode. — Existe coisa mais deliciosa do que estar com quem se ama?

— Então se arruma, pega uma bolsa, coloca uma roupa de sair, outra de dormir e outra de ser feliz, alguns apetrechos pessoais e vamos para o meu apartamento.

— Como é roupa de ser feliz?

— Simples, básica, dessas que a gente vai dar um passeio por aí.

Subi para me arrumar, quando Zé Paulo ligou. Tentei ficar um pouco longe do escândalo da minha tia, mas não podia me ausentar da minha própria vida por muito tempo.

— Essa sua tia é completamente louca. Você não tem noção do que ela está causando. A notícia de que você a roubou e a abandonou está sendo replicada, mas estamos firmes aqui, maravilhosa!

— Na emissora o povo é fofo, ninguém tocou no assunto. Todos fingiram não saber.

— Eles são pagos para isso, Belinda. Sabem de tudo da vida dos artistas, mas gentilmente não puxam conversa sobre nada ruim.

— Eu sei. — Sentei na minha cama, olhando meu quarto completamente arrumado. — Zé, quero agradecer tudo que faz por mim, me estende a mão quando ninguém mais faria.

— Você tem brilho, minha atriz preferida. Só fiz abrir a porta que já lhe pertencia. Não pense em ficar pra baixo por causa dessa louca. Vários artistas têm famílias horrorosas, isso não está acontecendo só com você. Estamos aqui ligando, fazendo contatos, atendendo, explicando, e os jornalistas já sacaram que sua tia não bate bem da cabeça, mas, claro, essa é uma notícia que rende, então vamos ter que esperar passar o auge da fofoca.

— Tudo bem. — Resignação e o "aceite" da minha mãe estavam latentes em mim. Que saudade nessas horas. Que vergonha sentiria da própria irmã.

Desligamos o telefone, fui tomar banho. A água forte do chuveiro em cima do meu corpo me fez pensar sobre meus dias, os passados e os atuais.

Logo a televisão apresentaria todas as noites uma nova personagem para encantar o público por todo o país. A minha heroína morenaça, Lipsi, teria trilha sonora de Caetano Veloso e choraria todos os seus problemas ao som de uma linda melodia. Tinha sonho de ter uma vida melhor, mas sofreria demais ao longo da novela. Eu sabia muito sobre sofrimento, dificuldades, superação e decepção. Essa novela me instigava a um desempenho para ser elogiado pela crítica.

De alguma forma, um alívio parecia deixar escorrer tudo pelo ralo, levando embora qualquer culpa, medo do futuro ou de um adeus. Nada tinha sido fácil até ali, mas me sentia finalmente com a vida valendo a pena. Gustavo tinha me trazido um frescor, uma vontade de seguir e me jogar nas possibilidades, sem que para isso eu tivesse que esperar o amanhã chegar.

Desci as escadas usando um vestido jeans justo, sapatos azuis, com salto levemente alto, uma carteira dourada, com placas de azul em cima. Me surpreendi porque Gustavo também estava arrumado.

— Ué, onde você se arrumou?

— Tomei banho aqui. Esqueceu que trouxe roupas para cá?

— Que bom! – Fiquei pensando que logo, logo ele estaria morando na minha casa de vez. Tudo entre nós andava tão rápido que...

— Vamos sair com uns amigos! – Ele falou rindo. – Me ligaram. Um amigo nos chamou para ir à Lapa. Vamos?

Lapa! Imediatamente lembrei, foi ali que renasci. Naquele lugar de tantas misturas, de gente rica que curte a noite, de homens e mulheres em busca de mulheres e homens, e de mendigos jogados no chão em calçadas imundas enquanto mulheres de salto caminham para lá e para cá.

— Tem anos que não vou à Lapa.

— Se quiser, não vamos.

— Imagina – respondi, pensando na possibilidade de ser considerada uma patricinha. – Vamos. A Lapa de certa forma salvou a minha vida. Foi para lá que o Antunes e o Carmo me levaram em busca de um novo caminho para mim.

— Por que não convida eles?

— Posso tentar.

— Vamos fechar um grupo. Eu, você, Cássia, Jujuba e seus amigos. – Gustavo claramente sabia que, se fôssemos com mais gente, me sentiria melhor.

— Vamos, Cássia? Já pensou você que veio do matinho dançando e descendo até o chão?

— Matinho? Oh, Belinda, esse Jujuba pensa que sou uma matuta.

— Nós somos, amiga.

Todos caíram na gargalhada e Jujuba correu para ligar para o pessoal. Cássia tomou um banho, emprestei um vestido florido, tínhamos o mesmo manequim, e ela aceitou colocar enormes brincos que contrastavam com o cabelo em ondas. Fiz uma maquiagem na minha amiga, que se sentiu uma estrela de novela, como ela mesma disse.

No carro, indo para a Lapa, Jujuba não parava de falar. Rimos muito com ele dizendo que tinha pego seu leque e seu Bombom apareceria lá. Finalmente conheceria o namorado do meu amigo.

— Por que um bofe bafo que nem eu usa leque?! Gustavo, sabe o que gosto de você além de gostar da minha estrela preferida?

— O quê? — Gustavo continuou dirigindo, rindo e já esperando o que viria.

— Você também gosta de mim. Você não é homofóbico! Gato, educado, simpático, um sorriso lindo e ainda cheira bem.

— Não sou homofóbico, mesmo. Confesso, só não entendo bem como você não gosta das moças, já que elas são bonitas e perfeitas.

— Ih, isso é assunto pra muito tempo. Nasci assim, já me achei criminoso, mas chegou um momento que precisamos ter as nossas verdades.

— É só você não se apaixonar pela Belinda e não vamos brigar.

— Jujuba é o irmão que não tive.

— Desde o começo, né, Bebê Linda? A gente se juntou e se ajudou quando um precisava muito do outro.

— E você, Cássia, tem preconceito com gay?

— Não, o mundo já maltrata muito vocês.

Jujuba ficou pensativo. Dentro daquela alegria ambulante apareciam muitos questionamentos. Ele dizia lembrar que, desde muito novo, sofreu onde morava, também com familiares e conhecidos, foi acusado com falas, olhares, ações e repressões. Dizia ter encontrado em mim o porto seguro para ser quem desejava ser. Porque, para mim, o que importava foi como me ajudou sem interesse, como foi amável quando eu nada tinha e como dividiu comigo o pouco que possuía, me dando certezas de seu caráter, sua humanidade e parceria.

Estacionamos o carro em um rotativo na rua do Riachuelo e caminhamos até o bar em que estariam os amigos de Gustavo. Antes de chegar à avenida Mem de Sá, andamos por uma rua transversal e, na calçada, pelo menos umas seis pessoas dormiam na rua. Alguns dias, me perguntava o que teria acontecido comigo se eu não tivesse tido sorte nos meus dias. Gustavo reparou meu olhar de desconforto.

— Chato isso, né? Ruim demais saber que tem gente sem nada enquanto a gente pode usufruir de tanto.

— Quando vier ajudar essas pessoas, me traz com você?

— Claro. Você vai curtir. O olhar de gratidão fica tatuado na nossa pele. Estamos ajudando, mas nós é que somos fortalecidos.

Caminhamos de mãos dadas e meus passos intensos na calçada foram me fazendo entender que não podia sofrer com todas as injustiças e tristezas. Por outro lado, tentava me engajar com campanhas, fortalecer causas e me sentir bem fazendo parte do todo, não como alguém fora do contexto, que apenas observa, mas que ajuda a acontecer.

Na porta do bar, Gustavo foi logo bem-recebido por dois homens e uma mulher. Ela cuidava da lista e nos marcou entre tantos nomes. Senti muitos olhares na rua. Por mais que no Rio de Janeiro as pessoas estejam acostumadas com famosos, a gente sente que as reações são curiosas.

Gustavo parecia ter muita facilidade para lidar com tudo isso. Caminhou e sorriu quando um cara o chamou de moço da TV. Eu me sentia mais tímida. Ainda mais depois da minha tia me acusar de abandono e de roubo. Uma moça me olhou como se soubesse da notícia e se lembrasse das palavras de Santana: "Uma garota que eu ajudei a criar, uma menina que não esperava agir comigo assim, eu, uma mulher de bem, vivo para o trabalho. Belinda Bic foi a maior decepção da minha vida, demorei anos para ter coragem de contar isso."

Ainda tinha a fofoca do meu relacionamento com Gustavo. Duas pessoas conhecidas, de mãos dadas, começando uma história, causam curiosidade alheia.

Subimos uma escada de madeira em um casarão do século dezenove. No segundo andar, as paredes antigas foram recuperadas e uma reforma mantinha o ar original, notando-se uma melhora na modernidade, na iluminação, no balcão de vidro e no palanque para o DJ.

Uma mesa estava reservada num mezanino em que estrategicamente víamos a pista de dança. Gustavo imediatamente perguntou se eu estava me sentindo bem, se tinha gostado do bar e me apresentou seus amigos com uma felicidade genuína. Uma amiga sua me diria depois que há muitos anos não o via tão animado, para cima, cheio de um entusiasmo que talvez só a paixão traz para a nossa rotina.

Um DJ iniciou a noite com músicas animadas que iam de David Guetta, passando por Beyoncé e tocando todo o tipo de funk. Gustavo demonstrava preocupação comigo, queria saber se eu estava me sentindo bem, se não estava desconfortável. Carinhosamente demonstrou também atenção com os meus amigos, com a certeza de que se importava com eles. Meu namorado tinha uma maneira doce de me agradar e um sorriso contagiante. Minha alma estava em segurança.

— Estou ótima, adorei seus amigos e são todos simpáticos.

— Essa galera aqui cresceu comigo, morávamos no mesmo prédio. Nunca mais deixamos de nos ver.

— Vocês costumam se encontrar?

— Muitas vezes – falou com um olhar nostálgico. – A gente dá muita risada no nosso grupo do Whatsapp. Falamos bobagens adolescentes e é maravilhoso. Morro de rir com essa galera.

Fiquei pensando como estava sendo entrar na vida de outro homem, e vi Jujuba feliz com a chegada do seu Bombom. O moço, por sinal muito bonito, deixou meu amigo esfuziante. Não conseguia esconder como estava sendo mágico para ele se envolver com alguém de maneira correspondida.

Quando Antunes e Carmo surgiram, senti imediatamente o olhar de Carmo em Cássia. Isso mesmo? Meu amigo tinha gostado da minha irmã? Não precisei fazer muito esforço para aproximá-los.

— Belinda, quanto tempo. – Antunes carregava nostalgia na voz.

— Estou tão feliz, Antunes.

— Dá para notar. Esse Gustavo Salles parece legal. Você não merecia aquele seu ex-namorado. Muito estranho, vivia sério, meio pomposo e, sei lá, não parecia que gostava realmente de você. Muito mandão!

— Mudei minha vida de maneira tão forte que parece que tive uma segunda chance.

Quando olhei para a pista de dança, vi um casal subindo as escadas para o mezanino. Alexandre Máximo, meu ex-namorado, acompanhado de uma loira de cabelos acinzentados. Gelei imediatamente. Sem aviso prévio. Apertei a mão de Gustavo, ele acompanhou minha tensão com o olhar e imediatamente compreendeu.

— É ele? — perguntou Gustavo sem emitir nenhum som, mas falando bem claro com os lábios.

— Sim — respondi com olhar angustiado, apertado e caído.

— Fica tranquila. Quer ir embora?

— Não, vamos ficar. Maldita coincidência!

Jujuba, que dançava como se não houvesse amanhã, parou os movimentos, arregalou os olhos e esperou minha reação. Tentei passar tranquilidade para o meu amigo, mas ele, que me conhecia demais, sabia como aquela presença me incomodava.

Alexandre foi para uma mesa no lado direito do mezanino. Dois casais o esperavam. Pessoas que jamais havia visto. Todos pareciam muito enturmados e eu não conhecia aquela gente. Achei curioso lembrar que Alexandre dizia detestar sair para noitadas e lugares barulhentos. Quantas vezes quis fazer algo diferente e ele se recusou? Por que ex-namorados fazem isso? Terminam com você e começam a se cuidar, a estar em lugares que detestavam, aparecem com amigos que você nunca conheceu, emagrecem, ficam bronzeados, demonstram uma felicidade barata contrastando com o mau humor, o desânimo e a dureza de antes? Os finais trágicos de namoros deveriam ser excluídos da vida das pessoas, mas felizmente, como dizia Renato Russo, "o tempo é mercurocromo".

Meu ex-namorado demorou a me ver, mas, quando seu olhar encontrou o meu, um frio me dominou e a lembrança de suas agressões veio forte na minha cabeça. O que tínhamos vivido de bom, os poucos dias felizes, tinha sido apagado pela covardia desnecessária. Claramente, ao me ver, Máximo começou a se exibir com sua loira. Dançaram abraçados, se beijaram com vontade, e eu só conseguia sentir pena da moça. Pena de tudo que ela ainda viveria.

Gustavo e eu voltamos a nos divertir com seus amigos, todos muito simpáticos. Helena, casada com Magnum, grande amigo do meu namorado, quando teve oportunidade me segurou pelo braço e disse:

— Olha, você acertou na loteria, mas ainda não sabe, vai descobrir.

— Ah, é? — Sorri, imaginando não ser mesmo muito difícil Gustavo equivaler a um desses prêmios milionários que mudam a nossa vida para melhor e não lembram em nada as dificuldades de antes.

— Depois me diga se não tenho razão. Homem como o Gustavo é difícil encontrar. Os caras de hoje são fracos, não querem saber de nada, ficam com duas, três mulheres, sem nenhuma culpa, são arrogantes, manipulam pessoas e se acham. Você verá, posso garantir, o Gustavo passa longe disso. Merece uma mulher direita e do bem.

— A gente está muito feliz. Tenho passado uns momentos meio difíceis e ele tem sido um gentleman.

— Eu li a respeito. — Essa era a parte dura da vida pública. Todas as pessoas sabem quando algo escandaloso acontece com você, e fica aquele clima meio estranho no ar. Eu faço uma cara de "pois é" e a conversa segue. Assim aconteceu. — Mas todos nós temos problemas familiares.

— Eu sei. Nelson Rodrigues foi muito julgado com suas peças teatrais por retratar histórias familiares terríveis, de sentimentos absurdos, secretos, e no fundo muito do que ele contava apenas retratava verdades. Ele tem uma frase que acho engraçada: "O dinheiro compra até amor sincero." Um horror!

— Ela diz muito sobre uma época da vida do Gustavo. — A amiga pareceu se lembrar de algo bem ruim. — Ele teve uma mulher que só queria dinheiro. Você sabe que a família Salles é riquíssima, né? Dona de uma megaseguradora.

— O Gustavo não me disse — falei, pensando no contraste com a sua simplicidade. Lembrei também de um cara que conheci e apareceu na minha casa com um carro valioso, desses que todo mundo quer, para me impressionar. Senti certa pena e um pouco de nojo. Na minha vida, homens muito ricos passavam, tentavam algo, mas, para quem já teve pouco, o dinheiro que ganhava me bastava e ainda sobrava troco.

Gustavo se aproximou, curioso com a nossa conversa.

— O que tanto vocês falam?

— Estava elogiando você, e Belinda me disse que já descobriu suas qualidades.

— Fiz muito pouco por ela. O dia que eu levar a gata para voar ao redor da Lua, aí sim ela poderá me elogiar.

Fui no ouvido do meu namorado e disse, mordendo sua orelha:

— Você já faz isso.

— Bem, deixa eu dar atenção para o meu marido porque ele é carente e depois reclama que só queria curtir e esqueci dele.

Helena saiu e comentei como estava gostando de conhecer as pessoas próximas do universo dele. Nos beijamos e me senti estranhamente observada. Certamente, Alexandre acompanhava minhas ações. Como podia alguém que fora meu namorado me dar calafrios? Em que momento o quis, em que momento me perdi dentro da imagem daquele crápula? Quando acreditei? Em que minuto percebi ser tudo errado entre nós?

Cássia demonstrou surpresa com aquele mundo novo que se abria. Não que Ladário não tivesse lugar para dançar. Corumbá tinha muitas famílias ricas, boate na cidade, carrões desfilavam no sábado de noite, mas nós nunca fomos de sair assim. Carmo e ela não paravam de sorrir um para o outro. Enquanto comentávamos sobre as luzes no teto, as pessoas dançando, as roupas das mulheres, as duas meninas que fomos estavam ali diante de nós.

— Vamos ao banheiro, amiga?

— Claro, Cássia. Meninos, vamos ao banheiro.

— Vocês descem, e, do lado da escada que subimos para o segundo andar, tem um corredor que vai dar nos banheiros — nos explicou Magnum, atencioso.

— Pode deixar!

Saímos rindo quando o amigo de Gustavo disse para a gente não se perder.

Desci a escada comentando meu mal-estar com a presença de Alexandre ali, mas o que fazer? Tantos lugares para ele aparecer e foi justo no mesmo que eu. O banheiro estava um caos, e, quando entrei, um silêncio dominou.

— Nossa, nunca imaginaria Belinda Bic aqui. — A moça que arrumava os cabelos com os dedos me olhou sorrindo. — Você é bem mais bonita ao vivo.

— Obrigada. Sou como qualquer pessoa e também saio com amigos.

— Você é muito famosa, nem sabia que vinha à Lapa — disse ela com um olhar bastante surpreso.

— Vou te dizer que quando cheguei ao Rio, a Lapa foi o terceiro lugar que conheci. Aeroporto, São João de Meriti e a Lapa.

— São João de Meriti? Minha prima mora lá.

— Pois é, para você ver que a Lapa já existe na minha vida tem um tempo.

Quando eu e Cássia saímos do banheiro, virei a curva do corredor no meio da escuridão e senti alguém pegando meu braço com força.

— Não achou que eu deixaria de falar com você, né, senhorita Bic?

— Alexandre, por favor, estou aqui com os meus amigos para me divertir.

— Amigos? E o seu namorado idiota não conta?

— Não fale assim do Gustavo.

— Gustavo Salles. Quem diria, você namorando um merdinha da TV. Um coxinha.

Meu coração começou a ficar severamente incomodado. Eu conhecia bem aquela melodia séria, aquele tom de voz de irritação do meu ex. Cássia tinha simplesmente desaparecido e eu não sabia se gritava, pedia ajuda ou permanecia calada. Todos pareciam muito entretidos com sua própria diversão.

— Alexandre, você já escutou dizer que alguém foi uma grata surpresa? Você foi uma ingrata surpresa para mim.

— Nossa, Belinda Bic, a moça que veio do poço falando bonito. Garota, conheço o seu passado. E não faça tipo comigo. Você sabe que só do meu lado terá pedigree.

— Não me importo de ser vira-lata.

— Hum… Respondendo rápido. Foi aquele seu professor de filosofia de porra nenhuma que te ensinou a raciocinar?

— Alexandre, solta o meu braço!

— Quero marcar meu dedo na sua pele para você sentir falta de mim e lembrar de nós dois sozinhos. — Alexandre riu com seus dentes perfeitos. Ele era um homem bonito, charmoso, mas todo o seu rancor e arrogância acabavam com qualquer beleza. — Você sabe que a gente junto é mais forte.

— Quero subir, me solta.

— Só vou te largar depois que você me beijar.

— Impossível.

— Belinda, você precisa voltar para mim. A sua vida não está um inferno? Tenho lido. Até a sua tia pobretona detonou você, contou as verdades do seu passado, que roubou o único dinheiro que ela guardava. Que coisa feia, Belinda!

— Você sabe que a minha tia me mataria naquela casa. Sabe que peguei o dinheiro porque não tinha outra saída, e que aquele dinheiro, na realidade….

— Eu? Eu não sei de nada — me interrompeu Alexandre, grosseiro. — Aliás, sei, sim. Se não voltarmos, esse inferno aí que você está vivendo só vai piorar.

— Isso nunca, e você sabe.

— Sei que continua linda e gostosa. Tenho o maior tesão por você, sabia?

— Alexandre, você me bateu.

— Nunca mais te bato. Prometo. Agora me beija.

Alexandre colocou os dedos na minha nuca, segurou os meus cabelos e, com força, foi se aproximando do meu corpo. Empurrei, tentando me soltar, mas Alexandre tinha muito mais força do que eu. Quando voltei a pensar em onde minha amiga tinha ido parar, vi uma mão no ombro do meu ex-namorado e senti um puxão que certamente me fez perder uns fios de cabelo. Gustavo tirou Alexandre de perto de mim e o jogou contra uma pilastra.

— Tá maluco, meu irmão? Como é que depois do que aconteceu, você chega perto da minha namorada?

— Não se mete, fedelho.

— Me meto quanto eu quiser, ela está comigo e farei de tudo para proteger a MINHA namorada — repetiu.

— Hum… Que forte a biba! É do grupinho da Jujuba?

— Deixa de ser babaca, cara. Você nunca fez a Belinda feliz. Homem que bate em mulher não tem meu respeito, mermão.

— Ela gostou de apanhar e o seu respeito não me interessa. Você é um ninguém, *otário*.

Gustavo pegou Alexandre pela gola, levantou e falou algo que não entendi. Um segurança chegou perto e afastou os dois. Meu namorado me deu a mão e apontou o dedo na cara de Máximo.

— Fica longe dela. Não vou deixar nada que você fizer contra a Belinda barato.

Subi a escada tremendo, e Gustavo foi fazendo carinho na minha mão com uma delicadeza imensa. Naquele momento, eu o sentia em mim e me via protegida e a salvo. Uma energia muito forte nos aproximava ainda mais. Não apenas desejo, carinho e cumplicidade, mas uma vontade maior, uma certeza gigante, e palavras não ditas que nos tatuavam em um mesmo desenho de sentimentos únicos, só nossos.

VINTE E SETE

Diário da nossa paixão

Tudo acontecia como se a gente soubesse exatamente o que as personagens de Nicholas Sparks sentiam com tanto amor e intensidade dentro de si. Assim como Diário de uma paixão *e como o diário da nossa paixão.*

— Juro que não sei como uma mulher linda namorou um cafajeste desses? Quem é capaz de tratar mal uma mulher como você? – Óbvio que Alexandre Máximo tinha acabado com a nossa noite. Eu não tinha nem como questionar a revolta de Gustavo. Estava obviamente coberto de razão. E por que tantas vezes nos aproximamos de homens desprezíveis, de pessoas que não temos a menor afinidade, e criamos uma porcaria de expectativa em cima de gente rasa? Lembrei, enquanto caminhava até o carro, como meu ex-namorado tentou parecer do bem quando inicialmente o vi. Tão educado, se esforçando para ser um exemplo. Me tratou com tanta atenção e carinho e, mesmo que dentro de mim algo não batesse, me deixei levar. Minha intuição não costuma falhar, mas teimosa, me envolvi por uma meia-verdade que, em poucos meses, não lembrava mais o que tinha sido prometido.

No carro, Gustavo respirou fundo e recostou a cabeça no banco. Cássia e Jujuba ficaram calados e depois fingiram falar besteiras. Fiquei olhando para a frente, vendo o homem na cabine do estacionamento, seu olhar caído e sua clara falta de perspectivas.

Tem horas que você jura que quer ser você mesma, mas no fundo não dá. Suas inseguranças, questionamentos e dúvidas não te deixam ser tão forte quanto pretende nem tão original como acha que deve ser. Palavras me faltavam para dizer algo decente. Nesses momentos, as pessoas também parecem querer te desenhar. Você não quer ser rabisco de ninguém, mas é preciso manter a calma. Mentir para si mesma se torna a ferida que mais dói. E em algum momento, você pensa: Mais um dia que fiz tudo errado. Será que não serei capaz de ser eu mesma? Até quando vou agir como esperam, se a minha felicidade nada tem a ver com o mundinho banal que querem para mim?

— Peço desculpa. — Foi tudo que consegui dizer no meio daqueles pensamentos perdidos.

— Imagina, Belinda, você não deve desculpas. Ainda mais quando a gente sabe que a questão envolve um criminoso emocional. Fico pensando como um cara desses coloca a cabeça no travesseiro. Nem sei o que me deu quando vi o idiota ali, segurando o seu braço. Acho que quero proteger você do mundo.

Respirei aliviada, egoísta, não saberia como lidar com a sensação de Gustavo estar chateado comigo, como se eu tivesse culpa pelas maluquices de Alexandre. E quanto mais eu queria meu ex longe, mais parecia perto, até com a ajuda do destino. Como pode termos nos encontrado no mesmo bar da Lapa? Se pedisse para não encontrá-lo mais, funcionaria?

No caminho, Jujuba tentava nos distrair contando suas histórias com o namorado e Cássia deu risadas tão gostosas que descontraiu o pequeno ambiente veicular. Eu e Gustavo seguimos em silêncio, em alguns momentos comentando algumas imagens na rua e também como o Rio de Janeiro é lindo com tanto verde por todos os lados.

— Amo esses morros, essa geografia.

— O Rio tem uma geografia de doido mesmo. A cidade tem contrastes incríveis, mas pode ser considerada perfeita para quem busca beleza.

— Lembro tanto quando vim para a Zona Sul pela primeira vez. Parecia que eu estava numa cena de filme, me senti personagem, foi demais. Não parava de olhar para os lados. As pessoas, as roupas, o astral, o verde, os prédios, as casas, as calçadas e todo um mundo enorme que se descortinava para mim.

— Eu estava aqui quando você chegou à cidade, esperando por você.

Um silêncio tomou conta do carro. O jeito de falar do meu namorado, com tanta vontade, fez cada um de nós receber aquela frase de uma maneira. Olhei para Jujuba e ele abriu a boca, exageradamente, me dando uma piscadinha. Cássia ficou reflexiva, indo pensar longe de nós, como se estivesse aprendendo mais sobre a vida do que todo o tempo em que morou em Ladário. Minha amiga tinha me encontrado com outra vida e confesso que, em alguns momentos, percebia que até meu gestual mudara.

Jujuba e Cássia desceram do carro assim que chegamos na minha casa. Ele foi dançando rebolativo e comentando como tinha molejo. Gustavo ficou rindo, pensando como meu amigo tinha parafusos faltando.

— Belinda, eu queria te chamar para dormir na minha casa hoje. Pode ser? Você tem algum compromisso amanhã? Prometo te trazer cedo.

— Tudo bem. O Jujuba é doido, mas cuida de tudo pra mim. Você espera um minutinho eu pegar umas coisas.

— Claro. — Movimentei meu corpo para sair e Gustavo me segurou. — Eu me sinto cada dia mais atraído pelo que vivo contigo.

Desci do carro, sorrindo para ele, pensando na leveza que nos envolvia.

Subi as escadas para o meu quarto e Jujuba veio atrás de mim.

— Se um homem diz que estava me esperando chegar numa cidade, um homem lindo igual o Gustavo, desabo de amor e, uiii, me derreto todo. Que papelão do Alexandre. Só Jeová na causa! — Meu amigo de repente parou, ficou sério e pensativo. — Belinda, você precisa se cuidar, esse homem não vale nada.

— Eu sei, me ajuda a arrumar a bolsa. Vou dormir na casa do Gustavo. Não esqueça os preparativos da nossa festa.

— Glorifica, igreja! Ela nem me escuta, só quer saber do Gustavão. Tão feliz de te ver com um homem de verdade, vai curtir. Espero que agora que você está de boa na lagoa, Mínimo não venha de fogo.

— Alexandre não existe mais na minha vida, Jujuba.

— Amiga, como você está? — Cássia entrou no quarto, claramente preocupada.

— Bem. Vou dormir com meu amor e amanhã eu volto.

— Deixa com a gente, vamos organizar tudo.

— Vamos organizar nada, Cássia. Contratei tudo, eles chegam aqui, montam as coisas e nem um copo a gente lava depois.

— Ah, é? — Cássia pareceu meio confusa.

— Eles entram aqui, arrumam tudo e depois vão embora. A gente paga, todo mundo come e está tudo certo.

— Amanhã vamos tomar banho de piscina, amiga?

— Isso, e vamos sensualizar ao som da Beyoncé! — Jujuba mexeu o corpo, fazendo um movimento de um clipe da cantora pop. Depois, saiu arrumando minha bolsa, sem me deixar mexer em nada.

Entrei no carro e Gustavo estava ouvindo uma música linda que eu não conhecia. Estava de olhos fechados, repetindo o refrão, "closer to you", que depois descobri também dar título para a música.

— Adorei, quem canta?

— The Wallflowers.

— Não conheço — respondi, imaginando que gostaria de tudo daquela banda.

— O vocalista é o Jakob Dylan, filho do Bob Dylan.

— Eu não saco muito de Bob Dylan. — Ri da minha franqueza.

Gustavo voltou à música e começou a acompanhar, conhecendo cada frase: "How soft a whisper can get/ When you're walking through a crowded space/ I hear every word being said/ And I remember that everyday/ I get a little bit closer to you/ How long an hour can take/ When you're staring into open space/ When I feel I'm slipping further away/ I remember that everyday/ I get a little bit closer to you." (Quão suave um sussurro pode ser/ Quando você está caminhando em um lugar cheio/ Eu escuto cada palavra sendo dita/ E eu me lembro de que todo dia/ Eu fico um pouquinho mais perto de você/ Quanto uma hora pode demorar/ Quando você está observando um lugar aberto/ Quando eu sinto que eu estou escorregando para mais longe/ Eu lembro que todo dia/ Eu fico um pouquinho mais perto de você.)

Meu corpo ficou quente e comecei a entender ainda mais a dimensão daquilo tudo. Meu namorado me envolvia de maneira inteira. Queria ficar olhando para ele enquanto aquela música tocava. Gustavo se aproximou, segurou os meus cabelos entre os dedos, me puxou para perto com vontade e nos beijamos de uma maneira um pouco mais selvagem que o habitual. Não conseguíamos mais segurar dentro de nós aquele sentimento, saía pelos poros e explodia no mundo.

— Gosto de tudo com você ao meu lado, Belinda.

— Eu não sabia que esses sentimentos aqui sequer existiam. — Sorri, jurando a verdade.

— Louco para chegar em casa. Sinto saudade de ficar sozinho com você.

— Depois dessa noite, quero deitar nos seus braços e esquecer todo o resto.

— Vou te proteger por toda a nossa vida. Eu que achava que mandava no que sentia, foi tudo por terra.

Gustavo ligou o carro e a Barra da Tijuca pareceu muito longe. Fui curtindo as músicas da banda que ele me apresentou e fazendo carinho em seus cabelos. Ríamos sem motivo aparente e nos emocionávamos só por causa do nosso encontro.

Na casa de Gustavo, me senti um pouco mais familiarizada. O apartamento tinha um baita pé-direito na sala que sequer reparei na primeira vez em que o visitei. Entrei, observei os detalhes com mais atenção e vi uma foto dele com uma senhora e uma moça sorridente.

— Minha mãe e minha irmã. Duas gatas, né?

— Lindas!

— É maravilhoso seu rosto brilhante na minha casa. Acho que esse lugar nunca esteve tão iluminado.

— Ah, lindo, você me faz um bem tão grande…

Gustavo me pegou pela mão e sentamos no sofá. Fui beijada e levemente coloquei minha mão no seu coração. Mais um beijo perfeito e senti o silêncio do mundo, apenas o som dos nossos corações batendo no mesmo ritmo.

— Queria me desculpar por hoje.

— Desculpar? De que, gata?

— Acabei com a nossa noite.

— A culpa não foi sua. Até quando vai deixar esse cara manipular seu pensamento? Ele é um covarde e mais uma vez mostrou que tipo de imbecil você namorou.

— Eu sei. — Baixei a cabeça com vergonha de ter escolhido um cara tão decepcionante.

— Nem sei o que viu nele. Quando empurrei o idiota contra a pilastra, olhei aquele cara, uma roupa estranha, um cheiro de charuto...

— Ele fuma às vezes.

— Não estou julgando. Já tive namoradas péssimas. Mulheres que acreditei serem maravilhosas e no meio do caminho só havia interesses, falsidade e exibicionismo. Não existe culpa. Como falei, já namorei muita maluca!

— Mas tenho arrependimento. — Pensei que, se pudesse voltar no tempo, jamais teria caído na lábia de um cara tão covarde que eu sequer conhecia. Impossível não lembrar de certo encantamento no começo. Acreditei no teatro do homem bom, experiente, resolvido e longe de ser um moleque. Ficávamos ao telefone, ele se mostrava um cara maduro, acabei me deixando envolver, acreditando que ele não fosse apenas mais um canalha carioca. Vale deixar claro que não tivemos uma paixão avassaladora. Cheguei até a cogitar terminar um mês depois por sentir que não gostava, mas, na correria das gravações, fui levando. Um arrependimento estava grudado em algum canto da minha mente.

— No que está pensando? — Fechei os olhos, Gustavo segurou os fios dos meus cabelos e fiquei totalmente entregue.

— Queria falar umas coisas... — Gustavo precisava escutar de mim certas declarações. — Estou adorando estar com você, nunca me senti tão amada, e acho que só minha mãe me transmitia essa paz que sinto quando estou ao seu lado.

— Que bom, saiba que minhas intenções são as melhores, senhorita Belinda Bic.

— Estou com medo. — Meus olhos se encheram de lágrimas. — Tudo isto é tão intenso, tão enorme, e sinto que não posso parar o Alexandre, e ele não vai desistir.

— Meu amor, me preocupo com você, mas não me preocupo com a gente. Tenho medo desse maluco fazer algo contra a mulher que ele ainda acha ser dele, mas sei que estamos protegidos. Nosso amor é muito maior do que qualquer ação contra nós. Com o amor verdadeiro, a maldade não pode.

— Amor? — Perdi o ar.

— Amor, Belinda. Não tenho a menor dúvida que te amo. Amo em cada detalhe, cada vontade minha de estar do seu lado, nesse seu cheiro que vai além do perfume que você usa. Quando estou longe, imagino esse seu sorriso chegando perto de mim.

— Pode ter certeza que meu pensamento também está em nós dois, mesmo ao longe.

— Se você me perguntar o que vi, além dessa beleza óbvia, desses olhos que a gente não quer parar de encarar, você mordendo a boca quando está nervosa, respondo que foi algo interior, uma beleza que somente quem convive pode enxergar. Poderia ser arrogante e estrelinha, mas é amável, doce, simples e humana.

Caí na gargalhada quando ele disse isso.

— Reparou que mordo a boca? Desculpa só perceber a superficialidade do que você disse. Fico feliz também que tenha notado que não quero deixar o sucesso subir a cabeça.

— Noto tudo em você. Fala com malícia de uma forma muito sutil. É sensual sem ser vulgar e tem essa voz com uma fala pausada que é uma combinação poderosa. Você me enfeitiçou e habita meus pensamentos sem meu controle.

— Não fala assim…

— Não fica com vergonha. Estou envolvido demais, e isso demorou tanto a acontecer. Sou tão na minha, vivia meus dias de solteiro feliz, mas não tinha ideia que poderia ter alguém me envolvendo tanto.

— Gustavo, sinto tudo isso, apesar do medo. Você também me envolveu e me sinto preenchida e amada, é como se isso fosse um planeta dentro de mim. Esse seu rosto, acompanhar sua maneira de agir, e o jeito como me defendeu hoje.

— Farei isso toda vez que você precisar.

Nossos olhares entregues. Todo o silêncio do mundo guardado em nossa pequena caixinha de intimidade. Um desejo enorme nos dominava, o tempo todo, em cada minuto e horas que passávamos juntos. Meu medo continuava. Alexandre não pararia e eu não queria que nada atrapalhasse aquele amor tão sincero em que eu era protagonista.

Depois, meu namorado colocou a música "Janeiro a janeiro" da Roberta Costa, cantada por ela e pelo Nando Reis: "Olhe bem no fundo dos meus olhos/ E sinta a emoção que nascerá quando você me olhar/ O universo conspira a nosso favor/ A consequência do destino é o amor, pra sempre vou te amar/ Mas talvez você não entenda/ Essa coisa de fazer o mundo acreditar/ Que meu amor, não será passageiro/ Te amarei de janeiro a janeiro/ Até o mundo acabar/ De janeiro a janeiro."), e me puxou para dançar. A gente junto, colado e sentindo um ao outro sem ninguém mais atrapalhar.

Embalados pela música, fiquei pensando que, cotidianamente, via meninas desacreditadas no amor. Gente nova, dizendo por aí que o amor não existe, que os sentimentos puros não estão no seu destino. Ficava me perguntando que caminho é esse de gente no começo da vida que não acredita no sentimento mais sublime de todos. Será que entendem errado o amor? Será que é porque não entendem os sinais que a vida manda? Será que se envolvem com pessoas que não acreditam no amor?

O amor é uma energia que acima de tudo precisa ser visualizada emocionalmente. Se você não acredita, desanima, ele vai saindo de fininho. Para que ficar onde não está sendo chamado? A mente da gente faz acontecer e realizar nossos passos. É preciso acreditar, assim como fazemos no trabalho, com a certeza de que vamos realizar o amor em nossas vidas. As pessoas que não acreditam no amor estão doidas, posso garantir, confie em mim.

Conheceu um cara que não vale nada? Esteve ao lado de alguém que nunca valorizou você? Passou dias chorando? Está infeliz no amor? Quem disse que isso vai durar eternamente?

O amor existe e pode ser seu, se você quiser. Porque pessoas de bem, gente que ama de verdade, com sorrisos largos, humanos e aqueles que ainda acreditam no coração batendo de maneira mais nobre e pura estão morando no mesmo planeta que a gente.

Como voltar a acreditar no amor? Como seguir seus dias com fé de que acontecimentos especiais chegarão? Primeiro, esqueça tudo o que passou. Gente que fica regando decepções todo dia não vai a lugar nenhum. O seu passado precisa te amadurecer, não te perseguir. Você usa para crescer, mas não fica lembrando para sofrer.

E vai viver sua vida, seus dias, vai gargalhar por aí e olhar o mundo, conversar com pessoas, acreditar e digo até batalhar para encontrar o amor. Olhe para os lados, pense que a pessoa certa está pertinho e vai chegar. Bobagem? A vida acontece da maneira que desejamos. Conheceu alguém e ficou decepcionado? Pensa pouco no assunto e segue. Em algum momento o universo vai conspirar a seu favor e o amor simplesmente baterá à sua porta.

Amor não cobra, não julga, não reclama e, principalmente, não quer que o outro mude. Quando alguém exige que você seja outra pessoa, ele ama a expectativa que tem e não a *realidade*. Em suma, não ama você. Quem está destinado a amar vai adorar tudo em você: seu sorriso, a sua maneira de mexer nos cabelos, seu perfume, seu olhar, seus detalhes, e vai ficar maravilhado com seu jeito. Vai achar você especial e fazê-lo realmente acreditar que é. O seu mundo se encaixa de uma maneira que nem sabe direito. Tudo antes pareceu tão louco, as pessoas pareciam alucinadas, sem sentido, sem dizer coisa com coisa, só reclamando dos problemas, exigindo antes mesmo de nada existir, confusas...

O amor é doce, sincero e, principalmente, não faz jogo. Tem algo errado quando a história começa e precisa ser conduzida com ações que busquem resultados. Preciso jogar para ele me querer. Preciso mentir para ele entender. Preciso fingir uma pessoa que não sou para ele se apaixonar e isso um dia virar amor. Tudo errado.

Seja você, mostre sua essência, sua alma, fale o que vier à cabeça, se apresente nos seus momentos mais sinceros, sorria, ria, sem pensar que precisa atuar para convencer quem quer que seja. Nenhum amor verdadeiro acontece no meio de interpretação. O gostar não pede beleza, dinheiro, poder, perfeição, ele encaixa de um jeito surpreendente. Você não consegue ficar sem encontrar, sente falta daquele jeito único que nunca viu em ninguém. E vocês não vão parar de falar. Querem, juntos, contar as histórias de uma vida inteira.

Claro, deixe fluir sem pressão, amor não nasce em uma semana. São muitos dias juntos, os dois acreditando, mas pense que alguém muito parecido com você vai surgir no meio da sua rotina e mudar todo o rumo dos seus dias. E o mais louco, quando vocês tirarem uma foto, alguém vai comentar que o sorriso, o olhar e as bochechas de vocês são parecidas. Como pode isso? O amor ficará no canto da sala olhando ambos conversarem e achará graça dos seus questionamentos. Se entregue, dirá o amor, nada mais especial que o sentimento genuíno. Porque só o amor é forte, grande, transformador e fará você feliz de uma maneira inexplicável e única.

O que nasceu para ser de verdade não terá mentira. O que fará você feliz vai simplesmente trazer a felicidade da maneira mais doce e nobre. Ah, e o melhor: você não precisa explicar o que sente.

Tentei dizer a Gustavo o que estava pensando enquanto ele me girava pela sala ao som da linda música. Ele concordou comigo e disse que teve relacionamentos decepcionantes até ali, mas, desde o dia que me olhou, não soube explicar. Que era assim mesmo, sem julgamentos ou pedidos de "você precisa mudar". Fiquei lembrando como Alexandre exigia uma nova Belinda todos os dias quando eu não sabia por onde começar e buscava apenas ser eu mesma na máxima fragilidade.

Gustavo e eu estávamos simplesmente derretidos um pelo outro. Uma quentura no corpo e uma sensação inexplicável de sentimentos indo e vindo dentro de mim. Depois de muitas risadas na sala e muito carinho, fomos assistir a um filme e ficamos juntos como só nós dois sabemos e saberemos. Sentir meu namorado tão próximo significava desejá-lo cada dia mais.

— Gustavo, diz pra mim que isso é diferente?

— Claro que é.

— Diz que você está feliz?

— Muito. Você duvida?

— Não é isso.

— Está com medo? Acha que também não tenho receio, isso tudo tão enorme. Mas não vamos frear, vamos ficar assim juntinhos. Foi como você falou sobre o amor, tem gente que não acredita, mas ele não vai morrer e muita gente ainda consegue viver esse sentimento.

— Não vou nunca fazer jogo com você, quero viver isso intensamente — disse, abraçando-o com força e sendo correspondida. A gente sabia o tamanho do encontro.

Aquela noite, dormimos depois de *algumas* risadas e muito amor e paixão.

Acordei com o coração acelerado. Estava me entregando demais? Como saber se estava certa? Pensei em tudo que nos envolvia e meu coração voltou a acalmar. Gustavo dormia de barriga para cima, um dos braços sobre a cabeça e o outro ao lado do tronco. Ri, pensando que durante a noite várias vezes ele me abraçava e depois a gente mudava o lado e eu o abraçava. Fizemos isso como algo costumeiro, como se nossos corpos não pudessem esconder a vontade de estar juntos, lembrando um do outro mesmo enquanto dormíamos.

Levantamos e ele, rindo, falou:

— Vou te levar a um lugar.

— Onde? — Ri, me surpreendendo com o jeito de não ficar parado dele.

— Vamos tomar café no Windsor da Barra.

— Vamos?

— Claro. Um cafezão da manhã lá e nosso dia será ainda melhor.

Tomamos banho, comentando a cena do filme *Diário de uma paixão* que vimos na noite anterior. Eu já assistira ao filme umas cinco vezes e sempre precisava de água com açúcar. A cena em que Noah e Allie se reencontram, dormem juntos e ele pergunta o que ela vai fazer depois de ficarem juntos novamente me emocionava demais.

Os dois estão loucos por terem se envolvido novamente, só que dessa vez ela está noiva de outro. Ele a acusa de ser por dinheiro. Ela se ofende e ameaça ir embora. Ele alega que ela cansou do noivo ou não o teria procurado. Ela o chama de arrogante, ele a acusa de chata, mas... afirma não ser fácil, seria, aliás, muito difícil e que teriam que trabalhar todos os dias para dar certo. Ele faria isso por Allie.

— Ele diz que a quer para sempre, todos os dias, e manda imaginar sua vida daqui a trinta, quarenta anos – comentei com os olhos fechados, a água caindo em cima de mim e Gustavo me olhando, sabendo exatamente sobre o que eu estava falando.

— Ele quer saber quem ela vai escolher entre ele ou o metido do cara que ela se envolveu. E diz: Já perdi você uma vez, acho que posso aguentar de novo, se for o que realmente quer. – O filme também tinha marcado meu namorado.

— Ela já está com os olhos cheios de água e ele pede que não escolha a saída mais fácil. Ela nega que tenha uma saída mais fácil e ele manda parar de pensar no que os outros querem. Aí ele grita, "O que *você* quer?". – Eu abro os olhos e Gustavo e eu nos encaramos profundamente.

— Ela diz que precisa ir, e eu não acreditei que ela foi. – Gustavo parecia falar de pessoas que existiam no mundo real. Levemente ofendido por Allie ter deixado Noah, ligado o carro e partido.

— Mas ela foi embora chorando, quase bateu.

— Eles se amam, um amor enorme. – Gustavo parecia também falar de nós. Mais um delicioso beijo. Sabíamos o que aqueles personagens sentiam. As mãos de Gustavo nos meus cabelos molhados, eu com a mão na cintura dele e a água escorrendo pelos nossos corpos.

Chegamos ao hotel umas nove da manhã, e muitos hóspedes iam e vinham. Os funcionários muito discretos repararam na gente, mas fingiam que não estavam nos vendo. Belinda Bic e Gustavo Salles, o famoso casal, com frequência nas páginas de fofoca dos jornais, estavam ali como dois seres normais e assim foram tratados.

Gustavo me apresentava o local pelo costume de tomar café ali. Eu, que vivia com cuidados com a alimentação, olhei todas aquelas comidas e pensei que podia fugir um pouco da minha rotina.

— Vai comer, não é? — Ele pareceu ler meu pensamento e me entregou o prato, caminhando na minha frente.

Fui me servindo com frutas, frios, uma torta fininha de banana e até um miniwaffle de chocolate divino.

Sentamos para conversar, ele quis saber de minhas experiências em relacionamentos. Eu não tivera muitos, me sentia um ET no mundo atual que, em um ano, mulheres se envolvem com vinte, mas vivi tanto tempo lutando pela sobrevivência que relacionamentos não foram uma prioridade. Ele comentou sobre as mulheres loucas que conheceu e lamentou ter se decepcionado com ciúmes doentios, atitudes vulgares e mentiras.

— Antes do Alexandre, conheci um homem. Não foi sério, escapei antes que pudesse sofrer. Muito educado, me convidou um dia para jantar com ele. Eu estava no auge da novela *Coração Livre* e decidi que sair um pouco me faria bem. Ele me levou a um restaurante italiano chique. Ocupamos uma mesa de canto e ele começou a dizer como estava feliz de eu estar ali. Só que começou a beber desenfreadamente todos os coquetéis, eu fui ficando sem graça. Ele disse que finalmente tinha me encontrado, propôs que eu tirasse um anel que usava e colocasse uma aliança especial de ouro branco com uma frase que falaria de amor. Achei graça, tudo muito precipitado. Depois pediu que falasse que o amava.

— E você?

— Achei tudo muito louco e não estava muito animada. Falar que amo alguém que não amo? Alguém que mal conheço?

— Ele bebeu muito?

— Muito. Foi ao banheiro e reparei que não estava andando bem. Ali entendi que certamente tinha problema com álcool. Me senti usada, os garçons me olhavam, reconhecendo uma vulgaridade ao redor daquele encontro. Pensei em ir embora, mas achei que seria uma covardia. A irmã dele ligou e ele disse que estava com a... me perguntou o que deveria dizer, se namorada, mulher, o quê? Sorri meio sem graça. Uns hiatos ficavam parados na minha voz.

Talvez tivesse mais a dizer sobre aquela história. O fato é que encerrei contando que coloquei o cara no seu próprio carro, fiquei com ele no jardim da minha casa até ele acordar e nunca mais nos vimos.

Quando terminei de dizer isso, Gustavo falou dos seus amigos, das histórias em comum com eles e de como um brincava com o outro, quando estava apaixonado. De repente, me olhou sério, olhos brilhantes, e disse:

— Não quero me separar de você. Posso fazer um convite?

— Claro. — O que seria?

— Tenho um lugar secreto numa praia de Cabo Frio, vamos para lá hoje que é sábado e voltamos amanhã, que acha?

Fiquei pensando que eu sentia o mesmo e não queria ficar longe dele. Topei, lembrando de um editor chamado Filipe que dizia para eu não me entregar fácil, fazer jogo com os homens, que eles precisam receber *não* até que falassem *sim* primeiro. Não faria joguinho, não inventaria outra Belinda. Aquela queria viajar com Gustavo e assim faria.

VINTE E OITO

Viajando com o amor

Foi uma viagem para não esquecer. Meu coração ainda suspira, observa seu jeito e caminha ao seu lado, me perguntando se é verdade. E sua voz em mim repete as frases que ainda não escutara...

Cheguei em casa com Jujuba querendo saber tudo. Falei que tinha somente uma hora para me arrumar e sair de novo.

— Como assim? Já? Que vida é essa? Vivia em casa sozinha, deitada, só trabalhando, fim de semana vendo a própria novela, e agora acelerou os dias?

— Gustavo me chamou para viajar. Vamos hoje e voltamos amanhã.

— Ai, pessoas apaixonadas fazem loucuras deliciosas.

Arrumei a mala tão rápido que fiquei preocupada em esquecer algo importante. Vestidinhos, short jeans, blusinhas, biquínis... cremes, maquiagem, meu perfume Miss Dior, uma sandália, uma sapatilha e minhas Havaianas, claro.

Estava cansada da noite anterior. Dormimos pouco, fomos tomar café da manhã cedo, mas me sentia tão feliz que nada me desanimava.

Com a mala pronta, sentei no sofá da sala e Cássia veio falar comigo.

— Tão feliz de te ver assim...

— Felicidade, amiga, coisa boa.

— Enfim, tudo está indo bem no seu namoro. No anterior, você me ligou tantas vezes para chorar.

— Agora só vou sorrir.

— Eu estava torcendo para você encontrar alguém assim na sua vida, agora é valorizar. Você sabe como é difícil descobrir um homem bacana e gente boa, falando em bom carioquês.

— Claro, Cássia, responderei com imenso carinho o modo como ele me trata. Já conheci muita gente e posso dizer que o Gustavo é diferente.

— A exceção chegou, meu amor. — Jujuba deu uma risada e depois pediu que não esquecesse a festa.

— De jeito nenhum. Voltaremos para a nossa comemoração.

— Tô organizando tudo na classe, hein!

— Estou animada.

Gustavo entrou na sala, segurou minha pequena mala e minha bolsa de mão. Sorridente, estava usando chinelo, bermuda jeans e uma camiseta de surfista, um gato.

Enquanto eu usava uma blusa estampada, um shortinho jeans e um saltinho levemente alto. Um colar de gota caía pela blusa e brincos pretos combinavam com os pequenos detalhes escuros da blusa.

— Juízo, vocês, e cuide da Belinda, Gustavo. Pelo amor!

— Pode deixar.

Jujuba se aproximou do meu namorado e disse:

— Olha, faça essa aí muito feliz. Antes de você, ela namorou um bosta. Hashtag Pronto Falei e hashtag Não Reparem.

Não esperava Jujuba falando daquela maneira. Tentei desconversar e saímos no quintal comentando que o tempo não estava dos melhores, mas a vontade de viajar vencia aquela mudança no clima.

Ele estava claramente feliz, e eu também. No carro, conversamos sobre teatro, expliquei para ele sobre métodos teatrais e a diferença entre os pensamentos de Constantin Stanislavski e Bertolt Brecht, falei como gostava de atuar e como acreditava no poder da atuação usando a memória afetiva. Gustavo ficou atento ao que eu dizia e comentou de seu sobrinho que atuava na escola. Ele mostrou um vídeo do talentoso garoto e ficamos comentando como estar no palco fazia bem.

Na estrada, brinquei sobre o meu lado de ótima motorista, Gustavo teve coragem de parar em um posto de gasolina, me entregar o carro e sentou no lugar do carona, esperando que eu partisse. Poucos minutos depois me elogiava pelo desempenho ao volante. Lembrei como foi tirar a carteira. Tudo acontecera de maneira rápida, na maior correria, porque minha primeira grande personagem possuía um carrinho fofo e eu precisava aparecer dirigindo na cidade cenográfica pra lá e pra cá.

Chegamos a Cabo Frio, e Gustavo, animado, foi me mostrando a cidade. Muitos prédios dominam a praia principal, mas meu namorado explicou que sua casa ficava na praia do Foguete, bem mais calma e tranquila.

— Você vai adorar! É um paraíso, o lugar.

Fui dirigindo até a rua principal e, assim que viramos, uma casa exótica nos esperava. Gustavo apontou com o dedo e meus olhos brilharam ao dar de cara com um bangalô estilo balinês.

— Mentira!? Que lindo!

— Seja bem-vinda ao Bangalô Salles.

Desci do carro fascinada. Todo mundo ao redor tinha uma casa comum, dessas que a gente vê nas cidades grandes, mas Gustavo parecia ter tido uma ideia genial e criado um lar tão diferente que eu moraria ali para sempre.

A casa ficava suspensa por toras de eucalipto e tinha uma escadinha charmosa na entrada. Na frente, portas de vidro com cortinas de *voile*. Um gramado verde enorme, vasos de barro e um coqueiro davam o toque final. O telhado de madeirinha e móveis de demolição que combinavam com cada cantinho do lugar.

— Que ideia mágica!

— Foi numa viagem. Fui surfar com amigos e ficamos hospedados em uns bangalôs maravilhosos. Um dia, mostro as fotos, você vai ficar maluca com o lugar. Já foi até premiado tamanho o capricho dos donos. Eu trouxe várias ideias para cá.

— Amei, nossa, estou encantada.

— Já pensou que fim de semana perfeito vamos ter?

Entramos na casa e dentro parecia que eu estava em um cenário de novela. Tudo tão bonito e cuidado. Uma cama com dossel no segundo andar com uma varandinha charmosa chamou a minha atenção. A sala, uma graça, com móveis de madeira bruta muito bem-escolhidos e uma parede com tijolos aparentes. Um espelho com uma moldura rústica e a iluminação que fora feita com lustres estilosos e cordas. Gustavo me puxou pela mão e me levou até a cozinha. Que lugar especial, ótimo para cozinhar a dois. Uma bancada de madeira enorme, panelas penduradas com ganchos trabalhados e um armário estilo balinês.

— Você precisa ver o banheiro. Só tem azulejo no boxe. Coloquei uma bancada de madeira e a pia é uma panela que comprei numa loja exótica, chamada Canto da Casa, no Recreio.

Olhei o banheiro e adorei cada detalhe.

— Que capricho, Gustavo.

— Comprei este terreno barato e fui construindo meu sonho. Procurei fazer uma casa romântica, para trazer aqui quem valesse a pena.

Subimos para o segundo andar e ficamos umas duas horas no nosso mundo particular que ninguém podia imaginar. Eu estava a cada momento mais livre ao lado de Gustavo e o seu jeito de me tratar era diferente de todo e qualquer namorado que já tivera.

— Preciso dizer que você me dá uma paz, sabia? Não sei explicar, uma leveza quando estou ao seu lado. — Pensei o mesmo desde que o conheci, mas não comentei.

Fiquei deitada em seu peito, pensando como estava feliz em tão pouco tempo. Gustavo escutou meu pensamento e sorriu.

— Vamos pegar umas ondas?

— Claro, vou adorar te ver surfando.

Ele saiu correndo, parecendo um menino, enquanto eu abri minha mala. Saí pelo quintal, nada do Gustavo e imaginei que já estivesse no mar. Fui caminhando na direção da praia e, quando olhei, meu namorado não estava lá. Aquelas ondas me acalmavam. O pensamento foi longe, quando de repente ele veio de bermuda, sem camisa e a prancha debaixo do braço, rindo animadíssimo na minha direção, com a felicidade contagiante que eu já conhecia.

Congelada por aquela imagem, acordei com ele apontando o sol ao fundo e dei um grito. Uma bola de fogo perfeita estava se pondo ao longe e eu não tinha notado.

Gustavo mergulhou, a praia não tinha quase ninguém, e, querendo fotografar o sol, voei para buscar o celular. Fui correndo, subi as escadas do bangalô e peguei o aparelho em cima de uma mesinha. Voltei, pisando firme na areia, e me virei para fotografar. Corri para pegar um ângulo melhor, me sentindo uma menina feliz. Consegui pegar o finalzinho do dia e tirei vários cliques. Depois voltei meu olhar para Gustavo, sentado na prancha, virado para o mar ao longe, de costas para mim. Pegou algumas ondas, tirei mais fotos, e, de repente, ele veio de novo rindo, animado, como se estivesse me apresentando seu mundo.

— Tirei várias, mas você aparece tão pequenininho nas imagens.

— Quero ver depois... vamos entrar no mar?

— Mas não estou de biquíni – falei, arrependida por não ter trocado de roupa. Gustavo deitou a prancha na areia, coloquei meu celular em cima e corremos juntos de mãos dadas na maior alegria. A água nos molhando, a gente se abraçando, beijando e fazendo uma espécie de comemoração só por estarmos vivos, juntos e felizes.

Saímos da água e senti que Gustavo gostou de eu ter entrado de roupa. Corri de novo para o mar, enquanto ele me olhava dar mergulhos. Sentia saudade das minhas imersões no rio Paraguai. Saí da água me sentindo novamente a mesma menina do passado que voltava para casa louca para falar com a mãe dos peixes enormes que encontrava.

— Aprendi a mergulhar pequenininha. Lá em Ladário, as crianças descobrem cedo a se jogar na água. Bem menina aprendi a me proteger, não me afastando da margem por causa da correnteza do rio. Sabia que não podia entrar na água com ferida aberta no corpo por causa das piranhas... virei uma garotinha esperta.

— Imagino. Você continua uma garotinha muito esperta.

Fomos caminhando na direção do bangalô. Estava receosa de molhar a casa toda. Minha roupa pingava e Gustavo não estava nem aí. Guardou a prancha e comentou como adorava surfar e fazer kitesurf. Comentei como deveria ser bom ficar olhando o mar quando se espera a ondulação perfeita.

— Você tem que ver se ela não vai fechar, se ela estiver abrindo, você pega e segue a onda até ela estourar.

Ficamos conversando no gramado e eu não acreditei naquela casinha linda que ele tinha idealizado. Quem mais poderia criar algo tão mágico para os olhos? Admirei ainda mais sua maneira de falar e o entusiasmo com o bangalô. Estava me sentindo parte de algo cinematográfico.

Entrei na casa depois de tentar torcer minha camiseta. Envergonhada, corremos para o chuveiro, mas ainda tivemos tempo de olhar para trás e notar que tínhamos sujado o chão de areia com nossas pegadas.

Depois do banho, ficamos deitados na cama falando de nós. Uma ânsia enorme de um saber do outro. Ele contou do seu trabalho, detalhes sobre como acontece no jornalismo, a correria de buscar uma notícia e como assustadoramente um programa pode mudar no mesmo dia em que está sendo preparado.

— Você está pronta para namorar um cara que cobre os escândalos do país, senhorita Belinda Bic?

— Vou adorar ver seu rosto na TV. Adorar!

— Assim como curto demais quando você aparece em uma novela.

Ficamos rindo e pensando que ultimamente andávamos sendo notícia nas revistas, mas não dávamos a mínima para isso.

— O que será que estão falando?

— Espero que contem que nos apaixonamos perdidamente. É para falar a verdade, então que contem nosso amor.

Beijei Gustavo enquanto vinha na minha cabeça um pensamento de como eu tinha conhecido gente errada. Por que estava pensando aquela idiotice, no momento que meu namorado tentava me mostrar tanto? Nessas horas, sinto vontade de dizer aos homens, nós pensamos coisas idiotas, vocês não?

Nos arrumamos depois de muitos beijos. Gustavo me convidou para conhecer a praia do Forte, em Cabo Frio, e fiquei impressionada com a diferença da praia do Foguete. Cheia de prédios, restaurantes, casas e apartamentos de luxo, a cidade não parecia ser de veraneio.

— Muita gente mora aqui.

Fui recebendo explicações no carro, correndo a visão nos enormes prédios.

— E você decidiu fazer um bangalô! Já disse que amei sua ideia?

— É que casas assim existem em qualquer lugar, queria algo bem diferente, para lembrar que estou fora da rotina.

— Pode ter certeza que funcionou. — Olhei animada e obviamente lembramos como foi estarmos só nós dois naquele território de sonho.

Gustavo estacionou perto da praia e fomos andando pelo calçadão. A cidade estava lotada, gente indo, vindo, pessoas sorridentes e as mesas dos restaurantes lotadas. Pelo olhar de surpresa para nós dois, notei que algumas pessoas nos reconheceram. Uma moça pediu para tirar uma foto e achei engraçado como, para eles, existia uma certeza de que estávamos namorando, com direito a torcida organizada. Um rapaz passou por mim, falou um *Belinda Bic* assustado e sorriu.

Decidimos comer em um japonês. Foi nossa ideia ainda no carro e entramos no restaurante falando sem parar. Um garçom simpático nos recebeu, puxou a mesa pequenina, digna de um bom lugar japa, e foi logo nos apresentando o cardápio.

— Que tal o barco de 65 peças. Escolham vinte sashimis, vinte sushis e esses extras aqui também. — Gustavo pegou um papel e um lápis e foi me perguntando o que eu queria comer. O moço tinha uma maneira só dele de fazer eu me alimentar. Jujuba ficaria admirado.

Enquanto aguardávamos o barquinho com a comida japonesa, soube das viagens feitas pelo moço. Tinha um grupo grande de amigos que gostava de viajar para kitesurfar. Será que é assim que se diz? Elogiou um casal de amigos, dizendo que os dois davam um banho em muita gente forte que, no mar, não aguentava horas e horas. Perguntei se ele ficava preocupado com a segurança e demonstrou respeitar o mar. Uma equipe de suporte os acompanhava e recolhia quem fosse desistindo. Depois, lembrou que nessa viagem, ele e os amigos ficaram nos tais bangalôs. Ah, os bangalôs!

Não resisti, olhando Gustavo animado falando, e dei uma risada. Ele ficou esperando que eu falasse algo, fui no seu ouvido e disse:

— Sou atraída por esse seu jeito, esse seu cheiro, seu corpo, seu olhar...

Ele me puxou para um beijo e nos olhamos com intensidade.

— Não me olhe assim. Você me encara de um jeito...

— Ué, você também, eu sinto você aqui. — Apontei para os meus olhos. — Dentro de mim.

O garçom chegou com nosso barquinho e tinha tanta comida que nos perguntamos se teríamos coragem e estômago para tanto. Peguei o celular para fotografar o prato e o moço amável que nos servia perguntou se eu gostaria que tirasse uma foto nossa. Fiquei meio sem graça. Eu e Gustavo simplesmente não tínhamos tirado nenhuma foto juntos e fiquei me perguntando se ele queria. Gentilmente, sorri com um "claro" e pensei em avisar que não colocaria em nenhuma rede social. Afinal, muito se falava sobre nosso envolvimento nos jornais, mas uma prova concreta ninguém tinha.

Gustavo me abraçou, repousei meu rosto no seu ombro e o garçom bateu a foto tão sorridente quanto nós e perguntou se tínhamos gostado. Estava ali nosso primeiro registro decente, não aquele da imprensa que nos colocou como um casal cometendo um erro.

Avançamos no japonês, já nos desculpando de não dar conta de tudo. Eu adoro raiz forte misturada com molho teriyaki, Gustavo, não, ficou no shoyo. Enquanto comia, pensei em como estava cada momento mais feliz e cheia de pensamentos bons. Animada com a próxima novela, sentia uma sensação maravilhosa, polpuda, de vida perfeita. Fiquei com vergonha, tanta gente com pouco ou quase nada, eu mesma que passei tanto aperto na vida, e agora a mim parecia ser destinado os melhores carros, os restaurantes mais legais, os olhares mais doces e as noites mais chiques. Por outro lado, minha mente me avisava que eu lutara tanto por isso! Então, vamos viver e que venha o melhor.

Saímos do restaurante e Gustavo comentou comigo como estava cansado. Imaginei. Eu também estava, mas sabia que demoraria a dormir com tantas informações na cabeça. No caminho até o carro, uma moça linda, acompanhada do namorado, pediu uma foto.

— Qual o seu nome? — perguntei, curiosa.

— Kira. E ele se chama Felipe.

— Vocês são lindos. — O casal parecia tão feliz.

— Vou dizer algo bem louco. — A moça me olhou de um jeito sincero. — Nos conhecemos primeiro em sonhos. Nossa história daria uma novela.

— Ou uma matéria para o meu programa — falou Gustavo, bem-humorado enquanto uma senhora nos fotografava.

— Apareçam no restaurante da minha mãe, o Enxurrada Delícia, no Recreio. Fica no Rio.

— A gente adora esse restaurante. Que mundo pequeno. — Nos despedimos daquele casal simpático e voltamos ao bangalô.

A praia do Foguete e as ruas paralelas pareciam desligadas do mundo. Subimos a escada do quarto e perguntei se meu namorado gostaria de uma massagem nas costas. Claro. Peguei um hidratante de lavanda e, apesar de não entender muito do assunto, minha vontade de cuidar com carinho o fez se sentir ótimo. Eu sabia que dormiria e o sentimento que tinha por ele pareceu aumentar naquele momento.

Levantei da cama, fui até o banheiro e me olhei no espelho. Na cama, aquele homem lindo, repleto de qualidades, família, interessado em ver as pessoas ao redor felizes e um jeito risonho e doce que me fez agradecer enquanto observava meu ar de felicidade. Uma raridade entre tantos idiotas que conhecera ao longo da vida.

Andei pelo quarto, peguei um caderno na minha bolsa e fui até uma pequena varanda. O barulho do mar soava forte a ponto de inicialmente imaginar ser chuva. As ondas batiam como se Beyoncé estivesse ali cantando, com sua voz marcante, "Best Thing I Never Had", com aquela batida que faz o coração acelerar: "I know you want me back/ It's time to face the facts/ That I'm the one that's got away/ Lord knows that it would take another place/ Another time, another world, another life/ Thank God I found the good in goodbye." (Eu sei que você me quer de volta/ Está na hora de encarar os fatos/ Que fui eu quem fui embora/ Só Deus sabe que seria preciso outro lugar/ Outra época, outro mundo, outra vida/ Graças a Deus eu encontrei o bem no adeus.)

Impossível não lembrar de Alexandre e como ele tinha sido idiota de não entender como eu fora honesta e fiel durante nosso período juntos. Lembrei como vivia atrás de mim, desconfiando das bobagens mais insanas quando eu só trabalhava. Depois, a violência emocional, a maneira como tentou me fazer menor, o jeito rude de achar que falando alto, quando eu falava baixo, o fazia melhor que eu. Aquele olhar de ódio quando deveria me amar, o jeito grosseiro que vinha sem sentido, sem motivo, e as várias noites que passei olhando o teto de casa para entender que caminho minha vida estava tomando. Agora, tudo ia embora com aquele mar e me sentia mais de Gustavo do que de mim mesma. Estava nas mãos daquele homem e ainda bem que ele queria cuidar de mim e me fazer uma mulher feliz.

Minha cabeça foi diminuindo a ansiedade, peguei o celular para saber se alguém tinha me ligado e uma mensagem assustadora do meu ex-namorado me fez voltar ao mundo real: "Não adianta. Você será minha mulher um dia. Eu perco a cabeça, mas não perco você. Alê Máximo." Apaguei a mensagem querendo arrancar aquele infeliz dos meus dias. Até onde isso iria? Não tinha ideia. Pensei em acordar Gustavo, contar da mensagem, mas não estragaria aqueles nossos dias. Poucas vezes vivi tamanha calmaria. Não seria eu a desanimar minha própria paz.

Dormi. Depois de me concentrar nas ondas, Gustavo virar para o lado e me abraçar com a generosidade que ele sequer imaginava necessária ali.

Acordei com o meu gato novamente me abraçando. Senti seu cheiro próximo a mim e a mesma segurança envolvente. Que aquilo não acabasse. Nunca! Me virei, passei a mão no rosto dele, ainda de olhos fechados, e disse:

— Parece um sonho estar aqui com você.

— Lembro nossa primeira viagem. Nós dois ainda estávamos meio tímidos, não acha?

— Claro. Não queria nem ficar de biquíni na sua frente.

— Mudada, hein?

— Diríamos que consegui me curar do nervoso.

— Deixa de bobagem. Seu corpo é lindo, você é toda perfeita. Gosto de mulher magrinha assim, que não saiu como uma maluca colocando silicone na orelha. E mesmo que seu corpo não fosse lindo, gostaria de você. Vou estar do seu lado, te amando...

— Não foi por falta de convite que não coloquei silicone.

— Como assim?

— Ah, a gente que trabalha nesse meio recebe muito convite para se internar com tudo pago, mudar o corpo como quem troca de roupa e depois ter o selinho de que se internou na clínica tal.

— Meio bizarro. Isso eu não conhecia sobre o mundo das famosas.

— Mas não sou aquela que reclama de ser famosa. Tantas portas se abrem.

— Eu sei, tipo portas estranhas. Um fazendeiro queria me pagar o quanto fosse para conhecer a filha dele.

— E você?

— Agradeci a preferência, mas achei melhor declinar do convite. – Rimos e de repente ficamos em silêncio. Sabíamos o que estava acontecendo ali. Só nós dois podíamos compreender. Mesmo que tentássemos contar, nossa intimidade significava desejo em sua maneira mais intensa.

Depois de um carinho verdadeiro, um prazer de estar junto sem pensamento extra ou idiota, Gustavo me chamou para levantar e ir para a praia. O céu estava limpo e o tempo levemente fechado tinha ido embora.

Chegamos à praia, sentamos em duas cadeiras e começamos a falar mais de nós. Gustavo me contou sobre suas ex-namoradas. Estava claro que tinha namorado bastante e comentou sobre a ex com quem chegou a morar junto, ciumenta, e outra com pouca maturidade, que precisava viver. Ele tinha vivido, assim como eu, seus dias de decepção com pessoas sem nada na cabeça. No meio do papo, ele disse:

— Esta é do Dalai Lama: "Nunca estrague o seu presente por um passado que não tem futuro."

— Uma pena que, no meu caso, o meu passado costuma voltar para me infernizar.

— Vamos dar um jeito nisso, prometo.

Ele segurou minha mão e depois me fez uma pergunta que me deixou desconcertada:

— Você tem ideia de como influencia as pessoas, a responsabilidade que carrega quando tantas meninas te olham como espelho e te admiram?

— Nunca parei para pensar nisso.

— Não? Não mesmo?

— Amo meu trabalho e faço com muita dedicação. Atuar é tão especial.

— Você percebe quanta gente está envolvida com o seu trabalho? — Eu fiz uma cara tão óbvia de não sei, que Gustavo continuou as perguntas. — Você sabia que tem uma missão? Belinda, olha, não sou entendido em espiritualidade, mas penso que tem gente que nasce para evoluir, outras pessoas para pagar alguma coisa, e você, acredito, tem uma missão. Como atriz que passa muita paz, as pessoas amam você, vejo na rua os olhares emocionados, o quanto lhe querem bem, e você precisa crescer profissionalmente para corresponder a essas pessoas. Seja onde for, estarei lá aplaudindo.

Fiquei pensativa, me lembrei de tantas pessoas que recebi, dos abraços inesperados, das palavras carinhosas que muitas vezes não sabia bem o que dizer. Meus olhos se encheram de lágrimas e ali, naquela praia, vivemos um dos nossos mais bonitos encontros. Gustavo emocionado ao me emocionar e eu com o carinho de todos os fãs na palma da minha mão.

— Que tal um banho? — sugeriu ele, me puxando.

Saímos da água nos dando conta do horário e corremos para arrumar nossas malas e voltar para o Rio. Por que tudo de maravilhoso dura tão pouco? Como Gustavo ainda queria me levar a um local especial, não perdemos tempo e em uma hora estávamos com nossas malas no carro e nosso amor a cada dia mais intenso.

Meu namorado foi me apresentando detalhes da estrada que ele tão bem conhecia. Mostrou lugares lindos e até um cenário muito louco que tinha servido de base para uma minissérie da minha emissora. Foi à casa de um amigo, conhecido como Baiano, ex-paraquedista e o cara que introduziu o kitesurf no Rio de Janeiro, que nos apresentou sua hospedaria construída para abrigar kitesurfistas. Os dois ficaram falando de voos, sensações e uma galera que não conhecia, mas já gostava.

— Tenho tantos amigos que quero te apresentar.

— Claro, vou adorar!

— Minha galera é muito bacana, o Marcelo e a Piera, ele faz kitesurf comigo, tem o Érico Oliveira, que além de kitesurfista é campeão brasileiro de parapente, tem também o Carlos Ribeiro Índio, os dois são pilotos da Action Fly, tem a Adriana, a Carla, o Edu e tem o Santigo Júnior, cara bem--humorado demais, que namora uma escritora.

Paramos já quase na saída da cidade para provar um açaí. Desci do carro, pensando que o vento faria voar meu vestidinho estampado. Segurei com as mãos e Gustavo foi entrando animado na lojinha. Tinha o dom de parecer que conhecia todo mundo, algo ainda novo para mim que carregava alguma timidez.

Um rapaz com uma bicicleta parou, usando uma roupa especial para o esporte e claramente um desses profissionais do pedal.

— Cara, você está vindo de onde?

— Da Penha. — Hein!? Eu e Gustavo nos olhamos assustados.

— Da Penha, no Rio de Janeiro? — perguntou Gustavo, e pensei na possibilidade de ter um bairro chamado Penha em algum lugar da Região dos Lagos.

— Da Penha, no Rio de Janeiro — repetiu. — Normalmente, viajo da Penha para a Barra da Tijuca todos os dias para o trabalho.

Gustavo me mandou olhar para a batata da perna do cara, parecia um desses silicones radicais. O rapaz contou como fazia na viagem, esclareceu que saiu de casa seis da manhã e chegou à uma da tarde na cidade. Comentamos dos perigos de andar de bicicleta pela estrada, ele disse que não tinha amigos com coragem e começou a fazer esse tipo de travessia sozinho.

— Cheguei aqui em Cabo Frio, dei um mergulho usando cilindro e vou voltar.

O cara, que revelou ter viajado para Aparecida de bicicleta, carregava uma coragem como poucos, e pensei que também tinha uma resistência emocional, porque viajar tantas horas sozinho e se divertir, demonstrando o quanto estava curtindo a si mesmo, deveria servir de exemplo para muita gente. Eu mesma não sei se conseguiria passar tanto tempo só.

No carro, Gustavo me falou de Arubinha, um local que reunia kitesurfistas do país todo. A estrada apertada, um visual com salinas e pássaros enormes cortando o céu, me fazia ter quase certeza de estar em um cenário de filme, o que para mim não era difícil imaginar.

Descemos do carro e ninguém no local. Gustavo, todo empolgado, me explicou como funcionava a prática do esporte ali. Uma pequena faixa de areia repousava com lagoa pelos dois lados.

— Daquele lado, fica a galera que está começando, porque a maré, caso ocorra alguma dificuldade, traz o equipamento para a praia. A maré e o vento trazem de volta para o banco de areia. Aqui fica a outra galera, mais tarimbada, porque, se o equipamento levar para longe, vai lá para baixo, mas a experiência resolve o problema. Mais de cinquenta pessoas podem estar velejando ao mesmo tempo. E é considerada uma das maiores raias de velejo do mundo.

Fiquei entusiasmada com a animação. Já estava curtindo o esporte.

— Como você sabe para que lado está o vento? — perguntei, me sentindo uma idiota.

Gustavo parou sua agitação natural, abriu os braços e me falou para sentir o vento.

— Aqui, ele vem de lá, está batendo na minha barriga e não na minha nuca. Tendo alguma árvore por perto, pode olhar para os galhos, que eles estarão indicando a direção do vento.

Hum... Eu não tinha tanta sensibilidade para sentir o vento, mas ainda tive tempo de perceber como aquela natureza, com jeito de selvagem, fazia bem para o que morava em mim e ninguém sabia. Os pássaros cortando o céu e depois placidamente pousando na areia muito branca me acalmavam ainda mais. O vento fazia o vestido grudar do meu corpo e acho que Gustavo reparou isso, já que uma hora me puxou para perto e apertou meu braço com um doce desejo.

— Adoro admirar você, mais ainda quando está observando o mundo. — Sorri, agradecendo aquela paz que me entregava nas mãos.

— Obrigada por me trazer aqui, que lugar fantástico. Parece que não tem mais ninguém no mundo.

— E quem disse que tem? Esqueci de te contar que o mundo acabou, só existimos nós dois.

Voltamos para o carro, eu estava com fome e precisaria dar uma paradinha na estrada para um lanche. Fiquei olhando aquela natureza, pensando que gostaria de voltar ali um dia com Gustavo e vê-lo kitesurfar.

Na volta para o Rio, pude reparar melhor o local. Algumas casas abandonadas, com a natureza invadindo suas paredes e aposentos, muros pela metade, dois cavalos comendo calmamente, um deles me olhou curioso, pinheiros altos e placas de "propriedade particular" que me fizeram sorrir e pensar que agora me sentia uma posse específica de Gustavo Salles.

Decidimos parar em um restaurante muito simpatiquinho na estrada. Uma senhora loira-blond veio nos atender, e casais entretidos em seus próprios mundos pouco repararam que dois famosos estavam entrando ali. Apenas um rapaz no balcão engoliu em seco, abriu a boca meio assustado. Sorri, retribuindo seu silêncio.

A senhora nos entregou o cardápio. Gustavo pensou em pedir uma pizza, mas ela indicou um frango assado no bafo, dizendo ser especialidade da casa, e apontou para várias churrasqueiras fechadas que pareciam guardar seu tesouro. Que charmoso. Topamos! A comida chegou melhor do que imaginávamos. Arroz fresquinho, molho à campanha, farofa, e não resisti em me lembrar da minha mãe e de como adorava fazer uma comidinha caseira.

— Eu trazendo Belinda Bic para comer frango no bafo com farofa. Só posso estar louco.

— Imagina, a comida está maravilhosa. Fala mais de você! — Eu queria saber tudo sobre ele.

— Você já sabe tudo, vai enjoar.

— Enjoar? Ah, você não sabe o que anda passando pelo meu coração.

Gustavo comentou que falava menos do pai porque ele tinha traído a mãe, arrumado uma holandesa e mudado para Amsterdã, demorando anos para reaparecer e mais anos ainda para receber perdão dos filhos.

— Agora está tudo certo e acho que ele se arrependeu. Com a minha mãe vivia feliz e hoje está no segundo casamento, que vai mais ou menos, e vive longe do país que ama.

— Que chato.

— Mas ele vem nos visitar todo ano, fica um mês. Tendo oportunidade, faço questão de apresentar vocês.

Depois, Gustavo contou da sociedade que tinha com dois amigos. Os três abriram uma empresa de marketing esportivo, atendimento de marcas e agenciamento de atletas e artistas, fazendo um planejamento de imagem e captação de patrocínios. Gustavo confessou que o trabalho na TV tomava tempo e ele era o que menos trabalhava, mas tinha entrado com o dinheiro e dividido o negócio com dois amigos guerreiros que simplesmente não tinham dado tanta sorte. E a empresa deu certo. Os contatos do meu namorado favoreciam e eles conseguiram fechar ótimas parcerias, inclusive com atores.

— Se você não tivesse o Zé Paulo, chamava para ser agenciada por nós.

— Ué, posso falar com o Zé e quem sabe vocês fecham uma parceria?

— Sério?

— Imagino que o Zé gostaria de estudar o assunto. A gente pensa muito parecido, expandir faz parte dos nossos interesses. Vou falar com ele para marcarmos uma reunião.

— Belinda, tenho contatos até em Hollywood e faria isso por você até sem cobrar. Falei ontem, o mundo precisa te conhecer, saber dessa sua missão de espalhar seu sorriso lindo por aí.

Nos beijamos. O jantar tinha acabado, mas a nossa história parecia expandir de uma maneira única. A volta para casa tinha um quê de triste, voltar ao mundo real depois de ter certeza da existência do paraíso....

Paramos quase uma hora depois em um posto para colocar combustível, tomar um café e comprar um chocolate. As moças no balcão me olharam curiosas, e ouso dizer que estavam mais encantadas com a minha felicidade do que com a minha fama. Uma delas pareceu me observar atentamente e todas tiveram a certeza que os jornais não estavam mentindo ao divulgar que Belinda Bic e Gustavo Salles estavam mesmo namorando.

Enquanto ele foi ao banheiro, olhei alguns livros sendo vendidos. Tenho megapaixão por literatura, até porque, na primeira parte da vida, a última coisa que fiz foi ler, então agora estava dedicada a não deixar de lado as histórias, personagens e a magia que nos envolve quando estamos sentados, passando as folhas, com um mundo enorme aberto na nossa frente.

Meu último livro tinha sido de uma autora brasileira, Chris Melo, *Sob a luz dos seus olhos*. Que texto! Pensei até em procurar a autora. Escrevia tão bem que tinha vontade de dizer a ela: "Olha, suas palavras entraram direto no meu coração, que potência para colocar no papel tantas emoções." Devorei o livro em dois dias, e vamos combinar que, para uma moça com o meu trabalho e que passou grande parte da vida sem ler, isso tinha sido um senhor avanço. Será que Chris Melo gostaria de ser minha amiga?

Gustavo voltou e sentamos à mesa da loja de conveniência com ele me namorando descaradamente, enquanto eu fingia procurar o açúcar.

— Belinda, posso fazer uma pergunta?

— Pode, claro.

— Como uma mulher linda como você, educada, simpática, que pode ter os caras que quiser, ainda não casou?

Caí na gargalhada.

— Casada? Ah, não sei, não aconteceu. Tive namoros, um deles você conhece bem a roubada, mas não sei...

— Olho e fico me fazendo perguntas. Você é muito paquerada na rua? Porque chama atenção...

— Ah, Gustavo, não sei bem, não fico olhando muito. Procuro me defender. Aparece um cara mais ousado, dou um fora e vida que segue.

— Mas muitos chegam junto e cantam você?

— Talvez não pela profissão, mas mulheres são cantadas, não é? O chato foi um amigo do Alexandre. Andou me procurando, dizendo que me queria. Alexandre soube e quase quebrou a cara dele.

— Agora você está comigo. Sou um cara de sorte.

— Você é especial e pessoas assim atraem histórias bonitas.

— Não deixarei você escapar. Sei um pouco o que o tal Máximo está sentindo. Perder você não deve ser fácil. Chego a imaginar exatamente como a cabeça do cara está zureta. Por isso ele está atrás de você.

Não soube o que responder. Só conseguia pensar que queria muuuito Alexandre longe de mim.

Na estrada, voltei a pensar na maneira como ele ficou me dizendo que não entendia eu ainda não estar com alguém de verdade. Eu tinha realmente perdido tempo demais com um traste. Como aceitei tanto descaso, um jeito de falar tão grosseiro, machista, inseguro e se achando meu dono? Restava a mim chorar no chuveiro, me lamentar no espelho e pedir que o céu estivesse vendo algo e desse um jeito na minha vida.

Hoje sei que nossos dias mudam, e como!!! Só nos resta acreditar profundamente. Quando a gente diz que não nascemos para sermos felizes, atraímos uma porcaria de energia e o universo acredita nisso. Foi o que fiz comigo durante o período de namoro com Alexandre. Imaginei que não fosse para mim, ousei duvidar que pudesse existir paz em um relacionamento, mas existe. Muitas mulheres têm o péssimo hábito de aceitar qualquer coisa porque não querem ficar sozinhas, e acabam desacreditando no amor porque o que vivem não passa nem perto disso. O melhor? Fique sozinha até que alguém especial chegue. E quando ele chegar, os dois saberão e será tão diferente de tudo até ali. Por isso, casais lindos caminham entre nós e a gente fica tentando descobrir como aconteceu para eles. Estavam disponíveis para o encontro.

— Estou matutando aqui... – Gustavo parecia com o pensamento longe. – E se a gente viajasse junto e fizesse o Caminho de Santiago? Você toparia?

— Com você, vou até para a casinha do cachorro — declarei sem pensar e escutei uma gargalhada do meu namorado.

— Tenho a maior vontade de conhecer a catedral do Caminho de Compostela e, claro, completar a trilha todinha.

— E se a gente se organizar para assim que eu terminar as gravações de *Cândalo*?

— Já está marcado. Você vai aguentar caminhar? Podemos fazer de bicicleta também.

— Vou intensificar minha malhação para não fazer feio na frente do meu namorado.

Gustavo entrou com o carro no jardim do meu quintal. Lá dentro, pude ver as luzes da sala acesas e fiquei pensando que voltar para o meu mundo agora seria diferente de antes. Estava vivendo uma nova história na minha vida, que possuía cores e aromas inéditos.

Um DVD do The Police, que Gustavo comprou na loja de conveniência do posto, tinha nos feito companhia durante a viagem. Quando o carro parou, curiosamente começou a tocar "Every Breath You Take": "Every breath you take/ Every move you make/ Every bond you break/ Every step you take/ I'll be watching you/ Every single day/ Every word you say/ Every game you play/ Every night you stay/ I'll be watching you." (A cada suspiro que você der/ A cada movimento que você fizer/ A cada laço que você quebrar/ A cada passo que você der/ Eu estarei te observando/ A cada dia/ A cada palavra que você disser/ A cada jogo que você jogar/ A cada noite que você ficar/ Eu estarei te observando.)

Gustavo me olhou, colocou os dedos na minha nuca e beijou o meu pescoço. Depois me segurou, como quem pede que não veja mais nada além dele.

— Belinda, quero dizer que, quando estou com você, sinto um conforto especial. É louco isso, tenho paz do seu lado. Desde que começamos a sair juntos, fui te observando, vendo nos detalhes... e é impossível não admirar e te querer e, principalmente, sinto como é especial e penso que preciso tratar você com um cuidado ainda maior. Preciso pensar nas coisas que quero te dizer, porque desejo que tudo nosso saia correto. Você precisa ser muito bem cuidada.

Beijei Gustavo completamente apaixonada e, quando voltei a mim, não resisti...

— Não sei bem o que está acontecendo aqui. — Meu coração acelerou. — Mas é algo muito valioso para mim. Passei momentos dificílimos na vida, fui muito maltratada em relacionamentos, passei por grosserias, vivi violência emocional, mas não deixei de acreditar. Na reta final das gravações da novela, disse para amigas atrizes que tinha decidido lutar para encontrar o meu grande amor. As pessoas não estão preparadas para escutar isso e acham que você está meio maluca, porque elas têm muito medo de se entregar ao amor. Então, quero dizer, não sei o que está acontecendo, mas viverei isso intensamente.

Nos beijamos pela milésima vez. Nosso fim de semana tinha terminado, mas cheio de uma energia contínua que nos brindava com certezas até então desconhecidas. Gustavo me ajudou com as malas, sorrindo, comentou que ainda viajaríamos muito juntos. Concordei. Eu precisava voar pelo mundo com ele.

Jujuba abriu a porta e veio correndo como uma criança.

— Diva! Como foi o fim de semana de vocês?

— Perfeito — falamos ao mesmo tempo.

— Viu? — Gustavo deu uma piscadinha para Jujuba e recebeu um suspiro como pagamento.

— Vejo você amanhã? — perguntou meu namorado com entusiasmo.

— Mas que homem animado, não enjoa, não?

— Nunca!

Caminhei para dentro da casa, vendo o carro de Gustavo partir e sentindo ecoar dentro de mim sua voz dizendo que nunca enjoava de mim. Uma certeza, pensei, enquanto subia os degraus para a sala, a gente sabe quando é a pessoa certa.

VINTE E NOVE

Festa dos sonhos

Devia ser somente uma pequena festa, mas, de repente, as purpurinas da felicidade foram chegando e algo especial aconteceu. Acho que estou me tornando a mulher mais feliz do mundo.

Fiquei sentada na beira da cama, olhando para a parede. A vida mudara em pouco tempo e eu ousava imaginar outra Belinda existindo nos meus dias. Gustavo me modificara de uma maneira drástica, como se eu pudesse voltar a acreditar em uma vida melhor, na oportunidade de ser feliz de um jeito que muitos duvidam, e voltar a caminhar leve por aí. Como tudo tinha ficado melhor...

Eu me lembrei de Alexandre e de uma frase que vivia repetindo: "A vida se transforma em cada esquina." Nunca isso tinha sido tão verdadeiro. Lembro que, quando falava isso, não tinha ideia de que maneira modificar meus dias com ele e me sentia dentro de um círculo vicioso sem fim. Agora, olhando para o papel de parede nude de todos os dias, compreendia o sentido daquela frase como ninguém.

Se alguém dissesse que um dia eu abriria os olhos e Alexandre Máximo não seria mais meu namorado, eu duvidaria. Esse alguém também diria:

"Lembra o moço que te salvou no assalto? Vocês dois vão se encontrar, se apaixonar, e você descobrirá que ele é o cara. E mais, ficará encantada com o jeito de ser tratada, a maneira como ele olha o mundo, na forma como te puxará para ele e como vai segurar sua mão e demonstrar que o 'para sempre' não está tão longe de acontecer."

Meu celular acusou uma mensagem no Whatsapp e olhei quase certa de ser Gustavo. Outro recado de Alexandre Máximo. Dizia, sem dó nem piedade: "Quanto mais penso na gente, mais vejo que fui usado por você. Ficou enquanto foi bom. Gostava das festinhas? Curtia meu poder? Abusou da minha boa vontade, Belinda. Você já sabe, nem preciso dizer. Não deixarei barato. Você sabe que nunca perdi um negócio. Imagina uma mulher? Durma bem. Enquanto pode!" Aquele idiota estava me ameaçando? Comecei a sentir um medo e ao mesmo tempo um nojo enorme das suas atitudes. Onde aquilo pararia?

Fiquei pensando em contar para o Zé Paulo, para que estivesse ciente de que algo errado me rondava, mas não sabia se valia a pena. Alexandre me parecia cão que somente ladra.

Deitei na cama e voltei a pensar no Gustavo. Nada mais importava, afinal, me sentia tão bem com aquele moço. Que prazer de conversar, dividir pensamentos e sonhos. Sabia como tudo ainda estava recente, mal nos conhecíamos, mas sentia como se fosse difícil não conhecê-lo antes, assim como ter vivido tanto tempo sem suas declarações de felicidade ao meu lado.

Uma nova mensagem chegou, desta vez de Gustavo.

"Amor, está aí?"

"Sim, estou (carinha dando uma piscadinha)."

"Queria te falar… Sentindo sua falta, sabia?"

"Eu também. Dormir sem você não é bom."

"Não estou curtindo dormir sozinho também. Nem sei mais como vivia sem a sua presença." Sim, ele escreveu isso, e pensei como nossa sintonia descaradamente confirmava sentimentos. Parecia telepatia, frases que se completavam e juntas diziam a mesma verdade.

"Gustavo, você não faz ideia de como esperei esse nosso encontro…"

"Eu também. Parece que homem não quer isso, mas quer, sim. Bobo do homem que quer várias. Ter apenas uma, da maneira que tenho você, só me faz completo."

"Queria poder te abraçar agora", escrevi, lembrando de um dos nossos abraços na praia em Cabo Frio. O sol caindo no horizonte e a gente vindo ainda mais forte na direção um do outro. "Dorme bem."

Aquele *dorme bem* fazia sentido para mim. Mudaria o número do meu telefone para não mais receber recados debochados de um ex-namorado malresolvido.

"Vou tentar. Se não conseguir, vamos ter que resolver isso (carinha de piscadinha)."

"Está bem... Kkkkkkkk... Deixa comigo. Sou bom para encontrar soluções (carinha de beijinho com um coração saindo pela boca)."

Aquela noite, o sono demorou por motivos óbvios. Parecia saber exatamente o que aconteceria comigo, ao mesmo tempo que não tinha ideia do que viria.

O dia da festinha em casa finalmente chegou. Acordei com empregados pela sala, Jujuba decidindo tudo. Seu bom gosto me impedia de palpitar. Eu seria capaz de estragar tudo e colocar por terra algo que sairia melhor caso eu não tivesse aberto a boca.

Jujuba, dedicado demais, coloria a casa com flores, velas, fazia um cenário intimista e escolhia as comidinhas certas, as bebidas que mais agradavam, e não decepcionava. Cássia ficou impressionada com tanta destreza, com a maneira como ele ficava no centro da sala, indicando "ali, aqui, mais para a frente, por favor, pode deixar aqui, está lindo, adorei, não, do outro jeito...".

— Menina, ele nasceu pra isso!

— Ele é a verdadeira dona de casa deste lar, Cássia.

— Estou assustada. Desde cedo tentando acompanhar, mas não dá.

— Vamos para a piscina? Acho que só estamos atrapalhando.

— Por mim... Sabe que piscina é uma novidade pra mim, né?

— Somos garotas de rio!

— E rio que tem piranha... — falou Cássia despretensiosa, com um jeito tão dela que não aguentei e gargalhei. Minha amiga surpreendia quando menos se esperava.

Fomos para a piscina, quando meu celular tocou. Era o Gustavo dizendo que me encontraria. Confesso que eu ainda estava com o pé no freio. Não que fizesse joguinho, mas ainda me sentia sem graça de ligar primeiro, de falar tanto quanto ele. Uma bobagem, eu sei, mas preferia que me procurasse, abrisse mais seu coração, até que tivesse certeza que demonstrar não atingiria a nossa história. Eu sei, eu sei, uma idiotice, ainda mais porque, desde que nos reencontramos, simplesmente não desgrudamos mais. Como se tudo tivesse que ser como antes, como se o nosso contato fosse muito além de bobagens pré-programadas e comportamentos combinados.

— Vem pra cá. Eu e Cássia estamos na piscina enquanto Jujuba faz o que mais ama na vida, planeja uma festa.

Meu namorado não demorou a chegar e veio acompanhado de algumas bebidas e chocolate porque eu disse amar em algum momento das nossas conversas. O sol estava maravilhoso e caímos na piscina enquanto Cássia preparava uma bebida para ela.

Mergulhamos e depois ficamos abraçados com nossos olhos emocionados.

— Mais tarde quero falar com você.

— Ué, fala agora, Gustavo, sou curiosa.

— Não, minha linda, prefiro mais tarde, é coisa boa.

— Tá bom — respondi, imediatamente tascando um beijo no gato. Eu sentia que o surpreendia com minha mania de beijá-lo muitas vezes. Depois, teria certeza disso, já que Gustavo me contou que não tivera uma namorada tão carinhosa. Estranho pensar que só agira assim com ele.

Cássia veio para perto de nós, tentando contar para Gustavo sobre nossa vida em Ladário. Falou como adorávamos andar de bicicleta pela pequena cidade, as curiosidades de viver tão perto de uma Base Naval, e falamos da nossa amizade alimentando nossos sonhos.

— Jamais pensei na Belinda famosa assim, isso é bem louco.

— Você sabe que muitas mulheres tentam a carreira artística e poucas conseguem. A Belinda está no mesmo nível de atrizes consideradas musas, como Grazi Massafera, Bruna Marquezine, Isis Valverde, Sophie Charlotte… todas vencedoras: muito talento somado a muita ralação!

— Oi, vocês estão falando de mim como se eu não estivesse aqui?!? — Fingi não estar gostando e fazendo um biquinho.

— Você é linda mesmo emburradinha — falou Gustavo, me puxando para perto dele.

— Belinda! — Jujuba invadiu a cena agitado, com uma cara péssima. — Oi, Gustavo, olha vocês precisam vir comigo até o escritório. Tem uma coisa acontecendo.

— O que foi Jujuba? — Ele tinha mudado todo o seu astral, como se uma bomba tivesse caído no meio da sala e atrapalhado toda a decoração.

— Nossa, o que deu nele? — Cássia saiu da água, se secando preocupada.

Jujuba foi andando na nossa frente e comecei a preparar meu coração para algo muito ruim.

Entramos no escritório e imediatamente vi o rosto do meu pai na TV. O que seu Joselino estava fazendo ali? Um silêncio nos dominou com a legenda assustadora "Pai de Belinda Bic é abandonado pela atriz". Não, meu pai não fez isso. Será que esqueceu que me vendeu para a pilantra da minha tia?

Gustavo segurou minha mão, imediatamente se solidarizando com a situação. Quem conhecia meu passado, sabia meus dias ruins e como aquele pai jamais fizera qualquer tipo de tentativa de aproximação. Se eu o perdoaria? Pode ser que sim, mas ir atrás dele e oferecer o meu mundo como se ele fosse um santo e tivesse lutado por mim? Ganhou uma miséria de um dinheiro para me entregar para uma tia louca.

A imagem não era o pior que aparecia na tela de um programa de fofoca de quinta categoria. As declarações assustavam:

"Minha filha pensava muito em dinheiro. Nunca teve carinho nem pela mãe." Como ele podia falar daquela maneira?

Acompanhei a sua fala, reparando como ele tinha mudado em quatro anos. Estava com ausência de um dente e malcuidado, a pele envelhecida e os olhos mais cansados do que eu lembrava.

Os telefones da casa, do meu celular e até do celular do Jujuba começaram a tocar ao mesmo tempo. As pessoas nunca admitem, mas adoram ficar assistindo escândalos. Zé Paulo estava em uma das linhas.

— Belinda, quem tem um pai desses não precisa de mais nada, meu amor. Segura firme que nessas horas quem dirige o carro desgovernado sou eu.

— Pois é, Zé, o que vamos fazer?

— No momento, nada, meu amor. Mais tarde vou emitir uma nota defendendo você. Já tem jornalista ligando direto, deixa comigo. Ninguém apaga o brilho de uma estrela e você está acima de toda essa palhaçada que estão fazendo.

— Nunca pensei em ter uma família que me desse tantos problemas.

— Não acho que só gente do seu sangue esteja envolvido nessa operação para prejudicar sua imagem. — Zé Paulo carregava um tom de voz bem sério.

— Como assim, Zé?

— Você sabe que tenho muitos contatos, falo com muitas pessoas, graças a Deus sou um cara cheio de gente que gosta do meu trabalho, e já ligaram aqui avisando que o Máximo, seu ex-namorado, está cuidando diretamente de denegrir sua imagem. Ele que cuidou pessoalmente para sua tia colocar a boca no mundo. Isso tenho confirmado, e, agora, imagino, está junto nessa entrevista do seu pai.

Um frio dominou minha espinha. O que Alexandre ganharia me colocando para baixo? Por isso as mensagens ameaçadoras.

— Vou desligar, meu amor. Olha, não ligue. Vamos comemorar a inveja alheia em Nova York, combinado?

Sentei no sofá do escritório e continuei acompanhando as mentiras deslavadas do homem que mais me decepcionou na vida.

"Depois que a mãe dela morreu, vi que ela iria me abandonar. Belinda jamais foi de Ladário. Ninguém a segurava quando não queria. A minha filha nunca amou ninguém, ela só consegue amar a si mesma, uma egoísta."

Aquelas palavras, aquele texto... isso não era do meu pai. Ele foi instruído a dizer aquilo.

Cássia parecia congelada, Jujuba mexia os dedos nervosamente e Gustavo sentou estarrecido, conhecendo o sogro da pior maneira. Estávamos todos bem impressionados com aquelas falas tão absurdas e distantes da verdade.

A apresentadora pedia mais informações, instigava, queria saber se em algum momento o ajudei financeiramente, perguntou o que meu irmão pensava de mim.

— O irmão gosta dela, é um ingênuo. Ela compra ele com bufunfa. Aliás, ela compra quem ela quer.

Meu irmão certamente estaria muito envergonhado pelo nosso pai. Tínhamos uma amizade muito grande desde pequenos, que aumentou quando perdemos nossa mãe. Mantivemos contato constantemente pelo telefone e esperava um dia poder voltar a abraçá-lo, declarando todo o meu amor. Para ele, não sou e nunca serei Belinda Bic, mas somente a sua irmã mais nova, a garota que ele ensinou a nadar e protegeu das maldades do pai enquanto conseguiu.

Diminuí o som da TV e deixei meu pai falando sozinho.

— Meus amores, vamos voltar para a piscina?

— Mas, Belinda... — Cássia estava chocada.

— Amiga, escuta, desde criança tenho esse pai que não presta. Um homem que não merece um neurônio meu ofendido. Ele vai falar de mim?

As pessoas vão acreditar? O que sei é que o Zé Paulo vai contornar isso e a emissora que trabalho acredita em mim.

— É isso! — Jujuba pareceu buscar no fundo do poço a animação característica.

— Eu não vou adiar a festa. Não vou deixar de receber meus amigos, de curtir a minha noite porque meu pai foi me difamar na TV. — Honestamente estava pensando isso. Não queria nem saber. "A verdade no fim aparece", essa frase muitas vezes escutei minha mãe dizer.

Todos ficaram me olhando, acho que queriam acreditar nisso. Continuei falando, mergulhei na piscina e não deixei mais ninguém desanimar.

Gustavo parecia o mais pensativo. Tentei demovê-lo da ideia de ficar refletindo sobre as falas do meu pai, mas ele parecia ter entendido algo além da situação.

— O que o Zé te falou?

— Sendo bem sincera?

— Ué, claro. — Gustavo já sabia a resposta.

— Alexandre Máximo é o diretor da quadrilha. Está financiando minha família para me achincalhar por aí. Deve estar pagando bem.

— Ninguém vai achincalhar você, Belinda. Vou ligar para o Zé.

O que Gustavo e Zé Paulo conversaram aquele dia, não sei. Só entendi que não aceitariam meu ex-namorado me detonando para o Brasil e quem sabe até para o mundo, já que as novelas eram exportadas para muitos países e as fofocas acabavam acompanhando. Mas honestamente eu sabia que quem resolveria a questão seria eu.

Com escândalo ou sem, a festa começou. Para mim, foi mágico as pessoas chegando na minha casa. Obviamente todos tinham visto ou ouvido falar sobre meu pai na TV, mas ninguém comentou. Foram educados, amorosos, me deram abraços parecendo dizer: você tem um pai maluco, nós não acreditamos nele.

Quando a porta abria e alguém chegava, meu coração disparava. Sempre inacreditável encontrar Carmo e Antunes; os dois que me salvaram do inferno chegaram sorridentes e cheios de saudade. Eu continuaria grata por tudo que fizeram, apenas recebendo amizade como pagamento.

— Belinda, a gente não podia deixar de ver você hoje! — Antunes, o motorista da noite da minha libertação, sorria largo.

— Minha amiga. — Assim Carmo me chamou, assim eu me sentia.

Demos um abraço triplo e imediatamente nos lembramos do dia em que nos tornamos irmãos.

— Nunca esquecerei o que fizeram por mim — falei com o olhar emocionado. Não saberia como dizer um obrigada do tamanho merecido.

— Imagina, a gente faria de novo. Salvamos uma estrela de TV sem saber. — Antunes adorava assistir novelas.

— Não, vocês salvaram um ser humano — respondi, comentando depois que jamais pensara em ser personagem de novela.

Gustavo se aproximou e fez coro comigo de agradecimento. O encantamento de Cássia e Carmo estava declarado para quem quisesse ver.

Jujuba caminhava pela sala animado e confraternizando com os amigos que já tinham chegado. Zé Paulo, sentado no canto da sala, parecia mais pensativo que o normal. Um grupo de amigos casados ria com o meu empresário, mas algo nele estava diferente. Eu descobriria depois.

Quando seu Rosário e Francisca chegaram, dei um grito. Foi muita emoção! Gustavo veio recebê-los de mãos dadas comigo e eu falava tanta coisa ao mesmo tempo que descaradamente demonstrava o quanto aquelas pessoas foram importantes para mim.

— Olha, menina, vou lhe dizer, estávamos com saudade.

— Eu também, seu Rosário! Depois daquela festa que vocês vieram aqui, começou a novela e a correria tomou conta.

— Estou reparando nesse rapaz bonito de mãos dadas com você. É da TV?

— Seu Rosário, este é o Gustavo Salles, o moço do programa de domingo. Gustavo, essa é a Francisca, filha do seu Rosário.

— Eu vi, um programa comentou sobre esse namoro, gostei quando soube. Você precisa de um homem bom, alguém especial que seja do seu nível.

— Eu também acho, Francisca. Já gostei de você. Prazer!

— Gustavo, essas pessoas são a minha família. Quando eu nada tinha, seu Rosário me deu trabalho no Saara, estendeu a mão, me cedeu um canto para dormir e entendeu quando decidi fazer figuração para tentar outro caminho.

— Você nasceu para um tipo de vida diferente, seu lugar tinha que ser aqui, nesse seu mundo de agora, nos presenteando com essa beleza e esse seu coração enorme. Lembro que você, mesmo com o pouco que tinha, queria ajudar as meninas no Saara. Até hoje seu nome está lá, sendo falado com carinho.

— E o bar?

— Ah, com aquela sua ajuda, reformamos. E as geladeiras que você mandou... melhoraram a aparência. Essa menina nos ajudou com muita coisa lá na loja, Gustavo.

— Imagina, eu devia isso para vocês e depois, seu Rosário, dinheiro foi feito para ajudar quem amamos. Perdi muitas coisas, mas os amigos de verdade são as joias mais preciosas da minha coleção.

— Estaremos aqui, ao seu lado, Belinda, quando precisar. — Francisca me deu um abraço e me lembrei de uma atriz que me criticou por eu manter relações com as pessoas que tinham me ajudado. Jujuba, por exemplo, ela não entendia como ainda estava na minha vida.

— Seja muito feliz com essa moça, rapaz. Ela é ouro, raridade, um diamante desses que a gente guarda com o maior cuidado do mundo — falou seu Rosário, dando um abraço em Gustavo.

— Pode deixar! E me fala de vocês, quero visitar o bar no Saara.

— Nossa, se você for lá com a Belinda, param o comércio.

— Vou deixar vocês aqui um minutinho para falar com o meu pensativo empresário. — Todos olharam na direção de Zé Paulo e caminhei até meu melhor amigo.

Sentei no sofá, coloquei a mão na coxa do Zé e perguntei se estava tudo bem.

— Posso fazer uma pergunta? Por que vocês mulheres têm a mania de chorar quando a gente menos espera?

— Mania? Temos?

— Várias mulheres com quem tive envolvimento choram sem mais nem menos. Até na cama. Devo ser ruim ou vocês mulheres são loucas.

Lembrei rapidamente as vezes que chorei na frente de um homem. Com Alexandre, várias. Vontade de fugir quando estava acompanhada daquele homem.

— Choramos por medo, vazio, insegurança e atualmente ando chorando por estar feliz demais...

Zé Paulo me interrompeu:

— Quer responder a minha pergunta?

— Zé, acho que nos emocionamos e sentimos melancolia. Parece que nós mulheres vamos até uma terra distante em que a entrada é proibida para homens.

— Será que ela não me curte?

— Quem é ela?

— Conheci no show da Ivete. Naquele dia, lembra? Estou gostando de estar junto, mas ontem ela chorou e fiquei sem saber o que fazer no quarto.

— Ué, chorar não é no todo ruim. Penso nas pessoas que choram vendo a novela, por exemplo.

— Tudo bem, mas chorar comigo? — A cara de decepção do meu empresário estava engraçada.

— Você nunca sentiu vontade de chorar? — perguntei, curiosa.

— Eu? Com uma mulher? Só rindo, claro que não.

— Acho que a diferença é essa. Os desejos de vocês não são iguais aos nossos. A gente vai longe, em outras dimensões e estações. Não é nada simples. O homem é mais físico.

— Você está querendo dizer que o alcance masculino é uma porcaria? Que a gente só vai até logo ali?

— Acho que sim — falei, rindo. — Mas nunca teremos certeza...

— Não sei se gostaria de chorar assim.

Levantei do sofá rindo. Notei que Zé estava apaixonado, algo não muito comum para ele, por isso talvez tantas reflexões. Meu empresário não estava acostumado a sentir seu próprio coração batendo.

Jujuba veio na minha direção animado.

— Olha, os amigos pobres e os amigos ricos estão amando a festinha. Lacramos!

— Não fala assim.

— Ué, nós somos os pobres...

Caí na gargalhada. Gustavo continuava de papo com seu Rosário e Francisca. Gostava de olhar o jeito dele animado de trocar ideia com as pessoas, conversar e saber dos outros. Ele ficava entusiasmado, ria com as respostas e tinha um ânimo que contagiava.

Nos olhamos de longe e Gustavo me dizia tanto com seus pensamentos que uma enorme segurança me dominou. As declarações do meu pai tinham sido muito fortes, eu saí com a imagem de filha ingrata, e ter alguém do meu lado me mantinha forte. Zé Paulo mandou para a imprensa uma nota que dizia:

"Informamos que as declarações do senhor Joselino Lobo em relação à nossa contratada Belinda Bic não condizem com a verdade. Fatos íntimos e familiares envolvem a questão. O que podemos afirmar é que Belinda esteve sozinha, lutando, sem ajuda de familiares, para chegar aonde chegou, jamais tendo virado as costas para familiares e amigos. Agradecemos a atenção da imprensa, o interesse com o caso, mas pedimos também privacidade nesse momento pessoal."

Uma defesa de momento, eu sabia muito bem o que tinha sido feito contra mim e mesmo que as pessoas estivessem me vendo como ingrata, capaz de virar as costas para quem a amava quando ganhou dinheiro, eu não abaixaria a cabeça. Só eu me lembrava de cada detalhe do abandono do meu pai, porque ele não aparecia em fotos comigo e a razão de não ter uma família feliz. Quando terminei de pensar nisso, olhei o quadro iluminado da minha mãe Mimizinha na sala, linda. Ela continuaria sendo o amor na minha vida e a razão dos dias felizes que passei na minha meninice.

Observei meus amigos artistas gargalhando alto e brinquei que ninguém queria saber de trabalho, somente de férias e alegria. Ali estava o povo que trabalhou muito para uma novela dar certo e agora só queria paz.

Zubin chegou na festa me dando um abraço forte e comentando, claramente avaliando a entrevista do meu pai:

— Um provérbio mexicano diz: "Tentaram nos enterrar, mas não sabiam que éramos sementes!"

Jujuba voltou a mim ainda mais feliz. Seu Bombom preferido tinha chegado. Os dois faziam um casal bonito e percebi um carinho sincero entre a dupla.

— Belinda, queremos agradecer você por estar nos apoiando.

— De nada. — Acho que foi a primeira vez que ouvi a voz do acompanhante do meu amigo. Calado, mas o olhar passava bondade.

— Meninos, sejam felizes. Outro dia aprendi uma frase inesquecível: "Fica proibido amar sem amor." Faz parte dos Estatutos do Homem, do Thiago de Mello, um dos maiores poetas do nosso país, sabia? Contem com a minha amizade no namoro e minha sincera torcida. — Abracei os dois na certeza de aumentar cada dia mais minha família com os amigos.

Gustavo me pegou pela mão e me levou até a piscina.

— Quero falar com você!

— Claro. Que carinha é essa?

— Tenho algo para contar...

— Curiosa!

— Olha, desde que a gente se conheceu, foi tudo intenso. Muito. As pessoas são transformadas pelos seus próprios sentimentos. Se você me perguntar se eu queria uma mulher agora na minha vida, não sei, se queria me envolver dessa maneira, talvez não neste momento, mas te conheci e, desde que começamos a nos falar e sair, me bateu uma sensação estranha de que, se você não estivesse mais na minha vida, algo estaria errado.

— Que lindo! – Foi tudo que consegui dizer.

— Preciso que saiba, quero demais você e não tenho dúvida que hoje estaria feliz, mas não muito. Não sei se conhece a música do Luan Santana "Cê Topa", ela fala por mim. – Gustavo começou a cantarolar baixinho: – "Presta atenção em tudo o que a gente faz/ Já somos mais felizes que muitos casais/ Desapega do medo e deixa acontecer/ Eu tenho uma proposta para te fazer/ Eu, você, dois filhos e um cachorro/ Um edredom, um filme bom no frio de agosto/ E aí, cê topa?"

Nos olhamos. Eu não conseguia acreditar naquele homem parado na minha frente, cantando para mim e, acho, me pedindo em casamento.

— Você está querendo dizer que...

— Belinda, quero você pra mim, todinha pra mim. – Nesse momento, ele tirou do bolso uma caixinha, abriu, pegou uma aliança e colocou no meu dedo. Quando olhei, as luzes tinham sido acesas por Jujuba e meus amigos estavam na porta, aplaudindo o nosso momento. Cássia puxou o coro: "Eu, você, dois filhos e um cachorro/ Um edredom, um filme bom no frio de agosto/ E aí, cê topa?"

— Eu topo – respondi com os olhos cheios de lágrimas.

Senti um frio na barriga com aquele pedido. Estava gelada e quente por dentro, suando por fora, com uma umidade escorrendo pela nuca e sentindo a respiração de Gustavo tão ofegante quanto a minha. Tínhamos um monte de desejos em comum, vontade em formato de puro êxtase. Nos abraçamos com a força do nosso amor e, quando voltamos a si, todos nos olhavam emocionados.

— Então, senhoras e senhores, aqui está a senhora Belinda Bic Salles! Minha futura esposa!

— Me amarrota que estou passada! – gritou Jujuba, arrancando gargalhada geral. – Hashtag Morri.

A festa para os amigos acabou virando uma linda festa de noivado. Os atores brincaram demais dizendo que meu noivado bombaria nos jornais. Eles sabiam bem do que estavam falando.

Gustavo e eu terminamos a noite dançando, aliança no dedo, sorrindo demais um para o outro, completa e intensamente felizes.

— Gustavo, estou descarada! Sem vergonha nenhuma de ser feliz!

— Que bom! Viveremos essa vibração, meu amor, por toda a nossa vida!

Aquela noite entendi. O mundo manso é para aqueles calmos, que sabem que o amor é leve e está ao alcance dos bons.

TRINTA

Uma facada no meu coração

*Um sonho nem sempre agrada todo mundo e, por isso,
cuide de guardar seu amor na caixinha do segredo...*

Ercy, minha maquiadora preferida, chegou atrasada depois de passar o dia inteiro trabalhando em um comercial, mas ainda conseguiu pegar os amigos cantando "Cê Topa".

— Belinda, lembro tanto de você naquele primeiro dia na figuração. Tão bom vê-la assim radiante. Você mudou, está ainda mais bonita. A gente observa vocês e existe uma cumplicidade no olhar que poucos casais têm.

— Ercy, que vida doida esta, não acha? A primeira vez, naquela gravação, jamais imaginaria tantas mudanças, encontros e ainda por cima a descoberta de um amor tão verdadeiro.

— Aproveite! Você fica ainda mais linda ao lado dele. — Ganhei um abraço sincero e me emocionei.

Nós casaríamos. Uma loucura que me aconteceu na vida. Ou ter me transformado em atriz de novela sem querer tinha mais insanidade? Meu lado mulherzinha não conseguia parar de pensar como seria meu vestido de noiva. Gustavo reparou minha felicidade e não resistiu.

— Tudo que mais quero é ver você bem e sentir que está sendo tão especial como é para mim.

— Mas claro que é. E no meio desse furacão todo, está sendo um grande presente tê-lo ao meu lado. — Aquela noite, todas as nossas peças se encaixaram e soube que seríamos para sempre nós dois.

Os amigos fizeram a sala virar uma pista de dança. Ri muito com seu Rosário dançando e o cupido agindo entre Francisca e Antunes. Meus amigos se apaixonaram no dia em que fiquei noiva.

Terminamos a noite comendo japonês, sentados no chão da sala. Jujuba estava eufórico, imaginando como organizaria nosso casamento.

— Será a festa do ano! Vou preparar tudo com tanto carinho que ficarei insuportável.

— A gente tem certeza disso — respondi, animada com a euforia do meu amigo.

— Que vou fazer a festa do ano ou ficar insuportável?

— Os dois. — Gargalhada geral.

— E Cássia vai me ajudar com o vestido de noiva.

— Vou, Belinda, mas não entendo bem desse assunto. Só de bordar.

— Entende, sim, você tem bom gosto. Francisca, quer dar ideias também?

A filha de Rosário balançou a cabeça e ficamos os casais sentados por mais um bom tempo, até o dia amanhecer. Seu Rosário já tinha ido e Antunes prometeu entregar a filha do meu amigo em casa sã e salva.

— É, Belinda, pelo visto já temos três casais de padrinhos aqui. — Gustavo olhou na direção de Cássia com Carmo, Francisca com Antunes e Jujuba com Bombom.

A festa acabou, mas poderia seguir por mais algumas horas. Foram momentos perfeitos. Gustavo e eu sentamos na beira da piscina, a montanha atrás da minha casa parecia ainda mais verde que o normal.

— Gustavo, você poderia trazer logo todas as suas roupas aqui para casa.

— Estava pensando nisso. Descobri que quero me casar porque não sei mais dormir sozinho e acordar sem o seu abraço. Vou passar em casa, arrumar algumas coisas, depois vou ao escritório e volto. Não vou nem dormir...

— Volta pra dormir comigo?

— Belinda, então vamos casar antes de casar? Tudo bem pra você?

— Acho que já me senti sua desde o dia que salvou minha bolsa naquele assalto.

— E depois eu, igual a doido, indo à Glória, e ninguém sabia de você naquele lugar. Fiquei com uma raiva de você ter descido e eu não ter visto onde morava. Seu rosto ficou meses na minha cabeça e aparecia mesmo quando eu não queria.

Quando Gustavo falou isso, estranhamente senti um aperto no coração. Detestava meu jeito de ficar triste quando só tinha motivos para ser feliz, mas minha intuição não falhava e algo não desceu bem naquele momento. Motivo? Não sabia.

Gustavo saiu de casa, o vi entrar no carro e senti vontade de ir com ele. Será que me acharia uma namorada maluca por não conseguir ficar separada algumas horas? Odiava os apertos no meu coração que pareciam chegar sem mais nem menos.

Deitei na minha cama, ouvindo Jujuba e Cássia falando sem parar do casamento. Estavam tão felizes e queriam estar em cada passo desse momento.

— Menos na lua de mel porque, misericórdia, não sou de atrapalhar a vida de um casal.

— Bobo! Estou tão feliz!

— A gente está vendo pela sua cara, Belinda!

— E você também, hein, Cássia. Reparei em você e no Carmo.

— Que moço educado e... bonito!

— Ih, Cássia apaixonou. Tá até achando o Carmo gato!!! – Jujuba não deixava passar uma.

— Ele é muito bonito.

— Também acho, Cássia. E vocês fazem um casal lindo.

— Ele perguntou se pode voltar a me procurar.

— E o meu Bombom, o que acharam do meu príncipe? – Jujuba se jogou na cama.

— Adoramos – falamos eu e Cássia ao mesmo tempo.

— Nossa, festinha simples, mas o cupido participou ativamente.

— Tá pensando que só você quer casar? Eu e Cássia também, Belinda! E se casar, alugo um apartamento na favela da Tijuquinha e venho trabalhar aqui todo dia.

— Eu compro um apartamento pra você, meu assessor maior, e a gente faz seu casamento aqui em casa.

— Todo mundo vai casar! — gritou Jujuba pela casa.

Cássia foi tomar banho, eu fiquei olhando o teto do quarto e acabei pegando no sono com a sandália no pé, depois de tentar ficar acordada, esperando Gustavo.

Três da tarde, Jujuba invadiu meu quarto aos berros. Não conseguia entender o que ele dizia. Zé Paulo tinha ligado e Cássia entrou no meu quarto pálida.

— Gente, o que foi? Meu pai na TV de novo?

— Gustavo, Belinda, Gustavo! — falava Jujuba acelerado.

— O que tem o Gustavo?

— Ele foi esfaqueado — disse Cássia com o mesmo tom de voz que informou o falecimento do seu irmão.

— Vocês estão de brincadeira?

— A gente brincaria com isso?!? — Jujuba foi abrindo as cortinas enquanto Cássia me dava um copo de água com açúcar.

Zé Paulo não tinha ainda muitas informações, mas Gustavo tinha sido esfaqueado na porta do prédio do seu escritório. Meu empresário estava nervoso, e eu, mais ainda. Sentia um desespero tomando todo meu corpo, com o coração saindo pela boca.

Jujuba me passou o telefone.

— Zé, me diz que está tudo bem com ele?

— Belinda, sei que ele foi levado para o Miguel Couto, mas não sei mais. Estou indo para lá. Fica em casa e assim que tiver algo concreto, volto a ligar.

— Tá, tá, tá... — Eu nem sabia o que estava dizendo.

Infelizmente, ser famosa tem essas coisas. Não podemos sair como um ser comum, pegar um carro e correr para um hospital. Quem disse que obedeci o Zé? Corri para o banho, pedi para Jujuba avisar ao Reinaldo que sairíamos e me arrumei voando, colocando uma calça jeans, camiseta, rabo de cavalo, óculos, um tênis e minha bolsa. Não estava preocupada com as pessoas na rua, queria apenas encontrar Gustavo e saber que estava bem. Tinha que estar tudo bem com ele.

Reinaldo me esperou com a porta do carro aberta e acelerou até o Miguel Couto, sem que precisasse mandar. Fui sozinha, pedi que Jujuba e

Cássia ficassem em casa. O telefone não parava de tocar, e, caso soubessem algo, me avisassem.

Na porta do hospital, a imprensa já estava em peso. As pessoas no saguão, parentes de outros pacientes e curiosos, me olharam imediatamente assim que desci do carro. Envolvida pelos repórteres e jornalistas, entrei sem falar, mas sendo muito fotografada no meio daquele tumulto. Meu empresário estava me esperando no hall e fui levada para uma sala, para não aumentar o escândalo.

— Zé, me diz que isso não é verdade?

— Meu amor, infelizmente é. Seu namorado está sendo operado neste momento. Não sabem ainda se foi assalto, mas disseram que ele desceu do carro e dois homens se aproximaram fazendo perguntas e um deles enfiou a faca na barriga do Gustavo.

— Meu Deus! Não é possível essa falta de segurança. Levaram o quê?

— É isso que me intriga, nada foi levado. Óculos, relógio, carteira nem celular. Você já sabe o que estou pensando, não é?

— Não, Zé, não tenho ideia.

— Alexandre Máximo.

— Você não está achando que o Alexandre teria mandado fazer isso com o meu noivo?

— Infelizmente acho que sim, Belinda. Liguei para um delegado amigo meu, ele está vindo pra cá.

— E quanto tempo vai durar essa cirurgia?

— Os médicos disseram que depende do que vão encontrar internamente.

Sentei no sofá do hospital sem forças. Parecia que toda a minha energia fora sugada. Fiquei olhando para a aliança no meu dedo e pensei como amava aquele homem, como não podia e não queria viver sem ele. Fiquei emocionada ao lembrar dele me dando um beijo no pescoço e dizendo: "Beijonanucaterapia." Como sobreviver sem aquele mundo novo que agora eu estava vivendo?

Uma mensagem de Jujuba chegou no celular. Notícias fresquinhas de mim mesma pipocavam nos sites.

— Belinda, meu amor, descobriram sua aliança e estão dizendo que vocês ficaram noivos.

— Jujuba me avisou que descobriram meu noivado com Gustavo.

— Também, chegou aqui com esse aliânção no dedo. É, Belinda, aquela sua vida calminha não existe mais. Você virou a moça dos escândalos e vamos dar um jeito de gerenciar tudo da melhor maneira. Confia em mim.

— Confio e honestamente não estou preocupada com as fofocas. Quero Gustavo vivo. Estou acostumada a falarem de mim, mas não estou acostumada a perder um grande amor.

— Não vai, ele sairá bem disso.

A porta se abriu e de repente aquelas duas mulheres bonitas e vistosas entraram. Mãe e irmã de Gustavo estavam ali paradas na minha frente. Vieram na minha direção e a mãe me abraçou com um carinho surpreendente.

— Minha querida, meu filho está tão feliz com você.

— Eu também estou muito feliz com ele.

— Prazer. Meu nome é Marcia.

— Eu sou Renata, irmã do Gustavo.

— Eu conheço vocês duas de uma foto que vi no apartamento dele.

— Ele hoje me ligou e disse que vocês ficaram noivos. — A mãe do meu namorado sentou no sofá e, emocionada, lamentou ter puxado a orelha do filho. — Fiquei questionando como ele pediu a namorada em casamento sem que eu estivesse junto. Não brigamos, mas reclamei. Ele andava tão feliz, acelerado, como vai ser agora, meu Deus?

— Não fala assim, ele ficará ótimo.

— Acordei hoje com o coração partido, mãe sente essas coisas. — Eu me lembrei do aperto no coração quando Gustavo saiu da minha casa.

— Belinda, vou deixar vocês aqui e tentar obter alguma informação.

— Desculpe, nem apresentei, esse é o Zé Paulo, meu empresário, e elas, a mãe e a irmã do Gustavo.

Zé Paulo as cumprimentou rapidamente e saiu, parecendo querer se afastar daquele clima difícil.

Enquanto aguardava, fiquei pensando se Alexandre seria capaz de tamanha maldade. Mandar esfaquear alguém? Refleti que precisava fazer algo, mas não sabia o quê. De repente, um insight me dominou e me lembrei dos documentos estranhos que uma vez encontrei na casa de Alexandre. O todo-poderoso tinha acusações sérias contra ele sobre desvio de dinheiro, propina, e esse também foi um dos motivos para decidir acabar nosso relacionamento. Como namorar um cara que eu tinha quase certeza de não ser honesto?

Levantei do sofá, me desculpei com a mãe e a irmã do Gustavo e pedi que avisassem Zé Paulo que precisei sair.

— Por favor, diga que volto. É algo que preciso fazer.

— Claro, minha filha, nós ficaremos aqui.

— E, se estiver certa, vou ajudar de alguma forma o seu filho.

Mesmo sem entender bem o que estava dizendo, desnorteada com seus próprios sentimentos, a mãe do meu noivo avisou que ficaria ali com a filha. Saí antes que Zé Paulo me impedisse de fazer o que tinha que ser feito.

Reinaldo estava me esperando novamente na porta do hospital. A imprensa mais uma vez me fotografou, agora com perguntas de "Você está noiva do Gustavo Salles?"; "Belinda, dá uma declaração para a gente"; "Fala do estado de saúde do seu namorado". Só respondi uma coisa antes de entrar no carro:

— Gustavo ficará bem.

Meu motorista, muito discreto, saiu com o carro, mesmo sem saber para onde íamos.

— Reinaldo, toca para a casa do Alexandre!

— Seu ex-namorado?

— Isso. Olha, você para o carro na esquina que tem aquele posto de gasolina do Leblon, vou andando até a casa. Depois, encontro você no posto.

— Mas, dona Belinda, esse moço tem problemas. Não vá sozinha, me preocupo com...

— Reinaldo, preciso pegar umas coisas na casa dele. Tem que ser hoje.

Fui andando pela rua com o coração acelerado. Não sou uma detetive ou policial, mas não deixaria barato o que Alexandre fizera com Gustavo. Caminhei pensando e pedindo que ele não estivesse em casa. Caso sim, o colocaria contra a parede, caso não, pegaria as provas contra ele.

Na porta do prédio, a garagem abriu, um carro saiu e entrei sorrateiramente. O porteiro não me impediria de subir, mas não queria ser vista.

Enquanto esperava o elevador de serviço, abri minha carteira e peguei a chave da casa do Alexandre. Estava torcendo para ele não ter mudado a fechadura. Subi com a cabeça fervilhando, coração quase saindo pela boca e, finalmente, abri a porta, confirmando que meu ex-namorado não trocara as chaves. Cometemos o mesmo erro.

Aquela sala, passei muitos momentos naquele lugar, mas não sentia saudade alguma. O lugar estava vazio, uma casa triste no coração do Leblon.

Fui caminhando até o quarto e, no armário ao lado da cama, abri a última gaveta, puxei e vi os papéis, escondidos em um fundo falso, que um dia encontrei por acaso. Abri minha bolsa e coloquei dentro sem pensar duas vezes.

Fiquei de pé, olhei para a mesa de cabeceira e congelei, assustada com tamanha monstruosidade. Ao lado do telefone, imediatamente reconheci a aliança de Gustavo. Sim, estava ali o anel do meu noivo, com o meu nome registrado. Não tinham levado óculos, relógio, carteira ou celular, mas o anel representando nosso amor estava ali, diante dos meus olhos. Não, Alexandre não tinha feito isso. Pensei rápido. Pegava a aliança? Não podia. Alexandre veria e certamente saberia que estive ali. Não só fotografei o anel como fiz um vídeo do quarto, e depois rezei para ele, exibido como era, guardar a joia ali como prova do crime.

Quando virei meu corpo para sair daquele antro nojento, escutei um barulho. Alexandre tinha chegado em casa. Não tinha tempo de sair, daria de cara com ele no corredor. Para onde eu iria? Embaixo da cama. Segurei a respiração, entrei devagar, sem fazer barulho e escutei a voz dele, acompanhado de uma risada feminina.

— É, meu amor, hoje estou tão feliz...

— Que bom — disse a voz feminina com uma sonoridade bem debochada. — Eu sei o que você fez no verão passado, hein, Alexandre Máximo! Aprontou!

— Mas não vai contar pra ninguém, né, gostosa?

— Nunca, safado. Você me trata muito bem há muito tempo. Eu antes tinha ciúme da sua namoradinha protagonista, mas, como agora quem faz sucesso na sua novela sou eu, tô nem aí.

Escutei aquela conversa, pensando que não podia mexer nenhum pedacinho do meu corpo. Como queria estar fora daquele lugar. De repente, lembrei que esqueci de desligar o celular e nunca rezei tanto para que Jujuba não me ligasse ou mandasse mensagem.

— Que tal um banho juntos? À noite, vamos jantar no melhor restaurante dessa cidade! Quero comemorar!

Os dois seguiram para o banheiro e, quando eu tive certeza que estavam dentro do chuveiro, saí do esconderijo e fui me arrastando pelo corredor, com receio de Alexandre me ver pelo espelho. Na sala, catei rápido a chave e me mandei com a respiração voltando ao normal.

No elevador, pensei no conteúdo do material que estava em minhas mãos. Não deixaria barato o crime de Alexandre, ainda mais depois de encontrar a aliança do meu noivo na mesinha de cabeceira do criminoso.

Sair do prédio foi uma operação ainda mais difícil. Meu corpo tremia, mas fui firme e não deixei a peteca cair. Tive que esperar um carro sair pela garagem e fui junto. O motorista não entendeu bem, mas me reconheceu e pareceu não se importar. Nessas horas, ter rosto conhecido ajudava.

Cheguei ao posto de gasolina ainda mais nervosa. Reinaldo estava tenso, andando de um lado para o outro.

— Dona Belinda, estava nervoso aqui, a senhora demorou demais.

— Reinaldo, você não estava mais nervoso do que eu.

— O seu Zé Paulo acabou de ligar. Mandou levar a senhora para o hospital com urgência, ele tem boas notícias do seu noivo. — Tão bonitinho, Reinaldo chamando Gustavo de meu noivo. Fiquei feliz de escutar "boas notícias". Estava novamente conseguindo respirar.

No carro, no curto caminho entre o Leblon e o hospital da Gávea, tentei me acalmar. A vida me dera pelo menos a calma nos momentos mais difíceis. Depois de tudo que vivi, não teria medo de mergulhar no escuro, ainda mais se fosse para fazer justiça. Ou Alexandre achava mesmo que sairia impune disso?

No carro, ainda tive tempo de ligar para o César, meu advogado. Precisaríamos da sua presença, afinal, eu invadira um apartamento, furtara documentos, queria fazer uma denúncia contra o meu ex e uma série de pormenores que poderiam me prejudicar ainda mais.

Para minha surpresa, passando o olho rapidamente no material recolhido, encontrei um dossiê sobre mim, fotos dos meus familiares, contatos da minha tia, do meu pai, fotos de nós dois e até da minha mãe jovem. Onde ele conseguira aquele material? Anotações, declarações de raiva em cima de muitas informações sobre a minha vida e pessoas que me cercavam. Até Cássia estava ali. Que homem louco, doente e se achando o dono do poder.

Novamente, me encontrava em frente ao hospital. Desci do carro ainda mais acelerada. Os jornalistas tinham duplicado e câmeras de programas de fofoca batalhavam para filmar algum ângulo raro do meu rosto já tão divulgado. Subi as escadas do hospital e mais uma vez Zé Paulo me esperava.

— Aonde você foi?

— Na casa do Alexandre!

— Você ficou maluca, Belinda? O que foi falar com ele?

— Fui cuspir na cara dele, caso ele estivesse lá, mas, como não estava, peguei documentos que o incriminam e vi algo muito pior: a aliança do Gustavo!

— Meu Deus! Belinda, não sei o que faço com esse seu espírito destemido. Atriz com mania de gravar sem dublê, se acalma. Vou ligar para o César.

— Já liguei, ele está vindo. Fala do Gustavo.

— Ele tomou duas facadas na lateral do abdômen, na altura do umbigo, passaram perto do intestino, mas ele vai sair dessa. Nenhuma das facadas pegou um órgão.

— Ai, que alívio. Nossa!

— A mãe já foi. Chorou demais aqui e a irmã achou melhor levá-la para casa e medicá-la. Vai ficar tudo bem com o seu amor.

Uma lágrima solitária caiu do meu rosto e meu empresário entendeu o quanto estava sofrendo e amava aquele homem.

— Ele é muito importante para você, já notei.

— Muito, muito.

— Não chora. Vai ficar tudo bem e você estará linda no seu casamento.

O coração não sentia mais tanta dor. Saber que Gustavo ficaria bem me lotava de esperança na vida.

TRINTA E UM

Meu passado me condena

Nem sempre você tem culpa, mas o que decidiram por você se torna seu maior pecado de existir.

O delegado Tarso, amigo de anos do Zé Paulo e agora meu mais novo amigo, chegou no mesmo minuto que César, meu advogado, e imediatamente se juntou a nós.

Contei o que tinha feito para todos e a certeza de Alexandre estar envolvido na agressão contra Gustavo, já que a aliança estava lá para quem quisesse ver.

— Você correu um risco enorme, Belinda. Tem noção disso? — O delegado Tarso não falou brincando.

— Claro, tenho sim.

— Deixa eu dar uma olhada nesse material. — César sentou separadamente e foi olhar o que entreguei. Leu, analisou, voltou, releu, pensou e ficou impressionado com o que passei para ele.

— Veja, aqui mostra a participação do Alexandre em pagamentos de propina com serviços prestados para multinacionais. — Todos se entreolharam.

— O que temos aqui já o incrimina. O material que ele colheu da sua vida não temos como provar, mas podemos tentar arrolar no processo que o acusará de ter mandado esfaquear seu noivo. Não são documentos oficiais, são anotações, fotos... mas, com a documentação da propina, já posso fazer uma denúncia e posso colocar como anônima. Você não precisa aparecer.

— Sobre a aliança, peço aqui uma busca no apartamento e logo poderemos resgatá-la. — O delegado piscou os olhos aceleradamente.

— Ele é tão egocêntrico que a aliança vai estar lá no mesmo lugar.

— Mas, se não estiver, vamos revirar a casa.

Novas notícias de Gustavo tinham chegado. Ele estava no CTI e no dia seguinte possivelmente seria transferido para um hospital particular.

Fui para casa e meu lar em Vargem Grande estava lotado: Cássia, Carmo, Francisca e Antunes. Peter e Meg tinham vindo de Arraial do Cabo assim que souberam do ocorrido e descobriram meu endereço com conhecidos comuns. Gustavo tinha seus amigos e a situação se tornou pública, levando muitos a me procurarem para saber do seu estado. Querido e carismático, foi um alívio poder dar notícia de que ficaria bem.

Chamei Antunes e Carmo assim que as coisas acalmaram.

— Quero pedir algo para os dois.

— O que você precisar, Belinda. — Carmo segurou minha mão, claramente comovido com o ocorrido com Gustavo.

— Vou à casa da Santana hoje e quero que estejam comigo.

— Na Santana? — falaram os dois ensaiadamente.

— Quero falar com ela.

— Mas...

— Antunes, ela não fará nada comigo. Estarei com vocês e vou levar junto o Reinaldo, que já foi policial e tem experiência com gente que não presta. Ela continua morando na mesma casa?

— Continua, a casa cinza está ainda pior do que antes. — Carmo não demonstrava tranquilidade no meu encontro com a minha tia maléfica.

— Jujuba, vai ao escritório e pega aquele dinheiro que eu pedi para trazerem. Coloca naquela minha maleta. Chama o Reinaldo pra mim.

Tomei um banho rápido, depois de conversar com o meu motorista, que me tranquilizou dizendo que chamaria dois amigos para nos acompanhar.

Saíríamos para São João de Meriti em dois carros. Antunes iria com Cássia e Francisca, que não abriam mão de me acompanhar.

Confesso que o trajeto para a casa da minha ex-tia durou muito mais do que a ida física até lá. Eu sabia que seria um encontro desgastante. No carro, segurando minha mão, Jujuba. Reinaldo dirigia calado. Os amigos do meu quase segurança nos encontraram na avenida Brasil.

Assim que cheguei à rua onde dormi minhas primeiras noites em Meriti depois que deixei minha família em Ladário, senti a tristeza do passado me invadir. Tinha sofrido demais naquele lugar e, quando fui embora, jamais imaginei voltar. Só que agora estava tudo diferente, eu tinha outra vida, amigos para me defender e muito amor, que foi morar no lugar da melancolia que aquela mulher plantou em mim.

Santana abriu o portão e, quando me viu, ficou lívida. Não esperava uma visita minha. Entrei acompanhada de Carmo e Antunes. Por sorte, a rua estava vazia e não fomos vistos entrando na casa. Ninguém mais do que eu conhecia aquele lugar onde vivi um inferno..

Entrei na sala suja e imediatamente reconheci a estante onde revirei para encontrar minha certidão de nascimento e o dinheiro que me salvou nos primeiros dias de liberdade. Carmo e Antunes ficaram encostados na porta, acompanhando cada segundo da conversa.

— O que você quer? Veio cuspir na minha cara?

— Não cuspo em ninguém, Santana. Você bem que tentou me ensinar a ser alguém ruim, mas essa lição não aprendi.

— Olha, te olhando assim, fico besta de ver aonde você chegou. Quem diria, limpou o chão da minha casa e agora é tratada feito rainha.

— Lutei por isso. Você sabe que saí daqui sem quase nada, mas batalhei.

— Foi fazer novela porque sabia que é a coisa que mais gosto na vida. Para me incomodar. Quando você fez aquela primeira cena com a Flávia Alessandra, reconheci na hora.

— Novela na minha vida foi um acidente, aconteceu.

— Teve sorte também que eu e sua mãe sempre tentamos sair da pior e nunca conseguimos. Agora, fica essa gente te bajulando, te chamando de linda, você aparecendo em capa de revista e fazendo sucesso.

— Santana, não vim aqui para discutir minha carreira, ainda mais com um ser como você.

— E por que veio, saudades do seu passado? Quer lavar a louça?

— Sobre o meu passado não tenho dúvidas...

Santana riu como uma bruxa e depois me olhou séria.

— Se soubesse a verdade sobre nós duas, me trataria muito melhor.

— Como assim?

— Não banque a sonsa. Seu olhar de ódio pra mim mostrava que você tinha conhecimento de tudo.

— Olhar para você com ódio só acontecia nos momentos das agressões; de outras coisas, não sei do que está falando.

— Você não veio aqui à toa, veio buscar a porcaria das suas verdades.

— Que verdades, o que está dizendo?

— A história que aconteceu e ninguém nunca te contou.

Ali entendi que existia algo sobre o meu passado que Santana contaria e eu não gostaria de escutar.

— Em que outros podres você está envolvida?

— Eu não. Sua mãe e seu pai também.

— Como é que é?!? Fala logo, Santana.

Carmo e Antunes olhavam atentos a qualquer ação fora do normal daquela louca.

— Conte tudo, eu trouxe o que você mais gosta, dinheiro. Depois de contar tudo, vai assinar um documento dizendo que não mais falará a meu respeito, sendo verdade ou mentira. No final, lhe darei o que gosta...

Santana começou a falar, sem que precisasse insistir:

— Quando sua mãe se casou com o seu pai, ele, na verdade, gostava de mim, mas o seu avô sempre preferiu aquela lá e exigiu que ele casasse com a insossa. Tive que aceitar. Sofri demais. Foi por isso que me mudei para o Rio de Janeiro. Uma vez no ano, visitava a família e, em uma dessas viagens, engravidei do seu pai.

— Como assim? Que nojo de vocês dois.

— A gente se amava.

— Não acredito nesse amor, mas continue.

Quando engravidei, me mudei para a casa dos seus pais. Sua mãe sabia que a criança era do marido dela, mas não questionou. Aceitou a traição e ainda me ajudou durante toda a gravidez.

— Porque minha mãe tinha um bom coração.

– Que bom coração que nada, uma bocó de marca maior. – Pensei em fazer algo contra Santana, mas precisava escutar toda a história. Respirei fundo para continuar ouvindo. – E me ajudou quando precisei, mas eu não faria isso por ela, que fique claro.

– Onde foi parar esse filho, nasceu, morreu?

– Sua mãe tivera seu irmão e sonhava ter uma menina. Quando a criança nasceu, decidi que não criaria e entreguei nas mãos dela.

Fiquei um minuto parada, prestando atenção àquela fala.

– E onde está essa criança hoje?

O dedo de Santana foi subindo, até que apontou para mim com um sorriso sarcástico.

– Você é a criança.

– NÃO. – Dei um grito alto e revoltada. – Não, eu não sou essa criança.

– É, sim, Belinda, você é a filha que eu tive, não quis e entreguei para sua mãe criar. Então, minha querida filhinha, aquela lá que você endeusava não passou de sua babá.

Carmo e Antunes não sabiam como agir. Permaneci firme e, infelizmente, não tive dúvida de que, pelo menos uma vez na vida, aquela doida falara a verdade.

– Mesmo sendo minha mãe, você me batia daquele jeito quando aparecia em Ladário? Eu era uma criança.

– Para ver se te colocava em ordem e você não perdia a vida como eu.

– Mentira sua! Você tinha ódio de mim porque amei demais a sua irmã, a única mãe que tive. Até porque nenhuma outra vai ocupar o lugar dela no altar e dentro do meu coração. E você tem ódio porque puxei o jeito dela, os olhos claros, e não tenho nada seu e muito menos esses sentimentos horrorosos que você carrega na alma.

– Por isso, ela me dizia: "Saiu de você, mas amor de mãe é o meu." Ela me afrontava dizendo isso e ainda ficou com o seu pai, aquele canalha.

– Vocês dois se mereciam. Deveriam ter ficado juntos depois que a minha mãe morreu.

– Ele não quis.

– Nem o sujo do meu pai quis você? Nossa, você está por baixo mesmo. Assina este documento e está proibida de falar de mim. Depois, meu advogado vai ver as questões legais deste documento. Se você fizer direitinho, mando mais dinheiro para comprar o silêncio das mentiras que conta por aí. Assina! – Levantei o tom de voz, cansada de olhar para aquela que jamais foi minha mãe.

Santana assinou, levantou o rosto para mim e seus olhos estavam cheios de uma lágrima raivosa. Senti uma mistura de pena, aversão e vazio por dentro. Simplesmente nada sentia por ela. Não queria e não iria vê-la mais.

Ainda tive tempo de olhar uma última vez o interior daquela casa enquanto a "minha mãe" contava o dinheiro, maravilhada.

Entrei no carro com Jujuba segurando minha mão. Ele também escutou a conversa e estava apavorado. O veículo saiu pela rua e, como fizera na casa, olhei para aquele asfalto em que caminhei tão triste um dia. Encarei mais uma vez a moradia morta na rua. Lágrimas foram descendo do meu rosto.

— Você é muito forte e eu não poderia ter mais orgulho de você. Mulher de atitude, decidiu arrumar a própria vida e saiu lutando por si mesma.

— Minha mãe não é minha mãe. – Chorei emocionada por uma brutal decepção.

— Mãe é quem cria, meu amor. Até isso temos em comum, sabe quando dizia sobre a minha mãe para você? Não era biologicamente a minha mãe, mas sim minha avó. Quem me colocou no mundo foi embora. Foi minha avó que me deixou aquele apartamentinho na Glória que até hoje me rende um aqué. – Jujuba também estava emocionado. – Olha aonde você chegou. Se tornou Belinda Bic, uma das atrizes jovens mais importantes deste país. E de que importa um passado? Você nada tem com essas pessoas, agora você é os amigos que estão ao seu lado hoje, o grande amor com Gustavo Salles, a próxima novela que vai fazer, e a sua mãe, que não é verdadeira, mas foi de verdade. E eu, esse seu amigo, apaixonado pela vida, estará acompanhando seus dias enquanto você desejar. Estou aqui para o que der, não der, vier e não vier.

Abracei Jujuba e coloquei a cabeça no seu ombro, chorando sem parar. Eu precisava daqueles minutos. Necessitava não esconder de mim como estava sofrendo por algo que não podia mudar, mas finalmente estava me sentindo resolvida com o que fui e com quem sou.

— Amiga, tem uma passagem na Bíblia em Coríntios 12:9 mais ou menos assim: "E disse-me: A minha graça te basta, porque o meu poder se aperfeiçoa na fraqueza. De boa vontade, pois, me gloriarei nas minhas fraquezas."

O celular tocou e Zé Paulo tinha notícias urgentes sobre os criminosos que esfaquearam Gustavo:

— Belinda, estou indo para a sua casa. Precisamos conversar. Não é nada com o Gustavo. Ele está bem.

— Vou chegar em casa logo.

Pedi que Reinaldo acelerasse com o carro, me acalmei no caminho porque não queria preocupar meu empresário, e chegamos com todos descendo dos carros e indo para a sala. Jujuba prometeu servir um lanche, e Zé, ainda no gramado do jardim, estava com um olhar meio estranho. O que mais de ruim poderia ser dito a mim? Não deu outra...

— A câmera de segurança do prédio filmou tudo. Olha, as imagens do ataque a Gustavo estão na delegacia. Seu pai atingiu Gustavo e ele estava acompanhado de outro homem.

— Meu pai?!? Putz... o que mais posso esperar da minha família comercial de margarina?

— Ele alega que fez isso a mando de Alexandre e uma busca no apartamento encontrou a aliança.

— Eu não disse?!?

— Belinda, isso não é tudo. Seu pai falou umas coisas... sobre o seu nascimento...

— Estou sabendo. Fui até a minha tia, ela é minha verdadeira mãe.

— E você fala assim, como quem diz "passa o sal"?

— No fundo, acho que eu sempre soube disso. Senti muitas vezes minha mãe querendo me contar algo, mas não teve coragem para me dar essa notícia tão decepcionante.

Zé Paulo me abraçou e ficamos em um silêncio que nossa amizade de anos sabia o que sentia.

— Tenho muito orgulho de você, Minha Menina! Você se tornou uma grande mulher, quando te conheci parecia apenas uma menina com medo. Aprendeu a voar, a se defender, a ser gente, humana, guerreira e tenho certeza que Deus será generoso com você e fará você viver esse grande amor com o Gustavo. Ah, antes que me esqueça. Lembra da moça que conheci no show da Ivete e chorou?

— Hum... — Só Zé para me fazer sorrir.

— Estamos namorando. Raffa. O nome da minha gatinha é Raffa.

— E o choro?

— Ficará por isso mesmo, no mundo misterioso do planeta feminino.

TRINTA E DOIS

Um feliz final feliz

Algumas pessoas não acreditam em finais felizes. Acreditamos em coisas tão ruins como inveja, maldade e ódio, por que não pensar que nossos dias felizes podem chegar a qualquer momento? O melhor? O final feliz pode chegar no meio da sua vida e muitos e muitos anos estarão destinados a serem vividos da melhor maneira de todas.

Tentei dormir, mas fiquei acordando de hora em hora, preocupada demais com o Gustavo. Zé Paulo conseguiu o celular de um enfermeiro que nos manteve informados do estado do meu noivo no CTI.

Quando estava quase amanhecendo, fui até a sala de casa e fiquei olhando o quadro da minha mãezinha. Que mulher linda, ela! Como aguentou tanta dor dentro de um ventre onde eu nunca morei?

"Mãe, que mulher amada você foi para mim. Não esquecerei tudo que fez e como lutou por nós. Que falta faz, quantos dias queria você aqui para receber o pequeno mundo que construí. Olho esse seu jeito doce nessa pintura, esse olhar tão generoso, humano. Ai, mãe, como queria ter lhe proporcionado mais, ter cuidado como cuidou de mim. Por que morreu? Por que você se foi? Não esqueça que será a única mãe que quis, quero e terei. Sua bênção e meu amor para reverenciar a mulher linda que Deus fez me segurar nos braços e lutar pela minha felicidade. Hoje, entendo cada um dos seus olhares e cada uma das declarações de amor que fazia para mim. Fez muito mais do que podia."

Ajoelhei na frente do quadro da minha mãe Mimizinha e disse uma fala da Bíblia que curiosamente aprendi em uma das novelas que fiz: "Honra teu pai e tua mãe, para que se prolonguem os teus dias na terra que o SENHOR, teu Deus, te dá." Honraria sempre aquela mulher que tinha sido meu verdadeiro pai, minha verdadeira mãe, mesmo sendo apenas minha tia.

Peguei um porta-retrato com uma foto minha no dia do Melhores do Ano, no Faustão, quando ganhei o prêmio de artista revelação, e troquei a foto pela que achei da minha mãe jovem. Coloquei no altar após beijá-la.

Depois disso, consegui dormir. Acordei com Jujuba no quarto dizendo que Zé Paulo tinha ligado e dito que Gustavo teve uma melhora significativa. Ainda bem. Telefonei para a mãe dele, que estava mais tranquila, e pedi desculpa por não ter dado tanta atenção a ela.

— Minha filha, eu soube que você foi vingar meu filho. Você é uma moça muito guerreira e vocês dois já têm a minha bênção. Por favor, não casem sem a minha presença!

— Pode deixar, dona Márcia!

Desligamos o telefone e ainda tive tempo de assistir pela TV as imagens de Alexandre sendo preso, saindo algemado do seu apartamento. Jujuba assistia a reportagem e não conseguia falar, estava chocado. Minha vida se transformou no maior escândalo de celebridades do país e algo me dizia que minha intimidade seria escancarada e devassada por um bom tempo. Meu escândalo estava ligado a um ex-namorado que jamais me amou.

Quando saí de casa, tinha gente da imprensa na porta do meu condomínio, repórteres na entrada do Miguel Couto, câmeras atentas, e lá fui correndo para o interior do hospital, com o dedo polegar para o alto e dizendo que estava tudo bem com Gustavo.

— Como você aguenta isso? — A irmã de Gustavo ficou impressionada com o assédio daquelas pessoas.

— Eles estão buscando informações, e só não paro para falar porque vão ficar repetindo isso em todos os canais e apertar minha imagem até cansar.

Aí, dou um ok, digo que está tudo bem com o seu irmão, e pode acreditar que esses segundos serão reprisados por uma semana.

— Eu não saberia andar e ser olhada o tempo todo com vocês dois.

— Dentro do meu quarto ninguém me olha.

— Meu irmão também é tranquilo com isso. Ele para, fala com todo mundo, entende esse processo e aprendeu a conviver. Parabéns para o casal!

— Vim dar um abraço em vocês, mas vou encontrar o Zé Paulo aqui e depois vou à delegacia que meu pai está, porque quero falar com ele.

— Olha, gostaria de dizer que sabemos separar a sua família de você.

— A senhora não sabe como me sinto, tomando conhecimento que meu próprio pai fez isso com Gustavo.

— No que depender de nós, isso sumirá com o tempo. Você é uma princesa.

— Minha mãe, uma rainha. A senhora não tem ideia da nobre mulher que me criou. Um dia te conto nossa história.

— Acredito. Mantenha viva a memória da sua mãe porque é para ela que deve esse seu jeito doce e a sua integridade.

Zé Paulo chegou com o rosto cansado e com um olhar ainda mais estranho. Eu sabia que ele tinha algo para me contar, mas não tive coragem de perguntar. Partimos para a delegacia, acompanhados do advogado César, e nos mantivemos calados até lá. Encontramos com o delegado amigo do meu empresário e confesso que tive um péssimo pressentimento assim que entrei na DP.

— Olha, Belinda, primeiro, sinto muito por todos os acontecimentos na sua vida. Por mais que não acompanhe fofocas, sei que as coisas não andam fáceis para você.

— Honestamente, nem sei o que estão dizendo de mim. A última que soube é que descobriram que fiquei noiva do Gustavo, mas, para mim, está tudo certo. O que desejo é a prisão dos responsáveis pelo atentado ao meu noivo, que ele se recupere sem sequelas; o resto, o tempo vai curar...

— Nós temos que contar uma coisa para você. — O delegado pegou a foto da minha tia e colocou na mesa. — Saiu uma diligência para a casa da sua tia hoje cedo. Um rapaz chamado Antunes veio aqui denunciá-la por ter sumido com a irmã dele que está desaparecida há alguns anos. Só que tivemos um problema ao chegar à casa da sua tia.

— O quê? — Fiquei esperando o que viria daquela mulher.

— Ela incendiou a própria casa.

— Como assim? — Fiquei chocada.

— Essa maleta é sua? — Lá estava a maleta de dinheiro.

— É, sim. Eu fui levar esse dinheiro para ela.

— O vizinho chamado Carmo entrou na casa e pegou. Disse que esse dinheiro pertence a você.

— Minha tia morreu?

— Foi levada para o hospital, mas infelizmente não resistiu. O Zé Paulo já está vendo as questões de enterro.

Fechei os olhos enquanto lembrava das surras que levei daquela mulher. Terminava ali a história mais triste da minha vida. O fim de uma pessoa que não fora feliz e me deixou as marcas profundas de uma dor que já tinha esquecido, indícios do meu mais amargurado sofrimento.

E enquanto pensava no incêndio, me perguntei quantas Belindas existem por aí, sofrendo em algum quarto imundo, olhando imagens de atrizes famosas coladas num armário com a porta caindo?

Meu pai estava sentado ao lado de uma mesa, de cabeça baixa, e eu não medi palavras para falar com ele.

— Que papelão, hein, seu Joselino.

— Eu não sabia que ele era seu namorado.

— Está bem, vou acreditar. Como pode ter sido tão ruim para mim quando não lhe fiz nada? Foi na TV contar mentira! Agora as câmeras estão aí, mostrando o seu rosto, colocando o senhor como criminoso. Sabe o que vou fazer para te defender? Nada.

— Sua tia morreu?

— Minha mãe, você quer dizer. — Meu pai me olhou assustado. — Ela me contou antes de morrer. Quer dizer que sou ainda por cima filha de uma traição descarada? Minha mãe foi uma santa ao perdoar vocês e me criar com tanto amor.

— Belinda, me ajuda. Se o seu namorado morrer, não vou sair mais desta cadeia.

— Ele não vai morrer, mas espero que você demore a sair deste lugar fétido que tão bem combina com esses seus pensamentos e a sua falta de caráter. Eu trouxe um advogado para acompanhar de perto o seu processo.

— Obrigado.

— Mas não é para tirar o senhor daqui, pelo contrário, é para ter certeza que o senhor vai mofar o quanto der, para pagar pelo que fez, para refletir e se tornar alguém melhor. Não porque sou má, justa, sim, precisa aprender com essa sua passagem na prisão. O mundo não merece ter você solto.

— Mas sou seu pai.

— Pai? Você não sabe o que é ser pai. E quando eu sair daqui, esqueça que existo. O senhor continuará não sendo da minha família. Não tenho ódio dentro de mim, raiva, não vou torcer contra a sua felicidade como você fez a vida toda comigo, mas não quero nem aceitarei sua aproximação.

— Preciso te contar algo sobre a irmã do seu amigo Antunes. — Meu pai pareceu humano pela primeira vez na vida. — Sua tia enterrou no quintal da casa onde morava. Parece que tem três corpos naquela casa.

Joselino baixou a cabeça e aquela foi a última vez que o vi na vida. Ele morreria dois anos depois com uma infecção na perna. No dia da sua morte, acordaria no meio da noite como se tivesse escutado a voz da minha mãe dizendo: "Joselino, estou no fundo do quintal lavando roupa."

Gustavo saiu do CTI uma semana depois da cirurgia. Não acreditei quando soube que estava no quarto. Feliz, me arrumei, saí de casa com as palavras prontas para dizer. Precisava falar que não cabia tanto amor dentro de mim.

— Minha linda! — Foi assim que me recebeu quando a porta do quarto abriu.

— Amor! Que saudade!

— CTI é a pior coisa do mundo, nada fácil de aceitar e ainda ficar dias e dias te vendo tão pouco...

Quando ele disse isso, comecei a chorar. Eu tentei ser forte até ali, mas tinha sido difícil imaginar minha vida sem ele.

Gustavo abriu um sorriso e me pediu que não chorasse.

— Senta aqui. Preciso contar uma coisa...

— O que foi? — Sentei no cantinho da cama e reparei nas gotinhas de soro pingando.

— Conheci e vi sua mãe.

— Como? — Engasguei com a saliva e fiquei muda.

— Sua mãe apareceu na beira da minha cama, exatamente aí onde você está.

— Como assim... minha mãe?

— Devo ter tido uma alucinação, mas foi bonito de ver. Coisas que a vida não explica. A gente vive e não sabe bem se aconteceu. Sabe quando damos de cara com um vulto e não temos certeza? Ela me olhou, sorriu, chegou perto de mim e disse: "Peça a Belinda que aceite."

— Você está brincando?

— Depois ela me disse: "E você não se preocupe, ficará bem. Aceite também, e sejam felizes." Depois sorriu e desapareceu enquanto eu olhava na direção dela. Chamei a enfermeira, expliquei, e ela disse que me acalmasse. Os medicamentos, muito fortes, poderiam ter causado uma alucinação.

Com os meus olhos cheios de lágrimas, perguntei se Gustavo acreditava ser verdade.

— Acredito, sim.

— Minha mãe tinha como hábito me pedir que aceitasse os problemas. Aconselhava que eu fosse forte e superasse minhas dores, aceitando o que viesse. Seguir e deixar o passado em ontem.

— Então minha sogra veio me ver?

— Tô toda arrepiada!

— Sabe o que me fez ter certeza ser a sua mãe? Vocês têm o mesmo olhar, o mesmo jeito doce de sorrir e uma magia ao redor que imediatamente me fez compreender a situação.

— Minha mãe não me gerou. – A fala de Gustavo me ajudou a desabafar a maior verdade da minha vida. Contei a história, todos os ocorridos. Não sei se emocionalmente Gustavo estava preparado para escutar tantas informações. Alexandre pagou minha tia e meu pai para falarem mal de mim, depois meu pai, com um comparsa que ainda não foi capturado, o esfaqueou. Meu pai, já casado, e minha tia tiveram um relacionamento que me gerou. Quando nasci, minha tia me entregou à irmã e esposa do meu pai, dizendo que não me queria. Essa foi a mulher que me criou e que toda a vida considerei minha mãe. Busquei provas pessoalmente do apartamento do meu ex-namorado. Depois do esfaqueamento, fui à casa da minha tia e comprei seu silêncio. Dias depois, ela se matou colocando fogo na casa em que morava. O dinheiro que dei a ela foi salvo e meu pai está preso. Eu tinha que concordar com os jornalistas, minha vida se transformou em um escândalo.

— Tudo o que você contou parece coisa de louco, inacreditável. Você está bem? Só isso me importa.

— Estou bem, mas só ficarei ótima quando você sair daqui.

— Vou sair mais rápido se você me beijar.

— Ah, é?

— Certamente... Preciso de uma injeção de amor...

Beijei Gustavo e foi como se meu mundo voltasse a girar na intensidade certa. Fechei os olhos e quando abri, um mês tinha passado, Gustavo recebera alta e eu estava parada atrás de um cenário enorme, indo encontrar o Fausto Silva. A ideia de Gustavo me entrevistar foi deixada de lado.

— E lá vem ela! Essa mulher é um furacão. Fez uma das maiores novelas da casa, sacode o coração das pessoas e recentemente superou um drama pessoal que poderia ter sido um escândalo, mas ela enfrentou como ninguém. Belinda Bic, vem que o Brasil quer te ver!

Entrei com toda a plateia do programa me aplaudindo e abri um sorriso enorme. Coloquei a mão no coração, agradecida com tamanho carinho. Aquela gente gritando meu nome em coro, Belinda Bic, Belinda Bic, Belinda Bic, se levantando e os aplausos invadindo meus sentimentos.

— Belinda, gosto porque, com você, não tem essa de fazer gênero. Você passou um momento difícil, pessoal, mas está aqui para falar e deixar claro a mulher de verdade que é.

— Fausto, primeiro obrigada, sou sua fã e agradeço seu carinho comigo e a oportunidade de falar.

— Ô, louco, menina, você é hoje uma das maiores atrizes da nova geração. A gente aqui também te admira muito! O Brasil todo quer saber como você está. — O apresentador me daria uma chance única de informar o Brasil todo da maneira que eu queria.

— Estou bem, quero acalmar as pessoas, porque infelizmente todo mundo tem problemas familiares e eu passei um momento dificílimo. O Brasil todo acompanhou, mas agora é seguir e vem *Cândalo* por aí. Espero que vocês amem a novela.

— Como está sua relação com o seu pai?

— Faustão, fui criada pela minha mãe. A relação com o meu pai ao longo da vida foi bem complicada e agora a história dele é com a justiça. Eu vim para o Rio de Janeiro sozinha, contra a minha vontade, vendida pelo meu pai para a minha tia — a plateia ficou em silêncio — e lutei muito para chegar até aqui e estar com você. Fui figurante, passei dificuldades...

— A gente admira você, Belinda! — Voltaram a gritar meu nome. "Belinda Bic, Belinda Bic, Belinda Bic!" — E quais são os próximos passos?

— Ah, eu quero curtir meus amigos, que são a minha verdadeira família, reencontrar meu irmão, a sua esposa, conhecer a minha sobrinha Luana, e me jogar na próxima novela, com o papel maravilhoso que recebi.

— E o Brasil quer saber, você e Gustavo Salles estão juntos?

— Sim, sim, e vamos nos casar em breve. A gente está muito feliz! Ele veio comigo e deve ter se escondido por aí... ali, ó. — Apontei para Gustavo, que sorria na minha direção.

— Um dos casais mais bonitos da televisão brasileira. Ô, Gustavão, cuide bem dessa moça, hein!?

Gustavo respondeu que podia deixar e a entrevista foi chegando ao fim. Duas horas depois, estávamos dentro de um avião fretado, viajando para Ladário. Finalmente reencontraria meu irmão com Carmo, Cássia e Jujuba nos acompanhando. Minha amiga queria mostrar a nossa cidade para o seu namorado. Eu queria me reencontrar comigo mesma.

Quando entrei na rua principal de Ladário, dei de cara com as minhas verdades espalhadas. Tão pouco mudou ali e eu me transformei em outra pessoa.

O carro parado na porta da minha antiga casa me fez sentir uma emoção enorme. Eu fora embora obrigada e aquela casinha tinha sido o lar que dividi com a mulher mais fenomenal do mundo, minha mãezinha. Foi como vê-la andando pelo terreno, estendendo roupa e varrendo o chão de barro seco.

— Aqui morei antes de ir para São João de Meriti — disse isso, segurando firme a mão do Gustavo e chorando com tamanha emoção.

— E agora quem mora?

— Meu irmão alugou. Eu dei para ele uma casa melhor em uma das travessas daquela rua principal.

— Pronta para encontrar seu irmão?

— Estou sim, Cássia.

Minha amiga indicou ao motorista o caminho para a casa do meu irmão que eu mesma não sabia.

Entrei caminhando manso pelo quintal de Nirvano. Ele estava na parte de trás do terreno, com a Laura, sua esposa, e Luana, minha sobrinha. A família do meu irmão, a minha família.

Ele caminhou na minha direção chorando e lágrimas caíram do meu rosto sem nenhuma coordenação.

— Meu irmão!

— Belinda, como você está linda! Só mudou para melhor.

— Você está com a mesma carinha de antigamente, meu irmão.

Nirvano me abraçava como quem não queria largar.

— Deixa apresentar minha família que é sua também. Essa é a Laura, minha esposa, e essa é a Lulu, minha filhinha, Luana.

— Que lindas! – Abracei Laura e peguei Luana no colo, emocionada demais por conhecer a família que eu queria.

Apresentei Gustavo e Jujuba e ficamos conversando cheios de entusiasmo. Gustavo pegou Luana no colo e vi ali que levava jeito com bebês.

— E a vida como está? Recebeu as quantias que eu mandei?

— Claro, olha como estou com o maior vidão. – A casa realmente me pareceu melhor do que tudo que tivemos antes. – Estou pensando em expandir os negócios aqui. Sou grato demais por tudo que faz por nós, mesmo de longe.

— Eu não podia voltar, tinha receio do que nosso pai poderia fazer.

— Ele não é mais meu pai.

Conversamos muito. Contei os problemas que vivi naquele último mês. Conhecemos a casa e confirmei que fora uma boa compra.

Depois de muito tempo, saímos e pedi que o motorista nos levasse até a beira do rio. Pude rever a Base Naval e me lembrei dos filhos de oficiais que conheci e passavam temporada de dois anos em média na cidade.

O rio Paraguai não mudara, e meu olhar de menina se lembrou de cada cantinho daquele local. Alguns pescadores me reconheceram e vieram falar comigo, matando a saudade e comentando que jamais me imaginariam como atriz famosa, fazendo novelas.

Fiquei uns minutos sozinha, olhando aquele rio imenso, com meus familiares ao longe respeitando o meu momento de reflexão. Depois de alguns minutos, Gustavo se aproximou.

— Muitas lembranças?

— Muitas. Quantas voltas a minha vida deu para eu retornar ao mesmo lugar de minha meninice, meu ponto de partida, sendo outra pessoa.

— Você certamente se tornou alguém muito melhor. Os problemas não são tudo de ruim que temos. Aprendemos, crescemos, mudamos e nos libertamos.

— Seu amor é que me liberta.

— Nunca mais saio de perto de você, Belinda. Você não faz ideia da vidinha medíocre de que me tirou. Descobri que só vivia para mim e as pessoas que viessem atrás. Não por nada, mas porque eu ainda não estava envolvido com uma mulher que amasse profundamente e que tivesse conseguido mexer comigo por inteiro.

— E eu, ao contrário de você, cresci primeiro na dor.

— Não sei se disse isto com todas as letras. — Gustavo segurou meus ombros com a mão. — Eu amo você demais, garota!

— Eu também amo muito você, garoto!

— Farei você a mulher mais feliz do mundo porque acredito na nossa felicidade juntos.

Gustavo me beijou o melhor beijo da minha vida e entendi ali que nunca mais queria sair daquele abraço. Nada tinha sido em vão. Eu fui esquecida, enganada, vendida, e encontrei no amor das pessoas, do público, de um homem, a paz que sempre quis para mim.

Avisei Gustavo que precisava mergulhar no rio e ele imediatamente entendeu. Ainda tive tempo de olhar na direção de Carmo, Cássia e Jujuba, pessoas que fizeram tanto por mim. Seria grata àqueles três durante toda minha existência. Tirei o vestido, estava com um maiô por baixo, já imaginando o que faria, e me joguei naquelas águas que jamais tinham saído da superfície da minha pele.

Enquanto era calmamente abraçada pelo rio e todo seu poder de limpar e curar, tive a certeza que a garota de Ladário se manteria eterna no meu interior. A diferença agora é que eu tinha um amor de verdade para dividir e escrever uma dessas histórias que fazem o coração acelerar. Uma certeza ficou de tudo até ali: o amor é liberdade acompanhada.

Fim

Agradecimentos

Como estou feliz! Mais um livro na história da minha vida, e é demais dividir a vida da Belinda Bic com vocês!

Não posso deixar de agradecer pessoas valiosas que estão comigo nessa caminhada e foram importantes para me dar tranquilidade, segurança e fé durante toda a preparação deste livro.

Meu pai, Luiz Luciano, meu primeiro leitor, meu melhor amigo e uma grande referência na minha vida. Obrigada por me apoiar e ficar feliz com as minhas pequenas e grandes felicidades. Minha mãe Regina por tudo que fez por mim quando eu ainda não sabia seguir por minha conta. Minha irmã Shelly Luciano, a gata garota mais linda de todas, que está morando em Londres, mas, mesmo com a distância geográfica, nosso amor nos une. Antony Hitchen, meu cunhado que virou irmão. Santiago Junior, meu namorado, amor, parceiro, amigo, confidente, com quem tenho ótimas conversas, horas maravilhosas, que vibra tanto com as minhas conquistas e me fez descobrir como posso ser feliz nos assuntos do coração assim como as minhas personagens. Myrian Vogel, para sempre minha madrinha literária.

Matheus e Neto Santiago, garotos especiais nos meus dias, por serem tão amáveis.

Para tantos amigos com quem dou as melhores gargalhadas: Dre Olivetti (aliás, o que é essa família Olivetti comigo?), Adriana Felix Pessoa, Renata Meirelles, Leandra Nascimento, Sônia Escobar, Claudio Cinti, Marcio Navarro e meus amigos escritores com quem falo quase diariamente: Graciela Mayrink, Lu Piras, Patrícia Barboza, Leila Rego, Fernanda França, Chris Melo (irmã literária!), Edson Gomes, Maurício Gomyde e Iuri Keffer. A amizade de vocês colore meus dias! Para os amigos citados no livro como os de Gustavo Salles. Na verdade são pessoas que adoro no mundo real. Para os amigos e familiares que não estão aqui, mas também são muito especiais para mim. Obrigada pela torcida organizada!

Sandra de Oliveira, por cuidar da minha casa com o carinho de uma amiga.

Para todos da Editora Valentina: Marcelo Fraga, diretor de marketing, com quem aprendo sobre esse mundo de divulgar livros, Vânia Abreu, pessoa tão amável que tive a sorte de encontrar nesse mercado de publicação, Vera Vieira, Carina Derschum, Fernanda Silva, Beatriz Cyrillo, Nara Mendes, Vanessa Ribeiro, Marcela Nogueira (eu amei a capa!), obrigada por serem tão sensíveis e carinhosos comigo e nossos livros. Rafael Goldkorn, meu editor, muito obrigada por acreditar e por tantos aprendizados de uma vez só. Eu espero orgulhar muito você nesse mercado literário.

Obrigadíssima para as lindas Chris Melo, Frini Georgakopoulos, Mariana Mortani e Raffa Fustagno pelos belos comentários que escreveram para o livro. Muito feliz de ter vocês neste projeto!

Maria Eduardinha, minha auau, que dorme no meu pé enquanto escrevo livros. Bella, auau do meu pai, que me recebe com uma animação deliciosa.

Mais um mundo de uma personagem que entrego para vocês! Um livro que amei escrever. Belinda Bic, brilhe muito nas livrarias e encante meus leitores assim como fez comigo. Ah, e o Gustavo Salles? Esse moço é maravilhoso! Chegou a vez de vocês, casal!

Deus, obrigada por me fazer forte, cheia de fé na vida e com amor no coração para seguir minha caminhada de escritora da maneira mais bela e um ser humano melhor todos os dias. Obrigada pela missão de escrever livros. Estou muito feliz com todas as bênçãos que recebi e recebo.

Sobre a autora
(por alguém que me ama)

Com três profissões que se misturam, Tammy Luciano se considera uma artista (*e é*). Adora gravar vídeos para o seu canal do Youtube (*eu adoro assistir*), encontrar leitores, escrever livros e atuar profissionalmente (*quero te ver na novela das nove*). Não existe ex-atriz, minha diva! Com a frase que já virou sua marca ("Seja sempre feliz"), vive no Rio de Janeiro, adora praia, céu azul, viajar, encontrar os amigos, animais, chocolate, jantar fora, desenhar, escrever em cadernos e moda. Ama criar figurinos diferentes para os eventos em que encontra leitores, e dar dicas para novos escritores (*valeu, minha BFF!*). Secretamente adora cantar (contei, já era). Acredita no impossível, assim como tem certeza que sorrir tem poderes mágicos. Pratica risoterapia todo os dias. O coração está feliz e hoje tem certeza que acreditar nos sonhos faz toda a diferença. Tammy, você é um escândalo de mulher!!!

Sobre a autora (por mim mesma)

Sou escritora, atriz, jornalista e hoje cada dia mais me sinto escritora. Os leitores me conhecem pelos livros, mas durante muitos anos estive em cartaz com peças de teatro e trabalhei em TV, em novelas como *Uga-Uga*, *Senhora do Destino*, *Laços de Família*, *Caminhos do Coração*, participei de vários episódios do *Linha Direta* e andei até no táxi do Agostinho, de *A Grande Família*. Fui repórter de TV, fiz curso de roteiro em Washington D.C., nos EUA.

Depois, o destino me fez escrever meu primeiro livro, *Fernanda Vogel na Passarela da Vida*, um livro de poesias chamado *Novela de Poemas* e os romances *Sou Toda Errada*, *Garota Replay*, *Claro Que Te Amo!* e *Sonhei Que Amava Você*. Demorei muitos anos para me encontrar profissionalmente, mas hoje sei exatamente o que quero para mim: encontrar leitores, gravar vídeos para o meu canal no Youtube, viajar divulgando minhas histórias em outras cidades e seguir escrevendo para vocês! Alguns dias, eu nem acredito: Virei escritora profissional e tenho leitores!

Várias vezes sou reconhecida como "a divertida escritora que já foi até no *Programa do Jô*".

Escândalo!!! é meu segundo livro na editora Valentina e muitos ainda virão para vocês!

SEJAM SEMPRE FELIZES!!!

Minhas redes sociais me aproximam de vocês e esse contato me faz seguir ainda mais apaixonada pelo meu trabalho!

www.tammyluciano.com.br
www.twitter.com/tammyluciano
www.facebook.com/tammylucianooficial
www.instagram.com/tammyluciano
www.youtube.com/tammyluciano
Snapchat: tammyluciano
tammyluciano@hotmail.com